RICHARD HAGEN

Bluthatz

Roman

Ein brutaler Mord führt Staatsanwältin Inga Jäger und Kripohauptkommissar Kai Gebert in das hessische Eltville. Nicht nur die Frau, die Exfrau und die Geliebte des Opfers sind tatverdächtig. Auch beruflich hat sich der hochgestellte Beamte viele Feinde gemacht. Denn der Tote war seinen Mitmenschen gegenüber missachtend, unfair und verräterisch. Je mehr Inga Jäger über ihn erfährt, desto mehr Verdächtige hat sie. Doch als der Bürgermeister von Eltville die Ermittlungen immer stärker behindert, erkennen »die Jägerin« und Kai Gebert, dass sie auf einen Sumpf aus Korruption gestoßen sind – und um ihre Taten zu vertuschen, schrecken die Hintermänner auch nicht vor dem Mord an einer Staatsanwältin zurück!

Autor

Richard Hagen ist das Pseudonym eines erfolgreichen deutschen Drehbuchautors.

Von Richard Hagen bei Blanvalet erschienen:

Ihr unschuldiges Herz (37787)
Bluthatz (38009)

Richard Hagen

Bluthatz

Kriminalroman

Originalausgabe

blanvalet

MIX
Papier aus verantwortungsvollen Quellen
FSC® C014496

Verlagsgruppe Random House FSC® N001967
Das FSC®-zertifizierte Papier *Holmen Book Cream*
für dieses Buch liefert Holmen Paper, Hallstavik, Schweden.

1. Auflage
Originalausgabe Oktober 2013 bei Blanvalet,
einem Unternehmen der Verlagsgruppe Random House GmbH, München

Umschlaggestaltung und -motiv: Johannes Frick, Neusäß/Augsburg
unter Verwendung von Motiven von Trevillion Images und Shutterstock.com
Redaktion: Gerhard Seidl
Lektorat: Holger Kappel
Herstellung: sam
Satz: Buch-Werkstatt GmbH, Bad Aibling
Druck und Einband: GGP Media GmbH, Pößneck
Printed in Germany
ISBN: 978-3-442-38300-9
www.blanvalet.de

Für Thomas Träuptmann,
einen besseren und tolleren Freund gibt es nicht!
Und natürlich auch für seine ganz bezaubernde Gattin
Sany und den »Kleinen Tom«

Manche freilich

Manche freilich müssen drunten sterben
wo die schweren Ruder der Schiffe streifen,
andere wohnen bei dem Steuer droben,
kennen Vogelflug und die Länder der Sterne.

Manche liegen mit immer schweren Gliedern
bei den Wurzeln des verworrenen Lebens,
anderen sind die Stühle gerichtet
bei den Sibyllen, den Königinnen,
und da sitzen sie wie zu Hause,
leichten Hauptes und leichter Hände.

Doch ein Schatten fällt von jenen Leben
in die anderen Leben hinüber,
und die leichten sind an die schweren
wie an Luft und Erde gebunden.

Ganz vergessener Völker Müdigkeiten
kann ich nicht abtun von meinen Lidern,
noch weghalten von der erschrockenen Seele
stummes Niederfallen ferner Sterne.

Viele Geschicke weben neben dem meinen,
durcheinander spielt sie all das Dasein,
und mein Teil ist mehr als dieses Lebens
schlanke Flamme oder schmale Leier.

Hugo von Hofmannsthal
(* 1. Februar 1874 in Wien;
† 15. Juli 1929 in Rodaun)

PROLOG

Wie jeder Mensch hatte Melchior Gietz sich im Laufe seines Lebens oft gefragt und vorgestellt, wie er einmal sterben würde, und ebenfalls wie jeder Mensch erkannte er jetzt, da es so weit war und er, am ganzen Leib zuckend, seinem Blut dabei zusah, wie es aus seinem Hals floss und zu einer immer größeren Lache wurde, dass keine seiner früheren Vorstellungen auch nur annähernd der Wirklichkeit entsprach. Als Kind hatte er sich oft und gerne ausgemalt, als bester der Jedi-Ritter mit einem strahlenden Laserschwert in der Hand ruhmreich im Gefechtsfeuer imperialer Klon-Truppen unterzugehen – oder als wackerer, mit Eisen gerüsteter Kämpe im Drachenfeuer zu verbrennen bei dem Versuch, die jungfräuliche Prinzessin vor dem Lindwurm zu retten. Auch später noch, längst ein Jugendlicher, waren die Bilder des eigenen Todes Bilder von epischen oder doch zumindest großen Heldentaten – da wurde die wunderschöne Freundin bis zum letzten aller Blutstropfen vor einer üblen Motorradgang unerbittlich so lange beschützt, bis sie in Sicherheit war ... um den Rest ihres Lebens keinen anderen Mann zu lieben und Tag für Tag frische Blumen auf sein Grab zu legen. Mit den Jahren jedoch wurden solche martialischen Vorstellungen immer mehr abgelöst von wesentlich alltäglicheren, ja profanen Szenarien: ein Autounfall wegen überhöhter Geschwindigkeit auf nasser Fahrbahn, ein Zugunglück durch einen Weichenstellfehler, ein Flugzeugabsturz durch mangelhafte Wartung unterbezahlter Techniker bei einer der Billig-Airlines. So schrecklich diese Bilder jedes einzelne für sich und allesamt waren, so wurden sie dann doch mit der Zeit und dem damit verbundenen Älterwerden noch übertroffen und schließlich gänzlich ersetzt von Visionen von Krankheiten und einem elenden Dahinsiechen im Krankenhaus – bis sich daraus durch Angst und das Bewusstsein der eigenen Sterblichkeit Schritt für Schritt die Hoffnung formte, irgendwann und ohne jede Vorwarnung von einem Herzinfarkt blitzartig schnell hinweggerafft zu werden oder besser noch im hohen Alter im eigenen, frisch gemachten Bett zu sterben … selig im Schlaf oder wahlweise an einem sonnigen Morgen, umgeben von der geliebten Familie. Doch nichts davon kam auch nur im Entferntesten der Art und Weise nahe, in der Melchior Gietz jetzt gerade verreckte.

Trotz oder gerade wegen der unsäglichen Schmerzen in den unzähligen gebrochenen Gliedern erkannte er, dass er sich in all den Jahren nie wirklich das Sterben an sich vorgestellt hatte, sondern immer nur dessen Konsequenz, den Tod – und er betete jetzt unter dreckverschmierten Tränen zu einem Gott, an den er nie auch nur eine Minute lang geglaubt hatte, dass dieser Tod, das Ende des Sterbens, das schon lange begonnen hatte, so bald wie möglich eintreten würde, um ihn endlich, endlich, endlich von seiner Pein zu erlösen. Von seiner Pein, der schrecklichen Demütigung und der gallebitteren Erkenntnis, alles andere zu sein als ein Held … oder auch nur ein klein wenig mutig.

In Wahrheit hatte er nicht einmal versucht, sich zu wehren, nicht einmal ansatzweise – aus Angst und in der Annahme, dass er nur durch ein paar Schläge und Tritte eingeschüchtert werden sollte. Aber diese Annahme war nicht weniger falsch gewesen als seine einstmalig romantischen Ansichten über das Ende seiner Existenz.

Der hart geschwungene Klauenhammer hatte ihm gleich mit dem ersten Treffer den Unterkiefer zerschmettert. Vermutlich, damit er nicht um Hilfe schreien konnte. Dann, als er durch den brutalen Schlag und den Schock der höllischen Schmerzen zu Boden ging, kamen die Schienbeine an die Reihe ... wohl um zu verhindern, dass er weglief. Selbst da, und auch nachdem Arme und Hände zertrümmert waren, hatte er noch geglaubt, dass der Überfall nur eine Warnung war, und hatte trotz geschwollener Zunge versucht, stammelnd und stotternd zu versichern, dass er sie verstanden hatte, diese Warnung, und dass er seinen Fehler wiedergutmachen würde. Doch all sein Versichern, sein Flehen und sein Winseln hatten den furchtbaren Hammer nicht von seinen Gliedern und Knochen fernhalten können. Da war kein Mitleid, da war keine Gnade. Aber als Melchior Gietz das endlich erkannte, war es schon lange zu spät, um noch zurückzuschlagen, zu treten oder zu beißen. Die Möglichkeit, sich zu wehren, war inzwischen so weit weg wie der Mond. Da war kein einziger Muskel mehr, der ihm noch gehorchte.

Das war der Moment, in dem ihm die Hose heruntergezogen und er auf den Bauch gedreht worden war ...

Jetzt war er beinahe dankbar für den Schnitt durch seine Halsschlagader, für die zweifelsfreie Gewissheit, dass er sterben würde. Er war wie eine Erlösung, denn er wusste, dass er, nach dem, was gerade geschehen war, nicht hätte weiterleben können … nicht hätte weiterleben *wollen*. Seine Knochen wären vielleicht wieder geheilt – nicht aber seine Seele, sein Ego und schon gar nicht sein Selbstbewusstsein. Nichts wäre jemals wieder gewesen, wie es zuvor einmal war. Und deshalb sehnte er den Tod jetzt mit aller Macht der Verzweiflung herbei, damit endlich seine höllischen Schmerzen verschwanden … vor allem aber seine Scham.

All das Schlimme, das Abartige würde schon bald hinter ihm liegen – und, wenn er Glück hatte und es keinen Himmel gab oder ein Paradies, für immer vergessen sein.

Gleich darauf aber fühlte er, wie etwas Kaltes auf ihn gegossen wurde. Er roch das Benzin. Und als er hörte, wie über ihm ein Streichholz angerissen wurde, wusste er, dass er sich erneut geirrt hatte. Dass das Allerschlimmste nicht hinter, sondern noch vor ihm lag. Und er lernte eine letzte Lektion. Die Lektion, dass man mit gebrochenem Kiefer doch noch schreien kann.

Erstes Blut

1

Kloster Eberbach

Im Licht eines sonnigen Tages betrachtet, zeichnen das in einer Mulde über dem Kisselbach gelegene ehemalige Zisterzienserkloster und der östlich davon aufragende, dicht bewaldete Eichberg ein tief anrührendes, zu Herzen gehendes Bild rheinromantischer Idylle – des Nachts jedoch, wenn von der Anhöhe aus betrachtet die einzelnen Gebäude aussehen wie die Sarkophage gigantischer Dämonen und die Klostermauer wie die eines lange vergessenen Gräberfeldes, ist da etwas völlig anderes, das einem das Herz umfasst … mit kalten knochigen Fingern: Da ist Angst. Denn kaum ein Ort in Deutschland ist in einer Herbstnacht, in der die Wolkenfetzen über den Himmel jagen wie die Reiter einer gewaltigen Geisterarmee, so gespenstisch, einsam und Furcht einflößend wie das vor fast eintausend Jahren auf noch sehr viel älteren heidnischen Hügelgräbern errichtete Kloster Eberbach. Ganz besonders in einer Nacht wie dieser: der Nacht vor Allerheiligen, wenn nach vorchristlichem Glauben die Seelen rastloser Toter auf der Erde umherwandeln, um ihre alten, offenen Rechnungen zu begleichen und unbarmherzig Rache zu üben an ihren Verfolgern und Mördern. Wer die blutige Geschichte des Ortes kennt, weiß, dass hier im Laufe der Geschichte Unzählige eines grausamen Todes gestorben sind – bei der Invasion durch die Römer, in den Bauernkriegen, dem Dreißigjährigen Krieg und selbst noch im vergangenen Jahrhundert, in dem die Nazis die benachbarte und früher zum Kloster gehörige Psychiatrische Anstalt dazu missbraucht hatten, Tausende von Menschenleben auszulöschen, die sie als »lebensunwert« empfanden – darunter Hunderte von Kindern …

Aus den Schatten der Bäume traten in dieser Nacht zwei Gestalten in langen Kutten hervor und schreckten dabei ein Käuzchen auf, dessen alarmierender Schrei die beiden kurz innehalten und sich vorsichtig umschauen ließ, so als wären sie sich der Unheiligkeit dieses heiligen Ortes bewusst. Sie trugen die weiten Kapuzen tief in die Gesichter gezogen und in den groben Stricken, die sie sich als Gürtel um die Hüfte gebunden hatten, zwei Dolche mit Silbergriffen und leicht geschwungenen Klingen. Erst als es wieder still war, schlichen sie weiter – vom Osten her auf die Bruchsteinmauer des Klosters zu. Trotz der Vorsicht, mit der sie gesetzt wurden, verrieten ihre Schritte, dass die Kuttenträger sich hier auskannten. Sie hatten Leinenbeutel um die Schultern geschlungen, aus denen sie jetzt, als sie die Mauer erreicht hatten, kleine Pechfackeln holten und sie mit langen Streichhölzern entzündeten. Der Schein des aufflackernden Feuers spiegelte sich in den metallenen Pentagrammen und Talismanen, die an dicken Ketten um ihren Hals hingen.

Sie brauchten nur einige Augenblicke, um zu finden, wonach sie suchten: Ein breiter, relativ frischer Riss klaffte in der Mauer und in dem Boden darunter. Sie beugten sich herab und leuchteten mit ihren Fackeln nach unten. Der Riss führte zu einem Gewölbe unterhalb der Mauer.

»Und du meinst, wir sollten das wirklich tun?«, fragte eine der Gestalten. Die Stimme klang jung, jugendlich – weiblich.

»Natürlich«, antwortete die andere, ebenso weiblich und etwa im gleichen Alter. »Wenn nicht jetzt, dann können wir es erst wieder in dreizehn Jahren versuchen. Aber dann ist es zu spät.«

»Ich weiß nicht ...«

»Du wirst doch jetzt keinen Rückzieher machen und mich hängen lassen.«

»Und wenn man uns erwischt?«

»Hier ist niemand.« Die Sprecherin richtete sich wieder auf und zog die Kapuze vom Kopf. Das Gesicht einer etwa siebzehnjährigen jungen Frau kam zum Vorschein – trotz der altertümlichen Kleidung im New Goth Style geschminkt: schwarzer, dick aufgetragener Lidschatten mit Strichen bis zu den Schläfen, blutrote Lippen, weiß gecremte und noch einmal gepuderte Haut. Das lange Haar war unnatürlich schwarz gefärbt. »Und selbst wenn ... Was soll schon großartig passieren, Silja? Ne Anzeige wegen unbefugten Betretens. Keine große Sache. Sind ja beide noch keine achtzehn.«

»Anke ...«

»Was?« Anke klang zunehmend ungehalten.

»Glaubst du denn wirklich, dass der Zauber wirkt?«, fragte Silja, und das zittrige Zögern in ihrer Stimme verriet, dass ihr beide Alternativen gleichermaßen Angst machten. Auch sie zog die Kapuze vom Kopf. Sie war auf die gleiche Weise geschminkt wie Anke.

»Es gibt nur einen Weg, das herauszufinden.«

»Aber müssen wir dafür extra in den Keller des Klosters?«

»Das Ritual muss auf geweihtem Boden vollzogen werden.« Anke deutete nach unten in das Gewölbe und wollte gerade als Erste hinabsteigen, als sie ruckartig mitten in der Bewegung verharrte.

»Was ist?«, fragte Silja.

»Hast du das nicht gehört?«

»Was?«

»Pst! Sei mal leise.« Anke lauschte in Richtung Waldrand.

»Hör auf mit dem Scheiß«, bat Silja eindringlich. »Du willst mir nur noch mehr Angst einjagen, und ich mach mir jetzt schon in die Hose.«

»Pst, hab ich gesagt.« Ankes Stimme war nun nur noch ein Flüstern, und auch ihr Blick war nicht mehr so sorglos wie eben noch.

Silja biss sich auf die Zunge.

»Da war was«, beharrte Anke leise. »Wirklich.« Dann lauschte sie in das Gewölbe hinab.

Siljas Blick wanderte nervös vom Waldrand zu dem Loch im Boden und wieder zurück. »Lass uns von hier verschwinden.«

»Quatsch!«, sagte Anke. »War wahrscheinlich doch nur 'ne Ratte oder ein Fuchs. Wir ziehen das jetzt durch. Los, komm!« Sie stützte sich mit der freien Hand am Rand des Lochs ab und kletterte über Geröll und Schotter in den Keller hinunter.

Silja blieb stehen, wo sie war. »Und wenn es doch was anderes war?«

Anke klopfte sich den Dreck vom Umhang. »Was soll es schon gewesen sein? Ein perverser Axtmörder vielleicht? Silja, wir sind hier im Rheingau. Hier gibt es so etwas nicht.«

»Aber es ist Halloween …«

»Samhain!«, unterbrach Anke sie, ungehalten darüber, dass Silja aus ihrer Rolle fiel.

»Die Nacht, in der die Toten wandern«, fuhr Silja unbeirrt fort. »Unser Glaube lehrt uns, dass es die Anderswelt gibt.«

»Natürlich gibt es die«, erwiderte Anke ungeduldig. »Aber keine von uns beiden hat den Menschen, die hier gestorben sind, etwas angetan. Warum also sollten sie uns etwas antun?«

»Vielleicht hat ja einer unserer Vorfahren …«

»Papperlapapp«, raunzte Anke. »Jetz komm runner oder geh haam un versteck dich unnerm Kisse. Dann mach ich's hald allooh.« Der Ausrutscher ins Hessische kollidierte mit ihrem perfekten Styling, und sie biss sich selbst dafür auf die Unterlippe. Doch Silja merkte daran, wie sehr sie ihre Freundin gerade nervte.

»Ich komm ja schon«, lenkte sie ein und kletterte ebenfalls den Geröllhaufen hinab.

Keine der beiden sah, wie sich ein weiterer, gewandeter Schatten aus der Dunkelheit des Waldrands herausschälte und zu dem Riss in der Mauer schlich, in dem sie gerade verschwunden waren. Er verharrte dort oben – auf einen langen Hirtenstab gestützt –, bis er sicher war, dass die jungen Frauen unten ihren Weg fortgesetzt hatten. Erst dann zog er den Dolch aus dem Strick, der ihm als Gürtel diente, und kletterte ihnen hinterher.

Unten im Gewölbe war es noch kälter als am Waldrand und außerdem feucht. Anke fror trotz des weiten Umhangs und den dicken Strumpfhosen, die sie unter ihrem schwarzen Rock trug. Sie war erleichtert, dass Silja nicht in letzter Minute kniff, denn sie wusste, sie hätte nicht die Nerven gehabt, das Ding alleine durchzuziehen. Sie war überhaupt froh, hier im Rheingau jemanden gefunden zu haben, der sie für ihre Zugehörigkeit zu den Wicca nicht auslachte oder hänselte und der wie sie mehr darin sah als nur ein schnödes Rollenspiel. Silja ging wie sie auf das Urselinen-Gymnasium in Geisenheim, aber eine Klasse unter ihr. Anke war nicht durch ihre schwarzen Klamotten und ihre Schminke auf sie aufmerksam geworden – Goth Style war, wie jeder andere Trend auch, mit den üblichen fünf bis fünfzehn Jahren Verspätung nun auch im Rheingau angekommen, und jede dritte Jugendliche pflegte ihn. Nein, Anke hatte eines Tages auf dem Schulhof gesehen, dass Silja *die Bibel* der Wicca bei sich trug: Das *Metamorphoseon libri XI* von Lucius Apuleius, verfasst im zweiten Jahrhundert nach Christus und Vorlage vieler anderer Wicca-Werke – darunter auch Arbeiten von Leland, Crowley und vor allem Gardner. Anke war beeindruckt davon, dass Silja das Werk im lateinischen Original las, und sie waren fast augenblicklich Freundinnen geworden. Aber jetzt beschloss Anke: Wenn Silja auch in Zukunft so furchtsam und zögerlich blieb wie heute Abend, würde sie sich noch in diesem Spätherbst in Wiesbaden, Mainz und Frankfurt nach Gleichgesinnten umsehen.

Anke ging zielstrebig in den alten Klosterkeller hinein, damit Silja es sich nicht noch einmal anders überlegte. Die zahlreichen Säulen, von denen das frühgotische Kreuzgewölbe getragen wurde, warfen im Licht der beiden flackernden Fackeln weite, unheimlich lebendig anmutende Schatten. Anke fiel auf, dass Silja sich immer wieder umschaute, obwohl sie unmöglich über den Horizont des Lichtkegels hinaus etwas sehen konnte. Dort, wo der endete, war es tiefschwarz.

»Wir müssen noch etwa zweihundert Meter geradeaus«, sagte Anke, »und uns dann rechts halten, bis wir die Stelle finden, an der die Überschwemmung des Bachkanals den größten Schaden angerichtet hat.« Obwohl die Überschwemmung schon einige Zeit zurücklag, waren ihre Spuren noch überall deutlich zu sehen: eine getrocknete Schlammschicht auf dem Boden, Risse in den Bruchsteinwänden, verdreckte Weinflaschen in den Regalen.

»Müssen wir wirklich so weit da rein?«

Anke unterdrückte einen Seufzer. »Wir müssen dahin, wo der von den Mönchen geweihte Boden aufgebrochen ist. Nur da ist die Alte Energie stark genug.«

Nach den angekündigten zweihundert Metern blieb Anke an einem Kreuzgang stehen, um sich nach rechts zu orientieren. Da hörte sie hinter sich ein Geräusch. Es war nur ein kurzes, leises Schaben … wie ein Schritt, der mitten im Setzen gebremst wurde. Anke richtete ihr Ohr in die Dunkelheit hinter ihnen und hielt den Atem an. Silja wollte etwas sagen, aber Anke hob die Hand, um ihr zu bedeuten, dass sie leise sein sollte. Siljas Augen weiteten sich ängstlich, und sie begann nervös auf den Fußballen vor und zurück zu wippen, ehe Anke schließlich flüsterte: »Ich dachte, ich hätte Schritte gehört. Gar nicht so weit entfernt.«

»Schritte?«

»Ja. Hast du nichts gehört?«

Silja lauschte – und dann schlich sich noch mehr Furcht in ihr blass geschminktes Gesicht. »Doch«, flüsterte sie, »ich höre etwas. Aber aus der anderen Richtung.« Anke sah sie überrascht an, und sie deutete den Gang entlang. »So etwas wie ein Knistern … oder auch Brutzeln. Als ob jemand ein Lagerfeuer gemacht hat.«

Anke drehte sich um – und dann hörte sie es auch. Es klang tatsächlich wie ein Feuer, und in Verbindung mit dem Geräusch, das sie eben gehört hatte, konnte das nur eines heißen. »Ein Penner«, sagte sie leise.

»Ich glaube, wir sollten nicht hierbleiben, um das herauszufinden«, gab Silja zur Antwort. »Lass uns verschwinden.«

Anke zögerte. Sie waren so weit gekommen. »Aber das Ritual …«

»Scheiß auf das Ritual.«

»Wenn es nur einer ist, wird er uns nichts tun.«

»Und falls doch?«

»Dann werden wir mit ihm schon fertig.« Anke legte die Hand an den Dolch in ihrem Gürtel.

Silja starrte sie ungläubig an. »Du würdest den tatsächlich benutzen?«

Anke ließ die Schultern sacken und nahm die Hand von der Waffe. »Nein«, gab sie zu. Sich zu bewaffnen, um weniger Angst vor dem Dunkel zu haben, war eine Sache – die Vorstellung, diese Waffe dann auch gegen einen anderen Menschen einzusetzen, eine völlig andere. Dennoch weigerte sie sich, jetzt so einfach aufzustecken. »Wenn wir ihn in Ruhe lassen, lässt er uns auch in Ruhe.«

»Anke, du spinnst«, sagte Silja.

»Er hat wahrscheinlich mehr Angst vor uns als wir vor ihm«, sprach sie sich selbst Mut zu.

»Und wenn es mehr als einer ist«, wandte Silja ein. »Und die vielleicht auch noch was getrunken haben?« Sie zeigte auf die Weinflaschen in den Regalen. »Ich meine, keiner weiß, dass wir hier sind ... und hier hört uns auch niemand schreien.«

Anke war klar, dass Silja recht hatte, und fluchte leise in sich hinein. »Okay«, sagte sie, obwohl alles in ihr dagegen rebellierte. Aber die Aussicht, von einer Gruppe betrunkener Obdachloser vergewaltigt zu werden, war zu erschreckend. »Lass uns von hier abhauen.«

Sie waren noch nicht weit in die Richtung zurückgegangen, aus der sie gekommen waren, als Anke ganz in der Nähe wieder etwas hörte. Ja, es waren Schritte, eindeutig! Jetzt aber waren sie plötzlich so hastig wie ihre eigenen – wer auch immer dort im Dunkel auf sie lauerte, versuchte nicht länger, unentdeckt zu bleiben. Sie schrie auf und begann zu rennen.

»Lauf!«, rief sie Silja zu. »Lauf!«

Sie mussten den Saum ihrer Kutten fassen, um überhaupt schneller laufen zu können, und die in der Hast schwächer flackernden Fackeln spendeten kaum noch brauchbares Licht. Ankes Atem begann unter der Anstrengung schneller zu werden, und sie fühlte, dass ihr Herz heftig pochte. Ihr war mit einem Mal furchtbar heiß unter der Kutte, und es fiel ihr schwer, dem Drang zu widerstehen, für einen Moment innezuhalten und sie sich vom Leib zu reißen. Doch sie wusste, dass sie, wenn sie jetzt stehen blieb, von den Schritten in der Dunkelheit eingeholt werden würde. Ihre Angst war inzwischen so groß, dass sie sich jetzt sogar dabei ertappte, in Gedanken zu einem Gott zu beten, an den zu glauben sie immer aus voller Überzeugung geleugnet hatte. Nein, es war nicht Mutter Erde, die sie jetzt um ihren Beistand anflehte, oder die Kräfte der Natur oder die Geister ihrer Ahnen; es war der Gott aus der Bibel, der Gott ihrer Eltern und Großeltern.

Doch auch der hörte in dieser Nacht nicht zu.

Silja stolperte und riss Anke mit zu Boden. Sie landeten im Dreck, und bei dem panischen Versuch, einander aufzuhelfen, behinderten sie sich in ihren unpraktischen Kutten mehr, als dass sie sich tatsächlich halfen. Schließlich strampelte Anke sich frei und kam auf die Füße. Doch ehe sie wieder losrennen konnte, kam plötzlich aus dem Schwarz vor ihnen etwas mit einem lauten Schrei auf sie zugesprungen. Etwas Großes! Anke kreischte auf und wollte jetzt in die andere Richtung laufen, konnte sich aber vor Schreck nicht rühren. Der Angreifer war kein Penner, wie sie vermutet hatte; er trug eine ähnliche, im Sprung weit wehende Kapuzentracht wie sie, einen langen Stab und in seiner hoch erhobenen Rechten einen Dolch. Etwas in Anke schrie danach, ebenfalls nach ihrem Dolch zu greifen, aber stattdessen stand sie nur wie vom Donner gerührt da, fühlte, wie ihre Beine zitterten und wie etwas Warmes an den Innenseiten ihrer Unterschenkel herablief … ihr eigener Urin.

So also fühlten sich Ausweglosigkeit und Verzweiflung an.

»Bitte!«, kreischte sie mit überschnappender Stimme. »Tun Sie uns nichts!«

Und tatsächlich: Der Angreifer blieb augenblicklich stehen – nur zwei Schritte von ihr entfernt … und lachte.

Er lachte! Aus vollem Hals. Anke war fassungslos – aber nur für einen Moment. Dann erkannte sie die Stimme.

»Johannes!«, brüllte sie aufgebracht, machte einen Sprung nach vorn und schlug ihm gegen die Brust, ehe sie ihm die Kapuze vom Kopf riss. Noch während sie das tat, hörte sie nun auch Silja hinter sich vor Vergnügen kichern.

Es war Johannes Noll. Der Kerl, wegen dem sie eigentlich hier waren. Noch nie in ihrem Leben hatte Anke sich dermaßen gedemütigt gefühlt – so bloßgestellt. Zumal er auch jetzt, nachdem sie ihn demaskiert hatte, nicht aufhörte zu lachen.

»Tataa!«, machte er mit der ausladenden Geste eines Zirkusdirektors. »Der Traum deiner schlaflosen Nächte in Fleisch und Blut.«

Anke wollte nicht glauben, was sie da gehört hatte, und wirbelte zu Silja herum. »Du hast es ihm erzählt?!« Sie wollte nicht wahrhaben, von der eigenen Freundin verraten worden zu sein.

Silja saß auf dem Boden und hielt sich den Bauch. Sie hatte Lachtränen in den Augen. »Ich hielt das für einfacher als den Liebeszauber, den du geplant hattest«, stieß sie hervor. »Außerdem wollte ich, dass du mal genauso viel Angst hast wie ich sonst.«

Anke spürte, dass sie rot geworden war vor Scham, und hoffte, dass keiner der beiden in dem Halbdunkel sah, dass sie sich in die Hose gemacht hatte. »Du bist Scheiße!«, schrie sie Silja ins Gesicht und stapfte wieder in den Keller zurück, damit die beiden nicht auch noch mitbekamen, dass sie nun anfing zu weinen. Sie hatte sich das alles ganz anders vorgestellt. Natürlich war sie nicht so naiv, an einen Hokuspokus zu glauben, der von jetzt auf gleich dafür sorgt, dass ein Mensch sich in einen anderen verliebt. Die Magie, an die sie glaubte, war die Magie der Natur und des Bewusstseins. Das Ritual, das sie in einem alten Buch gefunden hatte, sollte ihr die innere Kraft geben, die Schüchternheit abzulegen, die sie jedes Mal, wenn sie in Johannes' Nähe war, empfand. Es sollte ihr dabei helfen, an ihre eigene Schönheit zu glauben und sie ihm zu präsentieren – mit ihm über ihre Gefühle ihn betreffend reden zu können, ohne dabei vergeblich nach den richtigen Worten zu suchen oder zu stottern. Silja hatte all das verdorben.

»Hey!«, rief Johannes ihr hinterher. »Lauf doch nicht weg. Ich wollte dich doch nur ein bisschen erschrecken. Ich wär doch gar nicht hier, wenn ich's nicht toll fände, dass du auf mich stehst.«

Fast hätte Anke sich gewünscht, dass das jetzt noch eine Rolle spielen würde ... dass es sie freuen würde, dass Johannes es toll fand, dass sie auf ihn stand. Doch das war nun vorbei. Zerstört durch einen einzigen Augenblick. Wer will denn schon eine Beziehung, die so beginnt? Anke hatte die Verführerin sein wollen und nicht die Lachnummer. Die Zauberin und nicht die Närrin.

»Haut ab!«, sagte sie und schluchzte auf. »Verschwindet und lasst mich einfach in Ruhe!«

»Och, komm schon«, hörte sie Silja rufen. Die beiden kamen hinter ihr her.

»Ich hab gesagt, ihr sollt abhauen!«, schrie Anke und begann zu laufen. Sie wollte jetzt nur noch alleine sein. Da sah sie vor sich am Ende des Gangs ein schwaches, flackerndes Licht. Sofort kam die Erinnerung an die Angst vor den Pennern zurück. Aber selbst das war ihr jetzt egal. Wie zuvor schon hörte sie das Knistern des Feuers und auch dieses seltsame Brutzeln. Es roch, als ob jemand etwas grillen würde und dabei das Fleisch verbrennen ließ.

Der Gang vor ihr führte in einen weiteren Raum, in dem der Boden der ganzen Länge nach aufgebrochen war. Der Bruch gab den Blick frei auf einen ehemals unterirdisch führenden Kanal, in dessen Mitte ein schmaler Bach floss. Der Kisselbach. Er war an beiden Seiten von gemauerten Steigen begleitet. Das Feuer brannte auf dem rechten. Jetzt, da sie näher kam, sah Anke, dass es ein viel größeres Feuer war, als sie vermutet hatte. Es gab nur so wenig Licht, weil es so tief unter dem Boden lag. Der Gestank nach verkohltem Fleisch war hier noch sehr viel stärker als draußen im Gang, und schwarze Rauchschwaden waberten durch die Luft. In einer Mischung aus Neugier und dem Drang, sich so weit wie möglich von Silja und Johannes, die weiter hinten noch immer ihren Namen riefen, zu entfernen, trat Anke nach vorn und lugte über den Rand des Bruchs hinweg nach unten.

Die Form des Feuers kam ihr merkwürdig vertraut vor, ohne dass sie im ersten Moment hätte sagen können, woran es sie erinnerte. Sie kletterte über den Rand auf den Steig nach unten und ging darauf entlang näher an das Feuer heran. Sie war gerade noch vier Meter davon entfernt, da bäumte es sich plötzlich vor ihr auf – wie eine lebendige, brennende Masse. Etwas zischte wie siedendes Fett, und das Krachen klang wie das Brechen großer, trockener Äste. Nein, nicht wie Äste, eher wie Knochen. Mit einem Mal wusste Anke, was es war, worauf sie da blickte … was sich da gerade vor ihr durch die Hitze aufgebäumt hatte ... was sie jetzt halb aufgerichtet durch die Flammen hindurch aus nass zischenden Höhlen heraus anstarrte ...

... und ein zweites Mal in dieser unseligen Nacht nässte sie sich ein.

2

Auf dem Rhein – bei Rüdesheim

Inga Jäger stand an der Heckreling der *MS Rheinfels,* wickelte als Schutz gegen die kalte Nachtbrise das weite Cape ihres venezianischen Colombina-Kostüms enger um sich und zündete sich eine Zigarette an. Der Wind hier unten im Rheingau war zwar weder so stark noch so kalt, wie sie ihn von Hamburg her gewohnt war, aber kühl genug, um sie in der Verkleidung, die nur aus dünner Seide und Taft bestand, frösteln zu lassen. Schwarz wie flüssiger Obsidian lag der Fluss unter ihr in seinem hier noch breiten Bett, die Lichter Rüdesheims und Bingens spiegelnd, die einander an Nord- und Südufer gegenüberlagen. Aus dem Innern des Partyschiffs drang laut veraltete Musik sowie der Lärm ausgelassener Gäste, die lachten und tanzten. Halloween zu feiern war inzwischen auch in Deutschland zur Mode geworden, und Inga Jäger hatte sich breitschlagen lassen, an einem Maskenball auf dem Wasser teilzunehmen. Doch eigentlich war ihr nicht nach Feiern zumute. Ihre Gedanken waren bei ihrer Tochter Tanya. Esther, die siebzehnjährige Tochter ihrer Tagesmutter Vikki Limpach, hatte sich als Babysitterin angeboten. Tanya hatte sich zwar begeistert darauf eingelassen, aber dennoch hatte Inga ein schlechtes Gewissen. Es war das erste Mal, dass sie seit dem Tod von Tanyas Vater mit einem Mann aus war, und wie jede alleinerziehende Mutter fragte sie sich, wie Tanya wohl darauf reagieren würde. Dabei war sie sich selbst noch gar nicht sicher, was sie von ihm wollte – oder ob sie überhaupt etwas von ihm wollte. Sie vermisste ihren Mann, das war klar; aber sie vermisste nach all der Zeit, die er jetzt nicht mehr da war, auch menschliche Nähe, Zuneigung und Zärtlichkeit. Sie schämte sich dafür, dass es so war, doch gleichzeitig war sie nicht dazu bereit, sich selbst zu belügen und sich einzureden, dass sie sich nicht danach sehnte. Wenn es nur der Sex wäre – damit konnte sie umgehen; dank des Spielzeugs in ihrer abschließbaren Nachttischschublade. Aber mit einem Vibrator kann man nicht kuscheln und ihn auch nicht sanft in den Schlaf streicheln oder mit ihm schmusen. Sicher, am meisten vermisste Inga es, all dies nicht mehr mit ihrem Mann machen zu können, aber im Kern vermisste sie es auch ganz unabhängig von ihm. Sie wusste, dass es unsinnig war, aber sie fühlte sich deswegen wie eine Verräterin – obwohl sie überhaupt noch nichts getan hatte.

»Sie blicken zurück«, vernahm sie plötzlich eine Stimme neben ihr. Es war Max Hoffman, der Journalist, den sie bei ihrem ersten Fall hier bei der Staatsanwaltschaft Wiesbaden kennengelernt hatte. Er trug ein Jack-Sparrow-Kostüm, das ihm verdammt gut stand – auch wenn der Hype um *Fluch der Karibik* schon lange vorbei war.

Trotz anfänglicher Körbe hatte er nicht damit aufgehört, mit ihr zu flirten, und sie immer wieder zum Essen eingeladen, bis sie schließlich eingewilligt hatte. Das hier war nun ihr drittes Date, und obwohl sie noch immer beim *Sie* waren, wusste sie, dass er sich für heute Nacht mehr erhoffte als einen Gutenachtkuss zum Abschied auf die Wange. Aber sie wusste nicht, ob auch sie dazu bereit war. Sicher, Max war unglaublich attraktiv mit seinen grünen Augen und den Grübchen; groß, schlank, Ende dreißig, dichtes, dunkles Haar. Außerdem war er, wie sich inzwischen herausgestellt hatte, nicht nur bis an die Grenze der Dreistigkeit kess, sondern auch umwerfend charmant und trotz seiner direkten Art überraschend einfühlsam. Doch all das änderte nichts an ihrer zögerlichen Haltung – im Gegenteil: Dass sie überhaupt wahrnahm, was alles ihn attraktiv machte, ließ ihr schlechtes Gewissen ihrem verstorbenen Mann und Tanya gegenüber nur noch wachsen … was sie wiederum wütend auf sich selbst machte, weil brüten und in Selbstmitleid schwelgen ganz und gar nicht ihrer Art entsprach. Ein Teil von ihr hoffte deswegen, dass Max heute Abend etwas tat, was sie dermaßen mitreißen würde, dass sie all ihre Bedenken und ihre Zurückhaltung über Bord warf, dass sie sich einließ und sich erst morgen wieder Gedanken machen würde über das, was kommen mochte … und ob und wie sie es Tanya beibringen sollte.

»Lassen Sie uns zum Bug gehen und nach vorn schauen«, sagte Max nun, nahm sie bei der Hand und führte sie an der Steuerbordreling entlang zum vorderen Teil des Schiffs, vorüber an den großen Fenstern, durch die hindurch Inga im Vorübergehen das ausgelassene Treiben im Tanzsaal betrachtete und sich fragte, wie lange es noch dauern würde, bis sie endlich auch wieder so unbekümmert und unbeschwert sein konnte. Vom Gipfel des Hanges am rechten Ufer blickte das hell erleuchtete Niederwalddenkmal auf sie herab, und Inga konnte hören, dass auch dort oben gefeiert wurde.

»Die Germania«, sagte Max. »Symbol der Einigung Deutschlands zum Kaiserreich anno 1871. Gebaut im Anschluss an den Deutsch-Französischen Krieg und fertiggestellt 1883.«

»Aha«, machte Inga und gab sich keinerlei Mühe zu verbergen, dass sie solche historischen Daten und Informationen eher langweilig fand. »Wer von uns blickt jetzt zurück?«

»Das ist ja das Interessante«, erwiderte er. »Geplant und erbaut als Symbol der Unvergänglichkeit. Aber in Wahrheit ist sie, wie eigentlich jedes Denkmal, das perfekte Beispiel dafür, wie vergänglich die Dinge sind. Deutsches Kaiserreich, Weimarer Republik, NS-Regime, BRD, dann die Wiedervereinigung zu Gesamtdeutschland, jetzt die Europäische Union, et cetera, et cetera, et cetera. Nichts bleibt, wie es war, und nur Statuen leben in der Vergangenheit.«

»Jetzt gehen Sie zu weit«, warnte sie ihn und entzog ihm ihre Hand. »Einen gewaltigen Schritt zu weit.«

»Ich weiß«, gab er zu. »Ich schreibe besser, als ich spreche. Wollte in der Hauptsache sagen, dass die Zukunft viel Schönes bringen kann.«

Das brachte sie zum Lachen, gerade weil er es so ernst und mit Würde sprach. »Sie haben mich hierher eingeladen, um mit mir eine Europäische Union zu gründen?«

Jetzt musste auch er lachen – und Inga war froh darüber, dass seine ungewöhnliche Ungeschicktheit nicht den

Abend ruiniert hatte. Schon ihre Großmutter Thea hatte ihr beigebracht, dass man es Männern nachsehen sollte, dass sie, egal wie selbstbewusst sie waren, beim entscheidenden Annäherungsversuch immer ein wenig schüchtern und unbeholfen sind. »Und wenn sie es nicht sind«, hatte Thea hinzugefügt, »lass die Finger von ihnen, weil du ihnen dann nicht viel bedeutest. Also ist es zwar anstrengend, aber immer ein gutes Zeichen, wenn sie im entscheidenden Moment auf der eigenen Zunge stehen oder sich selbst im Weg.«

»Na ja«, sagte Max. »Nicht unbedingt die Europäische … aber Union oder eine andere Art der …«

»Wenn Sie jetzt *Verbindung* oder gar *Vereinigung* sagen, springe ich über Bord«, unterbrach sie ihn und lachte erneut.

Er kratzte sich verlegen am Ohr. »Sie bringen mich völlig aus der Fassung.«

»Das ist etwas Gutes«, sagte sie, schnipste den Rest ihrer Zigarette in den Fluss und schlenderte weiter in Richtung Bug. Mit Unbeholfenheit, die zu Vertrautheit führte, konnte sie sehr viel besser umgehen als mit rein körperlicher Forschheit.

Ihr Blick fiel auf einen ebenfalls hell erleuchteten Turm auf einer winzigen Insel in der Mitte des hier enger werdenden Stroms.

»Der Mäuseturm«, sagte Max.

»Eine weitere Lektion in Geschichte?«, fragte Inga leichthin und täuschte absichtlich schlecht geschauspielert ein Gähnen vor.

»Viel eher eine gruselige Legende«, erwiderte er. »Ein Schauermärchen.«

»Ein Schauermärchen zu Halloween? Das klingt gut«, sagte sie.

»Es war vor über eintausend Jahren …«, begann er.

»So alt sieht der Turm gar nicht aus«, unterbrach sie ihn.

»Er wurde in der Zwischenzeit einige Male zerstört und immer wieder aufgebaut«, sagte Max, »aber es geht die Sage, dass der Turm schon lange vor den Römern hier auf der Insel stand, also schon vor mehr als zweitausend Jahren.«

»Das Schauermärchen«, erinnerte Inga ihn, als sie merkte, dass er schon wieder in historische Details abzurutschen drohte.

»Ja«, sagte er. »Also, es war im Winter 969/970. Die Ernten des vergangenen Sommers waren schlecht, und es herrschte eine landesweite Hungersnot. Der Erzbischof von Mainz aber, ein Protegé von Otto dem Großen namens Hatto II., hatte durch die Abgaben der Schäfchen seines Bistums die Kornspeicher bis unter die Decken voll mit Getreide. Doch statt es unter dem darbenden Volk zu verteilen, wie es die Kirche in solchen Zeiten normalerweise machte, ließ er es sich von den Reichen mit Gold aufwiegen. Schließlich zogen aus der ganzen Region die hungernden Menschen zu ihm hin nach Mainz und bettelten, dass er seine Kammern für sie öffnete und sie vor dem sicheren Tod bewahrte. Doch Hatto blieb eisern und verspottete die Notleidenden auch noch. Daraufhin bahnte sich eine offene Rebellion an, und schließlich, als es zu den ersten gewalttätigen Ausschreitungen kam, tat Hatto so, als gäbe er nach. Er führte die Bettler zu einer seiner Scheunen, ließ sie öffnen und lud die Hungernden ein, so viel von dem Getreide mitzunehmen, wie sie tragen konnten. Doch kaum waren die Menschen in die Scheune gestürmt, ließ er die Tore durch seine Soldaten von außen verriegeln und zündete die Scheune an.«

»Er hat was?«

»Ja, er hat nicht nur die Menschen bestialisch umgebracht, er hat auch das Getreide lieber verbrannt, als es den Bedürftigen einfach zu überlassen. Und während sie unter Todesqualen schrien, sagte er spöttisch: *Hört ihr die Kornmäuslein unten pfeifen?*«

Es war nicht die kühle Nachtluft, die Inga dabei eine Gänschaut über den Rücken und die Arme jagte. Vielleicht war *diese* Geschichte nur eine Legende, aber sie war sich sicher, dass so etwas im Mittelalter und auch in der frühen Neuzeit mehr als einmal tatsächlich passiert war – und im Grunde genommen passierte es ja auch heute noch. Unzählige Bruttoregistertonnen Lebensmittel wurden verbrannt oder in die Meere gekippt, statt sie den Notleidenden zu geben – nur um die Preise stabil zu halten.

»Und kaum hatte er das gesagt«, fuhr Max fort, »zogen sich unter Donnern und Blitzen dunkle Gewitterwolken am Himmel zusammen, und von überall her strömten plötzlich echte Mäuse auf den Platz. Hunderttausende. Millionen. Und sie alle hatten nur ein Ziel: Erzbischof Hatto. Der zog sich augenblicklich in seine Burg zurück. Aber auch dort war er nicht sicher. Die kleinen Nager drangen ohne Probleme durch Abwasserkanäle und Risse in Mauern und im Boden ein. Da floh er auf ein Schiff und ließ sich hierher bringen – in der sicheren Annahme, durch das Wasser wäre er vor den Mäusen sicher. Doch er hatte sich geirrt. Die Mäuse folgten ihm mit der Strömung den Rhein herunter, stürmten den Turm und fraßen Hatto bei lebendigem Leibe auf. So ist es geschehen im Januar, am 18. Tage im Jahre des Herrn 970.«

Obwohl Inga fand, dass die Strafe, die Hatto ereilt hatte, eine gerechte war, erschauerte sie doch bei der Vorstellung der unzähligen, kleinen grauen Nager, wie sie mit ihren winzigen, aber messerscharfen Zähnen einen lebendigen und sich unter Todesschreien windenden Menschen auffraßen. Instinktiv rückte sie dichter an Max' Seite, drückte sich an ihn und empfand es als tröstend und wohltuend, dass er ganz selbstverständlich seinen Arm um sie legte. Sie fühlte die Wärme seines Körpers, seine Nähe. Der mild-würzige Duft seines Aftershaves schwebte ihr zusammen mit der frischen Nachtluft in die Nase, und instinktiv stieß sie einen leisen, aber wohligen Seufzer aus. Sie ließ zu, dass er sie noch ein wenig dichter an sich zog, legte ihre Wange an seine Brust und schloss genussvoll die Augen. Ja, sie würde sich erst morgen wieder Gedanken machen. Sie fühlte, wie er eine Hand an ihre Wange legte, ihr Gesicht leicht anhob, und ihr Herz begann schneller zu schlagen. Wie von selbst öffneten sich ihre Lippen ein wenig – in Erwartung des ersten Kusses.

Da klingelte ihr Handy. Der Ton war der eines krähenden Hahns.

»Scheiße«, sagte sie leise, als sie in die Realität zurückgerissen wurde, und öffnete die Augen. Max' Gesicht schwebte nur wenige Zentimeter über dem ihren. Seine grünen Augen glühten entschlossen.

»Lass es klingeln«, sagte er mit vor Lust belegter Stimme.

So sanft Inga konnte, um seine Gefühle nicht zu verletzen, befreite sie sich aus der Umarmung und trat einen Schritt zurück.

»Kann ich nicht«, sagte sie. »Das ist Gebert. Und der würde um diese Uhrzeit nicht anrufen, wenn es kein Notfall wäre.«

Max seufzte, nickte dann aber verständnisvoll, während sie in ihre Handtasche griff und ihr Smartphone hervorholte. Max wusste, dass sie mit Notfall einen Mord meinte.

Inga nahm das Gespräch an.

»Guten Abend, Jägerin«, meldete sich Kriminalhauptkommissar Gebert mit ernstem Ton. »Ein Boot der Wasserpolizei ist in zwei Minuten bei Ihnen. Die Jungs bringen Sie nach Rüdesheim, wo die Otto Sie abholen wird.« *Die Otto* war Geberts Assistentin – Lydia Otto.

»Geht klar«, sagte Inga Jäger. »Bis gleich.« Sie steckte das Smartphone zurück in die Handtasche.

»Was ist passiert?«, fragte Max. In seinen eben noch verliebt oder lustvoll glühenden Augen funkelte jetzt journalistische Neugier.

»Weiß ich noch nicht«, erwiderte Inga Jäger. »Das wird mir die Otto auf der Fahrt zum Tatort erzählen.«

»Ich komme mit.«

Sie war überrascht, dass Max das nicht als Frage formuliert hatte. »Du weißt, dass das nicht geht«, sagte sie.

»Wo ist das Problem?« Er sah sie an, als wüsste er das wirklich nicht.

»Ich bin Staatsanwältin und du Journalist ... Ich kann dich nicht einfach mit an einen Tatort nehmen.«

»Ich verrate es auch keinem«, sagte er und grinste breit.

Inga Jäger wurde sauer. Nicht nur, dass dieser schöne Abend durch Geberts Anruf unterbrochen worden war, jetzt bahnte sich auch noch ein erster Streit mit Max an. Sie wollte nicht glauben, dass er ihre Integrität nicht nur riskierte, sondern sogar komplett infrage stellte, wenn er glaubte, sie nähme ihn nur nicht mit, weil jemand anderes es erfahren könnte. Doch sie unterdrückte den Impuls, das jetzt und hier zu klären. Ein Mensch war ermordet worden – das war jetzt sehr viel wichtiger.

»Och, komm schon, Inga …«

»Ich werde Sie informieren, sobald es eine Pressekonferenz gibt, Herr Hoffman«, sagte sie kühl, drehte sich um und ging zur Steuerbordreling, um dort alleine auf das Polizeiboot zu warten. Jetzt war ihr auch innerlich kalt.

3

Die Kollegen von der Wasserschutzpolizei ließen nicht lange auf sich warten. Das Boot legte längsseits an dem Partyschiff an, und zwei der Uniformierten halfen Inga Jäger über ein Fallreep an Bord. In ihrem venezianischen Kostüm fühlte sie sich unangemessen gekleidet, aber es half ja nichts. Sie hatte nicht damit rechnen können, in dieser Nacht noch einmal dienstlich unterwegs zu sein, und hatte deswegen auch nichts zum Wechseln dabei. Kaum hatte sie das Deck betreten, war die Planke auch schon eingeholt, und das Polizeiboot nahm mit einer engen Kurve schnell an Fahrt auf. Trotz der Kälte stellte Inga Jäger sich an die Bugreling und genoss den kühlen Fahrtwind. Ihr Ärger auf Max Hoffman war so schnell vertrieben. Sie brauchte jetzt einen klaren Kopf. In weniger als drei Minuten erreichten sie Rüdesheim, und schon von Weitem konnte Inga Jäger die Otto im Lichtkegel eines der Anleger stehen sehen. Sie trug das brünette Haar wie immer streng zu einem langen Pferdeschwanz gebunden und die für sie typische Zivilkleidung: schwarzer Strickrolli, eng geschnittene Stoffhose, Windjacke und auf Hochglanz polierte Stiefel. Sie hatte davon vier oder fünf Sets, was Inga Jäger immer wieder an Albert Einstein erinnerte, von dem es hieß, dass er etliche gleiche Anzüge im Schrank hängen hatte, um morgens keine Gedanken daran verschwenden zu müssen, was er anziehen sollte.

»Guten Abend, Frau Jäger«, grüßte die Otto mit dem ihr üblichen höflichen Respekt und der ihr eigenen militärischen Knappheit, als Inga Jäger auf den Anleger trat. »Wenn Sie mir bitte folgen möchten.«

Sie führte sie vom Ufer weg durch einen Tunnel, der unter den parallel zum Fluss verlaufenden Bahngleisen hindurch zur Rheinstraße führte. Der Gestank nach Pisse ließ Inga Jäger den Atem anhalten und so schnell gehen, wie es ihr Kostüm mit dem weiten Rock zuließ. Auf der anderen Seite angekommen, stießen sie auf eine Gruppe maskierter Jugendlicher und junger Erwachsener, die sich vor einer der zahlreichen Kneipen tummelten, Zigaretten rauchten und von der Tanke oder zu Hause mitgebrachten Wodka tranken.

»Na, wen hamm wir denn hier?«, rief einer von ihnen, ein grobschlächtiger Kerl mit Händen wie Baggerschaufeln. Sein einziges Kostüm war ein viel zu kleiner Clownshut, der mit einem feinen und zum Zerreißen gespannten Gummiband, das unter seinem massigen Kinn verlief, auf dem Kopf gehalten wurde, der fast so groß war wie der eines Grizzlys. Der Rest bestand aus einem alten, über dem gewaltigen Bauch spannenden roten Sweatshirt, einer schwarzen Jeans und billigen Turnschuhen. »Ne Prinzessin und 'ne Domse.«

Er stellte sich Inga Jäger und der Otto mit einem breiten Grinsen und noch sehr viel breiteren Schultern in den Weg.

»Aus dem Weg«, sagte die Otto mit einem Knurren in der Stimme.

»Nix da«, sagte er. »Hier werd Weechzoll bezahlt.«

»Jo«, bestätigte ein zweiter aus der Gruppe. Er ging dem anderen vielleicht gerade mal bis zur Brust, war dünn, aber drahtig und hatte die größte Hakennase, die Inga Jäger je gesehen hatte. Sein schmales Gesicht war gerahmt von langen schwarzen Locken. Er trug eine schwarze Bomberjacke sowie ausgetretene Cowboystiefel und sah wesentlich finsterer aus als sein Kumpel. »Ohne Weechzoll geht hier gar nix.«

»Aus dem Weg, habe ich gesagt«, wiederholte die Otto, und Inga Jäger sah, wie sie ihr Gewicht auf beide Beine und die Fußballen verlagerte. Sie machte sich offenbar auf eine Konfrontation gefasst.

»Wie hoch ist der Wegzoll?«, fragte Inga Jäger den Riesen, um genau das zu vermeiden.

»Ich hab das im Griff, Frau Jäger«, raunte die Otto.

Inga Jäger ignorierte sie. »Wie hoch?«

»Na 'n Kuss, was'n sonst?«, meinte der Kleine mit dem hageren Gesicht. »Ohne Knutscher kimmt hier kaner dorsch.«

Inga Jäger machte einen schnellen Schritt nach vorn und küsste den Kleinen auf die schlecht rasierte Wange. Der machte große Augen, und sein eben noch finsteres Gesicht hellte schlagartig auf.

»Komm her, du Bär«, sagte Inga Jäger daraufhin zu dem Riesen, zog sein gewaltiges Gesicht mit beiden Händen zu sich herab und gab auch ihm einen dicken Schmatzer auf die Wange.

Als er sich wieder aufrichtete, grinste er wie ein Honigkuchenpferdchen, und seine breite Brust schwoll noch weiter an vor Stolz. Er verneigte sich mit einer ausladenden Geste. »Eure Hoheit, Ihr möget passieren.« Der Kleine drängte die anderen zur Seite und schuf eine Gasse durch die Traube seiner Leute.

»Habt Dank, edle Herren«, erwiderte Inga Jäger und machte einen Hofknicks.

Dann ging sie weiter, und die Otto folgte ihr. Hinter sich hörte sie, wie der Große selig sagte: »Sie hat mich Bär genannt.«

»Und edle Herren«, fügte der Kleine hinzu und seufzte verträumt.

»Das war Nötigung«, sagte die Otto, als sie ein paar Schritte weiter waren.

»Quatsch«, sagte Inga Jäger und lächelte. »Das war bloß Schabernack. Die hätten uns auch so durchgelassen, wenn wir insistiert hätten. Ich dachte nur, so geht es sehr viel schneller. Und haben Sie gesehen, wie glücklich sie gelächelt haben?«

Die Otto gab ein unentschlossenes Grunzen von sich und öffnete den Kofferraum ihres Dienstwagens. »Ja, Sie haben wohl recht. Immerhin ist Halloween, und die Jungs können ja nichts dafür, dass wir einen Job haben, der uns das Privatleben verhagelt.«

»Auch ein Date geplatzt?«, fragte Inga Jäger mitfühlend.

»Eher eine Versöhnung verpatzt«, antwortete die junge Polizistin. »Und da der Grund für die Versöhnung ein Streit wegen meiner unregelmäßigen Dienstzeiten war, kam Geberts Anruf natürlich denkbar ungünstig.«

Inga Jäger seufzte. »Mörder machen nun mal keine Ferien.«

»Wohl wahr«, bestätigte die Otto mit einem Nicken und deutete in den Kofferraum. »Ich habe noch eine Montur Klamotten dabei – falls Sie sich umziehen möchten.«

»Sie sind ein Engel«, sagte Inga Jäger und nahm die kleine Reisetasche an sich.

Die Otto hielt ihr eine der hinteren Türen auf. »Auf dem Rücksitz haben Sie mehr Platz.«

Inga Jäger kletterte hinein und leerte den Inhalt der Tasche. Rolli, Hose, ein paar Socken, Stiefel, Windbreaker. Alles sorgfältig zusammengelegt. Die Unterwäsche ließ sie drin, aber ihr fiel durchaus auf, dass sie im Gegensatz zum Rest der Kleidung auf eine fast schon süße Weise verspielt war.

Die Otto fuhr los, und Inga Jäger begann damit, sich aus ihrem Kleid zu schälen. »Wissen Sie schon Genaueres?«

»Nein«, antwortete die Otto. »Der Chef hat nichts gesagt. Außer, dass wir zum Kloster Eberbach kommen sollen und es wohl ziemlich übel aussieht. So etwas hat er noch nie gesehen.«

Inga Jäger hielt mitten in der Bewegung inne. Sie erinnerte sich an die Leiche in ihrem ersten gemeinsamen Fall vor gerade einmal sechs Wochen. Sieglinde Reichard war in den Weinbergen von einem tonnenschweren Vollernter überfahren worden – nachdem sie erschossen und ihr das Herz aus der Brust gerissen worden war. Inga Jäger konnte sich nicht vorstellen, was wohl noch übler aussehen konnte. Doch, sie konnte, fiel ihr da ein ... aber sie weigerte sich. Sie würde schon noch früh genug mit eigenen Augen sehen, was geschehen war ... viel zu früh.

4

Kloster Eberbach

Die Otto lenkte ihren Wagen bei Hattenheim von der B42 und jagte mit halsbrecherischem Tempo die Kloster-Eberbach-Straße in nördlicher Richtung hinauf. Schon nach weniger als einer Minute hatten sie das Dorf hinter sich gelassen und fuhren durch die nach der Ernte gespenstisch kahl aussehenden Weinberge. Obwohl sie noch nicht lange hier lebte, kannte Inga Jäger die Strecke. Das Kloster Eberbach lag genau neben der Klinik für Psychiatrie und Psychotherapie Eichberg, die in ihrem ersten Fall mit Kriminalhauptkommissar Gebert eine wichtige Rolle gespielt hatte. Hier oben, wo die Weinberge in den Wald übergingen, hatte man die Leiche Sieglinde Reichards gefunden, und Inga Jäger hoffte inständig, dass das neue Verbrechen nichts mit dem alten zu tun hatte. Es war schwer genug gewesen, den komplizierten Fall zu knacken und schließlich zu lösen.

Sie erreichten das Kloster vom Süden her. Auf dem Besucherparkplatz stand bereits das gesamte Aufgebot: drei Streifenwagen, Geberts Auto, der Transporter der Rechtsmedizin und der der Spurensicherung. Der Platz war abgesperrt, von der Presse glücklicherweise noch nichts zu sehen. Der Gedanke an die Presse brachte die Erinnerung an Max' Verhalten auf dem Schiff zurück und eine Spur des Ärgers, den es ihr bereitet hatte, und sie schob ihn beiseite, um sich auf ihre Aufgabe zu konzentrieren. Vielleicht war es einfach grundsätzlich keine gute Idee für eine Staatsanwältin, sich mit einem Journalisten einzulassen. Konflikte wie der heutige waren vorprogrammiert.

Die Otto parkte, und die beiden wurden beim Aussteigen von einem uniformierten Beamten begrüßt. Er überreichte ihnen einen Touristenplan des Klosters. Ein einziger Blick genügte, um zu erkennen, wie viel weitläufiger als von außen angenommen die Anlage war.

»Wir sind hier auf dem Besucherparkplatz Ost«, sagte der Mann. »Folgen Sie dem Weg durch den Eingang geradeaus nach Norden. Dann stoßen Sie auf ein Gebäude. Dort wartet ein Kollege auf Sie, der Sie nach unten bringt.«

»Nach unten?«, fragte Inga Jäger.

Der Beamte nickte. »Die Leiche wurde in einem der Klosterkeller entdeckt.«

Die Otto holte zwei große Taschenlampen aus dem Kofferraum, gab eine davon Inga Jäger, und sie betraten das Klostergelände. Ihr Weg führte sie durch eine parkähnliche Anlage mit Bäumen zur Linken und einem kleinen Weinberg zur Rechten. Schon nach kaum hundert Schritten konnten sie die Beamten auf dem Parkplatz nicht mehr hören, und die geisterhafte Stille wurde einzig von dem Geräusch ihrer eiligen Schritte unterbrochen. Instinktiv holte Inga Jäger ihre Pistole aus der Handtasche und klemmte das Schnellziehholster an den Gürtel. Was auch immer hier geschehen sein mochte, es war nicht auszuschließen, dass der Täter noch in der Nähe war. Erst nach einer Weile sahen sie oben am Ende des Wegs ein Licht. Es war eine alte Laterne, an der Ecke des Gebäudes angebracht, das laut Plan das östlichste der ganzen Klause war und nicht weit weg lag von der Außenmauer, die das gesamte Gelände umgab. Inga Jäger sah im Schein ihrer Taschenlampe, dass sie an einer Stelle aufgebrochen war.

Der Kollege, der oben im Schein der Laterne auf sie wartete, begrüßte sie knapp und führte sie durch eine kleine Seitentür in das alte Bauwerk hinein. Sie folgten ihm einen schmalen Gang entlang zu einer weiteren Tür, hinter der die Treppe in den Keller lag. Die steinernen Stufen waren ausgetreten, und Inga Jäger fragte sich, wie viele Menschen dort wohl im Laufe von Jahrhunderten hoch- und runtergelaufen sein mochten, um den harten Fels derart abzunutzen. Von unten herauf drangen ihr die Stimmen der Polizisten und der Mitarbeiter der Spurensicherung entgegen. Ihr Magen verkrampfte sich in dem Bewusstsein, dass sie gleich eine Leiche sehen würde. Aber anders als die meisten ihrer Kollegen bei der Staatsanwaltschaft hatte Inga Jäger es sich zur obersten Priorität gemacht, draußen im Feld mit der Kripo zusammenzuarbeiten. Sie wollte so viel Einsicht in ihre Fälle wie nur irgendwie möglich, und da gehörte es an die erste Stelle, die Tatorte und Opfer persönlich in Augenschein zu nehmen. Sie hatte mit Kommissar Gebert vereinbart, dass er sie immer sofort rief, wenn er selbst von einem neuen Verbrechen Kenntnis nahm, damit sie vor Ort gehen konnte, ehe die Kollegen der Pathologie die Leiche abtransportierten. Außer den Hinterbliebenen die Nachricht vom Tod eines geliebten Menschen zu überbringen, war das der Teil ihres Berufs, den sie am meisten hasste. Aber es gab nichts, was sie tun konnte, um sich darauf gefasst zu machen.

Sie und die Otto wurden von dem Kollegen in Uniform den ersten Keller entlang- und von dort aus in ein zweites, weit größeres Gewölbe geführt. Hier waren zwei Baustellenstrahler aufgebaut, und in einer Ecke standen zwei junge Frauen und ein Mann etwa gleichen Alters. Der Mann und eine der Frauen trugen weite, mittelalterlich anmutende Kapuzenkutten. Die zweite Frau hatte eine dicke Polizeidecke um die Schultern gewickelt. Ihre schwarze Schminke war tränenverschmiert und rußverdreckt.

»Wer ist das?«, fragte Inga Jäger den Beamten.

»Die drei haben die Leiche gefunden«, antwortete er. »Eine von ihnen, Anke Fuchsberger, war so geistesgegenwärtig, den Brand mit ihrer eigenen Kutte zu löschen, ehe sie uns gerufen hat.«

Brand? Inga Jäger ahnte nun, was Kommissar Gebert wohl mit *übel* gemeint hatte. Unwillkürlich wurde sie an den Tod ihres Mannes erinnert. Ein Schauer lief ihr über den Rücken, und eine eiskalte Hand legte sich um ihr Herz. Doch sie zwang sich dazu, die Erinnerung abzuschütteln, um sich auf das Hier und Jetzt zu konzentrieren. »Kommen sie als Täter infrage?«

Der Beamte schüttelte den Kopf. »Sie waren zwar bewaffnet, aber der Chef glaubt nicht.«

»Bewaffnet?«, hakte Inga Jäger nach.

»Alte Dolche. Passend zur Maskierung. Die Spurensicherung hat sie an sich genommen.«

»Was hatten sie hier zu suchen?«

»Sind Rollenspieler oder so was.« Er zuckte mit den Schultern. »Unbefugt durch einen Bruch in der Außenmauer eingedrungen. War wahrscheinlich nur 'ne Halloween-Mutprobe. Der Chef wollte mit der Befragung warten, bis Sie hier sind.«

Während sie weitergingen, musterte Inga Jäger die Gesichter der drei. Sie kam zu dem Schluss, dass sie trotz der Gothic-Schminke eher verschreckt aussahen als schuldig. Natürlich gab das rein Äußere wenig Aufschluss darüber, ob ein Mensch dazu in der Lage war, ein Verbrechen zu begehen, und es erstaunte immer wieder, wie viele Gewaltverbrecher sehr viel mehr aussahen wie Otto Normalverbraucher als wie Kinoschurken, aber Körperhaltung, Körpersprache und Mimik konnten einem schon sehr genau anzeigen, ob jemand etwas zu verbergen oder ein schlechtes Gewissen hatte. Da war jedoch nichts Argwöhnisches, nichts Forschendes in diesen jugendlichen Blicken, auch nichts aufgesetzt Gelassenes oder Abgebrühtes. Da waren nur Schrecken und Planlosigkeit – und noch etwas anderes ... etwas für die meisten schwer Greifbares, das Inga Jäger jedoch nur zu gut kannte: ein winziger Bruch im Blick, von der Art, wie er entsteht, wenn man das erste Mal in seinem Leben eine menschliche Leiche gesehen hat. Die nie wieder zu vertreibende Erkenntnis der Vergänglichkeit des Lebens. Der Verlust des irrationalen Glaubens an die eigene Unsterblichkeit. Das Ende der Unschuld. Es gibt Theorien, die besagen, dass das stetig wachsende Durchschnittsalter der Menschheit außer von immer geringer werdender Säuglingssterblichkeit und besserer medizinischer Versorgung von der Tatsache begünstigt wird, dass in unserer Zivilisation immer weniger Menschen tote Artgenossen zu Gesicht bekommen und deshalb diesen Zweifel an der eigenen Unsterblichkeit nicht verlieren und mit viel mehr Schwung und Motivation ins Alter gehen als frühere Generationen. Inga Jäger war sich nicht sicher, was sie von diesen Theorien halten sollte, denn sie wusste, dass auch Mörder und Kriegsverbrecher steinalt werden konnten – was wiederum allerdings auch daran liegen konnte, dass die sich für Götter hielten, deren Glaube an die eigene Unsterblichkeit vom Tod ihrer Opfer nicht erschüttert wurde, sondern eher noch gefestigt. Die drei Jugendlichen aber schob Inga Jäger in ihrem mentalen Register von *Verdächtige* zu *Zeugen*.

Im Gang zum nächsten Gewölbe hing der Duft nach verbranntem Fleisch schon in der Luft. Süß und zugleich rußig. Inga Jäger fühlte, wie ihr Magen sich zusammenzog, und sie konzentrierte sich darauf, sich nicht übergeben zu müssen. Seit dem Tod ihres Mannes konnte sie nicht einmal mehr auf Grillpartys gehen, ohne dass ihr schlecht wurde – aber das hier war noch schlimmer, denn sie wusste, dass das, was am Ende des Tunnels auf sie wartete, keine angebrannten Schweinesteaks waren.

Hier waren noch mehr Baustellenstrahler aufgestellt, und die Kollegen von der Spurensicherung wuselten eifrig hin und her, schossen Fotos, nahmen Fingerabdrücke. Inga Jägers erster Blick fiel auf den breiten Riss im Boden. Er sah aus wie nach einem Erdbeben und zog sich durch den ganzen Raum. Etwa in der Mitte ragte Kommissar Geberts gewaltige Gestalt hervor. Trotz der Diät, zu der Inga ihm geraten und durch die er auch schon ein paar Kilo verloren hatte, war er noch immer ein Berg von einem Mann. Seine Glatze war makellos glatt rasiert und der rote Kinnbart gestutzt. Der Blick aus seinen eisblauen Augen wanderte von dem, was zu seinen Füßen lag und von Inga Jägers

Standort aus noch nicht zu erkennen war, zu ihr, als hätte er gespürt, dass sie den Keller betreten hatte. Die Härte in seinem Gesichtsausdruck täuschte sie nicht darüber hinweg, wie sehr ihn das entdeckte Verbrechen berührte. Im Gegenteil: Sie kannte ihn inzwischen gut genug, um zu wissen, dass sie sogar ausdrücklich ein Zeichen dafür war. Das Nicken, mit dem er sie einlud, näher zu treten, signalisierte ihr, sich auf einiges gefasst zu machen. Aber nichts konnte einen gefasst machen auf das, was sie jetzt sah.

Das Szenario erinnerte an ein Bild des Schweizer Surrealisten und Schöpfers des Science-Fiction-Monsters *Alien*, Hansruedi Giger: Neben dem mit Geröll des aufgebrochenen Kellerbodens gefüllten Bachkanal saß die nur zur Hälfte verbrannte Leiche – halb aufrecht, wie nach dem Aufwachen aus dem Schlaf. Haare, Fettgewebe und Kleidung waren von den Flammen beinahe vollständig aufgefressen worden. Der Rest des Gewebes war rot, graubraun und an manchen Stellen verkohlt. Das, was an Haut geblieben war, erinnerte an die kross gebratene Schwarte einer Schweinshaxe. Der Kiefer war zertrümmert, und in den Augenhöhlen lagen nur noch winzige Reste der Augäpfel. An den noch wenigen feuchten Stellen des Leichnams klebten Teile der Kutte, mit der Anke Fuchsberger das Feuer erstickt hatte. Der Brustkasten war aufgebrochen, und die Rippen, von denen einige sichtbar gebrochen waren, waren durch die Hitze weit auseinandergebogen.

Inga Jäger riss sich zusammen, um den Blick auf die freiliegenden inneren Organe zu richten. *Das Herz ist noch da!*, erkannte sie … und war erleichtert. Es war zwar zu einem guten Teil geschrumpft und geröstet, wo es nicht geschmort war, aber es war immerhin noch vorhanden. Ein sicheres Zeichen dafür, dass dieser Tod nichts zu tun hatte mit ihrem ersten Fall bei der Wiesbadener Staatsanwaltschaft. Das hier war ein vollkommen neues Verbrechen.

Neben der Leiche kniete in einem weißen Overall die schlaksig wirkende Gestalt von Dr. Bianca Busch, die Gerichtsmedizinerin des Forensischen Instituts. Sie trug eine Haube aus dünnem Plastik über ihrem wasserstoffblonden Bubikopf, um zu verhindern, mit ihren eigenen Haaren den Fundort zu kontaminieren. Wie ein Krebs krabbelte sie seitlich im Halbkreis um den toten Körper und machte mit ihrer hochauflösenden Digicam Nahaufnahmen, stets darauf bedacht, mit ihren Schuhen nicht in das auf den Boden ausgelassene Körperfett zu treten.

»Können Sie schon etwas sagen, Doc?«, fragte Inga Jäger.

»Nur so viel«, sagte sie, ohne aufzuschauen, »dass es sich bei der Leiche um eine männliche handelt – Alter zwischen Mitte dreißig und Mitte vierzig – und dass wir es hier zweifellos mit einem Tod durch Fremdeinwirkung zu tun haben.«

»Es ist auszuschließen, dass er sich selbst verbrannt hat?«

»Absolut«, antwortete die Medizinerin. »Abgesehen davon, dass hier nirgends ein Behälter zu finden ist, in dem der Brennstoff transportiert wurde, habe ich schon jetzt zahlreiche Knochenbrüche entdeckt, die es dem Opfer unmöglich gemacht hätten, sich selbst in Brand zu stecken.«

»Knochenbrüche?«

»Ja. Nicht nur der Kiefer, sondern auch die Beine und Arme.«

»Die kann er sich nicht durch einen Sturz zugezogen haben?«, fragte Inga Jäger.

Dr. Bianca Busch blickte zu ihr hoch.

»Es könnte doch sein«, begann Inga Jäger, »dass er hier oben stand, als er sich selbst mit dem Benzin oder was auch immer übergossen und dann angezündet hat. Aber als es anfing zu brennen, geriet er – verständlicherweise – in Panik, stolperte über die Kante der Bodenspalte nach unten und schlug so hart auf dem Steig auf, dass er sich die Brüche dabei zugezogen hat. Oder vielleicht hat er es sich auch, während er brannte, anders überlegt und ist von selbst nach unten gesprungen, um sich in den Bach zu stürzen und das Feuer zu löschen. Dabei ist der Kanister ins Wasser gefallen und fortgespült worden.« Sie zeigte nach unten, wo der Bach am Ende des Risses unterirdisch weiterlief.

»Möglich«, sagte Bianca Busch. »Aber unwahrscheinlich.«

»Warum?«

»Zum einen: Bei all dem Schotter im Bach wäre der Kanister vermutlich hängen geblieben, denn wir reden hier, den Verbrennungen nach zu urteilen, von einem großen Kanister, der mindestens zwanzig Liter fasst. Zum andern: Für solch schwere Brüche in der hier auftauchenden Anzahl ist die Fallhöhe vom Klosterboden auf den Bachsteig herunter um einiges zu niedrig. Außerdem ist es äußerst selten, dass sich jemand bei einem Aufprall Kiefer, *beide* Arme *und* Rippen bricht, weil meistens das eine oder das andere den Sturz abfängt. Dann aber auch noch beide Beine? Nein, die Brüche wurden durch jemand anderen zugefügt.«

»Vor dem Anzünden oder danach?«, fragte Inga Jäger.

»Das wird erst die Obduktion mit Sicherheit zeigen«,

antwortete die Ärztin. »Aber ich glaube aufgrund der Tiefe der Brandspuren an den Bruchstellen, davor.«

»Also eine regelrechte Exekution«, sagte Inga Jäger mehr vor sich hin als zu den anderen.

»Wer immer das hier getan hat«, schaltete sich jetzt auch Kommissar Gebert ein, »war entweder extrem wütend auf den Toten oder ein ausgesprochener Sadist.«

Trotz großen inneren Widerstands zwang Inga Jäger sich, die Leiche weiter genau zu betrachten, um so viele Details wie möglich in sich aufzunehmen. Jetzt sah sie die Knochenbrüche, die Dr. Busch erwähnt hatte, deutlicher und kam zu demselben Schluss wie sie. Diese Verletzungen stammten nicht von einem Sturz aus so geringer Höhe. »Ja, alle Zeichen deuten auf extreme Rage hin, allerdings war sie dennoch zielgerichtet und kontrolliert. Falls das Motiv ein persönliches war, geschah die Tat selbst doch nicht im Affekt. Dagegen spricht auch das Mitbringen von Brennstoff. Nein, das hier war geplant. Vielleicht nicht von langer Hand, aber trotzdem geplant. Oder …«

»… es war nicht persönlich, und wir haben es tatsächlich mit einem lupenreinen Psychopathen zu tun«, setzte Gebert ihren Gedankengang fort.

Inga Jäger nickte. »Das wäre eine Katastrophe.«

»Sicher, der Mord ist schlimm. So wie jeder Mord«, sagte Dr. Busch. »Aber eine Katastrophe?«

»Das hier war effektiv, also kein Versuch und auch keine Übung«, erklärte Inga Jäger der Ärztin. »Wenn wir es mit einem Psychopathen zu tun haben, dann war das nicht seine erste Tat.«

»Und wenn wir ihn nicht stoppen, auch nicht seine letzte«, fügte Gebert leise hinzu, so als befürchtete er, dass seine Worte sich bewahrheiten würden, wenn er sie zu laut aussprach.

»Ein Serienkiller?«, fragte Dr. Busch, und Inga Jäger nickte noch einmal.

5

Klinik für Psychiatrie und Psychotherapie Eichberg

Der kürzeste Weg vom Kloster Eberbach zu der früher einmal dazugehörenden Psychiatrischen Klinik führt durch den Waldrand des Eichbergs. Aber er ist steil und stellenweise unausgebaut – mehr ein Fußweg oder für Waldfahrzeuge geeignet. Deswegen fuhren Inga Jäger und Kommissar Gebert jetzt in seinem Wagen auf der Landstraße einen südlichen Bogen an Wald und Berg vorüber zum Eingang der Anstalt. Professor Götz, der Klinikleiter, hatte seine Privatwohnung auf dem Gelände und, als Inga Jäger ihn anrief, einem eiligen Treffen sofort zugestimmt.

»Für die Verwaltung und Leitung des Klosters ist das Kuratorium Kloster Eberbach verantwortlich«, sagte Gebert mit ernstem Blick auf die schmale Straße. »Geschäftsführer des Kuratoriums ist der Eltviller Bürgermeister – Thilo Holler. Die Otto hat versucht, ihn zu erreichen. Fehlanzeige.«

»Kein Wunder, um diese Uhrzeit«, sagte Inga Jäger. Ihr fiel auf, wie aufgeräumt und sauber der Wagen des Kommissars war. Ganz anders als das erste Mal, als sie darin mitgefahren war. Auch die alten CDs waren verschwunden. Stattdessen steckte nun ein funkelnagelneuer USB-Stick im Slot des Radios.

»Die Durchsuchung des Geländes ist eine reine Katastrophe«, fuhr er fort. »Ich habe drei ganze Mannschaften eingeteilt, aber wir reden hier von über zwanzig Gebäuden, verteilt auf mehreren Tausend Quadratmetern, ganz zu schweigen von dem kilometerlangen Kellerlabyrinth, das sich unter dem gesamten Gelände hinzieht. Die Brüder, die das Ding gebaut haben, waren ganz bestimmt alles andere als Bettelmönche. Es wäre ein reiner Glücksgriff, wenn die Männer was finden. Viel wahrscheinlicher ist, dass der Täter das Gelände schon lange verlassen hat und sich entweder im Wald versteckt hatte oder mit dem Auto bereits weg war, ehe die zwei Hobbyhexen und ihr Freund die Leiche entdeckt haben.«

»Die Befragung der drei hat nichts Neues ergeben«, fügte Inga Jäger hinzu. »Die zwei Mädels kamen hier hoch, um irgendeinen Wicca-Liebeszauber zu beschwören, und die jüngere der beiden hat der älteren zusammen mit dem Kerl einen Halloween-Streich spielen wollen. Es kam zu einem Streit, aber dann haben sie die Leiche gefunden und direkt den Notruf gewählt.«

»Ja, wenn sie nicht gewesen wären und den Brand gelöscht hätten, wäre nicht mehr viel für eine Obduktion übrig geblieben.«

»Deswegen werde ich auch von einer Anzeige wegen unbefugten Betretens Abstand nehmen«, sagte Inga Jäger.

»Die Otto hat die Zentrale beauftragt, bei den umliegenden Polizeidienststellen mögliche eingegangene Vermisstenmeldungen zu überprüfen. Aber auch da bis jetzt

Fehlanzeige. Weder in Eltville noch in Rüdesheim und auch nicht in Wiesbaden, Mainz oder Frankfurt.«

»Wahrscheinlich wird das Opfer noch nicht vermisst«, schloss Inga Jäger daraus.

»Wir werden auf jeden Fall informiert, sobald eine neue Meldung eingeht.« Gebert ging vom Gas, schaltete herunter und lenkte den Wagen von der Landstraße auf die Auffahrt der Klinik.

Eine Gänsehaut lief Inga Jäger den Rücken herab, als sie sich daran erinnerte, unter welchen Umständen sie das Gelände der Klinik das letzte Mal betreten hatte und was dabei alles geschehen war. »Dr. Busch wird, wenn sie zurück im Labor ist, als Erstes versuchen, einen Abdruck von dem Gebiss zu machen. Aber dem Zustand der Kiefer nach zu urteilen, ist sie sich nicht sicher, ob ein Vergleich mit den Karteien der ansässigen Zahnärzte etwas bringen wird.« Inga Jäger würde den Anblick der Trümmer noch lange in Erinnerung behalten. »Aber vielleicht gelingt es ihr wenigstens herauszufinden, mit welchem Werkzeug oder welcher Waffe die Knochen zerschlagen wurden.«

Gebert fuhr auf den Besucherparkplatz und schaltete den Motor aus. Inga Jäger merkte, dass sie ihre rechte Hand unwillkürlich auf den Griff ihrer Pistole statt auf den der Beifahrertür gelegt hatte. Obwohl sie gerade vom Tatort eines grausamen Mordes kam, erschien ihr die Umgebung nicht weniger bedrohlich als das verlassene Klostergelände. Das hinter uralten Eiben, Buchen und Eichen versteckte Terrain der Anstalt, die so weitläufig war wie ein kleines Dorf, machte ihr noch immer Angst. Bei ihrem ersten Besuch hatte sie nur das ungute Gefühl, dass Furchtbares hinter den alten Mauern hier oben lauerte. Inzwischen hatte sie die Gewissheit – denn sie hatte es mit eigenen Augen gesehen. In einem Extra-Isolationsblock, weiter oben am Berg, waren als besonders gefährlich eingestufte psychisch kranke Straftäter in Sicherungsverwahrung untergebracht und schuldunfähige Straftäter im Maßregelvollzug. Diese Menschen, bei denen keinerlei Aussicht auf eine Genesung von ihrer Erkrankung bestand, waren nicht hier, um eine Strafe abzusitzen, sie waren einzig und allein hier, um die Bevölkerung vor ihnen zu schützen. Die Bestialität, mit der der Mord weiter unten im Kloster durchgeführt worden war, und die Nähe zum Tatort ließen darauf schließen, dass einer dieser *Patienten* ausgebrochen war. Deshalb waren sie zuallererst hierher gefahren.

»Soll ich besser Verstärkung rufen?«, fragte Gebert mit der ihm eigenen, rauen Fürsorglichkeit. Er musste ihr Zögern bemerkt haben. »Falls wir es bei dem Killer wirklich mit einem von hier zu tun haben sollten …«

»Nein, schon gut«, unterbrach sie ihn. »Wir zwei sind genug, und auch ein Psychopath ist nur ein Mensch, der mit einer Kugel gestoppt werden kann.« *Oder zwei oder drei,* dachte sie und zwang sich, ruhig zu atmen. »Außerdem sind die Sicherheitsleute alarmiert.« Sie öffnete die Tür und stieg aus.

Das Zuschlagen der Wagentür war wie ein Alarmsignal. Mit einem Mal wurde Inga Jäger bewusst, wie unheimlich still es hier war – und wie wenig Licht die Laternen am Rand des steilen Hangpfads hinauf zum Direktionsgebäude spendeten. Sie sah den mittelalterlich anmutenden Turm mit den vergitterten Fenstern, nicht aber, was jenseits der Lichtkegel hinter den Büschen und Bäumen im Dunkeln lag. Vielleicht war der Killer schon über alle

Berge, vielleicht kauerte er aber auch in weniger als zehn Metern Entfernung im nächtlichen Schatten und lauerte ihnen auf. Sicherheitshalber legte sie daher wieder die Hand auf den Griff ihrer Pistole, löste den Druckknopf der Arretierlasche und wartete, bis Gebert neben ihr stand, ehe sie sich daranmachte, den Weg nach oben zu gehen. Sie lauschte in die sie umgebende Stille nach einem verdächtigen Geräusch – Schritten vielleicht oder dem Knacken eines Zweigs.

»Wie war Ihr Date?«, fragte Gebert völlig unvermittelt.

Inga Jäger zuckte kurz zusammen und war sich nicht sicher, ob das wegen des Lauts war oder wegen des Inhalts der Frage. Seit sie mit Max ausging, verhielt Gebert sich ihr gegenüber seltsam, doch sie war sich nicht sicher, ob das aufgrund des Interessenkonflikts war, auf den sie als Oberstaatsanwältin zusteuerte, wenn sie sich mit einem Journalisten einließ, oder ob er vielleicht eifersüchtig war. Und wenn eifersüchtig, dann auf welcher Ebene? Weil er ebenfalls an ihr interessiert war oder mehr eifersüchtig, wie es große Brüder oder vielleicht sogar Väter manchmal sind?

»Hm«, machte sie daher zunächst unschlüssig, fügte dann aber hinzu: »Sieht nicht so aus, als würden wir es wiederholen.«

»Gut«, sagte er, schneller als ihr lieb war.

»Was soll das heißen?«

»Nichts«, erwiderte er und zuckte mit den breiten Schultern. »Nur, dass ich das gut finde.«

Es klang zu wenig zynisch oder ironisch, als dass sie wütend auf ihn werden konnte, es klang eher beinahe sanft. Dennoch wurmte es sie. »Habe ich denn nicht auch das Recht auf ein erfülltes Privatleben?«

»Oh«, sagte er überrascht. »Natürlich haben Sie das. Aber mit dem Richtigen. Nicht mit diesem Windhund. Auch wenn er, wie ich zugeben muss, ein ganz sympathischer Windhund ist – aber eben immer noch ein Windhund.«

»Und wenn mir vielleicht der Sinn nach einem Windhund steht?«, fragte sie. »Nur so zum Spaß?«

Gebert lachte leise auf. »Nicht Ihr Stil.«

»Bitte?«

»Es gibt Menschen, die können nur so zum Spaß ... was auch immer. Und das ist auch vollkommen in Ordnung. Aber Sie gehören ganz bestimmt nicht dazu.«

»Ich soll nicht dazu in der Lage sein, Spaß zu haben?« Sie blieb tatsächlich stehen. So sehr schockierte sie seine Meinung von ihr.

»Nein, nein. Das habe ich nicht gesagt.« Anders als sie ging er weiter. »Ich bin mir sicher, Sie verstehen es durchaus, jede Menge Spaß zu haben. Aber eben nur ernsthaften Spaß, beziehungsweise Spaß mit Dingen, die Sie auch ernst nehmen können ... oder Dingen, denen Sie sich mit Leib und Seele verschreiben.«

Sie ging wieder los, um nicht alleine im Halbdunkel zurückzubleiben. »Was wollen Sie damit sagen?«

»Dass Ihre ganze Natur einfach keine Halbherzigkeiten zulässt. Dass Wischiwaschi Sie nicht interessiert – auf keiner Ebene. Dass Sie alles nur ganz tun oder gar nicht.«

Sie hatten die geländerlose Steintreppe erreicht, die zu der dicken Eichentür des Turmes führte. Gebert ging voran.

»Das ist harte Kritik, mein Lieber«, sagte sie und folgte ihm die Stufen hinauf.

»Nein«, erwiderte er. »Das ist ein Kompliment.«

Ehe sie noch etwas sagen konnte, klingelte er, und Professor Götz öffnete. Offenbar hatte er gleich hinter der Tür auf sie gewartet.

Trotz des herben Imageverlusts, den die Psychiatrische Klinik Eichberg in den vergangenen Wochen im Zusammenhang mit Inga Jägers erstem Fall hatte hinnehmen müssen, empfing der Direktor sie mit einem freundlichen Lächeln, ehe seine Miene einen ernsten Ausdruck annahm. Trotz der späten Uhrzeit trug er einen makellos gestärkten weißen Arztkittel, und das volle graue Haar war streng zurückgekämmt sowie der Kinnbart penibel gestutzt.

»Danke, dass Sie so schnell angerufen haben«, sagte er und lud sie mit einer Geste ein einzutreten. Erst als er die Tür hinter ihnen geschlossen hatte, sicherte Inga Jäger die Schnalle ihres Pistolenholsters wieder per Knopfdruck. »Bisher hat meine Sicherheitsmannschaft keine Zeichen eines Ausbruchs entdecken können. Deshalb habe ich eine Zählung der Insassen und Patienten veranlasst. Sie müsste jeden Moment abgeschlossen sein.« Er führte sie die glänzend gebohnerte Holztreppe in den oberen Stock, wo sein düster mit Eichenholz getäfeltes Büro beinahe die ganze Etage einnahm. »Bitte nehmen Sie Platz. Ich habe uns Tee gekocht. Sie mögen doch Tee?«

»Gerne«, bestätigte Inga Jäger und setzte sich auf einen Platz in der Sitzgruppe vor dem Kamin. Professor Götz schenkte ihr aus einer barock wirkenden und mit Blattgold und Maiglöckchen verzierten Porzellankanne in eine dazu passende Tasse ein.

»Spätes achtzehntes Jahrhundert?«, fragte sie interessiert.

Professor Götz lächelte. »1739.«

»Neuauflage?«

Er machte einen klickenden Laut mit der Zunge: »Ts-ts-ts.« Dann sagte er: »Original.«

»Wow!«, stieß Inga Jäger aus. Das Porzellan war ein Vermögen wert.

»Milch? Zucker?« Er tat so, als hätte er ihre Begeisterung überhört, doch sie sah ihm an, wie sehr es ihm schmeichelte, dass sie sich ein wenig auskannte und die seltene Kostbarkeit in seinem Besitz wertzuschätzen verstand.

»Zwei Stück Kandiszucker, bitte.«

»Für mich nichts, danke«, sagte Gebert mit skeptischem Blick in Richtung des Meißner Porzellans und setzte sich neben sie. »Es sei denn, Sie haben etwas Richtiges gegen die Kälte.«

Professor Götz nickte ihm mit einem Lächeln zu, ging zu einem Büfett an der Wand nahe beim Kamin und schenkte aus einer kantigen Kristallkaraffe in zwei schmalbauchige Schwenker ein.

Gebert nahm einen davon mit einem dankbaren Lächeln in Empfang und schnüffelte am Glasrand. »Hmmm«, machte der Kommissar und schloss genussvoll die Augen. »Feinster Stoff.«

»Ein Hine Mariage«, sagte Professor Götz, während er sich ihnen gegenüber in einen großen Ledersessel niederließ, und Inga Jäger wunderte sich, wie jemand beim Demonstrieren seines Faibles für Luxus so bescheiden klingen konnte. »Ein Blend aus ausschließlich Grande Champagnes. Keiner davon jünger als sechzig Jahre. Der älteste sogar inzwischen neunzig.«

Inga Jäger sah, wie Geberts Gesicht einen ehrfürchtigen,

ja beinahe seligen Ausdruck annahm und er auch die zweite Hand an das Glas legte, ganz so als würde er beten. Sie musste sich beherrschen, nicht zu kichern und sich so an dem wohltuend heißen Tee zu verschlucken.

Gebert bemerkte das und verzog die Mundwinkel. »Habe ich mich etwa über Ihre Begeisterung über altes Porzellan lustig gemacht?«, fragte er leicht pikiert. »Wissen Sie, dass die Menge in der Flasche da drüben die Essenz ist von fast zwanzig Litern Cognac?«

»Dann sollten Sie ihn trinken, ehe noch mehr davon verdunstet«, gab sie zur Antwort und schmunzelte.

»Ja«, sagte er, plötzlich ernst. »Trinken wir darauf, dass wir diesen Fall schnell lösen.«

Professor Götz hob sein Glas und Inga Jäger ihre Tasse.

»Darauf trinke ich gerne«, sagte sie und hoffte innerlich, dass diesem Trinkspruch ein ganz spezieller Zauber innewohnen würde, denn sie ging – wie wohl auch Gebert – aufgrund der Tötungsart eher davon aus, dass nichts an diesem Fall einfach werden würde.

»Dem schließe ich mich gerne an.« Professor Götz prostete ihnen zu. Doch auch er wirkte nicht sonderlich optimistisch. Er stellte sein Glas ab, ehe er sagte: »Sie haben gesagt, Sie hätten Fotos?«

Inga Jäger nickte und holte ihr Smartphone hervor, auf das Dr. Busch die Bilder der Leiche übertragen hatte. Sie öffnete die Galerie und reichte Professor Götz das Gerät. »Zum Blättern einfach den Zeigefinger von links nach rechts über das Display ziehen.«

Beim Betrachten der Fotos wurde der Professor blass, und er sog die Luft mit einem lauten Zischen ein. »Wie schrecklich.«

»Dr. Busch ist der Überzeugung, dass zunächst die Arme, Beine und der Kiefer gebrochen wurden, ehe man ihn in Brand gesteckt hat«, sagte Inga Jäger. »Bei den Rippen ist es nicht ganz klar. Die sind vielleicht erst durch die Schrumpfung des Muskelgewebes gebrochen.«

Professor Götz schüttelte den Kopf. »Der Modus Operandi entspricht keiner der früheren Taten eines der Straftäter, die wir im Isolationsblock verwahren. Aber das muss nichts heißen.«

Inga Jäger stimmte ihm zu. »Anders als in den meisten TV-Krimis behauptet, töten Mehrfachmörder oder Serienkiller durchaus auf ganz verschiedene Weisen.«

»Es sei denn, die Tötungsart dient einem bestimmten, in den Augen des Täters höheren Zweck«, fügte Professor Götz hinzu. »Zum Beispiel, indem er eine frühere Tat immer und immer wieder im gleichen Ablauf wiederholt, um die gleichen Gefühle dabei zu erleben. Oder wenn die Tötungsart eine Botschaft sein soll, um die Öffentlichkeit zu mahnen oder zu erinnern. Das hier sieht mir aber eher noch ganz gezieltem und eher pragmatischem Abschlachten aus.«

»Nein«, widersprach Kommissar Gebert und leerte sein Glas. »Wenn ich jemanden gezielt und pragmatisch abschlachten will, wie Sie es nennen, schlage ich ihm den Schädel ein.«

»Sie haben recht«, gab der Professor zu. »Ich habe mich falsch ausgedrückt. Der Tathergang war gezielt und pragmatisch, also das Zerschlagen der Knochen. Das Endziel war zwar der Tod, wofür das Mitbringen von Brennstoff spricht, aber er war nicht der einzige Zweck, den der Täter verfolgte. Das Opfer sollte leiden. Entweder um für irgendetwas Buße zu tun oder weil sich der Täter am Leiden anderer ergötzt.«

»Und es sollte sich dabei so wenig wie möglich wehren oder um Hilfe schreien können«, ergänzte Inga Jäger. »Wenn es nur um das Quälen gegangen wäre, wären die Verletzungen willkürlicher.«

»Das meinte ich mit pragmatisch«, sagte Professor Götz. »Das Opfer wurde Stück für Stück außer Gefecht gesetzt.«

»Das könnte bedeuten«, sagte Gebert, »dass der Täter körperlich schwächer war als das Opfer. Also vielleicht sogar eine Frau.«

»Möglich«, bestätigte Professor Götz. »Es ist eine Mär, dass Frauen zu solchen Grausamkeiten nicht in der Lage sind. Die Effektivität könnte aber auch auf jemanden hinweisen, der so etwas nicht zum ersten Mal macht und das Risiko, dass sein Opfer sich wehrt und dabei vielleicht ihn verletzt oder gar entkommt, so gering wie möglich halten will.«

»Dann wäre das Motiv nicht persönlicher, sondern eher sadistischer Natur«, wiederholte Inga Jäger ihre Vermutung von vorhin.

»Zumindest ein Teil des Motivs«, relativierte Gebert. »Die Ermordung ist ein zusätzlicher.«

»Ich weiß nicht«, sagte Inga Jäger. »Vielleicht ist die eigentliche Tötung Teil des sadistischen Genusses.«

Professor Götz schüttelte den Kopf. »Bei den meisten Sadisten ist die Tötung nur eine notwendige Konsequenz, um ihre Tat zu vertuschen. Manchmal geschieht sie auch aus Wut, weil die Reaktion des Opfers auf die Qualen nicht ihren Vorstellungen entspricht. Aber sie ist selten Element oder Ziel des Rituals an sich.«

»Es sei denn, das Opfer wurde bei lebendigem Leib verbrannt«, wandte Inga Jäger ein.

Professor Götz hob aufmerksam den Kopf. »Wurde es das?«

»Das wissen wir noch nicht«, sagte Inga Jäger. »Aber wenn, zeugt das davon, dass der Täter auch hier quälen wollte.«

»Dann war das Endziel vielleicht doch nicht der Tod des Opfers, sondern dem Opfer beim Sterben zuzuschauen«, räumte Professor Götz ein. »Aber in dem Fall hätten Sie es nicht nur mit einem Sadisten zu tun oder einem gewöhnlichen Psychopathen.«

»Sondern?«

»Mit einem ausgewachsenen Soziopathen.«

»Also nicht mit jemandem, der seine Triebe nicht unter Kontrolle halten kann«, sagte Inga Jäger, »sondern mit jemandem, der ganz genau weiß, was er tut.«

»Und der das, was er tut, nicht nur im Affekt liebt. Er empfindet nicht die Spur von Reue oder Mitgefühl und plant seine Morde wie andere Menschen ihren Urlaub oder den Bau eines Hauses.« Kommissar Gebert zog die breiten Schultern hoch, als ob es ihn fröstelte.

Das Telefon klingelte, und Professor Götz erhob sich. Er ging zu seinem Chippendale-Schreibtisch und nahm das Gespräch entgegen. Es dauerte nur einige Sekunden, ehe er wieder auflegte und sagte: »Die Zählung hat ergeben: Von unseren Patienten und Insassen ist keiner ausgebrochen.«

Inga Jäger wusste nicht, ob sie darüber erleichtert sein sollte. Auf der einen Seite war es natürlich beruhigend, zu wissen, dass keiner der hier Verwahrten entkommen war, aber dann hätten sie zumindest seine Identität und auch sein Profil gehabt. So jedoch standen sie mit völlig leeren Händen da.

Nun ja, mit leeren Händen und einer bis zur Unkenntlichkeit verbrannten Leiche.

6

Forensisches Institut Wiesbaden. Rechtsmedizin

»Man hat ihn außerdem vergewaltigt.«

Inga Jäger schaute Dr. Bianca Busch an, und Kommissar Gebert verzog das Gesicht. Sie kamen gerade zur Tür herein und waren auf einiges gefasst, aber nicht darauf.

Die Gerichtsmedizinerin nickte. »Anal. Mit einem harten Gegenstand.«

Das Forensische Institut Wiesbaden mag eines der am besten ausgerüsteten in ganz Deutschland sein, weil hier gleichermaßen für das Hessische Landeskriminalamt und das BKA gearbeitet wird, doch seine Leichenhalle sieht aus wie jede andere Leichenhalle auch: weiß gefliester Boden und Wände, Kühlwand mit großen Schubladen, Arbeitsflächen und Obduktionstische aus auf Hochglanz poliertem Edelstahl – einfach abzuwischen und leicht keimarm zu halten. Vergitterte Abflussrinnen im Boden, Neonlicht. Gläserne Gerätevitrinen und Musterschränke. Auch durch Antiseptikum, Chlorreiniger und Spiritus war der Geruch nach Formaldehyd, menschlichen Exkrementen und Verwesungsgasen nie völlig auszumerzen.

Inga Jäger war froh über die Kleidung, die die Otto ihr geliehen hatte. Hier unten war es ähnlich kühl wie draußen in der Nachtluft.

Die durch die Flammen und das Kochen und Braten des Gewebes in der Hocke erstarrte Leiche lag mit dem Gesicht nach unten auf dem Seziertisch. Die wenigen Stoff- und Textilreste, die das Feuer überstanden hatten, waren inzwischen entfernt und vermutlich schon im Labor der Spurensicherung. Dr. Busch richtete eine an einem Gelenkarm von der Decke hängende Kamera auf den relativ wenig verbrannten Anus. Die Aufnahme wurde auf einen großen Monitor an der Wand übertragen. Inga Jäger musste sich zwingen, nicht wegzuschauen.

»Er lag darauf, sodass hier das Gewebe einigermaßen unversehrt geblieben ist«, sagte die Medizinerin. »Aber darauf gestoßen bin ich durch Risse im Enddarmgewebe, die nicht von dem Feuer stammten. Sehen Sie hier: Frische Fissuren in der *Zona columnalis.*«

Die Risse waren deutlich zu erkennen.

»Und beide *Musculi sphincter* sind erheblich gedehnt«, fuhr die Ärztin fort. »Sowohl der äußere als auch der innere Schließmuskel, was die Folgerung zulässt, dass es sich nicht nur um einen harten, sondern auch um einen relativ dicken Gegenstand gehandelt haben muss.«

»Das Ende eines Baseballschlägers vielleicht?«, fragte Gebert. »Die Brüche würden gut dazu passen.«

»Nein, so dick dann auch nicht«, erwiderte Dr. Busch. »Dann wäre durch die Ausweitung am Ende mit hoher Wahrscheinlichkeit auch der Damm eingerissen. Ein Baseballschläger hätte außerdem großflächigere Brüche verursacht … mit mehr Trümmern.«

Sie drückte auf eine Fernbedienung, und auf dem Monitor erschien die Nahaufnahme eines Schienbeinknochens. »Hier war das Gewebe sehr gründlich weggebrannt. Sehen Sie?« Sie deutete auf den oberen Rand des Bruchs. »Man kann einen leichten Halbkreis erkennen, wo die Waffe oder das Werkzeug getroffen hat. Das schließt ein Rohr oder eine Stange aus. Die hätten eine eher längliche Delle hinterlassen – außer der Täter hätte mit einem der Enden zugeschlagen. Aber dann hätte er schwerlich die Wucht erreicht, um einen Knochen nicht nur an-, sondern glatt durchzubrechen.«

»Ein Hammer«, sagte Inga Jäger. Sie hatte solche Verletzungen schon gesehen – in ihrer Zeit auf der Hamburger Reeperbahn.

»Das wäre auch meine erste Vermutung«, bestätigte Dr. Busch. »Aber ich will erst noch Abdrücke machen. Von allen Brüchen. Erst dann kann ich es mit absoluter Sicherheit sagen.«

Inga Jäger dachte an ihr Gespräch mit Professor Götz. »Wissen Sie schon, ob die Verbrennung *post mortem* stattfand oder bei lebendigem Leib?«

»Man hat ihm mit einer scharfen Klinge die Halsschlagadern geöffnet, aber aufgrund von Rußpartikeln auch im inneren und unverbrannten Lungengewebe müssen wir davon ausgehen, dass das Opfer trotzdem noch lebte, als es angezündet wurde und den eigenen Rauch eingeatmet hat«, antwortete die Gerichtsmedizinerin und schaltete mit der Fernbedienung auf ein Bild der sezierten Lunge, auf der deutlich dunkle Stellen im rosig-grauen Kern zu sehen waren.

Gebert stieß einen Fluch aus. »Also tatsächlich ein Soziopath. So jemand tötet willkürlich, ohne nachvollziehbare Verbindungen zum Opfer. Es ist fast unmöglich, einen von denen jemals zu finden oder zu fassen.«

Inga Jäger sah ihn an. »Wir dürfen nicht außer Acht lassen, dass trotzdem immer noch die Möglichkeit besteht, dass es ein persönlicher Mord aus Rache war und das Opfer kein zufälliges. Wir müssen herausfinden, wer der Tote war und wer ein Motiv hatte, ihn auf diese grausame Weise zu ermorden. Haben Sie dazu schon etwas für uns, Dr. Busch?«

»Bei dem Grad der Zerstörung wird die Rekonstruktion der Kiefer etwas dauern«, sagte die Ärztin. »Erst dann kann ich einen Gebissabdruck zum Abgleich mit den Karteien der Zahnärzte machen.«

»Wir brauchen ihn so schnell wie möglich, Doc«, sagte Gebert.

»Ich weiß«, entgegnete sie verständnisvoll. »Ich beeile mich.«

»Dann gehen wir jetzt zu Elli«, sagte Inga Jäger. »Vielleicht hat sie schon etwas herausgefunden.«

7

Forensisches Institut Wiesbaden. Spurensicherung

Nachdem Inga Jäger und Kriminalhauptkommissar Gebert den gekachelten Flur durchquert und die Tür zum Hauptlabor der kriminaltechnischen Abteilung geöffnet hatten, wurde sie Zeugen eines seltsamen Vorgangs: Elli Falkenstein, die kleinwüchsige Leiterin der Spurensicherung, hatte, wie so oft, die Ohrenstöpsel ihres iPods in den Ohren und tanzte auf ihre leicht unbeholfen wirkende Art um einen Tisch herum, ohne die Ankunft der beiden zu bemerken. Dabei summte sie den Rhythmus des Liedes mit, das allein sie hören konnte, und klang dabei wie die Mischung aus einer Blechtrommel und einer kleinen Dampfmaschine. Ihr leicht untersetzter Körper wiegte sich so gar nicht im Takt, wodurch es schwer war, zu erkennen, ob sie nun Walzer hörte und dazu Boogie tanzte oder umgekehrt, zumal sie fortwährend so heftig nickte, dass der schwarze und penibel frisierte Pagenbob um ihre leicht abstehenden Ohren wirbelte wie ein Wischmopp aus Disneys *Fantasia*. Das Seltsamste an dem Anblick aber war, dass sie gerade dabei war, den Tisch zu decken, um den herum sie tanzte. Zum Essen zu decken. Mit Papptellern zwar und Plastikbesteck, aber immerhin mit bunt bedruckten Papierservietten und einer Auswahl leckerer, kalter Speisen. Da waren eine Platte mit Braten, Schinken und Wurst und eine andere mit diversen Käsesorten. Beide liebevoll garniert. Die eine mit Radieschen und Cornichons, die andere mit Tafeltrauben und Feigen. In einem geflochtenen Korb lagen frische Brötchen sowie abgepacktes Vollkornbrot, und es gab noch Butter, Marmelade, Honig und ein Glas Nutella. Der Duft von frisch gebrühtem Kaffee lag in der Luft, die um einiges wärmer war als die eben in der Gerichtsmedizin.

»Hey, Rumpelstilzchen«, rief Gebert absichtlich laut.

Elli Falkenstein zuckte erschreckt zusammen und stieß dabei einen kleinen Salzstreuer um. »Oje! Oje! Oje! Ich hab Salz verschüttet. Salz. Das ist nicht gut. Gar nicht gut. Das bringt Pech … oder Unglück, ich bin mir nicht mehr sicher. Oje!«

Inga Jäger machte schnell drei Schritte auf sie zu, nahm den Salzstreuer, streute sich davon etwas auf die Hand und warf es der kleinen Technikerin über die linke Schulter. Dann wiederholte sie das mit der rechten. »Das wendet das Unglück wieder ab. Weiß ich von meiner Oma Thea.«

Elli Falkenstein hatte Asperger. Das machte sie zwar zu einem der klügsten Köpfe, denen Inga Jäger jemals begegnet war, aber in manchen Situationen auch furchtbar empfindlich. Wenn etwas schiefging, konnte sie ganz leicht in extreme Aufregung geraten, was in seltenen Fällen sogar zu regelrechten Panikattacken führte.

»Oh, das ist gut«, plapperte Elli aufgeregt und für sie typisch abgehackt. »Nicht, dass ich abergläubisch wäre. Nein. Bin ich nicht. Ganz bestimmt nicht. Aber man kann ja nie wissen. Nie, nicht wahr? Schon gar nicht in einer Nacht wie dieser. Danke, Inga. Danke, danke, danke! Hui, das ist ja gerade noch mal gut gegangen.«

»Schon gut, Elli«, sagte Inga Jäger und stellte den Streuer zurück auf den Tisch. »Aber was machst du hier?«

»Frühstück«, antwortete sie. »Ich mach euch Frühstück. Es ist schon fast halb fünf, und ihr zwei habt noch kein Auge zugetan. Ihr müsst was essen, um bei Kräften zu bleiben. Und Kaffee, Kaffee hab ich auch gekocht. Ganz frisch. Kommt, setzt euch.«

»Elli, wir haben keine Zeit zum …«, begann Gebert.

»Papperlapapp, Rübezahl«, unterbrach sie ihn. »Die Computer machen die ganze Arbeit, während wir sitzen, und was ich bisher herausgefunden habe, kann ich euch auch beim Essen erzählen. Setzt euch, setzt euch.«

Inga Jäger war nicht sonderlich nach Essen zumute. »Wir kommen gerade aus der Gerichtsmedizin ...«

Da sackte Ellie plötzlich in sich zusammen, und ihr kleines Gesicht nahm einen enttäuschten, ja fast schon weinerlichen Ausdruck an. Der Blick ihrer nervösen Augen wanderte zu ihren Schuhspitzen, und sie ballte die Hände zu Fäusten. »Ich dachte, ich mache euch eine Freude ... Ich hab gelesen, dass man so etwas unter Freunden macht. Und da ihr meine ... na ja, da ihr meine Freunde seid, hab ich gedacht ...«

»Entschuldige, Elli, du hast recht«, beeilte Inga Jäger sich zu sagen. Sie wusste, wie schwer es Asperger-Autisten fiel, das Konzept sozialer Kontakte und Interaktionen zu verstehen oder nachzuempfinden, und rechnete es Elli hoch an, dass sie sich dennoch solche Mühe gab. »Ich bin völlig ausgehungert.« Das war nicht einmal gelogen. Sie hatte zwar keinen Appetit, aber Hunger wie ein Wolf. Sie setzte sich, und Gebert folgte ihrem Beispiel.

»Dann pfeifen wir heute Morgen mal auf die Diät«, sagte er und nahm sich ein Baguettebrötchen.

Augenblicklich hellte Ellis Miene sich wieder auf. »Das ist schön! Sehr schön. Ich habe sogar Eier. Mögt ihr sie weich oder hart? Weich, nicht wahr? Drei Minuten. Oh, die sind gerade um«, sagte sie mit Blick auf die Uhr an ihrem Handgelenk und lief in gewohntem Watschelgang hinüber zu einer Theke, auf der tatsächlich gerade drei Eier in einem großen Becherglas über einem Bunsenbrenner kochten. Elli Falkenstein schlüpfte in Asbesthandschuhe, nahm das Glas von der Flamme und schreckte die Eier in einem der Waschbecken ab. Dann kam sie zurück, legte sie auf den Tisch und zog die Handschuhe wieder aus, ehe sie zur Kaffeemaschine ging und drei Becher vollschenkte.

Inga Jäger nahm ein Brötchen und etwas Nutella und warf Gebert einen amüsiert-mahnenden Blick zu, als er sein Brötchen mit Butter *und* Leberwurst bestrich und darauf noch eine Scheibe Schinken legte. Noch mehr amüsierte es sie, dass er so tat, als hätte er ihren Blick nicht bemerkt, und mit großem Appetit hineinbiss.

Elli Falkenstein schnitt eines der Brötchen in Scheiben – wie einen kleinen Brotlaib – und belegte jede von ihnen mit Käse. Die beiden Endstückchen legte sie in den Korb zurück. Inga Jäger schaute ihr dabei zu, wie sie dann eine der Scheiben mit den Fingerspitzen beider Hände nahm und daran knabberte wie eine Maus. Sie wartete geduldig, bis Elli auf diese Weise drei Scheiben gegessen hatte, während sie selbst das Nutellabrötchen verspeiste und Gebert schon beim letzten Drittel seines zweiten Brötchens war. Und tatsächlich, das Essen und der heiße Kaffee vertrieben das flaue Gefühl in ihrer Magengegend zumindest teilweise, und sie fühlte sich wacher und fitter als noch fünf Minuten zuvor. Sie wusste, dass sie einen verdammt langen Tag vor sich hatte, und hatte auf dem Weg vom Eichberg hierher Esther angerufen und sie gefragt, ob sie so lange bei Tanya bleiben könnte, bis ihre Mutter sie ablöste. Esther hatte zugesagt und versprochen, Tanya auszurichten, dass Inga von der Party aus direkt zur Arbeit gefahren war und sie sich keine Sorgen machen sollte. Trotzdem würde sie nach der Besprechung mit Elli erst einmal kurz nach Hause fahren, um ihr wenigstens einen Gutenmorgenkuss zu geben.

»Also«, begann Elli Falkenstein schließlich. »Ich habe Dr. Busch meine Unterstützung angeboten bei der Rekonstruktion der Kiefer. Sobald sie die Knochen gereinigt hat, kann ich sie einscannen und den Rechner den ursprünglichen Zustand wiederherstellen lassen. Also digital, meine ich natürlich. Aber das wird ein wenig dauern. In der Zwischenzeit sucht mein System nach ähnlichen Morden; aber auch da müsst ihr euch noch etwas gedulden.«

»Hast du denn überhaupt schon was für uns?«, fragte Gebert mit halb vollem Mund und schob noch eines der Cornichons hinterher.

»Brieftasche, Portemonnaie, Handy? Irgendwas?«, fügte Inga Jäger hinzu. Sie fand es immer wieder von Neuem faszinierend, wie eloquent und fokussiert Elli war, wenn sie technisch wurde oder fachwissenschaftlich.

»Nichts davon«, antwortete die kleine Forensikerin. »Kein Stück. Als wollte jemand trotz des Feuers sichergehen, dass die Leiche auf gar keinen Fall identifiziert wird. Aber ich habe die Textilreste untersucht. Alles feinster Zwirn – bis auf einen Leinenstoff, aber der gehört zu dem Kapuzenumhang, mit dem das Mädchen, das ihn gefunden hat, das Feuer gelöscht hat.«

»Feinster Zwirn?«, fragte Gebert. »Also können wir davon ausgehen, dass es sich nicht um einen Landstreicher gehandelt hat?«

»Oder um einen relativ wohlhabenden«, entgegnete Elli Falkenstein. »Hemd, Hose, Socken und Pullover von Hugo Boss. Unterwäsche von Calvin Klein. Schuhe von Lloyd. Da legte jemand großen Wert auf sein Äußeres.«

»Das platziert das Opfer eher in die obere Hälfte des von Dr. Busch vermuteten Alters, also auf eher vierzig bis Mitte vierzig«, sagte Inga Jäger.

»Wieso?«, fragte Gebert und schenkte sich noch einen Kaffee ein. »Legen jüngere Leute keinen Wert mehr auf ihr Äußeres?«

»Ich meine die Marken«, sagte Inga Jäger. »Die sind typisch für die eher gehobene Altersklasse. Statussymbole sind auch immer eine Frage der Generation. Männer unter vierzig bevorzugen modernere Marken.«

»Was mich wundert«, schob Elli ein, »ist, dass er keine Jacke oder keinen Mantel getragen hat. Ungewöhnlich bei dem Wetter.«

»Also wurde er entweder mit dem Auto an den Tatort gebracht ...«, schloss Inga Jäger daraus.

»... oder er war mit dem eigenen Wagen dort«, ergänzte Gebert.

»Oder dem Täter gefiel die Jacke so gut, dass er sie mitgenommen hat«, sagte Elli Falkenstein.

»Unwahrscheinlich«, erwiderte Inga Jäger. »Man gibt sich nicht so viel Mühe, einen Mord zu vertuschen und läuft dann mit der Jacke des Opfers herum.«

»Hm. Stimmt«, räumte Elli ein.

»Wenn er mit dem Wagen zum Kloster gebracht wurde«, meinte Gebert, »stellt sich die Frage: Ist er freiwillig mitgekommen, oder hat man ihm die Knochen vielleicht schon woanders gebrochen?«

»Schwer vorstellbar, jemanden mit so vielen Brüchen zu transportieren«, sagte Inga Jäger. »Bei den Schmerzen, die ihm das verursacht hätte, hätte er trotz gebrochener Kiefer den ganzen Weg über ununterbrochen geschrien. Wäre ich ein Killer, würde ich dieses Risiko nicht eingehen.«

»Aber das würde heißen, dass er freiwillig mitgekommen ist«, sagte Gebert. »Was wiederum bedeutet, dass er den Täter gekannt oder ihm zumindest vertraut hat.«

»Oder, wie gesagt, er war mit dem eigenen Wagen dort oben und ist überfallen worden«, sagte Inga Jäger. »Sagen Sie der Otto, sie soll die Kollegen die Gegend um das Kloster herum nach einem stehen gelassenen Wagen absuchen.«

Gebert nahm sein Smartphone zur Hand. Doch ehe er wählen konnte, klingelte es. Er schaute auf das Display. »Wenn man vom Teufel spricht. Das ist die Otto.« Er nahm den Anruf entgegen. Nach wenigen Sekunden runzelte er die Stirn, doch dann hellte sich seine Miene wieder auf. »Ja, vielleicht passt das zusammen«, sagte er in das Gerät hinein und beendete das Gespräch. Er wandte sich Elli Falkenstein zu, die gerade mit spitzen Fingern ihr Ei schälte.

»Kannst du mir Bilder der Klamotten besorgen?«, fragte er.

»Hab ich schon«, sagte sie. »Liegen in der Kladde dort drüben. Ich kann sie dir aber auch aufs Handy schicken.«

»Ja, mach das bitte«, sagte er und stand auf. »Und danke für das leckere Frühstück. Wir müssen jetzt los.« Er nickte Inga Jäger zu, ihm zu folgen. Ohne zu zögern, legte sie den Rest ihres Brötchens ab und erhob sich.

»Wohin?«, fragte sie.

»Vorhin kam eine Vermisstenmeldung herein.«

Der Gutenmorgenkuss für Tanya musste warten.

Pirsch

8

Eltville. Neubaugebiet Ober Setzling

Die ehemalige Weinlage »Ober Setzling« im Norden der Gemeinde Eltville ist jetzt eine pittoreske Ansammlung schmucker Einfamilienhäuser und Doppelhaushälften, unterteilt von drei Straßen: der Rieslingstraße, der Grauburgunderstraße und Im Setzling; allesamt makellos asphaltiert, mit Bürgersteigen so sauber, dass man davon essen könnte.

»Wer hier wohnt, mag's gerne gehoben und perfekt«, kommentierte Inga Jäger.

»Geleckt trifft's wohl eher«, meinte Gebert und lenkte seinen Wagen unter einer der vielen Laternen an den Straßenrand. »Das hier können sich nur zugereiste Städter und Winzeradel leisten.«

»Macht man mit Wein denn noch so viel Geld?«

»Nein, schon lange nicht mehr«, antwortete Gebert. »Die fetten Jahre sind spätestens seit der EU vorbei. Jetzt, wo du in jedem Discounter Weine aus Frankreich, Spanien, Kalifornien, Italien und Südafrika kaufen kannst; für 'nen Knopf und 'nen Klicker. Sogar Spitzenweine kriegst du zu ganz passablen Preisen übers Internet schneller bis in den eigenen Keller geliefert, als du brauchst, um hier zum nächsten Winzer zu fahren. Aber mit Grundstücken machen die noch ganz schön Schotter. Haben ja jede Menge und brauchen immer weniger davon. Und hier im Einzugsgebiet von Wiesbaden, Mainz und vor allem Frankfurt sind die als Baugrundstücke ein Vielfaches von dem wert, was sie als Weinberge wert sind. Deshalb sitzt der kluge Winzer von heute in irgendeinem Stadt- oder Gemeinderat und treibt den Wandel seines Landes in zunächst Bauerwartungs- und dann Bauland voran. Ein Teil davon wird anschließend für richtig viel Geld verkauft, der andere geht an die Erben, die natürlich schon längst keine Winzer mehr sind, sondern Banker oder *Consultants* von irgendwas Hippem.« Er sprach das Wort so aus, als wäre das etwas, das er nicht einmal mit der Kneifzange anfassen würde.

Inga Jäger wusste, dass Sozialneid bei Gebert ganz tief verwurzelt war. Der Kriminalhauptkommissar hatte sich schon in frühster Jugend für eine Laufbahn bei der Polizei entschieden, um etwas zu bewegen und Verbrecher dingfest zu machen, und war nie darüber hinweggekommen, dass seine Arbeit, mit der er unter Einsatz seines eigenen Lebens die Straßen unseres Landes sicherer machte, so sehr viel schlechter bezahlt war als die der meisten anderen, ganz zu schweigen von Positionen, die mit einem ähnlichen Maß an Verantwortung verbunden waren wie die seine. Er hatte einst wie viele seiner Kollegen davon geträumt, ein Held zu sein, und war jetzt froh, wenn am Ende des Jahres gerade noch so viel Geld übrig war, um sich einen kleinen Zweiwochenurlaub irgendwo in Österreich oder im Allgäu zu leisten.

Sie stiegen aus und gingen hinüber zu dem Haus, dessen Adresse ihnen die Otto gegeben hatte. Es war noch nicht viel mehr als ein Rohbau; zumindest noch nicht verputzt, aber schon von Weitem konnte man sehen, dass hier richtig Geld investiert worden war. Ein Zaun war noch nicht vorhanden, nur die Betonverankerungen dafür, und auf dem Platz zwischen Straße und Haus lagen noch jede Menge Bauschutt und Materialien herum. Trotz der frühen Stunde war drinnen alles hell erleuchtet, und auch die Energiesparlampe unter dem Vordach über der Eingangstür brannte.

Inga Jäger und Kriminalhauptkommissar Gebert gingen den geschlungenen Trampelpfad zwischen Zementsäcken, Trommelmischer und diversen Haufen beim Bau gebrochener Mauersteine entlang. Die Erde war feucht, und ihre Schritte hinterließen ein schmatzendes Geräusch, das Inga Jäger in der Stille des gehobenen Mittelschichtviertels, in dem so früh am Morgen noch alles schlief, unangenehm laut vorkam. Nicht zum ersten Mal während ihrer Laufbahn als Polizistin und Staatsanwältin war sie als Überbringerin von schlechten Nachrichten unterwegs – den Frieden der Menschen zu stören, die zu beschützen sie geschworen hatte. Diese Drecksarbeit hinterließen Verbrecher immer den Hütern des Gesetzes – was mit ein Grund dafür war, warum Inga Jäger sie so sehr hasste und mit allen ihr zur Verfügung stehenden Mitteln bekämpfte. Ihre Arbeit war auf dieser Ebene so schlimm wie die von Zahnärzten: Sie musste erst wehtun, um helfen zu können. Ein Teil von ihr hoffte innig, dass der Mann der Frau, die aufzusuchen sie im Begriff standen, gleich angetrunken die Straße entlangkam, um sich lautstark zu wundern, warum sie hier waren, ehe seine Frau ihm zeternd und zugleich vor Erleichterung weinend den Marsch blies, während sie ihn ins Haus bugsierte und sich bei Gebert und ihr für die Unannehmlichkeiten entschuldigte, die sie ihnen bereitet hatte, um dann die Tür hinter sich zuzuziehen und mit ihrem normalen Leben fortzufahren. Die Ermittlerin in Inga Jäger aber musste hoffen, dass sie hier in diesem verschlafenen Hipster-Neubauviertel richtig waren und endlich das Geheimnis um die Identität des verbrannten Toten lüfteten, der gerade bei Dr. Busch auf dem Obduktionstisch lag.

Noch ehe sie den Eingang erreichten und die provisorisch angebrachte Klingel betätigen konnten, wurde die Tür geöffnet, und vor ihnen stand eine junge Frau im Morgenmantel. Sie war zierlich, hochgewachsen und wunderschön, und Inga Jäger wunderte sich spontan über ihr Alter. Sie war vielleicht gerade einmal Anfang zwanzig. Wenn Dr. Buschs und ihre eigenen Beobachtungen stimmten, war das Opfer Anfang, Mitte vierzig. Waren sie vielleicht doch im falschen Haus? Das lange kastanienbraune Haar fiel gepflegt über perfekt gerade gehaltene Schultern, die verrieten, dass die Frau entweder lange Jahre Ballett oder Kampfsport betrieben hatte. Die großen grünen Augen über den hohen Wangenknochen waren nass von Tränen, und die Schminke war verwischt. Trotzdem sah sie auch in diesem Zustand aus wie ein gerade dem Katalog entsprungenes Model. Ihr nervöser Blick suchte nach etwas hinter ihnen.

»Wo ist mein Mann?«, fragte sie ohne Umschweife.

Inga Jäger konnte den Akzent ihrer leicht rauen Stimme sofort zuordnen: Russland, vielleicht auch Ukraine.

»Wo ist Melchior?«

»Guten Morgen, Frau Gietz«, sagte Inga Jäger. »Sie sind doch Jana Gietz?«

»Ivana«, sagte die junge Frau misstrauisch. »Mein Name ist Ivana Gietz. Und wer sind Sie?«

Inga Jäger stellte sich und Gebert vor, und sie zeigten beide ihren Dienstausweis.

»Staatsanwaltschaft? Kriminalpolizei?« Panik schlich sich in die katzenhaften Augen, und Ivana Gietz zog unwillkürlich den Morgenmantel enger. »Was hat das zu bedeuten? Was ist passiert? Ist meinem Mann etwas zugestoßen?«

»Das wissen wir noch nicht«, sagte Inga Jäger. Sie wusste, dass dem Opfer etwas zugestoßen war, aber ob das Opfer Ivana Gietz' vermisster Mann war, das wusste sie noch nicht.

»Ist es in Deutschland normal, dass die Kriminalpolizei kommt, wenn jemand als vermisst gemeldet wird?«, fragte die junge Osteuropäerin.

»Frau Gietz«, sagte Gebert mit seiner tiefen Stimme sanft. »Wissen Sie, welche Kleidung Ihr Mann zuletzt getragen hat?«

»Kleidung? Was meinen Sie?«, fragte sie verwirrt. »Was ...?«

Inga Jäger merkte, dass sie sich beeilen musste, wenn sie einen hysterischen Anfall verhindern wollte. »Ivana ... ich hoffe, es ist in Ordnung, dass ich Sie Ivana nenne ...« Sie ließ die persönliche Ansprache ganz gezielt im Raum stehen.

»Äh ... ja ... natürlich.«

»Sehen Sie, Ivana, um Ihren Mann zu finden, müssen wir wissen, wie er aussieht und was er zuletzt getragen hat.« Es war nicht die ganze Wahrheit, aber mehr durfte sie jetzt noch nicht sagen. Falls sie wirklich an der falschen

Adresse und bei der falschen Frau waren, durfte sie sie auf keinen Fall in Angst und Schrecken versetzen.

»Ach, ach so. Warten Sie bitte«, sagte Ivana Gietz und überlegte kurz. »Wie meistens um diese Jahreszeit trägt Melchior ein Hemd mit Pullover darüber. Es ist ein hellblaues Hemd, und der Pullover ist bordeauxrot. Cashmere, V-Ausschnitt, von Hugo Boss.«

Inga Jäger sah aus dem Augenwinkel, wie Geberts Gesicht noch ernster wurde.

»Schwarze Bundfaltenhose, ebenfalls schwarze, klassische Herrenschnürschuhe und einen gefütterten Windbreaker mit Reißverschluss von Tommy Hilfiger.« Entweder war Ivana Gietz tatsächlich Model – oder zumindest ehemaliges Model – oder äußerst markenbewusst. Gebert hätte »markengeil« gesagt. Er konnte verstehen, dass man mit Autotypen prahlte – aber mit Klamotten?

Nach der Beschreibung gab es kaum noch einen Zweifel – auch wenn sie keinen Windbreaker gefunden hatten –, und Inga Jäger wappnete sich innerlich für das, was sie bald würde tun müssen. »Sagen Sie, Ivana, wie alt ist Ihr Mann?«

»Zweiundvierzig«, sagte sie, ohne zu zögern. Der Altersunterschied schien für sie kein Thema zu sein.

Inga Jäger suchte nach einem Weg, der jungen Witwe die bittere Nachricht nicht im wahrsten Sinne des Wortes zwischen Tür und Angel überbringen zu müssen. »Hätten Sie vielleicht ein Foto?«, fragte sie daher, nicht zuletzt, um etwas Zeit zu gewinnen.

»Ja, natürlich«, sagte Ivana Gietz. »Bitte kommen Sie doch herein.«

Sie folgten ihr in das Innere des Hauses. Die erste Hürde

war geschafft, dennoch zogen sich Inga Jägers Eingeweide immer mehr zusammen. Das Haus war erwartungsgemäß schick eingerichtet. Die Fassade mochte noch fehlen, aber das Interieur demonstrierte Wohlstand und den Drang, ihn zu zeigen. Schon die Eingangshalle verdiente auch den Namen. Sie war zwei Stockwerke hoch und bestimmt fünfzig bis sechzig Quadratmeter groß. Ausgelegt war sie mit spiegelglatt poliertem Marmor und aufwendiger möbliert als Inga Jägers Wohnzimmer. Wenn es hier Möglichkeiten gab, um Garderobe aufzuhängen oder einen Schirm abzustellen, dann waren diese hinter einer der Türen versteckt, die links und rechts von der Halle abgingen. Geradeaus ging es direkt ins Wohnzimmer, das Inga Jäger wohl eher als riesigen Salon bezeichnet hätte. Es sah auch hier weniger wohnlich aus als vielmehr wie einem Katalog für luxuriöse Inneneinrichtungen entsprungen. Das einzig Persönliche waren in Silber gerahmte Fotografien auf dem Sims des überdimensionierten Kamins – keines davon ein Schnappschuss, wie Inga Jäger auf den ersten Blick sah; sie waren allesamt im Studio gemacht. Natürlich wählte Ivana Gietz eines von ihrer Hochzeit und präsentierte es ihnen, als würde sie eine kostbare Flasche Wein anbieten.

»Das ist mein Melchior«, sagte sie voller Stolz. »Er ist ein ganz großartiger Mann.«

War, dachte Inga Jäger irritiert und sah Bilder der Leiche im Kellergraben des Klosters und auf dem Obduktionstisch vor ihrem geistigen Auge. Sie konnte hören, dass der Stolz in Ivana Gietz' Stimme echt war, und fragte sich, woher er rührte. Hatte er die junge Osteuropäerin von den Straßen Moskaus, Minsks, Odessas oder Kiews geholt, um ihr hier einen Wohlstand zu bieten, von dem sie in ihrem früheren Leben nur träumen konnte, oder war er einfach, wie sie sagte, ein großartiger Mann … gewesen? Von Dr. Busch hatte Inga Jäger die Körpergröße des Opfers – gemessen am Größenverhältnis zur Braut auf dem Foto entsprach auch sie Melchior Gietz.

Inga Jäger und Kriminalhauptkommissar Gebert wechselten einen Blick, um zu verabreden, wer von ihnen die schlechte Nachricht überbringen sollte. Beide wollten sie dem jeweils anderen die Bürde abnehmen, aber am Ende war es Inga Jäger, die es auf sich nahm.

»Bitte setzen Sie sich, Ivana«, sagte sie so warmherzig, wie sie dies als Frau, die einmal in der gleichen Situation war wie jetzt Ivana Gietz, auch tatsächlich empfand.

Sofort kehrte der ursprüngliche Argwohn in den Blick der jungen Frau zurück. »Wieso? Was ist passiert? Warum soll ich mich setzen?« Sie umklammerte das Hochzeitsfoto vor ihrer Brust wie ein Baby … oder besser, wie einen Rettungsring. »Was verheimlichen Sie mir? Was ist mit Melchior?«

Inga Jäger las in ihren Augen, dass aus der anfänglichen Ahnung gerade schreckliche Gewissheit wuchs. »Wir haben nichts verheimlicht, Ivana. Wir mussten nur so weit wie möglich sichergehen. Und bitte glauben Sie mir, ich wünschte, wir würden uns irren … aber nach Ihrer Beschreibung seiner Kleidung müssen wir leider davon ausgehen, dass Ihr Mann tot ist. Wir haben seine Leiche gefunden.«

»Was heißt hier *Kleidung*?« Die Panik wurde zur Wut. »Hier haben Sie das Foto. Wenn Sie eine Leiche gefunden haben, dann müssen Sie doch wissen, ob er es ist oder nicht.« Sie hielt ihnen das Bild noch einmal entgegen – diesmal aber wie einen Schutzschild; so als könne die grausame Wahrheit daran abprallen.

»Das ist nicht so einfach, Ivana …«

»Hier schauen Sie hin!« Ihre Stimme kippte, und die Tränen flossen ihr jetzt über die Wangen.

»Er ist bis zur Unkenntlichkeit verbrannt«, sagte Gebert mit fester Stimme, aber sanftem Ton.

»V-ver-verbrannt? Ein Unfall?«

»Nein«, sagte Inga Jäger. »Er wurde ermordet.«

Ivana Gietz blickte sie fassungslos an und bewegte sich kein Stück mehr. Plötzlich fiel der Bilderrahmen aus ihren Händen zu Boden – und die junge Frau sackte zusammen. Sie war ohne jedes erkennbare Anzeichen ohnmächtig geworden.

Inga Jäger wollte eilig zu ihr hin, um ihr zu helfen, doch Gebert war schneller. Er kniete sich neben sie, suchte ihren Puls, nickte erleichtert und nahm sie in die Arme.

»Holen Sie bitte ein Glas Wasser aus der Küche und ein feuchtes Tuch«, bat er Inga Jäger, während er sich erhob, so als wöge die junge Frau nicht das Geringste. Er ging mit ihr hinüber zu einem der Sofas und legte sie darauf – den Kopf flach, die Füße mit zwei Kissen etwas höher.

»Checken Sie, ob auch der Atem stabil ist«, sagte Inga Jäger und machte sich auf die Suche nach der Küche. Sie fluchte innerlich. In all den Jahren bei der Polizei und der Staatsanwaltschaft hatte sie noch immer keinen Weg gefunden, die Nachricht vom Tod eines geliebten Menschen schonend zu übermitteln. Sie wusste, dass das nicht ihr Fehler war – weil es einfach keinen Weg gibt, so etwas schonend zu tun –, aber das machte es nicht besser. Keinen Deut.

Nachdem sie sich zweimal verlaufen hatte – in ein Gästezimmer und ein Schlafzimmer, das sehr viel mehr an ein SM-Studio erinnerte als an einen Raum für die Nachtruhe –, fand Inga Jäger die Küche. Wie nicht anders zu erwarten, war auch sie riesig und edel eingerichtet, doch Inga Jäger sah auf den ersten Blick, dass sie – außer vielleicht zum Warmmachen von Fertiggerichten in der Mikrowelle – nicht wirklich benutzt wurde. Sie holte ein Glas aus einem der Hängeschränke, öffnete den Hahn, füllte es und machte dann ein Geschirrtuch nass. Nachdem sie es ausgewrungen hatte, zog sie noch ein trockenes heraus und eilte zurück zu Gebert, der Ivana Gietz gerade die Pulsadern an den Handgelenken massierte.

»Soll ich einen Arzt rufen?«, fragte sie besorgt und legte die Sachen neben ihm auf den Tisch.

»Nur, wenn sie in der nächsten Minute nicht aufwacht«, sagte Gebert. »Machen Sie bitte alle Fenster hier drin weit auf.« Er legte der jungen Frau das feuchte Tuch auf die Stirn und massierte ihr damit die Schläfen, während Inga Jäger die kühle Spätherbstluft hineinströmen ließ.

»Die ist echt«, sagte er leise. »Oder verdammt gut gespielt. Ich habe auf jeden Fall keine Anzeichen dafür gesehen, dass sie versucht hat, sich bewusst oder unbewusst abzufangen.«

»Das will nichts heißen«, sagte Inga Jäger. »Wenn sie den Ballett- oder Kampfsporthintergrund hat, den ihre Figur und ihre Haltung vermuten lassen, steckt sie so einen Sturz leicht weg.«

»Dann glauben Sie, sie hat vielleicht etwas mit der Ermordung ihres Mannes zu tun?«

»Das wollte ich damit nicht sagen«, antwortete Inga. »Ich will es nur nicht pauschal ausschließen.«

Ivana Gietz stöhnte leise und schlug die verweinten Augen auf. Sie schaute sich verwirrt um – offenbar wusste sie für einen Moment lang nicht, wo sie war und was geschehen war. Doch die Erinnerung kam schon in der nächsten Sekunde und unbarmherzig zurück. Sie begann zu schluchzen und klammerte sich an Gebert fest. Der wusste im ersten Augenblick nicht, wie er reagieren sollte, nahm sie dann jedoch unbeholfen in die Arme und strich ihr über den Kopf. Sie drängte sich an ihn wie eine Ertrinkende, und ein heftiges Schluchzen nach dem anderen schüttelte ihren schlanken Körper.

Inga Jäger beobachtete sie genau und kam zu dem Schluss, dass sie entweder wirklich absolut nichts zu tun hatte mit der Ermordung ihres Mannes ... oder eine verdammt gute Schauspielerin war. Sie wusste noch zu wenig über sie, um ein endgültiges Urteil fällen zu können – und bis dahin war sie voll von Mitgefühl für ihren Schmerz. Ihr war bewusst, dass sie das bei ihrer Arbeit behinderte – und zugleich war es genau dieses Mitgefühl, das der Hauptmotor war, warum sie diese Arbeit überhaupt machte. Es würde ein ewiger Zwiespalt bleiben, aber sie hatte gelernt, damit umzugehen ... oder zumindest, es zu akzeptieren.

Ivana Gietz löste sich langsam von Gebert. Er reichte ihr ein Taschentuch, das sie jedoch gar nicht wahrnahm.

»Gibt es eine Chance ... wenigstens eine winzige ... dass Sie sich irren?«, fragte die junge Witwe mit verzweifeltem Flehen im Blick. »Dass Melchior noch lebt?«

»Die gibt es natürlich in einer solchen Situation immer«,

räumte Inga Jäger ein. Sie erinnerte sich nur zu gut daran, dass sie den gleichen Gedanken, den gleichen Wunsch bei der Identifizierung der verkohlten Leiche ihres Mannes gehabt hatte. »Aber es wäre falsch, darauf eine trügerische Hoffnung zu gründen. Um ganz sicherzugehen, machen wir noch einen Abgleich des Gebisses der Leiche mit den Daten des Zahnarztes Ihres Mannes. Wenn Sie uns dessen Namen und Adresse geben würden.«

Nachdem Ivana Gietz dies gemacht hatte, schickte Inga Jäger die Kontaktdaten via SMS zu Dr. Busch und Elli Falkenstein, während Gebert der jungen Frau das Wasserglas gab und sie es in mehreren kleinen Schlucken leer trank. Dann nahm sie auch das Taschentuch, wischte die Tränen weg und schnäuzte sich.

Sie fängt sich erstaunlich schnell, dachte Inga Jäger. »Wissen Sie, ob Ihr Mann Feinde hatte, Ivana?«

»Feinde? Melchior? Nein. Also zumindest keine, die ihn ermorden würden. Wie ist er gestorben? Sagen Sie es mir.«

»Was hat er gearbeitet?«, fragte Inga Jäger weiter.

»Er ist ... er war Erster Stadtrat und Amtsleiter der Stadt Eltville«, antwortete Ivana Gietz, und Inga Jäger blickte sich mit neu entfachtem Interesse in dem Wohnzimmer um. Ein Amtsleiter einer Stadt der Größe von Eltville mit den dazugehörenden Gemeinden hatte in etwa Besoldungsstufe A14. Je nach Dienstalter und zusätzlichen Aufwandsentschädigungen waren das über den Daumen gepeilt zwischen vier- und viereinhalb bis maximal fünftausend Euro im Monat. Das war zwar nicht wenig Geld, aber schwerlich ausreichend für einen Kleinpalast wie diesen.

»Sie weichen mir aus«, rief Ivana Gietz. »Wie ist Melchior gestorben? Was hat man ihm angetan? Ich will sofort zu ihm.«

»Vielleicht ist es besser, wenn Sie das nicht tun«, sagte Inga Jäger. Es verstrich kaum eine Nacht, in der nicht die Erinnerungen an den Anblick der verbrannten Leiche ihres Mannes in ihre Träume schlichen und sie schweißgebadet aus dem Schlaf hochschrecken ließen. Das hätte sie der jungen Frau gerne erspart. Zugleich jedoch wusste sie, wenn Ivana Gietz ihren Mann auch nur einen Bruchteil so sehr geliebt hatte wie sie den ihren, würde sie keine Kraft der Welt davon abhalten können, ihn noch ein letztes Mal sehen zu wollen.

»Wieso? Was ist mit ihm geschehen?«

»Er wurde erschlagen und danach verbrannt«, sagte Gebert leise.

»V-verbrannt?«

Inga Jäger nickte.

»Warum würde jemand so etwas tun?«

»Um Spuren – oder Anzeichen für das Verbrechen überhaupt – zu vernichten«, antwortete Inga Jäger. Wieder nur die halbe Wahrheit. Wer immer Melchior Gietz verbrannt hatte, hatte ihn leiden sehen wollen, aber das musste seine Witwe nicht unbedingt erfahren – wenn sie unschuldig war. Falls sie schuldig war, wusste sie es ohnehin.

»Wer …?« Ivana Gietz wurde davon unterbrochen, dass Inga Jägers Smartphone klingelte.

»Entschuldigen Sie bitte«, sagte die Staatsanwältin und nahm das Gespräch entgegen. Es war Elli Falkenstein.

»Ich habe die Daten des Zahnarztes mit unseren Bruchstücken verglichen«, begann die Forensikerin.

»So schnell?«, fragte Inga Jäger überrascht.

»Ich habe ihn aus dem Bett geklingelt, und wie die meisten Zahnärzte wohnt er direkt über seiner Praxis. Er hat mir die Röntgenbilder sofort gemailt. Damit ging es natürlich viel schneller, als wenn ich die Teile so hätte zusammenfügen müssen. Das war wie Puzzeln auf einem Vorlagenfoto. Albern. Ich werde nie verstehen, warum so viele Leute auf diese Weise Puzzle spielen. Wo ist denn da die Herausforderung?«

»Elli«, unterbrach Inga Jäger sie.

»Oh, ich schnattere schon wieder. Entschuldigung. Aber das Resultat dürfte jetzt klar sein: Ja, bei dem Toten handelt es sich einwandfrei um Melchior Gietz.«

»Danke, Elli. Bis später.« Sie schaltete das Telefon aus und steckte es zurück. In Ivana Gietz' Augen war neue Hoffnung aufgetaucht, und Inga Jäger hasste es, sie zerstören zu müssen.

»Es tut mir leid«, sagte sie. »Die Forensik hat es bestätigt: Es handelt sich wirklich um Ihren Mann.«

Ivana Gietz brach noch einmal in Tränen aus. »W-wer würde ihm so etwas antun?«

»Es wäre zu früh, hier zu spekulieren«, sagte Inga Jäger. »Gibt es jemanden in Ihrem Bekannten- oder Verwandtenkreis, der Grund hätte, Melchior etwas anzutun? Einen ehemaligen Geliebten vielleicht?« Sie wusste, dass es ein Vorurteil war, aber die brutale Grausamkeit des Verbrechens rief ihr die Russen-Mafia in den Sinn.

Ivana Gietz schüttelte den Kopf und wischte sich die Tränen fort. »Genau wegen solcher Verbrechen bin ich von Odessa weg. Ich dachte, ich hätte das alles hinter mir gelassen. Nicht, dass ich in diesen Kreisen verkehrt hätte, aber Mord und Totschlag waren allgegenwärtig. Ich habe dort keine Verwandten ... und auch keinen Exlover ... und niemand weiß, wohin ich gegangen bin, als ich damals von dort fort bin.«

»Pflegen Sie denn hier Kontakte zu Menschen aus Ihrer ehemaligen Heimat?«, fragte Gebert. »Vielleicht hat sich jemand in Sie verguckt und wollte Ihren Mann aus dem Weg räumen.«

»Nein, keine Kontakte. Nicht einen.«

»Sie wissen, dass wir das überprüfen müssen«, sagte Inga Jäger, entgegen ihrem Wunsch, eine vielleicht Unschuldige zu verletzen. Aber sie musste es sagen, um die Glaubwürdigkeit ihres Gegenübers besser prüfen zu können.

»Sie ... Sie ... Sie verdächtigen mich?« Ivana Gietz' Blick sprühte förmlich vor wütendem Entsetzen. »Wie können Sie es wagen?«

»Es tut mir leid, Ivana«, sagte Inga Jäger, »aber wir müssen zunächst einmal alle Möglichkeiten in Betracht ziehen, um am Ende die Wahrheit herauszufinden. Das ist unsere Aufgabe: den Mörder Ihres Mannes für sein Verbrechen zur Rechenschaft zu ziehen und dafür Sorge zu tragen, dass er nicht vielleicht morgen schon einer anderen Frau dasselbe antut, was er Ihnen heute Schreckliches angetan hat.«

Die Wut in den Augen der jungen Frau verebbte so schnell, wie sie gekommen war. »Ja, natürlich«, sagte sie leiser. »Ich verstehe. Aber Sie müssen mir glauben, was immer man ihm angetan hat, ich war es nicht, und ich habe auch nichts damit zu tun. Ich war glücklich mit Melchior. Glücklicher als jemals zuvor in meinem Leben.«

»Was ist mit dem Bekanntenkreis und der Verwandtschaft Ihres Mannes?«, fuhr Inga Jäger fort. »Gibt es darunter jemanden, der ein Motiv haben könnte, ihn zu töten?«

Ivana Gietz dachte nach. »Alle seine Freunde mögen ihn, und Verwandte hat er, soweit ich weiß, keine. Seine Eltern sind beide tot, und er war ein Einzelkind. Falls es Cousins oder Cousinen gibt, habe ich sie nie kennengelernt.« Dann schien ihr etwas einzufallen. »Eva«, sagte sie. Doch dann schüttelte sie den Kopf. »Aber sie würde so etwas nie tun.«

»Eva?«, fragte Inga Jäger.

»Melchiors Exfrau«, sagte Ivana Gietz, und Inga Jäger und Kommissar Gebert sahen sich kurz an. »Aber, nein, verzeihen Sie, dass ich ihren Namen erwähnt habe. Wenn Eva jemanden ermordet hätte, dann mich, nicht ihn.«

»Sie?«

»Sie ist der Meinung, ich hätte ihr den Mann gestohlen. Aber als Melchior und ich uns kennengelernt haben, war die Ehe bereits im Eimer. Schon lange im Eimer. Trotzdem hat sie mich einige Male bedroht. Auch vor Zeugen.«

»Haben Sie ihre Adresse?«, fragte Gebert und holte den Notizblock heraus, den er trotz seines Smartphones noch immer führte, weil die Buchstaben auf dem Touchscreen viel zu klein waren für seine großen Finger.

Inga Jäger dachte an den Satz, den Gebert schon am Tatort gesagt hatte und den bis jetzt alle weiteren Untersuchungen unterstrichen hatten: *Wer immer das hier getan hat, war entweder extrem wütend auf den Toten oder ein ausgesprochener Sadist*. Und gemäß der Erfahrung, die sie im Laufe der Jahre als Ermittlerin gesammelt hatte, gab es kaum einen Menschen im Leben eines Mannes, der so voller wütender Rachegedanken sein konnte, wie eine Exfrau, die für eine Jüngere sitzen gelassen wurde.

9

Oestrich-Winkel, Birkenstraße

Auch die ansonsten eher heimeligen Dörfer im Rheingau haben ihre Gettos. Inga Jäger hatte sich schon oft gefragt, ob das Entstehen und der spätere Verfall von Gettos grundsätzlich an den Bewohnern lag oder an den Gebäuden – und kam immer wieder zu dem Schluss, dass die Hauptursache für das Herunterkommen solcher Viertel tatsächlich die Gebäude waren, ihre Architektur, ihre Substanz – zumal sie ja schon meistens den bezeichnenden Namen »Wohnanlagen« hatten. Die Idee, preisgünstige Hochbauten zu errichten, um finanziell schlecht Gestellten ein Dach über dem Kopf zu geben, erscheint nur auf den ersten Blick sozial; in Wirklichkeit ist sie die Eintrittskarte zu einer Talfahrtspirale, die am unteren Ende fast immer in einem Teufelskreis mündet. Sozial Schwache werden auf engstem Raum mit anderen sozial Schwachen zusammengepfercht, wo die einzige Nahrung für Hoffnung Perspektivenlosigkeit ist und jeder Kindheitstraum unter einem Berg von hautnah miterlebtem Scheitern der Erwachsenen begraben wird. Winzige Wohnungen machen mit der Zeit die eine Hälfte der Bewohner aggressiv, die andere depressiv. Alkohol, der helfen soll, zu vergessen und zu verdrängen, wird zum Zündstoff, und aus Benachteiligten werden Kriminelle. Natürlich zwingt niemand jemanden, dorthin zu ziehen – außer eben das Leben und der Mangel an bezahlbaren Alternativen.

Inga Jäger wusste, dass sie eines dieser Gettos vor sich

hatte, als Kommissar Gebert von der Greiffenclaustraße aus über die Obere Schwemmbach in die Birkenstraße bog. Der Unterschied zu dem Eltviller Neubauviertel, aus dem sie gerade kamen, konnte kaum größer sein. Schmucklose Hochbauten gleich in mehreren Reihen ohne Gärten. Auf den Parkplätzen davor gebrauchte Autos älteren Datums und die radlosen Skelette demontierter Fahrräder.

»Gut, dann meld dich wieder, wenn du etwas Brauchbares hast«, sagte Gebert gerade in das Mikrofon der Freisprecheinrichtung seines Wagens und beendete das Gespräch mit einem Knopfdruck. Er hatte die Otto angewiesen, Ivana Gietz den Zutritt zur Leiche ihres Mannes zu gestatten, aber auch, sie für eine Weile beobachten zu lassen, um zu sehen, ob sie versuchen würde zu fliehen. Sie durften die junge Witwe noch nicht als Verdächtige ausschließen. Deshalb sollte die Otto auch mithilfe Elli Falkensteins Ivanas Vergangenheit und die finanzielle Situation des Ehepaars durchleuchten. Ivana Gietz wäre nicht die erste Immigrantin, die kurz nach der Hochzeit Witwe wird und außer einer netten Witwenrente eine dicke Lebensversicherung kassiert.

Gebert parkte den Wagen zwischen einem alten, verrosteten Datsun und einer Reihe überquellender Müllcontainer. Selbst die Kälte konnte die Morgenluft nicht von dem Gestank nach ausgelaufenem Motoröl, vergammelten Lebensmittelresten und Urin befreien, und Inga Jäger versuchte, auf dem Weg vom Auto bis zu der Haustür so flach wie möglich zu atmen. Zu so früher Stunde war es hier totenstill. Das Sicherheitsglas der Tür war gesplittert, und jemand hatte versucht, die Klingelanlage anzuzünden.

Da das Licht über dem Eingang nicht funktionierte, musste Gebert seine kleine Taschenlampe hervorholen, um die Namen in den halb verbrannten und verrußten Klingelschildern zu lesen.

Wenn mein Mann mich geext hätte und ich jetzt hier leben müsste, während er mit seiner Neuen einen kleinen Palast baut, hätte ich *auf jeden Fall eine Stinkwut auf ihn*, dachte Inga Jäger. *Aber genug, um ihn zu töten? Und was hätte ich von seinem Tod?* Sie waren hier, um genau das herauszufinden. Gebert hatte die richtige Klingel gefunden und drückte sie. Für eine ganze Weile geschah nichts.

»Meinen Sie, sie ist vielleicht abgehauen?«, fragte Gebert und klingelte noch einmal.

»Nein«, antwortete Inga Jäger. »Wenn sie wirklich die Täterin ist, kann sie nicht wissen, dass die Tat schon entdeckt und die Leiche bereits identifiziert ist. Wenn sie es war, hat sie ihre Spuren verwischt, weil sie nicht plant, von hier fortzugehen ... oder nicht die Mittel dazu hat.«

In der Klingelanlage knarzte es. »Hört auf mit dem Scheiß, oder ich komm runter!« Die Stimme einer Frau.

»Frau Eva Gietz?«, fragte Gebert.

»Ja«, kam es unwirsch zurück. »Wer will das wissen?«

»Ich bin Kriminalhauptkommissar Kai Gebert«, antwortete er. »Bei mir ist Oberstaatsanwältin Inga Jäger. Dürfen wir bitte hereinkommen?«

Zögern. »Ähm. Kripo? Staatsanwaltschaft? ... Um was geht es? Was wollen Sie von mir?«

»Dürfen wir bitte hereinkommen?«, wiederholte er.

Keine Antwort.

Gebert wollte gerade ein drittes Mal klingeln, als sie schräg über sich ein Geräusch hörten. Inga Jäger blickte nach oben, wo im zweiten Stock auf einem der kleinen Betonbalkone eine Frau mittleren Alters stand. Wie Ivana Gietz trug sie einen Morgenmantel, allerdings war ihrer abgewetzt und verwaschen. Ihr Gesicht war noch ganz verknautscht vom Kopfkissen, und sie schaute sie mit verschlafenen kleinen Augen an. Inga Jäger löste den Griff, mit dem sie instinktiv den Knauf ihrer Waffe gepackt hatte.

»Sprechen Sie leiser, um Himmels willen«, zischte die Frau zu ihnen herunter. »Zeigen Sie mir bitte Ihre Ausweise.«

Inga Jäger und Gebert folgten der Bitte.

»Scheinen in Ordnung zu sein«, sagte sie. »Was wollen Sie? Hat einer meiner Kleinen etwas angestellt?«

»Nein«, flüsterte Inga Jäger. »Ihre Kleinen haben nichts angestellt. Aber vielleicht machen Sie uns besser erst einmal auf.«

Die Frau nickte. »Warten Sie einen Moment.« Dann verschwand sie wieder im Haus. Wenig später stotterte der Türöffner, und beim dritten Versuch hatte Gebert die verklemmte Tür offen.

Im Treppenhaus stank es noch schlimmer als auf dem Parkplatz. Es roch, als hätte irgendjemand einen Sack gebrauchter Windeln in den Keller gestellt und dort vergessen und jemand anderes danebengekotzt und es nicht weggewischt. Es hatte eine Zeit gegeben – kurz nach dem Tod ihres Mannes –, in der Inga Jäger darüber nachgedacht hatte, ihren Beruf an den Nagel zu hängen, um nur mit der niedrigen Hinterbliebenenrente und ein wenig staatlicher Unterstützung rund um die Uhr für ihre Tochter Tanya da sein zu können. Dann hätte sie mit ihr in eine solche Wohnanlage ziehen müssen. Sie selbst hätte das in Kauf genommen – so wie sie alles für Tanya in Kauf nehmen würde –, aber ihrer Kleinen hatte sie das unmöglich antun können. Deshalb hatte sie sich für die Lösung Karriere und Tagesmutter entschieden. Das war zwar ebenfalls nicht optimal, aber besser als das hier. Wieder konnte sie, noch bevor sie mehr von ihr kannte als ihren Anblick im zerschlissenen Morgenmantel, nachempfinden, welchen Groll Eva Gietz auf ihren Exmann hegen musste, wenn tatsächlich auch noch Kinder im Spiel waren, die die Entscheidung des Vaters für eine Jüngere an diesen Ort katapultiert hatte.

Die Frau stand oben in der offenen Tür und blickte ihnen skeptisch entgegen. Inga Jäger fiel auf, dass sie kleiner war als Ivana. Ihr Haar war rötlich blond und, obwohl es kurz gehalten war, ganz struppig vom Schlaf. Das Gesicht war leicht aufgedunsen von falscher Ernährung und zu wenig Bewegung an der frischen Luft, aber es war leicht zu erkennen, dass sie vor wahrscheinlich gar nicht langer Zeit durchaus eine außergewöhnliche Schönheit gewesen war. Jetzt aber spannte der inzwischen viel zu enge Morgenmantel über überflüssigen Pfunden an Hüfte, Bauch und Brust. Entweder hatte ihr Mann, der seiner Kleidung und seinem neuen Haus nach zu urteilen großen Wert auf oberflächliche Ästhetik legte, sie verlassen, weil sie sich gehen ließ, oder sie ließ sich gehen, weil ihr Mann sie verlassen hatte.

Noch ehe Inga Jäger und Kommissar Gebert die obersten Stufen erreicht hatten, drückte sich ein verschlafenes Mädchen neben Eva Gietz und nuschelte mit überraschtem Blick: »Was'n los, Mami?«

Sie war etwa drei, vielleicht vier Jahre älter als Tanya,

und ihr Nachthemd war so abgetragen wie der Morgenmantel der Mutter. »Nichts, Mausi. Geh schon mal in die Küche und setz Kaffee auf. Dann weck deine Schwester. Es ist bald Zeit für die Schule.«

Die Kleine gab einen mürrischen Laut von sich, verschwand dann aber wieder in der Wohnung.

»Also, was gibt es?«, fragte Eva Gietz, ohne Anstalten zu machen, sie hineinzubitten.

»Wir haben heute Nacht die Leiche Ihres geschiedenen Mannes entdeckt«, sagte Inga Jäger.

»Was?!« Sie schaute sie ungläubig an.

»Melchior Gietz ist tot«, bestätigte Gebert.

Eva Gietz war nahezu erstarrt. Nicht einmal ihre vom Schlaf noch dicken Lider zwinkerten. Dann aber runzelte sie die Stirn, als würde ihr Hirn das Gehörte gerade erst verarbeiten. »Sie meinen, mein Ex ist Geschichte?«

»Ja«, sagte Inga Jäger.

Plötzlich lachte Eva Gietz auf. »Tot, sagen Sie? Der Mistkerl ist abgekratzt?« Ihr Lachen wurde stärker. »Und das ist auch kein verfrühter Aprilscherz?« Inzwischen lachte sie so heftig, dass es ihr die Tränen in die Augen trieb. »So richtig tot? Ende Gelände? O Gott, es gibt doch noch Gerechtigkeit auf dieser Welt.«

»Wo waren Sie heute Nacht zwischen zehn und Mitternacht?«, fragte Inga Jäger ohne Umschweife. Groll gegen den Ex konnte sie nachvollziehen. Schadenfreude über den Tod eines Menschen nicht. Absolut nicht.

»Warum fragen Sie das?«, wollte Eva Gietz wissen.

»Weil Ihr Exmann ermordet wurde«, erwiderte Inga Jäger, »und wir auf der Suche nach seinem Mörder oder seiner Mörderin sind.«

Das Lachen blieb Eva Gietz nun im Hals stecken. »Ermordet, sagen Sie?«

»Ja.«

»Und ich werde verdächtigt?«

»Noch verdächtigen wir niemanden«, sagte Gebert. »Wir versuchen zunächst nur, die Fakten zusammenzutragen. Und da wäre es hilfreich, wenn Sie uns sagen könnten, wo Sie zur besagten Uhrzeit waren.«

»Hier«, antwortete Eva Gietz. »Zu Hause. Mit meinen Töchtern.«

»Können Ihre Töchter das bezeugen?«, fragte Inga Jäger.

»Da sie beide um zehn Uhr schon schlafen, nein«, räumte Eva Gietz ein. »Aber ich würde sie hier niemals nachts alleine lassen. Nicht einmal, um meinen Ex zu killen. Und der hat es wahrlich verdient. Mehr als verdient. Es ist ein Wunder, dass es nicht schon sehr viel früher passiert ist.«

»Wie meinen Sie das?«, fragte Inga Jäger. »Hatte Ihr Mann …«

»Exmann«, betonte Eva Gietz überflüssigerweise.

»Hatte Ihr Exmann denn viele Feinde?«

»Machen Sie Witze?«

»Nicht während einer Mordermittlung. Seine jetzige Frau ist der Meinung, er hatte keine und war allseits beliebt.«

»Dieses dumme, naive Püppchen.« Eva Gietz spuckte die Worte förmlich aus. »Natürlich hatte er Feinde. Jede Menge Feinde. Ich meine, er war Erster Stadtrat *und* Amtsleiter der Stadt Eltville. Es gibt wohl nicht sehr viele im Magistrat, der Partei und im Rathaus, die ihm nicht das eine oder andere Mal die Pest ans Bein gewünscht hätten.«

»Aber hätten sie ihn auch halb zu Tode geprügelt und ihn dann bei lebendigem Leibe in Brand gesteckt?«

Eva Gietz war schockiert.

Vielleicht tut sie nur so, dachte Inga Jäger. *Aber wenn, dann ist es gut gespielt.*

»Ja«, sagte Eva Gietz schließlich. »Auch auf die Gefahr hin, dass das hart klingt, aber Melchior war ein echtes Arschloch. Er ging über Leichen, um zu bekommen, was er wollte. Und jetzt hat halt mal wer den Spieß umgedreht. Geschieht ihm in meinen Augen völlig recht.«

»Verdächtigen Sie dabei jemand Bestimmten?«, fragte Gebert und zog seinen Notizblock.

»Nein«, gab Eva Gietz zur Antwort. »Da fragen Sie am besten Kerstin Brauer.«

»Wer ist das?« Gebert notierte den Namen.

»Seine Sekretärin und obendrein die Amtsklatschtante. Sie weiß am besten, mit wem er alles im Clinch lag.«

»Wir werden sie aufsuchen«, sagte Inga Jäger. »Aber zunächst noch einmal zu Ihnen …«

»Ich habe ihn nicht umgebracht«, unterbrach Eva Gietz sie. »Ich habe oft daran gedacht. Ja, das habe ich. Am Anfang stündlich mindestens einmal. Ich habe mir vorgestellt, ihm eine Kugel durch den Kopf zu jagen oder ihn bei lebendigem Leib zu häuten. Dann im Laufe der Zeit nur noch einmal täglich, wenn ich ihm im Rathaus über den Weg lief und er so tat, als wäre ich nichts weiter als irgendeine der Beamtinnen dort.«

»Sie arbeiten ebenfalls in der Stadtverwaltung Eltville?«

Sie nickte. »Im Grundbuchamt. Erst habe ich überlegt, die Gemeinde zu wechseln, aber dann hätte ich wieder ganz von vorn anfangen müssen, also habe ich mich dagegen entschieden und gelernt, damit zu leben, dass ich ihn immer noch Tag für Tag sehen muss … musste. Und im Laufe der Zeit wurden meine Mordgelüste immer weniger. Wenn ich ihn getötet hätte, hätte ich Gift genommen. Irgendetwas Unauffälliges. Aber ich war zu feige, und ich kenne mich auch nicht aus mit Chemie – habe also gar keine Ahnung, wie ich überhaupt an das Zeug hätte kommen können. Aber wenn, also falls, dann hätte ich es getan, bevor er das zweite Mal geheiratet hat. Um seine Pension einzustreichen. Die kriegt jetzt nämlich diese russische Nutte. Aber dafür wird sie bluten.«

»Bitte?!«

»Nicht, wie Sie meinen«, beeilte sich Eva Gietz zu sagen. »Jetzt da Melchior tot ist, steht ein Teil seines Vermögens meinen Töchtern zu. Je nachdem, ob er ein Testament gemacht hat, zumindest einmal der Pflichtteil. Sie wird das neue, schmucke Häuschen verkaufen müssen, das sie sich gerade gebaut haben, um sie auszuzahlen, und wir können endlich wieder von hier weg.«

Inga Jäger war erschüttert von so viel Pragmatismus. »Sie sprechen hier immerhin von Ihrem früheren Ehemann. Sie müssen sich doch einmal geliebt haben? Macht Sie die Tatsache, dass er tot ist, nicht zumindest ein kleines bisschen traurig?«

Eva Gietz schaute sie mit festem Blick an. »Der Mann, den ich einmal geliebt habe, ist schon sehr, sehr lange tot. Und, glauben Sie mir, Frau Staatsanwältin, ich habe Jahre mit Trauer verbracht, mit nie endenden Demütigungen … und auch mit seelischer Grausamkeit. Wenn Sie es genau wissen wollen: Er hat, wo er nur konnte, bei den Unterhaltszahlungen getrickst, und drei bis vier Mal im Jahr musste ich wie eine Bettlerin zum Versorgungsamt, weil er mal wieder gar nicht gezahlt hat und sie ihn erst dazu zwingen mussten … nur damit er sich mit seiner Neuen einen kleinen Palast bauen konnte, während seine Mädchen hier hausen müssen und uns nicht selten nicht nur die Butter fürs Brot, sondern sogar das Brot selbst fehlt; egal, wie sehr ich mir den Arsch aufreiße und nebenbei auch noch putzen gehe. Also kommen Sie mir nicht mit Ihren schlauen Sprüchen. Der Kerl hat bekommen, was er verdient hat, und bezahlt wenigstens jetzt seine Schulden!«

10

Wiesbaden, Herzogsplatz. Inga Jägers Wohnung

Der Herzogsplatz in Wiesbaden liegt ganz in der Nähe des Rheins zwischen dem Biebricher Schlosspark und der A66. Hier, in einem schmucken Ziegelaltbau lebte Inga Jäger seit einigen Wochen mit ihrer achtjährigen Tochter Tanya. Sie hatte zwischenzeitlich überlegt, in den um einiges ruhigeren Rheingau zu ziehen, hatte den Gedanken aber wieder verworfen. Der Weg zur Arbeit wäre wegen der guten Verkehrsanbindung nur vernachlässigenswert weiter gewesen, und Tanya hätte in der Umgebung von Weinbergen und Wald mehr Raum gehabt, um im Freien zu spielen, doch Inga fand, dass die Kleine im Rheingau zu isoliert aufwachsen würde. Außerdem hatte Tanya sich gerade eingelebt, und sie wollte sie, nach ihrem Weggang aus Hamburg, nicht ein zweites Mal binnen kürzester Zeit der gewohnten Umgebung entreißen.

Inga Jäger hatte Kommissar Gebert gebeten, sie kurz nach Hause zu fahren, ehe sie ihre Untersuchungen im Rathaus Eltville fortsetzten. Sie wollte Tanya unbedingt noch Guten Morgen sagen, duschen und ihre eigenen Klamotten anziehen.

Als sie auf den kopfsteingepflasterten und mit Spätherbstlaub bedeckten Mieterparkplatz fuhren, ging gerade die Sonne auf. Im Verlauf der Nacht war es immer kälter geworden, und Ingas Atem bildete kleine Wölkchen vor Mund und Nase, sobald sie die Beifahrertür öffnete.

»Was dagegen, wenn ich mitkomme, um der Kleinen auch Guten Morgen zu sagen?«, fragte Gebert.

»Ganz im Gegenteil«, sagte Inga. »Sie wird sich freuen.«

Er lächelte und stieg ebenfalls aus. Tanya stand bereits oben an einem der Fenster und winkte strahlend. Gebert winkte zurück, und Inga warf ihr ein Kusshändchen zu.

»Unglaublich«, sagte Gebert, als sie die Haustür erreichten. »Sie hat meinen Wagen gehört und erkannt.«

»Ja, so was können nur kleine Kinder und Hunde«, sagte Inga Jäger und lachte. »Ich erinnere mich noch: Als ich so alt war wie Tanya, habe ich auch immer schon vor den anderen gehört, wenn mein Vater nach Hause kam.«

Sie hatten kaum das Ende der Treppe zum zweiten Stock erreicht, als die Tür auch schon aufgerissen wurde und Tanya Inga förmlich entgegengeflogen kam. Sie warf ihre Arme um Ingas Hüfte und drückte sich an sie.

»Ich hab dich vermisst«, krähte sie fröhlich. »Aber ich hatte auch mit Esther viel Spaß. Wir haben Lieder gesungen.«

»Aber du bist hoffentlich trotzdem pünktlich ins Bett«, sagte Inga Jäger und bugsierte Tanya ohne sie loszulassen in die Wohnung hinein.

»Fast«, sagte Tanya stolz. »Ein halbes Stündchen habe ich noch herausgeschlagen.«

»Gaunerchen«, sagte Inga. »Aber das schaffst du bei mir ja auch immer. Guten Morgen, Esther.«

Esther stand im Pyjama im Flur und rieb sich die Augen. Sie hatte auf dem Sofa geschlafen. »Guten Morgen, Frau Jäger. Guten Morgen, Herr ...«

»Gebert«, sagte der Kommissar. »Ein Arbeitskollege. Guten Morgen, Esther.«

»Hi, Kai!«, rief nun auch Tanya und warf sich ihm mit derselben Freude entgegen wie eben ihrer Mutter. Sie drückte sich mit dem Gesichtchen gegen seinen Bauch und prustete. »Hattet ihr eine schöne Party?«

»Oh, das musst du deine Mama fragen«, sagte er und rubbelte ihr Haar. »Ich war nicht dabei. Aber ich war gezwungen, sie frühzeitig zur Arbeit zu rufen.«

Tanya löste sich von ihm und sah ihre Mutter fragend an. »Wie? Kai war nicht mit dir auf der Party?«

»Nein«, sagte Inga Jäger.

Tanya zog eine Schnute und verschränkte die Arme vor der Brust. »Du hast doch gesagt, du gehst mit jemandem auf eine Party.«

Inga verstand nicht, worauf die Kleine hinauswollte. »Ja, das habe ich.«

»Dann warst du mit einer Freundin auf der Party«, riet Tanya.

»Nein, mit einem Freund«, antwortete Inga.

»Freund?«, fragte Tanya argwöhnisch.

»Nicht so ein Freund«, sagte Inga. »*Ein* Freund halt. Nicht *mein* Freund.«

»Hm«, machte Tanya. Es klang gar nicht begeistert. »Und warum bist du nicht mit Kai auf die Party? Er ist doch dein Freund, oder?«

»Äh … Ja, Kommissar Gebert ist auch ein Freund.«

»Kai«, sagte Tanya. »Er heißt Kai. Und er ist mehr als nur *ein* Freund. Er ist der beste überhaupt. Wieso gehst du mit einem anderen Mann aus, wenn du doch ihn hast?«

Inga und Gebert schauten einander verdutzt an. Gebert fing sich schneller als sie.

»Was hältst du von einer *prima colazione,* kleine Lady?«, fragte er und nahm sie hoch auf den Arm.

»Prima was?!«, fragte Tanya neugierig und war sofort abgelenkt.

»Prima colazione«, wiederholte Gebert. »Das ist Italienisch für Frühstück.« Geberts verstorbene Frau war Italienerin gewesen. Bei ihr hatte er meisterhaft kochen gelernt und Tanya schon einige Male damit begeistert.

»Prima colazione«, sprach Tanya nach und brachte den Akzent perfekt über die Lippen. »Das klingt gut. Das klingt sogar ganz *prima.*« Wie die meisten Kinder in dem Alter war sie ganz verrückt nach exotischen Wörtern und Wortspielen.

Inga schaute so unauffällig wie möglich auf die Uhr, sodass nur Gebert es sehen konnte. Sie wollte Tanya nicht das Gefühl geben, ihr Job sei ihr wichtiger als sie, aber da draußen lief ein Mörder frei herum, und je mehr Zeit sie verstreichen ließen, umso höher wurde die Wahrscheinlichkeit, dass er ihnen entkam.

»Sie gehen duschen und sich umziehen«, sagte er mit einem Lächeln. »Ich mach das schon.«

»Ja, Mama, geh du mal duschen. Kai und ich machen das schon. Kommst du mit, Esther?« Sie nahm Kai und Esther bei den Händen und zog sie davon.

Inga ging ins Bad. Nachdem sie mit der Dusche fertig war, trocknete sie sich ab, zog einen ihrer dunklen Hosenanzüge an und ging in die Küche. Die ganze Zeit musste sie über das nachdenken, was Tanya gesagt hatte. Ja, Gebert war ein Freund, ein verdammt guter sogar. Er half ihr und Tanya enorm dabei, sich hier in Wiesbaden einzuleben, und die Kleine hatte ihn ins Herz geschlossen. Ein bisschen ärgerte es Inga sogar, dass so schnell nach dem Tod von Tanyas Vater ein anderer Mann ihr Herz erobert hatte und von ihr so sehr gemocht wurde. Es fühlte sich ein klein wenig wie Verrat an. Gleichzeitig schalt Inga sich für dieses Gefühl, denn sie war froh, dass Tanya sich nicht in dem Schmerz über den Verlust abkapselte und niemanden mehr an sich heranließ. Und eines musste sie ihr lassen: Tanya hatte einen ganz fantastischen Geschmack. Gebert war zwar um einiges älter als sie und rein äußerlich grundverschieden von ihrem verstorbenen Mann, der ein kerniger Sportlertyp gewesen war, aber er war der patenteste, selbstbewussteste und humorvollste Kerl, den sie jemals kennengelernt hatte. Außerdem war er blitzgescheit und einfühlsam. Stark und energisch. Ein Fels in der Brandung … und ein guter Menschenkenner, der es wie kaum ein Zweiter verstand, im Rahmen seiner beschränkten Mittel das Leben zu genießen und anderen Freude zu bereiten. Aber …

Er war ein Cop.

Inga Jäger würde nie wieder etwas mit einem Polizisten anfangen, das hatte sie sich geschworen. Den einen zu verlieren hätte sie schon beinahe um den Verstand gebracht, und fast wäre sie dabei zugrunde gegangen. Sie wollte nie wieder rund um die Uhr mit der Angst leben, dass eines Tages oder Nachts die Dienststelle anrief, um sie voller Mitgefühl darüber zu informieren, dass …

»Auch noch eine Tasse Kaffee?«, fragte Gebert in ihre Gedanken hinein.

»Er hat Milchschaum gemacht, Mama!«, rief Tanya begeistert. »Schau mal. Für mich aber mit Kakao.« Sie hielt ihre Tasse hoch, damit Inga den Schaum sehen konnte.

»Gerne«, sagte Inga zu Gebert. Kaffee konnte heute ganz bestimmt nicht schaden. Sie setzte sich zwischen Tanya und Esther und schaute ihrem Kollegen dabei zu, wie er trotz seiner großen Hände ganz geschickt aus einem Henkeltöpfchen frisch geschlagenen Milchschaum in eine große Schale schöpfte und dann Espresso hineinkippte, ehe er sie vor ihr auf den Tisch stellte.

»Danke.« Ja, es fühlte sich gut an, dass er hier war. Und dass Tanya ihn so sehr mochte. Und er sie.

Verdammt gut sogar.

Aber was nicht sein durfte, durfte einfach nicht sein.

11

Rathaus Eltville

Das Rathaus ist im renovierten Gebäude des ehemaligen Postamts untergebracht und strahlt seine ganz eigene stoische und bürokratische Würde aus. Trotz der neuen Fenster und dem nachträglich aufgesetzten Walmdach fühlt man sich ein wenig in die wilhelminische Zeit zurückversetzt. In der engen Straße davor, die von schmucken Fachwerkhäusern gesäumt war, konnte Inga Jäger sich nur zu gut vorstellen, wie es war, als die Post noch mit Kutschen transportiert wurde und Postbeamte in ihren Uniformen noch aussahen wie hohe Offiziere.

Sie und Gebert waren jetzt mit zwei Fahrzeugen unterwegs, um flexibler zu sein, und lenkten sie gerade um das Gebäude herum auf den Besucherparkplatz, als Inga Jägers Telefon klingelte. Für einen Moment schloss sie missmutig die Augen, als sie auf dem Display ihres Autoradios die Anruferkennung sah: Max Hoffman.

Sie betätigte die Handbremse, ließ den Motor aber laufen und drückte auf *Empfangen.* »Guten Morgen.«

»Hallo, Inga.« Seine Stimme verlor durch den Lautsprecher viel von ihrem Charme. Aber vielleicht empfand sie das auch nur so, weil er sich in der vergangenen Nacht auf dem Partyboot am Ende wie ein Trottel verhalten hatte.

Sie schwieg und wartete, was er zu sagen hatte.

»Ich wollte mich entschuldigen«, sagte er. »Mein Vorschlag war nicht nur äußerst unprofessionell, sondern auch hochgradig unsensibel. Ich hätte nicht zulassen dürfen, dass unser schönes Date so endet. Meine Neugier ist mit mir durchgegangen. Bitte verzeih.«

»Nicht nur Ihre Neugier, Herr Hoffman«, sagte sie so gelassen wie möglich. Sie hatte jetzt andere Dinge im Kopf, als sich über ihn aufzuregen. »Ihr Verhalten hat bewiesen, dass wir beide grundlegend verschiedene Auffassungen vom Thema Integrität und Respekt haben.«

»Ja«, gab er zu. »Deswegen haben wir ja auch verschiedene Berufe. Wo du diskret sein musst, muss ich neugierig sein und teilweise auch unverschämt. Ich hätte das nur nicht auch bei dir sein dürfen. Vor allem hätte ich nicht versuchen sollen, deine Verpflichtung zur Diskretion herunterzuspielen, nur um mir einen persönlichen Vorteil zu verschaffen.«

Es klang, als hätte er ausgiebig darüber nachgedacht.

»Ich verspreche, dass es nicht wieder vorkommt«, fuhr er fort, »und bitte dich von ganzem Herzen, mir noch einmal eine Chance zu geben. Darf ich dich für heute Abend zum Essen einladen?«

»Ich habe heute Nacht kein Auge zugetan und werde nach Feierabend ganz bestimmt wie ein Stein ins Bett fallen«, sagte sie. »Ein andermal ... vielleicht.«

»Okay«, antwortete er. »Das ist nur fair. Dann sehen wir uns nachher bei der Pressekonferenz.«

»Gut«, sagte sie – so unverbindlich, wie sie sich fühlte. »Dann bis nachher.«

Sie beendete das Gespräch, schaltete den Motor ab und stieg aus. Gebert wartete bereits auf sie. Er hatte die Hände in die Taschen seiner knielangen Jacke gesteckt und sah mit der Zigarette im Mundwinkel und seiner nachdenklichen Miene einmal mehr aus wie Rübezahl – Ellis Spitzname für ihn. Sie war froh und dankbar darüber, dass er das Thema, das Tanya zu Hause aufgeworfen hatte, nicht nur ganz galant umschifft, sondern auch von sich aus nicht wieder aufgegriffen hatte, aber sie kam nicht umhin zu bemerken, dass der Blick, mit dem er sie ansah, liebevoll war. Sie wusste nur nicht, ob väterlich liebevoll oder eben anders. Und sie wollte es auch nicht wissen. Sie mochte ihn schon viel zu sehr; zu erfahren, dass seine Gefühle für sie vielleicht mehr als väterlicher oder freundschaftlicher Natur waren, würde alles nur noch komplizierter machen. Auch sie zündete sich noch eine Zigarette an.

»Wie gehen wir vor?«, fragte er. Er wollte keinen Rat, er wollte ihre Meinung.

»Ich denke, wir sprechen zuerst mit dem Bürgermeister«, sagte sie. »Wenn der nicht da ist, reden wir direkt mit Kerstin Brauer.«

»Okay«, stimmte er zu, und die beiden gingen stumm rauchend um das große Gebäude herum, das zu so früher Stunde noch gespenstisch still dalag. Nur wenige Fenster waren erleuchtet. Am Eingang angelangt, seufzte Inga Jäger.

»Was ist?«, fragte Gebert.

»Einem Hinterbliebenen pro Mord die schlechte Nachricht zu übermitteln ist hart genug. Diesmal waren es schon zwei.«

»Wie im Fall von Sieglinde Reichard«, sagte er.

Inga Jäger erinnerte sich ungern. »Ja, aber jetzt steht uns das dritte Mal bevor.«

»Kerstin Brauer war nicht mit Melchior Gietz verwandt.«

»Aber sie war lange Jahre seine Sekretärin und Assistentin«, sagte Inga Jäger. »Wie würde die Otto reagieren, wenn man sie über Ihren Tod benachrichtigen müsste?«

Er nickte bedächtig. Dann schaute er sie lange an. »Ich werde nicht im Dienst sterben, Jägerin«, sagte er. Sie stutzte – war das jetzt auf ihr aktuelles Gespräch bezogen, oder ahnte er, welche Gedanken ihr vorhin durch den Kopf gegangen waren? Es wäre nicht das erste Mal. Er konnte besser in ihr lesen als je ein Mensch zuvor. Tatsächlich sogar noch besser als ihr verstorbener Mann.

Sie musste lächeln. »Das ist gut zu wissen.« Sie drückten die nur zur Hälfte gerauchten Zigaretten in dem Aschenbecher neben dem Eingang aus und betraten das Rathaus.

Das Innere des Gebäudes stand im krassen Kontrast zu seinem altväterlichen Äußeren. Hier war alles frisch renoviert und modern und hell eingerichtet. Kalt. Inga Jäger fand das fast ein wenig schade. Nicht, dass sie etwas gegen moderne Gestaltung hatte, aber gefühlloses Design oder wie in diesem Fall lieblose Stilbrüche gingen ihr gegen den Strich. Sie empfand sie als Verrat gegenüber den Möglichkeiten. Und hier hätte man wahrlich viele Möglichkeiten gehabt, Schönheit zu zaubern und dabei wahrscheinlich noch weniger Geld auszugeben, als hier geflossen war.

Sie suchten auf dem Lageplan an der Wand nach dem Büro des Bürgermeisters.

»Hier«, sagte Gebert. »BM Thilo Holler.«

Eine Frau trat auf den Flur hinaus. Anfang sechzig. Geschminkt wie zu einer Theateraufführung. *Aber eher als Darstellerin,* dachte Inga Jäger. Die blondierten Haare zu einer starren Haube toupiert wie in den frühen Sechzigerjahren. *Nun ja, nicht alles von damals war schön und erhaltenswert.* Eine Wolke Chanel N° 5 waberte zu ihnen herüber und legte sich auf Inga Jägers Nasen- und Rachenschleimhäute.

»Der Bürgermeister kommt wie immer erst um neun«, sagte sie in einem misslungenen Versuch von Hochdeutsch, der Inga Jäger sofort an eine alte deutsche Fernsehshow erinnerte, die sie manchmal mit ihrer Großmutter Thea gesehen hatte: *Zum Blauen Bock* mit Heinz Schenk und Lia Wöhr. »Aber vielleicht kann ich Ihnen ja weiterhelfen.«

»Das ist sehr freundlich«, sagte Inga Jäger. »Wir sind auf der Suche nach Frau Kerstin Brauer.«

Sie zog eine der gemalten Augenbrauen nach oben. »In welcher Angelegenheit?«

»Das würden wir ihr gerne persönlich sagen«, erwiderte Inga Jäger und achtete darauf, dass ihr Ton gleichermaßen freundlich wie bestimmt war.

»Darf ich fragen, wer Sie sind?«

Sie holten ihre Dienstausweise heraus und stellten sich vor.

»Oh«, sagte die Frau. »Ich bin Kerstin Brauer. Ist irgendetwas passiert? Habe ich etwas angestellt? Ich bin mir keiner Schuld bewusst.«

»Nein, nein, Frau Brauer«, beeilte Gebert sich zu sagen. »Es geht nicht um Sie, keine Sorge. Aber vielleicht könnten wir irgendwo hingehen, wo es etwas weniger öffentlich ist.«

Sie atmete erleichtert aus. »Mein Büro«, sagte sie. »Gehen wir doch einfach in mein Büro. Da stört uns niemand. Herr Gietz kommt auch frühestens erst in einer halben Stunde.«

Er wird nie wieder kommen, dachte Inga Jäger und folgte ihr.

Zwei Minuten später – Kerstin Brauers Reaktion auf die Nachricht, die sie ihr überbrachten, kam Inga Jäger vor wie die Aufführung einer schlechten Komödie: »Oje, oje, oje«, sagte die Sekretärin aufgeregt und erhob sich wieder von ihrem Stuhl, um aufgebracht wie ein Huhn in ihrem Vorzimmer auf und ab zu laufen. »Umgebracht, sagen Sie? Meinen Herrn Gietz? Oje, oje, oje. Das ist schlimm. Das ist entsetzlich. Ich verkrafte das nicht.« Sie ging zu einem Aktenschrank und öffnete mit zittrigen Fingern die Tür. Dahinter entdeckte Inga Jäger diverse Flaschen und Gläser. »Nicht ohne ein kleines Likörchen.« Sie nahm eine der Flaschen heraus, öffnete sie und schenkte sich ein Gläschen voll. »Für Sie auch?«, fragte sie, nur halb zu ihnen gewandt. »Ach nein, Sie sind ja im Dienst.« Dass sie selbst im Dienst war, vergaß sie offenbar; auf jeden Fall hielt es sie nicht davon ab, das Glas mit einem Zug zu leeren, nachzufüllen und noch einmal zu leeren. Dann schenkte sie es zum dritten Mal voll. Diesmal aber nahm sie das Glas mit herüber zum Tisch und setzte sich wieder. »Wie denn? Wie hat man ihn umgebracht?«

»Darüber dürfen wir zum jetzigen Stand der Ermittlungen noch nichts Näheres sagen«, antwortete Inga Jäger. »Aber die Art und Weise der Tat lässt darauf schließen, dass der Täter oder die Täterin ein persönliches Motiv hatte … wie Rache oder Wut. Wüssten Sie vielleicht jemanden, der dafür infrage käme?«

»Sie meinen, ob es jemanden gibt, der Grund genug hatte, Herrn Gietz ans Leder zu wollen?« Der Likör wirkte schnell. Kerstin Brauer erschien bereits sehr viel entspannter.

»Ja, das meinen wir.«

»Oje – davon gibt's mehr als genug«, sagte sie. »Mehr als genug.« Sie führte das Glas an die Lippen, aber diesmal nippte sie nur. »Immerhin war er Erster Stadtrat und Amtsleiter.«

»Wer würde Ihnen einfallen?«, fragte Gebert, der den Notizblock bereits in der Hand hielt.

»Hm. Wo fange ich denn an?« Sie nippte noch einmal. »Ach ja. Da wäre zunächst Herr Falk. Ingo Falk. Er ist der Leiter unseres städtischen Betriebshofs. Ein jähzorniger Typ. Die beiden hatten sich immer wegen irgendetwas an den Köpfen. Gerade gestern erst hatten sie einen heftigen Streit. Im Anschluss an eine vertrauliche Amtsleitersitzung. Direkt hier draußen auf dem Flur. Vor versammelter Mannschaft. Herr Gietz hat dem Falk vor Zeugen angedroht, ihn zu feuern, und Falk hat gekontert, dass er Herrn Gietz vorher kaltmachen würde.«

Inga Jäger und Gebert wechselten einen Blick.

»Klingt ganz wie unser Mann«, sagte Gebert.

Inga Jäger nickte und wandte sich dann wieder an Kerstin Brauer. »Erzählen Sie uns trotzdem noch von den anderen.«

»Dann wäre da natürlich noch seine Exfrau.«

»Eva Gietz«, sagte Gebert.

»Ja«, bestätigte die Sekretärin. »Sie arbeitet auch hier. Im Grundbuchamt.«

»Von ihr wissen wir«, sagte Inga Jäger. »Er hat sie und die Kinder für eine Jüngere verlassen.«

»Och, da wissen Sie aber nur die Hälfte«, behauptete Kerstin Brauer mit einem zynischen Lächeln.

»Da ist mehr?«

»O ja. Sehr viel mehr.«

»Erzählen Sie bitte.«

»Also, lassen Sie es mich so ausdrücken: Das junge Russending ist die Erste, für die er Eva dann auch verlassen hat.«

»Sie meinen, er hatte Affären?«

»Massenhaft«, bestätigte sie. »Vornehmlich mit Arbeitskolleginnen hier im Amt. Und nie besonders diskret. Dem hat er jetzt noch einen obendrauf gesetzt, als er das alleinige Sorgerecht für die beiden Töchter aus erster Ehe beantragt hat, um sie Eva wegzunehmen.«

Gebert notierte und schaute dann auf. »Was können Sie uns über die Affären sagen? Haben Sie Namen?«

»Bis auf eine haben sie inzwischen alle den Arbeitsplatz gewechselt«, sagte Kerstin Brauer. »Nur die Lisa nicht, das arme Ding. Die wird es nie lernen.«

»Lisa?«

»Lisa Bickelmeyer. Herr Gietz hatte fünf Jahre lang was mit ihr. Das hat angefangen, als sie bei uns noch Auszubildende war, und je nachdem, wie er Lust hatte, lief es oder lag auf Eis. Sie hat seine Versprechungen geglaubt, dass er für sie irgendwann einmal seine Frau verlassen würde. Aber das hat er schließlich erst für Ivana getan … und Lisa trotzdem nicht freigegeben.«

»Trotz seiner jungen Ehe?«, fragte Inga Jäger.

Die Sekretärin nickte. »Lisa ist deswegen in psychiatrischer Behandlung. Was ich für völligen Quatsch halte. Sie soll es machen wie die anderen und das Amt wechseln. Oder eben ein für alle Mal die Finger von ihm lassen. Aber das kann sie nicht. Trotz allem ist, na ja war, Melchior Gietz der Mann ihrer Träume. Und damit kämen wir dann auch schon zu der nächsten Person, die in meinen

Augen einen Grund hatte, Herrn Gietz zu schaden: Michael Fröhlich, unser Systemadministrator.«

»Was hat er damit zu tun?«, fragte Gebert.

»Er ist der *beste Freund* von Lisa.« Sie machte mit beiden Händen Gänsefüßchen in der Luft. »Das heißt, er ist seit Jahren unglücklich in sie verliebt, kam aber wegen Herrn Gietz nie zum Zug. Im Gegenteil: Jedes Mal wenn der Lisa wieder einmal abgekanzelt hatte, durfte Michael die Scherben aufraffen und das Ego der Kleinen in wochenlanger Schwerstarbeit wieder zusammenflicken, ohne auch nur einen winzigen Kuss als Belohnung. Ich hab mich oft gefragt, warum er sich das antut. Ist ein ganz patenter Kerl. Der könnte an jedem Finger eine haben. Aber er will nur Lisa. Und als die Nachricht kam, dass Gietz Ivana heiratet und sie dieses Wahnsinnshaus im Ober Setzling bauen, hat er endlich seine große Chance gewittert. Aber er hat damit dummerweise gewartet, bis sie nach dem Schock wieder einigermaßen auf dem Damm war. Er wollte ihre Verwundbarkeit ja nicht ausnutzen – dummer edler Ritter, der er ist. War aber ein Fehler.«

»Wieso?«, fragte Inga Jäger, obwohl sie die Antwort bereits kannte; sie kannte Männer wie Gietz, die einfach nicht dazu fähig oder bereit waren, etwas, das sie einmal als ihren Besitz betrachtet hatten, wieder herzugeben. Außerdem hatte die Sekretärin es ja auch schon angedeutet.

»Welchen Narren auch immer Herr Gietz an Lisa gefressen hatte, er war nicht lange mit Ivana verheiratet und hat trotzdem schon wieder mit ihr angebandelt.« Sie beugte sich vor und flüsterte: »Ich denke, das war so eine SM-Sache. Sadomaso, falls Sie wissen, was ich meine. Ich nehme an, die Lisa hat mehr *Schweinkram* mit sich anstellen lassen als die kleine Russin. Klar, sie hat einfach alles für ihn getan, und sobald er mit dem Finger geschnipst hat, war sie wieder für ihn da, und alle Bemühungen vonseiten Michael Fröhlichs waren wieder für die Katz. Er hatte also allen Grund, Gietz zu hassen.«

»O Mann«, sagte Gebert und klappte den Notizblock zu. »Ja, es sieht so aus, als hätte unser Herr Amtsleiter mit so einigen Dynamitfässern jongliert. Und eines davon ist ihm heute Nacht um die Ohren geflogen. Wir machen uns besser gleich an die Befragungen.«

»Warten Sie«, sagte Kerstin Brauer, als er und Inga Jäger aufstehen wollten. »Sie wissen ja noch lange nicht alles.«

»Gibt es da noch jemanden?«, fragte Inga Jäger.

»Mindestens zwei«, antwortete die Sekretärin, und Gebert klappte den Notizblock wieder auf. »Zunächst ist da Gisbert Spreitzer, unser Stellvertretender Amtsleiter. Er hat sich den Allerwertesten aufgerissen, um Gietz dabei zu helfen, hauptamtlicher Erster Stadtrat zu werden – weil Gietz ihm dafür die Nachfolge auf den Stuhl des Amtsleiters versprochen hatte. Aber Pustekuchen. Nach der Bestellung zum Ersten Stadtrat hat Gietz bekannt gegeben, dass er auch den Amtsleiterposten behält. Angeblich, um der Stadt Geld zu sparen. In Wahrheit aber hält er damit mehr Macht als der Bürgermeister selbst – was uns zum letzten Verdächtigen bringt.«

»Der Bürgermeister?«, fragte Inga Jäger skeptisch.

»Thilo Holler.« Kerstin Brauer nickte. »Durch die Personalunion Erster Stadtrat und Amtsleiter ist Gietz in den meisten Belangen der Kommunalpolitik und auch hier in der Verwaltung mächtiger geworden als der Bürgermeister, der jetzt so gut wie nur noch repräsentative Aufgaben hat, und Gietz hat ihn das in mehr als nur einer Besprechung oder Magistratssitzung deutlich spüren lassen – auf eben die herablassende Art und Weise, die er ganz besonders gut draufhatte.«

Gietz war also ein Machtmensch und Kontrollfreak, dachte Inga Jäger und wunderte sich einmal mehr darüber, wie besessen selbst in so winzigen und vergleichsweise unbedeutenden Universen wie einer Kleinstadtverwaltung Menschen um die Herrschaft kämpften wie einst die ersten Cäsaren um das Römische Reich.

Kommissar Gebert stieß einen Seufzer aus. »Da haben wir ja eine ganze Menge vor uns«, sagte er.

Auch Inga Jäger konnte sich an keinen Fall erinnern, bei dem sie so viele Verdächtige auf einmal hatte. Sie war sich nicht sicher, ob das etwas Gutes war oder eher etwas Schlechtes.

12

Betriebshof der Stadt Eltville

Der Betriebshof der Stadt Eltville am Rhein liegt weit oben im Norden zwischen den Weinbergen – nicht weit entfernt von dem Neubaugebiet, in dem Melchior Gietz sich seinen kleinen Palast gebaut hatte. Da Ingo Falk, der Leiter des Betriebshofes, der Einzige war auf der Liste von Verdächtigen, die sie mit Kerstin Brauers Hilfe erstellt hatten, der zu dieser frühen Stunde schon im Dienst war, waren Inga Jäger und Kommissar Gebert zuerst dorthin gefahren. Während sie ausstiegen, ging Inga Jäger diese Liste noch einmal im Kopf durch:

Ingo Falk – *Leiter des städtischen Betriebshofes. Motiv: Streit mit Melchior Gietz. Erwiderte angedrohte Kündigung mit einer Morddrohung.*

Eva Gietz – *Exfrau des Opfers. Motive: Rache für die Scheidung, Abwendung eines für Melchior Gietz aufgrund seiner finanziellen Situation möglicherweise erfolgversprechenden Sorgerechtsstreits und Geld (durch den Tod des Vaters erhalten wenigstens die Töchter eine Hinterlassenenrente und ihren Pflichtanteil aus dem Erbe).*

Ivana Gietz – *Ehefrau des Opfers. Motive: Geld (Rente und Lebensversicherung) und Rache (Ehebruch mit Lisa Bickelmeyer).*

Lisa Bickelmeyer – *Mitarbeiterin und Geliebte des Opfers. Motive: Eifersucht und/oder Rache.*

Michael Fröhlich – *Systemadministrator und »bester Freund« von Lisa Bickelmeyer. Motive: Eifersucht und Helfersyndrom.*

Gisbert Spreitzer – *Stellvertretender Amtsleiter. Motiv: Rache für nicht eingehaltene Vereinbarungen und Gier nach Melchior Gietz' Amtsleiterstuhl.*

Thilo Sauer – *Bürgermeister. Motiv: Berufliche Rivalität und Rache für öffentliche Demütigung.*

Ja, Gebert hatte den Nagel auf den Kopf getroffen, als er das menschenverachtende Verhalten des Opfers mit dem Jonglieren von Dynamitfässern verglichen hatte. Die meisten Morde wurden aus noch sehr viel schwächeren Motiven heraus begangen.

Hier oben auf dem Gelände des Betriebshofes herrschte rege Geschäftigkeit. Traktoren, Lkws und Minivans wurden mit unterschiedlichstem Gerät beladen. Dort Gartenbauwerkzeuge wie Motorsägen, Rasenmäher, Laubrechen und -sauger zur Pflege der stadteigenen Grünanlagen und Straßenränder, hier Gerätschaften zur Abflusskanalreinigung und Baumaterialien. Die meisten Mitarbeiter bewegten sich eher gemütlich bis behäbig.

Inga Jäger seufzte. *Ein Klischee – aber leider ein wahres und weit verbreitetes.* Sie würde nie verstehen, warum Menschen in einem relativ sicheren Angestelltenverhältnis – und ganz besonders in solchen des Öffentlichen Dienstes – sich nicht selten mehr anstrengten, der Arbeit aus dem Weg zu gehen, als sie einfach zu machen und zu erledigen. Es gab ganze Untersuchungsreihen, die sich mit dem medizinischen Phänomen auseinandersetzten, dass es mehr Stress und demzufolge auch mehr stressbedingte Erkrankungen gab, weil sich viele mehr damit beschäftigten, Strategien und Taktiken zu entwickeln, sich vor der Arbeit zu drücken, als durch die Arbeit selbst. Und in diesen Untersuchungen war noch nicht einmal die Rede davon, was die mangelhafte Leistung den Steuerzahler und die Firmen kostete.

Mit einem Mal aber wurde aus der Behäbigkeit Eile – aus der Gemütlichkeit Geschwindigkeit. Inga Jäger dachte zuerst, das hätte vielleicht etwas mit ihrem Auftauchen zu tun – man konnte sie und Gebert anhand der Kleidung und ihrem Dienstwagen leicht mit Vertretern der Landesregierung oder irgendeiner Inspektionsbehörde verwechseln. Dann aber sah sie den Mann, der in der Tür des kleinen Bürogebäudes am Rand des Geländes aufgetaucht war. Es war ein Kerl wie ein Bär, fast so groß wie Gebert, aber jünger und sportlicher gebaut. Sein langes dunkelblondes Haar war zu einem Pferdeschwanz gebunden, und Inga Jäger musste zugeben, dass ihm das Holzfällerhemd und die Camper-Weste, die er darüber trug, ebenso gut standen wie die Baggy Pants und die hohen Knobelbecher. Seine Hemdsärmel waren halb hochgekrempelt und zeigten seine muskulösen Arme. Dieser Mann wusste, wie man anpackte. Mit dem Zeigefinger tippte er auf seine Taucheruhr.

»Höchste Zeit, dass ihr endlich vom Hof kommt, ihr Faulenzer«, rief er den Männern mit tiefer und weit tragender Stimme zu. »Und kommt bloß nicht noch einmal auf die Idee, zum Frühstück die ganze Strecke wieder zurück hierher aufs Gelände zu fahren und auf dem Weg auch noch dreimal anzuhalten, um euch Wurst, Brötchen und die Zeitung zu kaufen. Es ist mir scheißegal, was die Anzugträger aus dem Rathaus sagen – solange ich hier das Sagen habe, werdet ihr keine Steuergelder mehr verschwenden! Und wenn ihr Probleme damit habt, schreibt nur noch mehr Beschwerden über mich an Gietz und seine Sesselpupser. Ich werd euch schon zeigen, wo der Hammer hängt.«

Inga Jäger beobachtete, wie die Männer zwar missmutig knurrten, sich aber dennoch Mühe gaben, zügiger aufzuladen und den Hof zu verlassen. Erst als der letzte Minibus losgefahren war, wandte der Mann sich ihnen zu und beäugte sie missmutig.

»Wer sind Sie, und was wollen Sie hier?«, fragte er

barsch und machte keinerlei Anstalten, ihnen entgegenzukommen. »Soweit ich weiß, habe ich heute Morgen keine Vertretertermine, und für Paragrafenreiter habe ich keine Zeit. Mag die Welt denken, was sie will, aber wir haben hier echte Arbeit zu tun. Also auf Wiedersehen und guten Tag.« Damit wollte er sich umdrehen und wieder hineingehen.

»Witzig, dass Sie das so sagen«, rief Inga Jäger mit fester Stimme, ehe Gebert aktiv werden konnte. Der bullige Kommissar hätte sich nur zu gerne auf eine kleine Kraftprobe mit einem anderen Alphamännchen eingelassen, das sah sie ihm am Blick an und an der Art, wie er die ohnehin schon breiten Schultern blähte. »Paragrafenreiter ist nämlich zufällig ganz genau das, was wir sind. Ich zumindest. Staatsanwaltschaft. Mein Kollege hier ist von der Kripo. Wir suchen einen Herrn Ingo Falk, und wenn ich mich nicht irre, haben wir ihn gerade gefunden.« Während sie das sagte, ging sie bewusst langsam zu ihm hinüber, und Gebert passte sich ihrem Tempo an – seine Art, ihrer Urteilsfähigkeit seinen Respekt zu zollen.

Der Mann pfiff durch die Zähne, zog neugierig eine Braue nach oben und musterte sie. »Fahren die Weicheier vom Amt jetzt schwere Geschütze auf, weil ihre Abmahnungen mir am Arsch vorbeigehen? Was wirft man mir vor? Vielleicht Diebstahl von Stadteigentum? Ausgerechnet mir, der ich den ganzen Tag nichts anderes zu tun habe, als genau das zu vermeiden?«

»Nein«, sagte Gebert, und Inga Jäger hörte in seiner knurrigen Stimme, wie sehr der andere ihn reizte. Das musste irgendetwas Animalisches sein, Evolutionäres. »Wir sind hier, weil wir in einem Mordfall ermitteln.«

Ingo Falks Miene nahm zunächst einen recht verwirrten, dann plötzlich bestürzten Ausdruck an, und er legte skeptisch den Kopf schräg. »Ist jemandem aus meiner Familie etwas geschehen?«

»Nein, nein«, beeilte Inga Jäger sich zu sagen. »Es geht um den Mord an Melchior Gietz.«

Jetzt zog ein amüsiertes Grinsen über Falks Gesicht. »Der Sack ist tot? Verarschen Sie mich auch nicht?«

»Wir machen keine Witze über Verbrechen«, sagte Gebert mit drohendem Unterton.

»Oh, ich schon«, gab Ingo Falk zurück. »Zumindest in dem Fall. Wirklich tot? Bitte, sagen Sie mir, wer das getan hat, damit ich ihm persönlich ’nen Kasten Bier spendieren kann. Oder auch zwei.«

»Wir wissen noch nicht, wer es getan hat«, sagte Inga Jäger. »Deswegen sind wir hier.«

Er stutzte. »Hier? Sie meinen hier bei mir? Soll das heißen, Sie verdächtigen mich?«

»Sie haben gestern vor Zeugen gedroht, ihn umzubringen«, erinnerte ihn Inga Jäger.

Er stutzte noch einmal. »Mooooment! Ich hab gedroht, ihn *kaltzumachen*, nicht ihn umzubringen.«

»Das ist dasselbe«, sagte Gebert.

»Nein, ist es nicht«, widersprach Ingo Falk. »Das sagt man hier so, wenn man verdammt wütend ist auf jemanden. Wenn man ›kaltmachen‹ sagt, heißt das, dass man kurz davor ist, jemanden umzubringen. Erst wenn man sagt ›Ich bring dich um‹ oder ›Ich werde dich töten‹, ist man so weit, es auch tatsächlich zu tun.«

»Ich denke nicht, dass das Gericht Ihre Art der Definition teilt«, sagte Inga Jäger. »Aber wie auch immer, Sie haben vor Zeugen einem Mann angedroht, ihn kaltzumachen, und nur wenige Stunden später wird er ermordet aufgefunden. Das verdient zumindest eine genauere Untersuchung.«

»Ich hab dem Arsch mindestens einmal pro Woche angedroht, ihn kaltzumachen, und immer nur vor Zeugen. Da können Sie jeden im Amt fragen.«

Inga Jäger beschloss, genau das auch zu tun.

»Ich hab ihn gehasst, so wie er mich gehasst hat, diese karrieregeile Kakerlake ohne Rückgrat, diesen Trickser und Intrigierer. Ja, so viel gebe ich zu, wenn es so weitergegangen wäre und mir jetzt nicht einer zuvorgekommen wäre, hätte es gut sein können, dass ich ihn selbst erschlagen hätte.«

Inga Jäger horchte auf.

»Erschlagen?«, fragte Gebert. »Woher wissen Sie, dass Herr Gietz erschlagen wurde?«

»Ich habe keine beschissene Ahnung, wie er abgetreten ist«, begehrte Ingo Falk auf. »Ich habe nur gesagt, dass ich ihn womöglich früher oder später erschlagen hätte. Aber jetzt hat er ja gekriegt, was er verdient hat. Ich hoffe nur, es ging nicht zu schnell, und er musste gehörig leiden.«

»Wo waren Sie gestern Nacht zwischen zehn und Mitternacht, Herr Falk?«, fragte Inga Jäger kühl.

»Zu Hause«, antwortete Ingo Falk.

»Gibt es jemanden, der das bezeugen kann?«

»Um elf hat mir Giovanni 'ne Pizza gebracht. Ich hab sogar noch die Rechnung.«

»Wo wohnen Sie?«

»Hier in Eltville. Wieso?«

Inga Jäger sah ihm in die Augen. Er hatte die stechendsten grünen Augen, die sie je gesehen hatte. »Weil Sie dann nach elf noch genügend Zeit gehabt hätten, zum Tatort zu fahren und die Tat zu begehen. Vielleicht hatten Sie zu der Zeit Melchior Gietz schon im Kofferraum Ihres Wagens.«

»Wo hat man ihn denn zur Strecke gebracht?«

»Wenn Sie es waren, wissen Sie das besser als jeder andere«, sagte Gebert missmutig über die Unbekümmertheit ihres Gegenübers. »Wenn nicht, geht es Sie nichts an.«

»Wie Sie wollen«, sagte Ingo Falk und zuckte mit seinen breiten Schultern. »Wenn Sie weiter nichts haben als einen Verdacht, verhaften Sie mich jetzt oder behelligen Sie mich bitte nicht weiter. Ich habe etwas zu feiern.« Er wartete zwei, drei Herzschläge lang, dann drehte er sich um und ging zurück ins Haus.

Gebert wollte ihm nach, um ihn aufzuhalten, aber Inga Jäger packte ihn an der Armbeuge und stoppte ihn. Seine Kraft hätte sie fast von den Füßen gerissen, aber sie hatten einfach viel zu wenig für eine Verhaftung in der Hand und noch zu viele andere Verdächtige. »Wir würden es sehr begrüßen, wenn Sie sich für eine mögliche weitere Befragung zur Verfügung hielten«, rief sie Ingo Falk nach. »Eine plötzliche Abreise ins Ausland könnte als Indiz für Ihre Schuld aufgefasst werden.«

»Kein Sorge«, gab er über die Schulter zurück. »Ich lauf schon nicht weg.«

13

Rathaus Eltville

Allmählich wurde die Stadt immer wacher und geschäftiger, und die Fahrt vom Betriebshof zurück zum Rathaus dauerte doppelt so lang wie der Hinweg. Jetzt standen mehr Wagen auf dem Parkplatz, und Kerstin Brauer hatte Inga Jäger angerufen, um ihr mitzuteilen, dass Lisa Bickelmeyer inzwischen den Dienst angetreten hatte. Die Staatsanwältin war gespannt auf die junge Frau, die zugelassen hatte, dass ihr Chef ihr Leben ruinierte.

»Was bewegt einen Menschen dazu, sich von jemandem wie Gietz über Jahre hinweg be- und ausnutzen zu lassen?«, fragte Gebert.

»Ich weiß es nicht«, erwiderte Inga Jäger. »Ich war noch nie in einer Beziehung ohne beiderseitige Zuneigung. Und auch noch nie einseitig verliebt.«

»Nie? Wirklich nicht?«

Sie überlegte. »Na ja, zumindest nicht lange. Es gab da, als ich in der achten Klasse war, einen Kerl, der war in der elf. Hinrich Brühl. Ein Kerl wie ein Gott – wie gerade frisch der nordischen Mythologie entsprungen. Lange blonde Haare, wie Gold. Und er hatte schon einen Bart. Der Typ war Windsurfer und braun gebrannt, und er hatte die zweitschönsten blauen Augen, die ich jemals gesehen habe.«

»Nur die zweitschönsten?«

»Ja«, sagte sie beiläufig. »Bis ich Ihre gesehen habe, sogar die schönsten.«

Gebert räusperte sich – geschmeichelt. »Sie finden meine Augen schön?«

»Machen Sie Witze? – Sie müssen doch wissen, dass Sie die tollsten blauen Augen haben, die man sich nur vorstellen kann.«

Jetzt wurde er rot und grinste breit. »Nein, das wusste ich nicht. Schön zu hören. Aber zurück zu diesem Wikingergott. Was war mit ihm?«

Sie sank gegen die Lehne zurück. »Der wusste nicht mal, dass ich existiere. Graues Mäuschen, das ich war.«

»Sie waren ganz bestimmt nie ein graues Mäuschen«, wandte Gebert spontan ein.

Sie lachte auf. »Sie haben ja keine Ahnung, mein Lieber. Straßenköterblond, Zahnspange und eine Figur wie Schneewittchen – kein Arsch und keine Tittchen.«

Er stimmte in ihr Lachen ein. Aber als sie den Motor abstellte, fragte er ernst: »Aber was wäre gewesen, wenn er Sie und Ihre Verliebtheit bemerkt und das ausgenutzt hätte?«

»Oh, ich hätte ihn ausnutzen lassen«, gab sie zu und grinste.

»Das meine ich nicht«, sagte er. »Ich meine wirklich ausnutzen – mit Ihrer Verliebtheit spielen und sie immer nur als Notnagel gebrauchen oder nebenherlaufen lassen. Vielleicht sogar, wie ja auch Gietz, mit einer anderen fest zusammen und nur hin und wieder was mit Ihnen anstellen … und Sie immer wieder in den Wind schießen, wenn Sie gerade unbequem sind.«

Inga Jäger ging in Gedanken in die beiden Monate zurück, in denen sie Hinrich Brühl geradezu vergöttert hatte. »Hm. Ja, ich glaube, das hätte passieren können. Ihm hätte ich wahrscheinlich geglaubt, dass er die andere irgendwann einmal verlässt und sich ganz für mich entscheidet. Vielleicht hätte ich mir das sogar selbst vorgemacht, ohne dass er mich überhaupt hätte belügen müssen. Und wenn nicht vorgemacht, dann doch sehnsüchtig erhofft. So, wie ich ihm wahrscheinlich auch jeden Fehltritt verziehen hätte und mich, trotz noch so vieler Trennungen, immer wieder auf ihn eingelassen hätte.«

»Warum lassen Menschen so etwas mit sich machen?«

»Vielleicht«, sagte sie, »hat man, wenn das Selbstbewusstsein so gering ist wie damals meins, das Gefühl, dass der andere ein Geschenk Gottes ist, und man ist demütig dankbar für die kleinste Kleinigkeit, für jede noch so winzige Zuwendung oder Aufmerksamkeit, die man von ihm bekommt. Weil man glaubt, dadurch ein Stückchen wertvoller zu sein. Und das betrifft nur das Emotionale.«

»Was meinen Sie?«

»Na, wenn ich jetzt noch die sexuelle Komponente dazuzähle – und die Brauer hat ja durchblicken lassen, dass die zwischen Gietz und Lisa Bickelmeyer eine große Rolle gespielt hat –, dann macht es natürlich zusätzlich abhängig oder hörig, wenn man bei einem dieser Ausnutzer – oder natürlich auch Ausnutzerinnen – etwas bekommt, was einem noch kein anderer gegeben hat.«

»Sind Menschen wirklich so oberflächlich?«

»Ich bin mir nicht sicher, ob man das als oberflächlich bezeichnen kann«, entgegnete sie. »Die natürlichen Triebe und Bedürfnisse eines Menschen sind stark ... und auch wichtig. Und wenn es nichts anderes gibt, das von beiden Seiten verbindet, wie echte Liebe, Fürsorge, Verständnis, dann werden sie zudem nicht selten als Ersatz für Liebe missverstanden – wahrscheinlich sogar ganz absichtlich.«

»Also ein Cocktail aus Minderwertigkeitskomplexen, Triebhaftigkeit und Wunschdenken«, summierte Gebert.

»Statt Triebhaftigkeit würde ich eher *Bedürfnisse* sagen«, relativierte sie. »Subjektiv empfunden sind sie zwar das Gleiche. Aber ansonsten sehe ich es genauso.«

Sie stiegen aus und betraten das Rathaus wieder durch den Haupteingang. Auch hier war inzwischen mehr Betrieb. Sofort kam ihnen Kerstin Brauer entgegen, als habe sie schon auf sie gewartet.

»Gut, dass Sie da sind«, begrüßte sie sie. »Die Kleine ist völlig außer sich.«

»Worüber?«, fragte Inga Jäger, obwohl sie bereits ahnte, weshalb. Und nur mühsam gelang es ihr, nicht aufzubrausen. »Sie haben ihr doch nicht schon erzählt, dass Melchior Gietz tot ist, oder?«, fragte sie gegen jede Hoffnung.

Die Brauer tat entsetzt. »Sollte das etwa ein Geheimnis bleiben? Oh, das tut mir leid. Das wollte ich nicht.«

Inga Jäger sah ihr an, dass sie log und sich in Wahrheit darin suhlte, die Erste gewesen zu sein und Lisa Bickelmeyer die bittere Pille der Wahrheit verabreicht zu haben. Sie unterdrückte einen Fluch. Wenn die junge Frau unschuldig war, hatte Kerstin Brauer ihr gerade unglaublich wehgetan, und wenn sie schuldig war, hatte sie sie vorgewarnt und ihr Zeit verschafft, sich auf das Verhör vorzubereiten und ein Konstrukt aus Lügen aufzubauen; schlimmstenfalls sogar, ein Alibi zu organisieren.

»Wo finden wir ihr Büro?«, fragte Gebert mit knurrendem Unterton.

»Ich bringe Sie hin«, bot die Sekretärin an.

»Das ist nicht nötig«, machte Gebert unmissverständlich klar. »Zeigen Sie uns nur den Weg.«

Mit einer schnippischen Miene deutete sie den Gang entlang. »Letztes Zimmer auf der rechten Seite. Ihr Name steht an der Tür.« Die Worte kamen wie aus der Mündung eines Maschinengewehrs. Das letzte war noch nicht ganz verklungen, da wirbelte sie auch schon theatralisch herum und eilte im Diven-Stechschritt in ihr Büro zurück.

Inga Jäger und Gebert nahmen den beschriebenen Weg und klopften.

Eine Männerstimme rief von drinnen: »Herein!«

Beim Betreten des Büros bot sich ihnen ein herzzerreißendes Bild. Die Frau saß hinter ihrem Schreibtisch. Das heißt, sie lag viel eher mit dem Oberkörper auf dem Tisch, hatte das Gesicht in den Armen vergraben und schluchzte so heftig, dass ihr schlanker Körper förmlich geschüttelt wurde. Schräg hinter ihr stand ein Mann – Ende zwanzig, Anfang dreißig. Hilflosigkeit im weichen Gesicht. Die tröstend ausgestreckte Hand schwebte gut dreißig Zentimeter über dem Hinterkopf der Frau in der Luft. Schlecht gemachte Designerbrillen-Fälschung, Sweatshirt mit einem übergroßen DG-Aufdruck und Reebok-Sportschuhe. Gezielt struppig gegeltes Haar. Nach Inga Jägers Einschätzung gab es zwei Arten von Männern, die sich in diesem Alter derart kleideten: die ewigen Jungs, die sich einfach weigerten erwachsen zu werden, und die ewigen Verlierer, die dennoch niemals aufgaben – selten genug aus der Hoffnung heraus, irgendwann doch einmal zu siegen, sondern vielmehr, weil ihnen das Erleiden von Niederlagen so vertraut geworden war, dass sie förmlich süchtig danach waren. So wie Spielautomaten-Junkies oder auch Aktien-Zocker so gut wie nie wegen der Chance zu gewinnen spielen, sondern weil sie sich geborgen fühlen in der Zuverlässigkeit der Niederlage und sich und anderen dabei noch vormachen können, risikobereit zu sein und alles investiert zu haben, was ihnen möglich war.

Es fiel Inga Jäger nicht schwer zu erraten, wer der Mann war.

»Michael Fröhlich?«, fragte sie.

Er nickte, und sie stellte sich und Gebert vor.

»Wir würden gerne mit Frau Bickelmeyer alleine sprechen, wenn es Ihnen nichts ausmacht.«

Er schaute unsicher auf seine Angebetete.

»Wir müssen darauf bestehen«, bekräftigte Inga Jäger und fügte hinzu: »Es wäre sehr freundlich, wenn Sie in Ihrem Büro auf uns warten, denn wir haben auch noch ein paar Fragen an Sie.«

Lisa Bickelmeyer hörte allmählich auf zu schluchzen. Es schien, als hätte sie alle Kraft dazu verloren. »Geh ruhig, Michael. Ist schon okay.«

Erst dann nickte er noch einmal und verließ zögerlich den Raum.

Inga Jäger wartete, bis er die Tür hinter sich zugezogen hatte. »Es tut uns leid, Frau Bickelmeyer, dass Sie es auf diese Weise erfahren haben. Das lag nicht in unserer Absicht.«

»Es ist also wirklich wahr?«, fragte sie und hob dann erst den Kopf.

Inga Jäger wollte zunächst nicht glauben, was sie sah. Nach Kerstin Brauers Schilderung des Verhältnisses zwischen Melchior Gietz und Lisa Bickelmeyer hatte sie ein durchschnittlich attraktives Graumäuschen erwartet. Aber auch wenn ihr Gesicht gerade von tränenverwischter Schminke bedeckt war, konnte sie jetzt sehen, dass Lisa Bickelmeyer weder das eine war noch das andere. Sie war mindestens zwei, wenn nicht drei Galaxien weit von der herkömmlichen Vorstellung einer grauen Maus entfernt, und das Wort »durchschnittlich« hatte in einem Vergleich mit ihr einfach nichts verloren. Sie war nicht nur Inga Jägers Meinung nach, sondern auch nach allen anderen aktuell gängigen Vorstellungen Top-Model-Material ... noch attraktiver sogar als Ivana Gietz.

War Gietz ein typischer Trophäenjäger? Die Frauen und die Wohnungseinrichtung sprachen dafür. Seine Vorliebe für SM hingegen nicht. Nach allem, was sie bisher erfahren hatte, stand er nicht auf schöne Frauen, weil sie ihm persönlich gefielen oder er mit ihnen angeben konnte. Er stand darauf, Schönheit zu zerstören, um sich dadurch selbst groß zu fühlen in dem Bewusstsein, nicht nur mächtig genug zu sein, Dinge zu bekommen, von denen andere nur träumten, sondern darüber hinaus so mächtig, dass er es sich leisten konnte, sie auch noch wie Dreck zu behandeln und kaputt zu machen.

Wie jemand, der sich eine Zigarre mit einem Hunderteuroschein anzündet, dachte sie.

Lisa Bickelmeyer holte aus der Schublade eine Box mit Kleenex und bat sie mit einer Geste Platz zu nehmen, während sie sich die Tränen wegwischte und sich schnäuzte.

»Was möchten Sie wissen?«, fragte sie – weniger gefasst als vielmehr völlig geschwächt, beinahe schon lethargisch.

Zum dritten Mal in den vergangenen Stunden fühlte Inga Jäger den unglaublichen Verlust mit. Dass Eva Gietz die Nachricht vom Tod ihres Mannes eher als frohe Botschaft empfunden hatte, änderte nichts daran, dass Inga Jäger auch bei ihr wieder hautnah an den Tod ihres eigenen Mannes erinnert worden war und an den Moment, in dem die Kollegen ihr die Nachricht überbracht hatten.

»In welchem Verhältnis standen Sie zu Melchior Gietz, Frau Bickelmeyer?«, fragte Gebert. Er hatte wohl gemerkt, was Inga Jäger gerade beschäftigte, und sprang ein.

»Ich vermute, Sie meinen das Verhältnis über unsere berufliche Beziehung hinaus«, antwortete sie.

»Ja, genau das meinen wir«, bestätigte Gebert.

»Hat Frau Brauer Ihnen nicht schon alles darüber erzählt?«, fragte sie mit zynischem Unterton. »Ich bin sicher, sie hat es sich nicht nehmen lassen, auch ein paar der Details hinzuzufügen. Das kann sie gut. Konnte sie schon immer.«

»Was immer Frau Brauer uns erzählt haben mag oder auch nicht, ist irrelevant und besitzt keinerlei Beweiskraft«, sagte Inga Jäger freundlich.

»Es hat aber gereicht, Sie zu mir zu führen.«

»Es ist unsere Pflicht, solchen Hinweisen zunächst einmal zu folgen«, sagte Inga Jäger. »Also, hatten Sie ein Verhältnis mit Melchior Gietz?«

»Ja.«

»Welcher Art war dieses Verhältnis?«

»Ich hätte es gerne Beziehung genannt – aber von außen betrachtet war es wohl doch nicht mehr als eine verhängnisvolle Affäre.«

Inga Jäger war sofort alarmiert. »Geben Sie etwa zu, ihn

ermordet zu haben?« In dem Film *Verhängnisvolle Affäre* hatte die übergeschnappte Geliebte am Ende versucht, den Mann umzubringen.

»Nein. Ich habe ihn geliebt. Warum sollte ich ihn da töten?«

»Weil er Sie verletzt hat.«

»Ich stehe auf Schmerzen«, gab die junge Frau zurück.

»Ich meine emotional und seelisch«, relativierte Inga Jäger.

»Ich vermutlich auch«, sagte Lisa Bickelmeyer und ließ den Kopf hängen.

»Er hat Sie belogen und betrogen«, warf Gebert ein.

»Ja, und benutzt und ausgenutzt. Aus Sicht anderer vielleicht sogar missbraucht. Auf jeden Fall aber immer wieder weggeworfen wie ein benutztes Taschentuch«, flüsterte die Stadtangestellte. »Aber ich hätte es ja auch jederzeit beenden können. Wir leben in einem freien Land, und er hat mich zu nichts gezwungen.«

»Stimmt das?«, fragte Inga Jäger. »Hätten Sie es wirklich jederzeit beenden können?«

Sie biss sich auf die Unterlippe. »Rein theoretisch natürlich.«

»Warum haben Sie es dann nicht getan?«

»Weil ich ihn liebe ... geliebt habe.«

»Was für eine Art von Liebe ist das, bei der man sich schlagen und missbrauchen lässt?«, fragte Gebert mit mehr als einer Spur Wut in der Stimme.

»Ich war seine Sklavin.«

»Sie meinen Rollenspiele?«

Sie verzog geringschätzig den Mundwinkel. »Für manche ist das ein Rollenspiel. Für andere eine Lebensphilosophie.«

»Sie waren freiwillig seine Sklavin?«, fragte Inga Jäger.

»Ja.«

»Und das hat Ihnen genügt?«

»Er hat mir gegeben, was ich brauche«, begehrte sie auf. »Wer bin ich, dann noch zu fordern, dass er mir auch gibt, was ich mir *wünsche*?«

»Sie waren ihm hörig, er hat Sie hintergangen, sein Versprechen gebrochen und eine andere geheiratet, als er seine Frau endlich verlassen hat«, sagte Gebert ungewohnt hart. »Aber statt Sie dann wenigstens freizugeben, hat er weiter mit Ihnen gespielt – Sie weiterhin ausgenutzt. Der einzige Weg, den Sie sahen, ihm zu entkommen, war, ihn zu ermorden.«

Sie schaute ihn mit leeren Augen an. »Was bin ich in Ihren Augen, Herr Kommissar? Das Opfer oder die Täterin? Sie müssen sich schon entscheiden.«

»Unsere Arbeit zeigt uns immer wieder, dass die Opfer von heute nicht selten die Täter von morgen sind«, erwiderte er. »Und umgekehrt.«

»Gibt es irgendwelche Hinweise darauf, dass ich ihn getötet haben könnte, außer dass er mich gefickt hat, wann immer und wie immer ihm danach war, obwohl er mit zwei anderen verheiratet war?«, fragte sie.

»Zum einen scheint es Sie überhaupt nicht zu interessieren, wann, wo und wie es passiert ist«, sagte Gebert. »Wie man Ihren Herrn und Meister ermordet hat.«

»Meinen Gebieter«, sagte sie mit einem beinahe zärtlichen Unterton, während ihr Blick in die Ferne zu schweifen schien.

»Wie bitte?«

»Ich nannte Melchior nicht Herr oder Meister«, sagte

sie. »Ich nannte ihn Gebieter. Jetzt ist er tot. Wieso sollte es mich interessieren, wie er gestorben ist? Er ist weg, und das ist alles, was zählt.«

»Aber wenn Sie ihn wirklich geliebt haben«, sagte Inga Jäger, »dann wollen Sie sicher, dass wir denjenigen oder diejenige finden, die es getan hat.«

»Auch das spielt keine Rolle mehr. Nichts spielt mehr eine Rolle.«

»Wo waren Sie gestern Nacht zwischen zweiundzwanzig Uhr und Mitternacht?«, fragte Gebert.

»Zuerst auf dem Nachhauseweg von der Arbeit und anschließend zu Hause. Allein.«

»Auf dem Nachhauseweg von der Arbeit?«, fragte Inga Jäger. »So spät?«

»Wir hatten eine Sitzung. Deswegen so spät.«

»Gibt es etwas, womit Sie beweisen können, dass Sie danach zu Hause waren? Haben Sie vielleicht vom Festnetz aus mit jemandem telefoniert?« hakte Inga Jäger nach. »Wir könnten die Verbindung überprüfen und den- oder diejenige befragen, mit dem oder der Sie telefoniert haben.«

»Nein«, antwortete sie. Dann setzte sie sich in ihrem Schreibtischstuhl auf. »Wäre es das dann? Ich möchte jetzt gerne alleine sein.«

»Ein paar Fragen hätten wir noch«, sagte Gebert.

»Ich möchte aber keine mehr beantworten«, erwiderte sie. »Ich habe Ihnen alles gesagt, was ich weiß. Ich habe Melchior geliebt, und ich habe ihn nicht getötet. Und jetzt gehen Sie bitte.«

Gebert holte Luft, um etwas zu entgegnen, doch Inga Jäger legte ihm die Hand auf den Unterarm. Sie spürte, dass sie hier im Moment nicht mehr erfahren würden. Sie erhob sich und legte ihre Visitenkarte auf den Tisch.

»Falls Ihnen noch irgendetwas einfällt, was hilfreich sein könnte, zur Aufklärung des Verbrechens beizutragen, zögern Sie bitte nicht, uns zu kontaktieren. Ich würde es außerdem sehr begrüßen, wenn Sie innerhalb der nächsten Tage das Land nicht verlassen. Es ist durchaus möglich, dass wir Ihnen doch noch weitere Fragen stellen müssen.«

Doch sie sah, dass Lisa Bickelmeyer ihr schon nicht mehr zuhörte. Die junge Stadtangestellte schaute mit leerem Blick aus dem Fenster und nagte wieder an ihrer Unterlippe.

Inga Jäger und Gebert wollten gerade gehen, als es an der Tür klopfte. Laut, hektisch. Aber auch das interessierte Lisa Bickelmeyer nicht. Es war, als hätte sie sich an einen anderen Ort gebeamt.

Inga Jäger öffnete und wich instinktiv einen Schritt zurück.

Dicht vor der Tür standen zwei Männer. Beide sichtlich aufgebracht und wütend. Der eine war Ende vierzig, vielleicht auch Anfang fünfzig, gut eins neunzig groß und trug einen dunklen, dreiteiligen Anzug mit weißem Hemd und Krawatte. Sein graues Haar war klar gescheitelt und kurz gehalten, und seine dunklen, intelligenten Augen funkelten hinter der klassischen Metallrahmenbrille schon fast aggressiv. Der andere stand dicht hinter ihm. Er war etwa fünfzehn Jahre jünger als der erste. Auch er trug einen, wenn auch wesentlich billigeren und nur zweiteiligen, Anzug und keine Krawatte. Er war fast einen Kopf kleiner und untersetzt. Die Frisur war eher misslungen stylish und das Hemd sichtlich schlecht bis gar nicht gebügelt.

»Was erlauben Sie sich?«, begann der Ältere. »Sie können hier nicht einfach in mein Rathaus hereinspazieren, ohne mich vorher zu kontaktieren und ohne meine Zustimmung meine Mitarbeiter verhören!«

»Ich nehme an, Sie sind Bürgermeister Thilo Holler«, sagte Inga Jäger freundlich, aber bestimmt. »Mein Name ist Inga Jäger, Oberstaatsanwältin, und mein Kollege hier ist Kai Gebert, Kriminalhauptkommissar beim LKA.«

»Ich weiß sehr wohl, wer Sie sind«, blaffte Holler. »Kommen Sie mit in mein Büro!« Damit drehte er sich herum und lief im Stechschritt den Flur entlang. Der Jüngere hastete folgsam hinterdrein. Inga Jäger und Gebert blickten einander an. Gebert zuckte mit den breiten Schultern.

»Wir wollten ihn ohnehin befragen«, sagte er, grinste amüsiert und machte sich daran, den beiden zu folgen.

Inga Jäger schaute noch einmal zurück zu Lisa Bickelmeyer. Aber die hatte von dem kleinen Vorfall scheinbar überhaupt nichts mitbekommen und starrte noch immer hinaus auf die Straße.

14

Rathaus Eltville. Büro des Bürgermeisters

Das Büro des Bürgermeisters war so schmucklos wie der Bürgermeister selbst. Graublaue Standard-Büromöbel und nicht ein einziges Foto von seiner Familie. Er trat hinter seinen Schreibtisch und legte beide Hände auf die Lehne seines Stuhls. Inga Jäger stufte ihn sofort als feigen Aggressor ein und signalisierte Gebert mit einem Blick, dass sie ihn übernehmen würde.

»Das wird ein Nachspiel haben«, zeterte er gleich drauflos. »Ich werde mich bei Ihrem Vorgesetzten darüber beschweren. Und glauben Sie mir, das ist keine leere Drohung, Stefan Peiß und ich sind alte Parteifreunde.« Stefan Peiß war der Leitende Staatsanwalt und damit Inga Jägers Chef.

Inga Jäger wusste aus langer Erfahrung, dass man feigen Aggressoren am besten gleich den Wind aus den Segeln nimmt, weil sie sonst immer mehr an Fahrt gewinnen und sich in ihrer Rage gerne selbst in Situationen manövrieren, aus denen am Ende nur noch ein Eklat hilft. Diesen Eklat galt es zu verhindern.

»Wie jeder andere Staatsanwalt und Ermittler weltweit wird er Ihnen bestätigen«, sagte sie fest, aber ohne laut zu werden, »dass in einer Mordsache so zügig wie möglich ermittelt werden muss und wir nicht darauf warten konnten, bis Sie endlich Ihren Dienst antreten. Aber wir können die Richtigkeit unseres Vorgehens auch gerne direkt mit Dr. Knettenbrech diskutieren, wenn Sie wollen. Ich habe ihn hier auf Direktwahl.« Sie zog ihr Smartphone hervor. Dr. Knettenbrech war der Justizminister des Landes Hessen; trotz des Wirbels, den Inga Jägers erster Fall hier im Raum Wiesbaden verursacht hatte, hatte er sich aufgrund seines guten Rufes und seiner weithin bekannten Integrität auf seinem Posten halten können und war einer der Befürworter Inga Jägers.

»Wir hatten gestern eine lange Sitzung«, sagte der Bürgermeister wie zur Rechtfertigung. »Da kann man von mir nicht erwarten, dass ich – wie sonst immer – morgens als Erster im Rathaus bin.«

Inga Jäger bezweifelte, gerade weil er es so sehr betonte, dass er üblicherweise morgens vor seinen Mitarbeitern hier im Dienst war, aber sie hatte seine erste Attacke abgeschmettert und hielt es für vorteilhafter, einzulenken, damit er sein Gesicht einigermaßen wahren konnte. Ihr Ziel war, dass er kooperierte und nicht zumachte, nur weil sie ihn zu sehr in die Schranken gewiesen hatte.

»Und ich versichere Ihnen, wir hätten natürlich auf Sie gewartet, wenn es sich bei dem Verbrechen nicht um ein so grausames gehandelt hätte«, sagte sie.

Er schaute sie noch zwei, drei Sekunden lang lauernd an, dann nickte er, setzte sich und bot ihnen an, ihm gegenüber Platz zu nehmen, während er den anderen Mann vorstellte: »Gisbert Spreitzer, unser Stellvertretender Amtsleiter.«

Spreitzer machte einen seltsamen Eindruck auf Inga Jäger. Er schüttelte ihr und Gebert zwar kurz die Hand, sah ihnen dabei aber nicht in die Augen. Hatte er etwas zu verbergen, oder war er einfach nur eingeschüchtert und unsicher, wie er sich verhalten sollte – wie viele Menschen in einer Übergangsposition wie der seinen? Er setzte sich auf einen Stuhl etwas abseits.

»Würde es Ihnen etwas ausmachen, wenn wir zunächst mit Ihnen alleine sprächen, Herr Bürgermeister?«, fragte Inga Jäger.

Gisbert Spreitzer machte augenblicklich Anstalten, sich wieder zu erheben.

»Herr Spreitzer bleibt«, stellte Thilo Holler knapp klar. Gisbert Spreitzer setzte sich wieder.

Das war nicht gut. Laut Kerstin Brauer waren sie beide

verdächtig, und Inga Jäger hätte lieber einzeln mit ihnen gesprochen. Doch um den Bürgermeister zu zwingen, Spreitzer nach draußen zu schicken, müsste sie ihn der Tat tatsächlich beschuldigen. Dann erst hätte sie die Befugnis zu einer echten Vernehmung. Dazu war es zu früh, und Thilo Holler wusste das. Alle Politiker wissen das.

»Also, was war es?«, fragte der Bürgermeister. »Ein Raubüberfall?«

»Auf die Details kann ich zu diesem Zeitpunkt noch nicht näher eingehen«, antwortete Inga Jäger. »Aber einen Raubüberfall schließen wir aus. Die Brutalität des Verbrechens lässt vermuten, dass es sich bei dem Motiv um persönliche Rache gehandelt haben könnte.«

Bürgermeister Holler sog die Luft zwischen seinen perfekt gebleichten Zähnen ein. »Ja, der liebe Melchior hatte ein Händchen dafür, sich Feinde zu machen. Schon irgendjemanden in Verdacht?«

»Uns ist zu Ohren gekommen, dass Sie beide ebenfalls einen Groll gegen ihn gehegt haben könnten«, sagte Inga Jäger.

Bürgermeister Holler zog irritiert eine Augenbraue nach oben. »Gehören ich und Herr Spreitzer etwa auch zu den Verdächtigen? Das kann bitte schön nicht Ihr Ernst sein.«

Gebert spulte sein Standardsprüchlein ab: »Wir wollen uns zunächst nur einen Überblick verschaffen. Wo waren Sie gestern Abend zwischen zweiundzwanzig Uhr und Mitternacht?«

»Ist das jetzt ein Verhör?«, ereiferte sich der Rathauschef. »Beschuldigen Sie etwa mich, irgendetwas mit dieser scheußlichen Sache zu tun zu haben?«

»Nein, Herr Bürgermeister«, sagte Inga Jäger freundlich, wobei sie ihn absichtlich bei seinem Titel nannte. »Wie Kriminalhauptkommissar Gebert schon sagte: Wir tragen einfach nur Fakten zusammen.«

»Spreitzer und ich waren gestern bis etwa um zehn in einer Sitzung«, sagte er knapp. »Zusammen. Danach waren wir noch mit anderen Teilnehmern dieser Sitzung auf eine Flasche Wein in einem Restaurant hier gleich um die Ecke.«

»D-das kann ich bestätigen«, schaltete sich Gisbert Spreitzer ungefragt ein. »Wir waren bis um circa ein Uhr heute Nacht da.«

Inga Jäger und Kommissar Gebert wechselten unauffällig einen Blick. Sie las in seinen Augen, dass er das Gleiche dachte wie sie. *Irgendetwas ist hier faul.* Aber was, wenn beide ein Alibi hatten, das auch noch von anderen bezeugt werden konnte?

Inga Jäger wollte gerade nach den Namen der Sitzungsteilnehmer fragen, um sich das Alibi bestätigen lassen zu können, als erschreckend laut an die Tür gehämmert wurde und sie aufflog, noch ehe das Klopfen beantwortet werden konnte.

Völlig aufgelöst stürzte Kerstin Brauer herein.

»Schnell, Herr Bürgermeister, schnell!« Sie schnappte panisch nach Luft. »Die Bickelmeyer. Sie … sie hat … sie hat sich umgebracht. Im Computerkeller. Schnell.«

Inga Jäger und Kommissar Gebert warteten nicht erst, bis man ihnen erklärt hatte, wo der Computerkeller war. Sie stürmten los und rannten den Flur entlang in Richtung Treppenhaus. Kommissar Gebert riss sein Smartphone aus der Tasche und wählte aus dem Kurzwahlspeicher.

»Otto, hör zu! Notfall«, bellte er in den Apparat.

»Schick sofort ein Erste-Hilfe-Team zum Rathaus Eltville. Und einen Wagen von der Spurensicherung.«

Inga Jäger wollte die Umstehenden gerade fragen, wie sie am schnellsten in den Computerkeller kamen, da hörte sie die Schreie.

»Hilfe!« Es war die Stimme eines Mannes. Rau. Verzweifelt. »Schnell! Hilfe!«

Inga Jäger und Gebert eilten die Treppe nach unten und folgten den Rufen einen langen Gang entlang, vorbei an verschlossenen Türen bis hin zu einer, die halb offen stand.

Manche Momente vergehen langsamer als andere. Sehr viel langsamer. Sie dauern einfach länger, ohne dass die herkömmliche Physik erklären könnte, warum. Manche von ihnen dauern sogar kleine Ewigkeiten. Der Augenblick, in dem Inga Jäger den erschlafften Körper Lisa Bickelmeyers von der Decke des Computerkellers hängen sah, war ein solcher Moment.

Michael Fröhlich stand unter ihr und hielt sie an den Oberschenkeln gepackt, um sie gerade hoch genug zu heben, dass das Seil um ihren Hals nicht mehr gespannt war. Sein Blick war beinahe hysterisch. Schweiß rann ihm von der Stirn, seine eigenen Beine zitterten vor Anstrengung. Neben ihm lag ein umgestoßener Stuhl auf dem Boden, und er stand in einer Lache – Lisa Bickelmeyers Urin. Inga Jäger bemerkte Dinge, die sie vorhin nicht bemerkt hatte, obwohl sie der jungen Stadtangestellten einige Minuten lang gegenübergesessen hatte: Da war ein goldenes Armkettchen besetzt mit Brillanten, die zumindest auf den ersten Blick ziemlich echt aussahen. Sie trug nur zwei Ringe, aber die waren von Cartier – die Art von Schmuck, die sie sich vom Alter her höchst unwahrscheinlich selbst kaufen würde, aber durchaus etwas, das in den ästhetischen Vorstellungen des markenbewussten Melchior Gietz seinen Platz haben könnte. Sie hatte ihre Schuhe noch an; Schuhe mit hohen Absätzen. Inga Jäger wunderte sich, dass sie die beim Erhängen nicht verloren hatte.

All das hatte sie in einer Millisekunde erfasst, während sie weiterlief, den Stuhl ergriff, ihn aufhob und so hinstellte, dass Gebert daraufklettern konnte. Schließlich war er sehr viel größer als sie. Sie sah, wie er sein Taschenmesser zog und aufklappte, den Strick in der Mitte zu einer Schlaufe drückte und mit festen, gezielten Schnitten daranging, ihn zu zerschneiden.

Inga Jäger trat zu Michael Fröhlich und half ihm dabei, den kraftlosen Leib Lisa Bickelmeyers zu tragen.

»Durch!«, rief Gebert und kletterte wieder vom Stuhl, um ihnen dabei zu helfen, die Frau ein Stück vom Urin weg auf den Boden zu legen.

»Treten Sie bitte zur Seite«, forderte Inga Jäger den Systemadministrator auf und fühlte den Puls.

»Nichts«, sagte sie. »Herzstillstand.«

»O mein Gott, sie ist tot«, rief Michael Fröhlich und wollte sich neben ihr zu Boden werfen, um sie zu umarmen. Doch Gebert hielt ihn davon ab.

Inga Jäger tastete mit ihren Fingerspitzen den Nacken ab. Soweit sie es beurteilen konnte, waren die Wirbel noch alle miteinander verbunden. Das Seil war auch viel zu kurz, um die Fallhöhe des Stuhls voll auszunutzen. Sehr unwahrscheinlich, dass das Genick gebrochen war.

Sie zog den Kopf Lisa Bickelmeyers nach oben, überprüfte, ob die Zunge auch nicht in den Rachen gerutscht war und begann mit der Mund-zu-Mund-Beatmung. Zweimal eine Sekunde lang, bis sie sah, dass sich der Brustkorb merklich hob. Dann richtete sie sich kniend auf, öffnete die Bluse und ging zur Herzdruckmassage über. Ein Selbstmord durch Erhängen hat in der Regel eine oder mehrere von fünf Konsequenzen. Die erste, Genickbruch, hatte Inga Jäger bereits ausgeschlossen. Drei andere sind: ein Abdrücken der Halsschlagadern, was zu Blut- und Sauerstoffarmut im Gehirn und zum Absterben des Gewebes führt; das Abquetschen der Drosselvene, wodurch es dem Blut unmöglich gemacht wird, aus dem Hirn abzufließen, und es in der Folge zu einer Blutüberversorgung und zu Hirninfarkten kommt; und das Verschließen der Luftröhre, was ebenfalls zu Sauerstoffmangel führt, wenn auch langsamer als das Abdrücken der Schlagader. Bei all diesen Verletzungen schlägt das Herz in der Regel noch eine kleine Weile weiter.

Lisa Bickelmeyers Herz aber stand still. Das bedeutete mit hoher Wahrscheinlichkeit, dass bei ihr der fünfte Fall eingetreten war: das Karotissinussyndrom. Am Ursprung der inneren Kopfschlagader befinden sich Rezeptoren, die den Blutdruck registrieren. Erhöht man den Druck auf diese Rezeptoren, geben sie ein Signal an das Nervensystem, und die Herzfrequenz verringert sich. Verstärkt man den Druck noch weiter, bleibt das Herz stehen. Wenn Inga Jäger recht hatte, war Lisa Bickelmeyer noch zu retten.

Nach der Herzdruckmassage ging sie wieder zur Mund-zu-Mund-Beatmung über. Sie bemühte sich dabei, trotz Michael Fröhlichs panischen Zwischenrufen, so ruhig wie möglich zu bleiben, und wiederholte den Vorgang drei- oder viermal.

Plötzlich spürte sie, wie Lisa Bickelmeyer unter ihren Händen aufzuckte und gleich darauf zu husten begann.

»Ein Glas Wasser«, rief sie Michael Fröhlich zu. »Schnell!«

Der junge Mann eilte davon.

»Alles wird gut«, sagte sie dann zu Lisa Bickelmeyer und schaute sie an. Doch etwas stimmte nicht. Die junge Stadtangestellte hatte die Lider geöffnet, aber nichts deutete darauf hin, dass sie Inga Jäger oder Kommissar Gebert wahrnahm. Sie starrte leer ins Nichts und war nach der ersten Hustenattacke wieder völlig regungslos.

»Frau Bickelmeyer?«, fragte Inga Jäger.

Keine Reaktion.

Inga Jäger hob einen Finger vor die Augen und bewegte ihn hin und her. Doch die Pupillen blieben stumpf nach vorn gerichtet.

»Was ist?«, fragte Gebert besorgt.

»Ich bin mir nicht sicher«, sagte Inga Jäger. »Sie reagiert nicht. Vielleicht war doch auch ihre Halsschlagader abgedrückt, und das Gehirn hat zu lange zu wenig Sauerstoff bekommen.«

Obwohl sie atmete, fühlte die wunderschöne Frau in Inga Jägers Arm sich an wie totes Gemüse.

Plötzlich stand der Bürgermeister in der Tür. Sein Gesicht war wie versteinert. Er deutete mit dem Finger auf Inga Jäger. »Das ist Ihre Schuld!«, sagte er, holte sein Smartphone aus der Tasche und drehte sich um. »Das wird Konsequenzen haben. Das garantiere ich Ihnen!«

Im Visier

15

Rathaus Eltville. Parkplatz

Inga Jäger und Kommissar Gebert begleiteten die Ersthelfer, die Lisa Bickelmeyer auf der Rollbahre zum Rettungswagen fuhren und einluden. Michael Fröhlich stand hilflos abseits. Vom Hintereingang aus beobachteten Bürgermeister Holler und sein Stellvertretender Amtsleiter das Geschehen. Holler telefonierte noch immer. Inga Jäger konnte sich nur zu gut denken, mit wem.

»Wohin bringen Sie sie?«, fragte sie den Notarzt.

»Auf den Eichberg«, erwiderte er und kletterte hinter Lisa Bickelmeyer in den Wagen. »Wie jeden gescheiterten Selbstmörder.«

Inga Jäger holte ihr Telefon aus der Handtasche und wählte die Mobilfunknummer von Professor Götz, während der Notarztwagen davonfuhr. Er nahm den Anruf bereits nach dem zweiten Klingeln entgegen.

»Hallo, Professor. Inga Jäger hier. In den nächsten Minuten wird eine junge Frau namens Lisa Bickelmeyer bei Ihnen eingeliefert. Sie hat versucht, sich zu erhängen. Sie ist bei Bewusstsein, aber völlig weggetreten. Wir wissen nicht, ob sie ihrem Leben ein Ende setzen wollte, weil sie als Geliebte des Mordopfers von heute Nacht den Verlust einfach nicht ertragen konnte oder weil sie selbst die

Täterin ist. Daher möchte ich Sie bitten, sie unter Sicherheitsverwahrung zu stellen, bis wir mehr darüber wissen.«

»Lisa Bickelmeyer?«, fragte Professor Götz irritiert.

»Ja«, antwortete Inga Jäger. »Kennen Sie sie?«

»Sie ist meine Patientin.«

»Ihre Patientin?«

»Ja.«

»Glauben Sie, sie wäre dazu in der Lage, einen Mord zu begehen?«

»Sie wissen, Frau Jäger, dass ich Sie sehr schätze«, sagte der Leiter der Psychiatrischen Klinik. »Doch Sie wissen auch, dass ich hier an meine ärztliche Schweigepflicht gebunden bin.«

»Die hindert Sie rein rechtlich aber nicht daran, mir Ihre Einschätzung zu geben«, sagte Inga Jäger. »Wäre sie dazu imstande, einen Menschen zu ermorden?«

»Jeder Mensch ist grundsätzlich dazu imstande.«

»Kommen Sie schon, Professor. Bitte etwas genauer.«

»Das kann ich nicht, und das wissen Sie. Jede spezifischere Aussage würde aus meinen Sitzungen mit Frau Bickelmeyer resultieren, und die müssen vertraulich bleiben. Aber ich werde selbstverständlich Ihrem Wunsch entsprechen und Vorkehrungen für eine vorläufige Sicherheitsverwahrung treffen.«

»Heißt das, Sie halten sie für schuldig?«, hakte Inga Jäger nach.

»Das habe ich nicht gesagt.«

»Ich verstehe«, lenkte sie ein. »Würden Sie mich denn wenigstens informieren, wenn Sie herausgefunden haben, in welchem Zustand sie sich befindet.«

»Das werde ich natürlich gerne tun«, sagte er.

Sie bedankte sich und beendete das Gespräch. Doch sie hatte ihr Telefon noch nicht wieder in die Tasche zurückgesteckt, als Bürgermeister Holler zu ihr gestürmt kam. Er hielt sein Smartphone auf sie gerichtet wie eine Waffe. »Hier! Für Sie!«

Inga Jäger wusste, wer am anderen Ende der Verbindung war, und überlegte für einen Moment, ob sie das Telefonat führen wollte oder nicht. Doch das Kind war schon in den Brunnen gefallen, und es gab außer Unlust keinen guten Grund, das Unvermeidbare unnötig aufzuschieben.

Sie nahm das Telefon entgegen und sagte schon, ehe der Teilnehmer am anderen Ende sich zu erkennen gab: »Guten Morgen, Herr Peiß!«

»Äh …« Dass sie ihm zuvorgekommen war, brachte ihn aus dem Takt – wie beabsichtigt. »Guten Morgen, Frau Jäger. Sind die Angaben, die mein guter Freund Thilo Holler gemacht hat, korrekt?«

»Das kann ich nicht beurteilen, Herr Peiß, da ich nicht weiß, welche Angaben er gemacht hat.«

»Er sagt, Sie hätten leichtfertig den Selbstmordversuch einer ihm teuren Angestellten verursacht.«

»Er ist nur angepisst, dass wir mit unserer Untersuchung nicht warten konnten, bis er sich endlich die Ehre gibt, im Büro zu erscheinen«, sagte sie genervt und fixierte den Bürgermeister mit einem kühlen Blick – wohl wissend, dass er sie hören konnte. »Die Geliebte des Mordopfers hat nach unserer Befragung versucht, sich umzubringen. Wir wissen noch nicht, weshalb. Aber ich berichte nachher ausführlicher. Wir haben hier noch einiges zu tun.«

Er knurrte. »Ich werde das untersuchen lassen. Bis dahin

weise ich Sie an, behutsam und diplomatisch vorzugehen. Aufgebrachte Lokalpolitiker können unangenehmen Wirbel machen, wenn sie sich auf den Schlips getreten fühlen.«

»Solange er meine Ermittlungen in dem Mordfall nicht behindert, kann er tun und lassen, was er will«, konterte sie und sprach dann mehr in Hollers Richtung. »Ansonsten wird er sich vor Gericht verantworten müssen wegen Behinderung der Verfolgung einer Straftat. Bürgermeister hin, Bürgermeister her.«

»Reißen Sie sich zusammen, Frau Jäger«, sagte Peiß gereizt. »Dass Sie bei Dr. Knettenbrech einen Stein im Brett haben, heißt nicht, dass ich mir von Ihnen Unverschämtheiten gefallen oder mir von Ihnen auf der Nase herumtanzen lasse. Merken Sie sich das. Sie lassen gefälligst Behutsamkeit walten, oder ich werde Ihnen den Fall abnehmen. Ich hoffe, ich habe mich klar ausgedrückt.« Ohne sie noch einmal zu Wort kommen zu lassen, beendete er das Gespräch.

Ein beispielhafter Parthischer Schuss, dachte Inga Jäger. *Ein letztes Wort abfeuern wie einen Pfeil und dann ohne sich noch einmal umzuwenden davongaloppieren.* Sie gab Bürgermeister Holler das Telefon zurück. Der wollte sich gerade aufplustern, um noch etwas zu sagen, als Michael Fröhlich sich zu Wort meldete.

»Sie glauben, Lisa hätte Gietz getötet?«, fragte er hastig.

»Wir müssen es zumindest mit in Betracht ziehen«, antwortete Gebert.

»Nein«, erwiderte er, »müssen Sie nicht. Sie hat ihn nicht ermordet. Das weiß ich ganz sicher.«

Inga Jäger musterte ihn eingehend. »Was macht Sie da so sicher?«

»Sie kann es nicht gewesen sein«, sagte er, »weil ich es war.«

»Was?« Bürgermeister Holler schaute ihn ungläubig an.

Auch Inga Jäger wollte ihren Ohren nicht trauen. »Was haben Sie gerade gesagt?«

»Ich habe es getan«, sagte Michael Fröhlich. »Ich habe Melchior Gietz getötet. Ich bekenne mich schuldig.«

Kommissar Gebert stutzte für einen Moment – aber schließlich holte er die Handschellen hervor. Doch Inga Jäger schüttelte beinahe unmerklich den Kopf.

16

Landeskriminalamt Wiesbaden. Verhörzimmer 2

Der Raum roch nach all den Jahren, in denen hier drin niemand mehr auch nur eine Zigarette angezündet hatte, trotzdem noch nach kaltem Rauch ... und nach Schweiß und Angst. Michael Fröhlich saß mit Blick zur Tür hinter dem Tisch, Inga Jäger hatte ihm gegenüber Platz genommen, und Kommissar Gebert stand daneben. Inga Jäger hatte die Videokamera eingeschaltet.

»Sie haben verstanden, Herr Fröhlich, dass Sie die Aussage verweigern können, wenn Sie befürchten, sich damit selbst zu belasten?«, fragte sie.

Er nickte, während er nervös mit den Fingern spielte. »Ja, das habe ich. Aber ich möchte aussagen. Ich habe Melchior Gietz getötet. Aber es war Notwehr.«

»Wieso haben Sie ihn getötet?«

»Weil er es verdient hat. Mehr als verdient. Er war im Job ein grausamer Tyrann.«

»Ihr Motiv war ein berufliches?« Inga Jäger gab sich keine Mühe, den Zweifel, den sie gerade fühlte, aus ihrer Stimme zu verbannen.

»Nein, nein«, beeilte Michael Fröhlich sich zu sagen. »Ich habe ihn getötet, weil er aus der Frau, die ich über alles liebe, ein menschliches Wrack gemacht hat. Weil er sie jahrelang verarscht und misshandelt hat. Missbraucht. Weil er ihr immer und immer wieder wehgetan hat. Körperlich wie seelisch.«

»Sie sprechen von Lisa Bickelmeyer«, ergänzte Inga Jäger für die Aufnahme.

»Ja.«

»Welcher Art ist Ihr Verhältnis zu Frau Bickelmeyer?«

»Wir sind Arbeitskollegen und beste Freunde.«

»Das heißt, die Liebe, die Sie für sie empfinden, wird von ihr nicht erwidert?«

Er ließ den Kopf hängen … dann schüttelte er ihn mit einem Seufzen. »Nein, wird sie nicht.«

»Weil Lisa Bickelmeyer Melchior Gietz liebte.«

»Sie liebte ihn nicht«, begehrte er auf. »Sie war ihm hörig.«

»Herr Fröhlich, ich verstehe, dass Sie so empfinden, weil ihre Gefühle für Sie nicht die gleichen waren wie Ihre für sie. Aber als Außenstehender kann man schwerlich beurteilen, wie ein anderer Mensch für einen Dritten empfindet.«

»Wir kennen uns seit Jahren! Ich weiß, was sie fühlt!«

»Hat Lisa Bickelmeyer Ihnen gegenüber erwähnt, dass sie ihn nicht liebt?«

»Ja.«

»Mit genau diesen Worten?«

Er sah sie irritiert an, blieb aber stumm.

»Hat sie wortwörtlich zu Ihnen gesagt, dass sie Melchior Gietz nicht liebt?«, fragte Inga Jäger daher noch einmal.

Er atmete tief aus. »Nein. Sie hat nur gesagt, sie wünschte, sie würde ihn nicht so sehr lieben. Aber wo ist da der Unterschied. Worauf wollen Sie hinaus?«

Das konnte Inga Jäger ihm jetzt noch nicht offenbaren. »Also hat sie Sie nicht gebeten, ihn umzubringen, weil sie sich von ihm bedroht fühlte oder ihr eigenes Leben in Gefahr war?«

»Aber ihr Leben war in Gefahr«, rief er aus. »Sie hat es nur nicht selbst erkannt. Er hat Stück für Stück alles zerstört, was ein Leben ausmacht. Er hat sie zu seiner Sklavin gemacht. Buchstäblich zu seiner ... zu seiner ... zu seiner *Ficksklavin* – und sie war auch noch stolz darauf!«

»Also wussten Sie, dass Lisa Bickelmeyer dieses ... ähm Sklavinnenverhältnis aus freien Stücken und im Vollbesitz ihrer geistigen Kräfte eingegangen ist?«

»Im Vollbesitz ihrer geistigen Kräfte?« Seine Augen waren feucht geworden, und seine Stimme kippte fast über. »Wer würde so etwas denn tun? Das ist krank!«

»Es steht uns nicht an, über die sexuellen Vorlieben anderer zu richten, Herr Fröhlich. Dem Gesetzgeber nicht, und Ihnen schon gar nicht.«

»Sie brauchte Hilfe.«

»Hat Sie aber nicht um welche gebeten. Richtig?«

Der junge Mann sackte in sich zusammen. »Nein, das hat sie nicht.«

»Sehen Sie, Herr Fröhlich, Notwehr ist die Verteidigung, die erforderlich ist, um einen gegenwärtigen rechtswidrigen Angriff von sich oder einem anderen abzuwenden. Da das sexuelle Verhältnis zwischen Lisa Bickelmeyer und Melchior Gietz aber ein einvernehmliches war, war es nicht rechtswidrig und auch kein Angriff. Frau Bickelmeyer hätte das Verhältnis jederzeit beenden können.«

»Das konnte sie nicht«, widersprach er. »Sie war überhaupt nicht mehr dazu in der Lage, frei zu entscheiden.«

»Sie wissen, dass Frau Bickelmeyer in psychiatrischer Betreuung war?«, fragte sie.

»Ja, genau«, sagte er. »Das ist der beste Beweis für das, was ich sage.«

»Nein«, entgegnete Inga Jäger. »Ganz im Gegenteil.«

»Ich verstehe nicht.«

»Hätte ihr behandelnder Arzt in ihrem Verhalten oder auch in ihrem Verhältnis zu Melchior Gietz eine Bedrohung für Lisa Bickelmeyers Leben erkannt, hätte er sie zu ihrem eigenen Schutz entweder eingewiesen oder Betreuung beantragt und/oder die Polizei informiert. Das lässt darauf schließen, dass – auch wenn Sie mit ihren Handlungen nicht einverstanden waren – Frau Bickelmeyer gemäß ihrem freien Willen und nach freien Stücken gehandelt hat und damit kein rechtswidriger Angriff auf sie stattfand.«

»Scheiß auf die Paragrafen!«, brüllte er. »Jemand musste für sie entscheiden und handeln. Sie war dazu nicht in der Lage.«

»Ist Ihnen bewusst, Herr Fröhlich, dass die *Entmündigung,* also die Entscheidung gegen den freien Willen einer volljährigen Person, in Deutschland im Jahr 1992 abgeschafft wurde, weil endlich nach Jahrzehnten des Missbrauchs erkannt wurde, dass sie dem Grundgesetz widerspricht?«

»Wenn jemand Selbstmord begeht, ob nun augenblicklich oder in Raten, habe ich für mich selbst die moralische Verpflichtung, ihn oder sie zu retten«, sagte er.

Guter Punkt, dachte Inga Jäger. Zumal Michael Fröhlich vorhin genau das getan hatte. Deshalb nickte sie. »Aber Sie dürfen Lisa Bickelmeyers Verhältnis, anders als ihre Tat heute Morgen, nicht mit einem Selbstmord verwechseln.«

»Ich verwechsle hier gar nichts«, sagte er. »Sie hat doch schon zweimal versucht, sich umzubringen. Deswegen war sie doch in Behandlung.«

Das war eine Überraschung. Inga Jäger machte sich eine mentale Notiz, Professor Götz gleich nach dem Verhör noch einmal anzurufen. »Das ändert nichts daran, dass Ihr Motiv nicht Notwehr war, Herr Fröhlich. Nein, Sie haben aus Eifersucht gehandelt. In der Hoffnung, dass Lisa Bickelmeyer Ihre Liebe erwidern würde, wäre Melchior Gietz erst einmal aus dem Weg geräumt. Und so romantisch dieses Motiv auch klingen mag, ist es das nicht. Ganz und gar nicht. Ihr Verbrechen ist nicht minder verachtenswert als Raubmord.« Sie wusste, dass solche Wertungen nichts in einem offiziellen Vernehmungsprotokoll zu suchen hatten, aber sie konnte gerade nicht anders. »Es ist abscheulich und widerwärtig. Und das ist es, selbst wenn Sie Melchior Gietz schnell getötet hätten. Aber Sie mussten ihn erst noch quälen ... mussten ihn erst noch leiden lassen für all das, was er in Ihren Augen Ihnen angetan hatte – nicht Lisa Bickelmeyer. Und damit kommen wir zu dem zweiten Motiv, das Sie getrieben hat: Rache, Herr Fröhlich. Schnöde Rache! Also tun Sie hier nicht so scheinheilig und spielen sich als Retter auf, wenn Ihre Motive in Wirklichkeit niederster Natur waren. Sie sind kein Ritter in strahlender Rüstung, Herr Fröhlich – Sie sind ein gemeiner und brutaler Mörder!«

17

Landeskriminalamt Wiesbaden. Seiteneingang

»Das ging schnell«, sagte Gebert und nahm eine der zwei Zigaretten entgegen, die Inga Jäger gerade angezündet hatte.

»Ausgesprochen schnell«, bestätigte sie und nahm einen tiefen Zug. Das Nikotin besänftigte ein wenig den Aufruhr, in den sie die Konfrontation mit einem Mörder auch noch nach all den Jahren immer wieder versetzte. »Tatsächlich ist mir bisher noch nie ein Fall untergekommen, der so schnell aufgeklärt war wie der jetzige.«

»Ich bin froh«, erwiderte Gebert und stieß eine Rauchwolke in die kalte Novemberluft. »Spätestens nach dem Gespräch mit der Klatschtante Brauer hatte ich das ungute Gefühl, dass dieser Fall verdammt kompliziert werden wird.«

»Ging mir genauso«, sagte sie. »Und dabei war es nichts weiter als ein Mord aus dummer Rach- und Eifersucht.«

»Das Gute ist, dass wir uns jetzt nicht mehr mit diesen

Amtsschimmeln rumschlagen müssen«, meinte Gebert. »Dieser Kleinstadtbürgermeister war drauf und dran, in seiner Profilneurose ein Riesenfass aufzumachen, nur damit niemand auf die Idee kommt, infrage zu stellen, warum er das Missbrauchsverhältnis zwischen Gietz und Bickelmeyer in seinem Amt geduldet hat.«

»Es war kein Missbrauch«, erinnerte sie ihn. »Zumindest nicht im rechtlichen Sinn.«

Gebert schnaubte verächtlich. »Zumindest war die Kleine noch Auszubildende, als es angefangen hat, und Holler saß auch da schon auf dem Bürgermeisterstuhl.«

»Selbst das ist heutzutage rechtlich nicht mehr relevant«, hielt sie dagegen. »Fragwürdig vielleicht, aber nicht illegal.«

»Das hätte die breite Öffentlichkeit anders gesehen«, erwiderte er. »Und das war alles, worum es dem Bürgermeister ging: sein Ruf in der Öffentlichkeit. Er durfte nicht riskieren, dass man ihn für den Selbstmordversuch Lisas verantwortlich machte. Nächstes Frühjahr sind Wahlen. Das hätte den entscheidenden Stimmverlust bedeuten können.«

Inga Jäger atmete tief ein. Nach dieser schlaflosen Nacht tat ihr die Kälte gut. »Vielleicht hat er ja recht«, sagte sie leise.

»Was meinen Sie?«

»Na ja, vielleicht war es wirklich zumindest zum Teil meine Schuld, dass sie sich umbringen wollte. Hätte ich, wie es eigentlich meine Aufgabe gewesen wäre, Frau Brauer ausdrücklich darum gebeten, die Information von der Ermordung ihres Chefs zunächst für sich zu behalten, hätte Lisa Bickelmeyer die Nachricht von mir bekommen, und ich hätte es mit Sicherheit einfühlsamer gemacht als die Klatschtante.«

»Hm«, machte Gebert. »Auch wenn ich es nach wie vor für nicht richtig halte, was da zwischen Gietz und Lisa abgelaufen ist – die Frau war volljährig ... Sich umbringen zu wollen war ebenso sehr ihre eigene Entscheidung, wie sich beim Sex von einem Mann quälen und schlagen zu lassen. Außerdem haben Sie doch gehört, was Fröhlich gesagt hat: Es war nicht ihr erster Selbstmordversuch.«

Inga Jäger schenkte ihm ein Lächeln, um ihm für seinen Trost zu danken. Sie wusste, dass er recht hatte – sie durfte die Schuld an dem Selbstmordversuch nicht bei sich selbst suchen. »Gut, dass Sie mich daran erinnern«, sagte sie, holte ihr Telefon aus der Tasche und wählte die Nummer von Professor Götz.

»Hallo, Professor«, sagte sie, als er das Gespräch annahm. »Wie ich eben erfahren habe, hat Ihre Patientin schon früher versucht, sich umzubringen.«

»Ja, und genau deswegen wollte ich Sie ebenfalls gerade anrufen«, sagte er. »Die anderen beiden Versuche hat sie mit Schlaftabletten unternommen.«

»Mit Schlaftabletten?«, fragte Inga Jäger erstaunt. »Es gibt doch heutzutage kaum noch welche mit tödlicher Wirkung.«

»Ich weiß«, bestätigte er. »Zumindest nicht unter den Sorten, die für einen Laien wie Lisa Bickelmeyer erhältlich sind. Und ich bin mir ziemlich sicher, dass sie das wusste.«

»Ähm, fällt Letzteres nicht ebenfalls unter Ihre ärztliche Schweigepflicht?«, fragte sie – noch mehr irritiert. Sie hatte ihn eigentlich angerufen, um ihn zu fragen, warum er ihr die beiden vorherigen Versuche bei ihrem ersten Telefonat verschwiegen hatte. Den gesetzlichen Vorschriften zufolge war er trotz seiner Verpflichtung zur Verschwiegenheit dazu gezwungen, Selbstmordversuche den Behörden und davon unter anderem der Polizei zu melden. Sie hatte wissen wollen, warum er mit der Information vorhin hinter dem Berg gehalten hatte. Dass er jetzt behauptete, dass seiner Ansicht nach Lisa Bickelmeyer gewusst hatte, dass die Schlafmittel, die sie genommen hatte, sie nicht töten würden, fiel allerdings wieder unter seine Schweigepflicht.

Er räusperte sich. »Sie haben recht. Ich formuliere es anders: Nicht alle, wie man landläufig meint, aber durchaus viele Selbstmordversuche sind gar keine. Sie sind die letzten Hilferufe verzweifelter Menschen … oder Erpressungsversuche, zumindest aber eine Aufforderung zu mehr Aufmerksamkeit.«

»Das heißt, Sie vermuten, die ersten beiden Selbstmordversuche Lisa Bickelmeyers waren Schreie nach mehr Zuwendung vonseiten Gietz'«, schlussfolgerte Inga Jäger.

»Das haben Sie gesagt, Frau Jäger«, meinte er.

Sie verstand, dass er dieses Spiel spielen musste, um seinen Berufskodex nicht zu verletzen. »Und Sie widersprechen mir nicht?«

»Nein, ich widerspreche Ihnen nicht«, sagte er.

»Das heißt, das heute war der erste wirkliche Selbstmordversuch«, sagte sie. »Weil der Mann, dessen Aufmerksamkeit und Liebe sie haben wollte, tot ist.«

»Hmm …« Er zögerte.

»Was ist?«

»Ich bin mir nicht sicher.«

»Ob es der erste war.«

»Ob es überhaupt einer war.«

»Sie meinen, sie hat gewusst, dass Michael Fröhlich rechtzeitig in den Computerkeller kommen würde, um sie zu retten?«, fragte sie. »Immerhin war er Systemadministrator, und wenn er feste Zeiten hatte, zu denen er zur Wartung oder Ähnlichem in den Keller musste, war es nicht unwahrscheinlich, dass Lisa Bickelmeyer die kannte und den Stuhl erst unter ihren Füßen weggekickt hat, als sie ihn auf der anderen Seite der Tür hörte.«

»Das wäre eine Möglichkeit«, räumte Professor Götz ein. Doch er klang nicht sehr überzeugt.

»Sie meinten etwas anderes?«

»Wie gesagt, ich bin mir nicht sicher«, wiederholte er. »Und ich möchte keineswegs unausgegorene Spekulationen in die Welt setzen.«

Inga Jäger ließ das Gespräch noch einmal Revue passieren. Und da fiel ihr auf, was Professor Götz sonst meinen könnte. »Wenn es nur ein vorgetäuschter Selbstmordversuch gewesen wäre, hätte sie wieder Tabletten geschluckt wie bei den ersten beiden Malen. Weil sie wusste, dass sie das garantiert überleben würde. Es gab keinen Grund, jetzt zum Strick zu greifen. Und gleichzeitig schließen Sie einen echten Selbstmordversuch aus.«

»Nicht mit absoluter Sicherheit«, relativierte er. »Aber statistisch betrachtet wählen Frauen eher selten den Strick, um sich umzubringen. Sie benutzen Medikamente, Gifte oder schneiden sich die Pulsadern auf.«

Da begriff Inga Jäger vollends. Lisa Bickelmeyer war seine Patientin. Der Professor wusste am besten, was ihr zuzutrauen war und was nicht. Das ließ in Verbindung mit seinen vorsichtigen Äußerungen nur einen Schluss zu, und Inga Jäger hauchte die Worte mehr leise vor sich hin, als dass sie sie laut ins Telefon sprach: »Irgendjemand anderes hat versucht, Lisa Bickelmeyer umzubringen.«

18

Klinik für Psychiatrie und Psychotherapie Eichberg

Elf Minuten später fuhren Inga Jäger und Kommissar Gebert fast gleichzeitig mit dem Transporter der Gerichtsmedizin auf das Gelände der Psychiatrischen Klinik. Professor Götz erwartete sie bereits am unteren Ende der Treppe zum Direktionsgebäude. Aus dem Transporter stiegen Dr. Bianca Busch und einer ihrer Assistenten. Inga Jäger stellte die Ärzte einander vor.

Professor Götz grüßte Dr. Busch und ihren Kollegen freundlich, sagte aber dann mit fragendem Blick zu Inga Jäger: »Wir verfügen auch hier oben durchaus über sehr fähige Mediziner.«

»Aber vielleicht nicht auf Dr. Buschs Spezialgebiet«, sagte Inga Jäger.

Professor Götz verstand nicht und machte daraus auch keinen Hehl. »Lisa Bickelmeyer ist nicht tot.«

»Falls Ihre Vermutung stimmt«, sagte Dr. Busch, »und der Selbstmordversuch in Wahrheit ein Mordversuch war, hat der Täter mit hoher Wahrscheinlichkeit Spuren hinterlassen. Und wenn er das hat, werde ich sie finden. Mit allem Respekt, Ihre Leute wüssten wahrscheinlich gar nicht, wonach sie suchen sollen.«

Professor Götz' Miene hellte sich auf, und er nickte. »Bitte folgen Sie mir.«

Er führte sie von der Direktion weg zum unteren Hauptgebäude.

»Hat man sie inzwischen gewaschen und umgezogen?«, fragte Dr. Busch.

»Das gehört zum Standard«, sagte Professor Götz. »Und ist damit mein Fehler. Ich hätte früher auf meine Instinkte hören müssen.«

»Das ist jetzt nicht mehr zu ändern«, sagte Inga Jäger versöhnlich. Es war nicht ihre Art, vergossenem Wein nachzutrauern. »Wir haben ja noch ihre Kleidung. Die schicken wir zu Elli zur Untersuchung in die Forensik.«

»Ich fürchte, auch da muss ich Sie enttäuschen«, sagte der Professor und öffnete ihnen die Tür über die Eingabe eines sechsstelligen Sicherheitscodes. »Es gehört ebenfalls zur Standardprozedur, die Kleidung sofort in die Wäscherei zu geben und sorgfältig zu reinigen.«

Gebert stieß ein unmutiges Knurren aus. Er brauchte immer etwas länger als Inga Jäger, sich mit dem Unabänderlichen abzufinden.

Schon in der Eingangshalle roch es unangenehm nach Krankenhaus.

»Wir verfügen hier über eine eigene Abteilung für Innere Medizin«, sagte Professor Götz. »Sodass unsere Patienten auch mit anderen Leiden direkt hier vor Ort behandelt werden können.«

Am anderen Ende der Halle war eine zweite, ebenfalls verschlossene Tür. Hier standen zwei Wärter auf der anderen Seite des mit einem feinen Stahlnetz verstärkten Panzerglases.

Professor Götz klopfte, und einer der Wärter öffnete ihm von innen.

Inga Jäger war von den Sicherheitsvorkehrungen beeindruckt. Sie blickte den Gang entlang, der sich hinter der zweiten Tür erstreckte, und ihr fiel sofort auf, dass jedes einzelne der Patientenzimmer ebenfalls über einen Türcode und starke Riegel verschlossen war. Dank ihres letzten Besuchs hier wusste sie warum: Nicht wenige der Insassen der Psychiatrie stellten eine Gefahr für die Öffentlichkeit dar – entsprechend sicher musste die Krankenstation sein.

Sie kamen zu dem Zimmer, in dem Lisa Bickelmeyer untergebracht war. Die junge Stadtangestellte lag regungslos, aber mit offenen Augen im Bett und starrte noch immer ins Leere.

»Röntgenbilder, EEC und EKG brachten keinerlei Auffälligkeiten zutage«, informierte Professor Götz Dr. Busch.

»Also kein Wachkoma?«, fragte Dr. Busch.

Professor Götz schüttelte den Kopf. »Apallisches Syndrom kann ausgeschlossen werden. Kein Hirntrauma und völlig normale zerebrale Rezeption. Auch das Nervensystem ist in Takt und zumindest in den Messungen responsiv.«

»Aber sie bewegt sich nicht«, grübelte Dr. Busch. »Katatonie?« Sie ging zum Bett und bewegte Lisa Bickelmeyers Arm. »Nein, das Muskelgewebe ist völlig entspannt.«

»Akinetischer …«, begann Professor Götz.

»… Mutismus«, beendete Dr. Busch seine Diagnose. Die beiden schienen sich einig. »Ohne ersichtliche neurologische Traumata.«

»Könnte jemand mal uns Laien aufklären?«, fragte Gebert.

»Sie ist wach«, erklärte Professor Götz. »Sie bewegt sich nur nicht, reagiert nicht und zeigt auch keinerlei Emotionen. Ihr fehlt der Antrieb dazu.«

»Das heißt, sie kann uns hören?«, fragte Inga Jäger.

»Und sehen.« Dr. Busch nickte. »Aber nicht, wie Sie jetzt vielleicht annehmen, Frau Jäger. Lisa Bickelmeyer hat sich so weit in sich zurückgezogen, dass ihr nicht bewusst ist, was um sie herum geschieht. Es interessiert sie einfach nicht.«

»Das geht so weit«, fügte Professor Götz hinzu, »dass sie sich, falls sie aus diesem Zustand wieder auftaucht, vielleicht nicht einmal an das erinnert, was währenddessen geschehen ist.«

»*Falls* sie wieder auftaucht?«, fragte Inga Jäger.

»Dieser Zustand kann von jetzt auf gleich verschwinden«, sagte Dr. Busch, »er kann aber auch über Jahre hinweg anhalten. In vielen Fällen sogar ein Leben lang.«

»Das heißt, es ist nicht absehbar, wann wir sie befragen können?« Gebert steckte frustriert die riesigen Hände in die Hosentaschen.

»Zumindest nicht verbal«, sagte Dr. Busch. »Aber dafür sind wir ja jetzt hier.« Sie wandte sich an die Patientin. »Guten Tag, Frau Bickelmeyer. Mein Name ist Bianca Busch. Ich bin Ärztin und werde Sie jetzt noch einmal untersuchen.«

»Wir warten draußen«, sagte Inga Jäger, die die Atmosphäre in einem Krankenhaus schon immer als bedrückend empfunden hatte. Außerdem fand sie es gruselig, dass Lisa Bickelmeyer sie direkt ansah und sie nicht beurteilen konnte, ob sie sie wahrnahm oder nicht. Außerdem konnte sie hier drin im Moment ohnehin nicht behilflich sein.

Gebert und sie verließen das Gebäude und zündeten sich vor der Tür Zigaretten an.

»Das passt alles nicht zusammen«, sagte Gebert mürrisch. »Warum sollte Michael Fröhlich versucht haben, außer Melchior Gietz auch sie umzubringen?«

»Vielleicht war er zu ungeduldig«, sagte Inga Jäger. »Vielleicht konnte er nicht abwarten, sie zu trösten, und stieß auf Widerstand. Wenn jemand schon so weit geht, einen anderen Menschen zu töten, rechnet er damit, willkommen geheißen zu werden – will er seine Lorbeeren, die er, als der Retter, als der er sich sieht, verdient hat. Aber sie war noch im Schock und damit überhaupt nicht empfänglich. Da ist er vielleicht ausgetickt.«

»Ja, das ist möglich«, sagte Gebert. »Oder sie wusste auch so sofort, dass er es war, und hat damit gedroht, ihn anzuzeigen.«

»Vielleicht ist sie sogar ursprünglich in den Keller, um sich zu rächen, und hat ihn angegriffen«, spann sie den Gedanken weiter. »Und er sah keine andere Wahl.« Sie stoppte. »Aber das ergibt keinen Sinn. Wenn er hätte verhindern wollen, dass sie ihn anzeigt, warum hat er sich dann selbst angezeigt? Und wenn er sie umbringen wollte, warum hat er sie dann gerettet?«

»Ich sag doch, das passt alles nicht zusammen«, gab Gebert zurück. »Es sei denn, er hat sie umbringen wollen, weil sie ihn nicht erhört hat, hat es sich dann aber wieder anders überlegt, weil er, als sie da hing, gemerkt hat, dass er sie nicht verlieren will. Deshalb hat er sie gerettet. Und später ist ihm klar geworden, was er da getan hat, und hat den Mord an Gietz gestanden, um sein Gewissen zu entlasten.«

Inga Jäger massierte sich die Schläfen. »Wie immer: Viel zu viele *Vielleichts*. Am besten warten wir auf die Untersuchungsergebnisse.«

Schon wenige Minuten später kamen Dr. Busch, ihr Assistent und Professor Götz zu ihnen nach draußen.

»Es gibt tatsächlich zahlreiche Hinweise auf äußere Gewalteinwirkung«, begann der Klinikleiter.

Dr. Busch nickte. »Kopfhautirritationen, wo man ihr Haare ausgerissen hat. So als hätte sie jemand am Schopf gepackt und durch den Raum gezerrt. Außerdem Blutergüsse an den Oberarmen und im Nacken.«

»Wie alt sind sie?«, fragte Inga Jäger.

»Schwer zu sagen«, meinte die Gerichtsmedizinerin. »Sie könnten durchaus auch von hartem Sex und SM stammen, den sie vielleicht gestern im Laufe des Tages oder auch vorgestern mit Melchior Gietz noch gehabt haben könnte.«

»Vielleicht«, sagte Inga Jäger. »Aber je mehr ich darüber nachdenke, umso mehr gehe ich davon aus, dass es kein Selbstmord-, sondern ein Mordversuch war.«

»Wieso?«, fragte Professor Götz.

»Da sind zum einen ihre Schuhe«, sagte Inga Jäger. »Ihre High Heels. Wenn ich mich aufhängen wollen würde, würde ich mit so hohen Absätzen nicht auf den Stuhl klettern. Ich würde die Schuhe vorher ausziehen. Nicht nur, weil es unbequem und beinahe unmöglich ist, mit den Dingern zu klettern, man steht auch zu wacklig, und wenn man umknickt, hängt man sich auf, ehe man überhaupt bereit dazu ist.«

»Eines der wichtigsten Elemente eines Selbstmords ginge dabei verloren«, bestätigte Professor Götz. »Die Kontrolle.«

»Außerdem«, resümierte Inga Jäger weiter, »erinnere ich mich gerade daran, dass Kai Gebert es war, der auf den Stuhl klettern musste, um sie loszuschneiden. Ich wäre gar nicht an das Seil gekommen, so hoch, wie es war. Lisa Bickelmeyer ist nicht viel größer als ich. Und selbst wenn ich die High Heels mitrechne, war die Schlinge auch zu hoch für sie.«

»Das bedeutet, der umgeworfene Stuhl war nur ein Ablenkungsmanöver«, schlussfolgerte Gebert und erinnerte sich ebenfalls. »Ja, ihre Füße hingen um einiges höher als die Sitzfläche.«

»Auch dass das Karotissinussyndrom der einzige Effekt des Erhängens war, spräche für Fremdeinwirkung«, sagte Dr. Busch. »Wenn sie auch nur zwanzig oder dreißig Zentimeter gefallen wäre, hätte sie wesentlich stärkere Traumata am Halsmuskelgewebe oder auch Hautabschürfungen an Kinn oder Kiefer. So aber sieht es eher nach einer Strangulation aus.«

»Jemand hat ihr die Schlinge um den Hals gelegt und sie über den Umweg der Deckenstrebe nach oben gezogen«, stellte Inga Jäger fest. Dann schaute sie Gebert an. »Wir müssen noch einmal mit Michael Fröhlich reden.«

19

Landeskriminalamt Wiesbaden. Verhörzimmer 2

Der Systemkoordinator hockte zusammengekauert hinter dem Tisch und blickte auf die Platte herab. Inga Jäger, die ihm gegenübersaß, konnte sehen, wie seine Kiefer nervös mahlten. Kommissar Gebert justierte die Videokamera und schaltete sie ein. Sobald er das Zeichen gab, fertig zu sein, nannte Inga Jäger Datum und Uhrzeit, ihren Namen, ihre Position und den Namen des Verhörten. Dann schwieg sie eine Weile – um ihn absichtlich noch ein wenig mehr zu verunsichern. Es war wichtig, dass sie jetzt die ganze Wahrheit erfuhr.

»Herr Fröhlich, ergänzend zu Ihrer ersten Aussage«, sie nannte das Aktenzeichen, »habe ich noch einige weitere Fragen an Sie.«

»Sie wissen doch schon alles, was Sie wissen müssen«, sagte er mürrisch und ohne aufzuschauen. »Ich habe nichts mehr hinzuzufügen.«

»Das sehe ich anders«, machte sie klar. »Sie haben uns nicht die ganze Wahrheit gesagt.«

»Wie meinen Sie das?«

»Sie haben uns verschwiegen, dass Sie auch versucht haben, Lisa Bickelmeyer zu töten.«

»Was?!« Sein Blick zuckte nach oben. »Was sagen Sie da?«

»Warum haben Sie es sich anders überlegt und sie dann doch gerettet?«

»Sind Sie verrückt?«, begehrte er auf. »Ich habe Lisa

kein Haar gekrümmt. Sie hing da, als ich in den Keller kam.«

»Sie lügen«, sagte Inga Jäger. »Sie wollten sie trösten, aber sie wollte von Ihnen nicht getröstet werden. Und dann sind Sie ausgetickt. Schließlich hatten Sie sie ja von dem Monster Gietz befreit und sich damit ihren Dank redlich verdient. Die Zurückweisung hat Sie überschnappen lassen. Sie haben vermutlich im Affekt gehandelt und es anschließend bereut. Deswegen haben Sie sie gerettet.«

»Sie spinnen sich da etwas zusammen.«

»Was ich bis jetzt aber nicht verstehe, ist, warum haben Sie gestanden, Melchior Gietz getötet zu haben?«, bohrte sie weiter. »Sie haben doch selbst miterlebt, in welchem Zustand Lisa Bickelmeyer wieder zu Bewusstsein kam. Nun ja, man kann es nicht wirklich Bewusstsein nennen. Sie konnte Sie nicht verraten ... und sie war nicht mehr die Frau, die Sie einmal liebten ... und nach dem, was Sie ihr angetan haben, würde sie Ihre Liebe ohnehin nicht erwidern. Also war die Ermordung von Melchior Gietz völlig sinnlos geworden. Warum das Verbrechen dann noch gestehen? Warum nicht einfach die Gelegenheit nutzen, um abzuhauen. Unterzutauchen. Irgendwohin zu gehen und neu anzufangen? Hielt Sie Ihr Gewissen davon ab, oder wollten Sie sich ganz einfach selbst bestrafen, indem Sie in den Knast wandern?«

»Ich habe Lisa nichts angetan!« Michael Fröhlichs Augen waren nass von Tränen. »Das müssen Sie mir glauben!«

Inga Jäger sah ihn lange an – und dann tat sie genau das: Sie glaubte ihm. Es war mehr ein Instinkt als Logik; aber sie hatte in all den Jahren als Ermittlerin gelernt, wie wichtig ihre Instinkte waren. Sie dachte nach: Wenn er wirklich die Wahrheit sagte und Lisa Bickelmeyer nichts angetan hatte, dann passten die Dinge noch weniger zusammen als schon zuvor. Ihr Gehirn lief auf Hochtouren, und sie ging alle Möglichkeiten durch, die ihr einfielen. Und plötzlich gab es nur noch eine Antwort …

»Erzählen Sie uns, wie Sie Melchior Gietz getötet haben«, forderte sie Michael Fröhlich auf.

»Nein.«

»Wieso nicht? Sie haben es schließlich so sehr genossen. Es muss Ihnen doch in der Seele brennen, es zu teilen und damit noch einmal zu durchleben.«

»Hören Sie auf. Ich will das nicht!«

»Warum nicht?«

Er schwieg.

»Was haben Sie mit der Axt gemacht, mit der Sie Melchior Gietz den Schädel eingeschlagen haben?«

Gebert schaute sie fragend an, doch sie signalisierte ihm, ihr zu vertrauen.

Michael Fröhlich vergrub das Gesicht in den Händen. »Warum fragen Sie das? Sie haben doch mein Geständnis.«

»Weil ich darauf allein keine Anklage aufbauen kann«, erklärte sie. »Wenn Sie Ihr Geständnis widerrufen, bricht der Fall gegen Sie zusammen wie ein Kartenhaus. Ich brauche die Tatwaffe – mit seinem Blut und Ihren Fingerabdrücken. Also, wo ist die Axt?«

»Ich habe sie in den Rhein geworfen«, sagte er. »Aber keine Sorge, ich werde mein Geständnis nicht widerrufen.«

»Das sollten Sie aber«, riet sie. »Denn Sie haben Melchior Gietz nicht getötet.«

»Doch, das habe ich.«

»Seien Sie nicht dumm, Herr Fröhlich«, antwortete Inga Jäger. »Sie haben das nur behauptet, um Lisa Bickelmeyer zu decken. Sie hatten Angst, dass in Wahrheit sie Melchior Gietz getötet und danach sich selbst erhängt hat. Aber inzwischen wissen wir, dass man versucht hat, sie umzubringen – und damit sieht es so aus, als käme sie als Mörderin von Melchior Gietz nicht infrage, sondern eher, als würde hinter beiden Taten ein und dieselbe Person stecken.«

Er schüttelte den Kopf. »Oder jemand, der glaubt, dass Lisa Gietz umgebracht hat, wollte sich an ihr rächen. Nein, nein, ich habe Gietz ermordet.«

»Haben Sie nicht«, schaltete sich Gebert nun ein. »Alles, was Sie getan haben, war, die Ermittlungen zu behindern und zu verkomplizieren und uns von der Jagd nach dem wahren Mörder abzuhalten. Verschwinden Sie, ehe ich Sie deswegen verhafte.«

»Aber …«

»Kein Aber«, sagte Inga Jäger. »Melchior Gietz wurde nicht mit einer Axt getötet. Wenn Sie der Mörder wären, wüssten Sie das.« Sie gab Gebert ein Zeichen, und er schaltete die Kamera aus. Dann erhob sie sich von ihrem Platz. »Ich bin nicht sicher, ob ich Sie für Ihre Opferbereitschaft bewundern, bedauern oder wütend auf Sie sein soll, weil Sie die Ermittlungen behindert haben. Daher empfehle ich, Sie folgen Kommissar Geberts Vorschlag und sehen zu, dass Sie Land gewinnen.«

Michael Fröhlich erhob sich kraftlos von seinem Stuhl. »Sie sagen, wer immer Gietz ermordet hat, hat vermutlich auch versucht, Lisa zu töten?«

»Das ist zumindest eine Möglichkeit«, antwortete Inga Jäger. »Oder aber es ist so, wie Sie befürchten: Lisa Bickelmeyer hat Melchior Gietz ermordet, und jemand anderes wollte sich dafür an ihr rächen. Die dritte Möglichkeit wäre, dass jemand nur fälschlicherweise gedacht hat – so wie Sie –, dass Lisa Bickelmeyer Melchior Gietz ermordet hat und sich an der Falschen rächen wollte. Wir müssen den Fall jetzt völlig neu beleuchten.«

20

Landeskriminalamt Wiesbaden. Kaffeeküche

Die Maschine war wie immer leer, und Gebert machte sich grummelnd daran, frischen Kaffee aufzusetzen. Inga Jägers Telefon klingelte, aber als sie sah, dass es der Leitende Staatsanwalt Peiß war, der sie zu erreichen versuchte, beschloss sie, das Klingeln zu ignorieren. Sie musste sich erst einmal selbst sortieren, ehe sie bereit war, mit ihm zu sprechen.

»Wenn die Annahme stimmt«, sagte sie, »dass der Mörder des Amtsleiters auch hinter dem Anschlag auf seine Geliebte steckt, scheiden zwei unserer Verdächtigen direkt aus.«

Gebert nickte. »Der Bürgermeister und der Stellvertretende Amtsleiter. Sie haben das perfekte Alibi: uns.«

»Ja«, bestätigte Inga Jäger. »Der Mordversuch fand statt, während wir mit ihnen zusammen in Hollers Büro waren.«

»Und da Michael Fröhlich es auch nicht war, verkleinert sich unser Kreis der Verdächtigen auf Falk, den Betriebshofleiter, Ivana Gietz, die Ehefrau, und Eva Gietz, die Ex.«

»Wobei Ivana und Eva von den dreien, soweit wir wissen, die einzigen sind, die ein Motiv haben, beiden schaden zu wollen«, sagte Inga Jäger. »Und Ivana mehr als Eva.«

Wieder klingelte ihr Telefon, und erneut stand der Name ihres Chefs im Display. Sie schaltete das Signal auf lautlos. Da schrillte auch Geberts Handy.

»Der ruft doch jetzt nicht etwa auch bei mir an?«, fragte er ungläubig und kramte umständlich sein Smartphone aus der Jackettinnentasche. »Nein, es ist die Otto.« Er nahm das Gespräch mit einem knappen »Ja!« entgegen.

Inga Jäger holte schon einmal die Tassen aus dem Schrank, die Milch und den Zucker – als ob sich die Maschine dadurch zu höherer Brühgeschwindigkeit antreiben ließe. Sie hatte keine Ahnung, der wievielte Kaffee das werden würde, aber es fühlte sich schon den ganzen Tag so an wie mindestens einer zu wenig. Gerade überlegte sie ungeduldig, ob sie die Kanne aus der Maschine ziehen sollte, obwohl sie erst zur Hälfte voll war und das Gebräu darin schmecken würde wie Mokka, als Gebert plötzlich einen Fluch ausstieß und vor Wut so fest gegen einen der Küchenstühle trat, dass er gegen die Wand geschleudert wurde und umfiel.

»Was ist?«, fragte Inga Jäger. Gebert regte sich grundsätzlich eher leicht auf, aber selten so sehr, dass er die Kontrolle verlor wie gerade eben. Es musste etwas Schlimmes geschehen sein.

Er steckte das Smartphone wieder ein und ging hinüber zu dem Stuhl, um ihn aufzuheben. »Nehmen Sie Pappbecher«, sagte er. »Wir müssen sofort los.«

»Wohin?« Sie holte die Pappbecher mit den Deckeln aus dem Schrank.

»Zurück nach Eltville«, antwortete er. »Es gibt einen weiteren Toten.«

21

Betriebshof der Stadt Eltville

Das, was von Ingo Falk übrig war, lag als blutiger und zur Hälfte verbrannter Klumpen auf dem Boden der Papppresse. Es stank nach verkohltem Fleisch, Benzin und den Überresten des Inhalts gleich dreier Pulverlöscher. Inga Jäger kämpfte erst gar nicht dagegen an, sondern ging gleich an den Rand des Parkplatzes, um sich dort auf einen Komposthaufen zu übergeben. Zu viel war einfach zu viel. Gebert kam zu ihr und reichte ihr einen Kaugummi. Er schmeckte süß, aber die Minze vertrieb den Geschmack nach Kaffee und Galle.

»Ein Kollege, der sich krankmelden wollte, kam früher auf den Hof zurück und hat das Feuer entdeckt«, sagte er, als ob nichts geschehen wäre. »Er hat schnell genug reagiert und den Brand gelöscht. Mit etwas Glück findet Dr. Busch diesmal mehr.« Die Teams der Spurensicherung und der Rechtsmedizin waren nur wenige Augenblicke vor ihnen eingetroffen und gerade dabei, menschliches Gewebe und Pappe voneinander zu trennen. Kein Job, um den Inga Jäger sie beneidete.

»Was zur Hölle geht hier vor sich, Gebert?«, fragte sie, spuckte den Kaugummi aus und zündete sich eine Zigarette an.

»Ich hab nicht die Spur einer Ahnung«, gab er zu. Er nahm ihre Zigarette, um selbst daran zu ziehen, und sie holte eine neue raus. Es war erst früher Nachmittag, aber es fühlte sich an wie Abend. Der Himmel war dicht mit tief hängenden, dunkelgrauen Wolken bedeckt und das bisschen, das man von der Sonne überhaupt sehen konnte, dem Horizont im Westen schon frustrierend nah.

Die Otto kam zu ihnen. Sie hatte ein Glas Wasser in der Hand, das sie Inga Jäger kommentarlos hinhielt. Inga nickte dankbar und trank einen großen Schluck. Schon ging es ihr ein wenig besser.

»Hast du was gefunden?«, fragte Gebert seine Assistentin.

Sie nickte und holte einen kleinen Notizblock hervor. Hierin war sie so altmodisch wie ihr Chef. »Falk war in der Vergangenheit des Öfteren verhaltensauffällig«, begann sie. »Prügeleien auf Weinfesten, et cetera. Es kam wohl aber nie zu einer nennenswerten Verhandlung. So ist das nun mal auf dem Land. Meine Oma ist von hier. Sie sagte immer: ›Pack schlägt sich, Pack verträgt sich.‹ Als Leiter des Betriebshofs hat Falk außerdem so eng mit den Polizeikollegen vor Ort zusammengearbeitet, dass da gerne mal das eine oder andere Auge zugedrückt wurde. Bis auf einen Fall war es auch immer harmloses Geplänkel. Wie gesagt: Weinfestprügeleien.«

»Aber einer war anders?«, fragte Inga Jäger.

»Ja«, sagte die Otto. »Bemerkenswerterweise waren dabei beide unserer Mordopfer beteiligt.«

Gebert zog die Augenbrauen nach oben. »Erzähl!«

»Es ist schon ein paar Jahre her«, sagte die Otto. »Gietz war noch nicht lange mit seiner ersten Frau Eva verheiratet und einfacher Stadtangestellter im Katasteramt – da, wo sie auch heute noch arbeitet. Es war wohl auf einer Betriebsfeier, und es war mächtig Alkohol im Spiel. Auf jeden Fall ist Eva Gietz dort mit Falk in einem Schuppen hinter dem alten Rathaus fremdgegangen. Die Brauer hat sie dabei entdeckt ...«

»Die alte Schlange ist ihnen wohl eher nachgeschlichen«, unterbrach Gebert.

Die Otto zuckte mit den Schultern. »Könnte sein. Auf jeden Fall hat sie, statt sie zu stoppen, ein paar Kollegen geholt, damit die sich das Schauspiel ebenfalls anschauen konnten. Gietz bekam das Getuschel mit und wollte auch mal sehen, was da los war.«

»Autsch«, sagte Inga Jäger. »Das heißt, er hat seine frisch Angetraute beim Sex mit Falk erwischt.«

»Mittendrin«, bestätigte die Otto. »Und hat sich sofort auf Falk gestürzt.«

»Noch mal autsch.« Inga Jäger erinnerte sich daran, wie muskulös Falk war.

»Falk hat ihn krankenhausreif geschlagen«, sagte Geberts Assistentin.

»Das erklärt«, sagte ihr Chef, »warum die beiden sich spinnefeind waren und sich ständig an den Köpfen hatten.«

»Und bedingt erklärt es auch«, fügte Inga Jäger hinzu, »wieso Gietz so geworden ist, wie er am Ende war. Gleich zweimal dermaßen gedemütigt zu werden ...«

»Vor versammelter Mannschaft ... und eigentlich auch permanent«, sagte die Otto.

»Inwiefern?«

»Man munkelt noch heute, dass seine älteste Tochter nicht von ihm ist, sondern von Falk«, antwortete die Assistentin.

»Kein Wunder, dass er Falk los sein wollte«, äußerte Gebert. »Und jetzt hatte er scheinbar etwas in der Hand, um ihn wirklich zu feuern.«

»Aber wer hatte ein Motiv, beide und Lisa Bickelmeyer zu töten?«, fragte Inga Jäger.

»Bei Gietz und Bickelmeyer haben wir auf Ivana getippt«, resümierte Gebert. »Bei Gietz und Falk könnte man auf Eva kommen – allerdings sehe ich hier noch kein konkretes Motiv. Aber bei allen dreien? Keine Ahnung. Nicht einmal eine entfernte.«

»Es sieht fast so aus, als hätten wir erst zu viele und jetzt zu wenige Verdächtige«, sagte die Otto.

Inga Jäger grübelte. »Kommt mal mit«, sagte sie dann und ging zurück zum Fundort der Leiche. Im Grunde genommen war die Papppresse ein Stahlgitterkäfig von einem Meter Seitenlänge und anderthalb Metern Höhe. »Gietz war eher schmal gebaut. Ihn unter einem Vorwand in den Keller des Klosters zu locken und dort so übel zuzurichten, könnte durchaus von einer Frau bewerkstelligt worden sein. Aber das hier? Und der Mordversuch an Lisa Bickelmeyer? Ich meine, Gebert, Sie haben Falk selbst gesehen.«

»Ein Kerl wie ein Baum«, sagte der. »Mit dem hätte sogar ich Schwierigkeiten gehabt.«

»Und dann die Leiche oder den Bewusstlosen in die Presse zu hieven …«, sinnierte die Otto.

»Oder Lisa Bickelmeyer zu überfallen und sie dann mit einem Seil in die Höhe zu ziehen«, fügte Inga Jäger hinzu.

»Auch für einen einzelnen Mann wäre das nur schwerlich zu vollbringen.«

Gebert schaute sie an. »Denken Sie etwa, was ich denke, dass Sie es denken?«

Inga Jäger nahm den letzten Zug an ihrer Zigarette und warf sie in sicherer Entfernung von dem Benzin auf den Parkplatz hinaus. »Es waren sehr wahrscheinlich mehrere Täter. Und wenn es nicht ganz andere waren als die bisher Verdächtigen, sieht es so aus, als hätten Eva und Ivana Gietz die Morde gemeinsam begangen.«

Gebert schnaubte. »Die beiden sind Todfeindinnen. Weshalb sollten die sich plötzlich zusammenschließen? Und welches gemeinschaftliche Motiv könnten sie haben?«

»Ich habe keine verdammte Ahnung«, gestand Inga Jäger.

22

Eltville. Neubaugebiet Ober Setzling

Sie kamen gerade noch rechtzeitig. Noch während sie parkten, konnten Inga Jäger und Kommissar Gebert selbst durch die geschlossenen Scheiben von Geberts Wagen hindurch den Kampflärm und die hysterischen Schreie zweier Frauenstimmen hören, die aus der weit offen stehenden Tür des Neubaus von Melchior Gietz schallten.

»Fuck!«, fluchte Gebert, riss die Autotür auf und wuchtete seinen massigen Körper ins Freie. Inga Jäger hatte den weiteren Weg, war aber schneller am Haus, wo sie auf ihn wartete – die Hand auf dem Griff ihrer Pistole, bereit, sie sofort zu ziehen, falls es notwendig werden würde.

Gebert war da weniger zögerlich. Er holte seine aus dem Holster, ließ sie aber gesichert. »Ich zuerst«, sagte er und ging vor.

Sie eilten durch die Eingangshalle ins Wohnzimmer. Der Lärm kam aus Richtung Küche. Berstendes Porzellan, das Scheppern von Töpfen und Pfannen, die auf den Boden krachten, Flüche auf Deutsch und auf Russisch. Gebert beschleunigte seine Schritte, und Inga Jäger blieb schräg hinter ihm, um ihm im Falle des Falles Deckung geben zu können. Sie atmete bewusst langsam und gleichmäßig, um sich von dem hektischen Chaos um sie herum nicht anstecken zu lassen und einen klaren Kopf zu behalten. In solchen Situationen die Ruhe zu bewahren erforderte hartes und langes Training, aber es war es wert. Es konnte den Unterschied ausmachen zwischen Leben und Tod.

Sie bogen um die Ecke und sahen die beiden Frauen. Eva und Ivana Gietz. Sie rangen miteinander wie Furien – aber zu Inga Jägers Erleichterung mit bloßen Händen. Sie schlugen sich, kratzten und rissen sich gegenseitig an den Haaren. Ivana gelang es gerade, Eva in einen Schwitzkasten zu nehmen, aber Eva biss ihr in den Unterarm und riss sich frei. Gebert verdrehte die Augen, übergab Inga Jäger seine Pistole und ging dazwischen wie eine Dampframme – pflügte mit seinen großen Füßen durch das Geschirr am Boden. Inga Jäger schaute sich um, um sicherzugehen, dass sich keine Messer in Reichweite der Frauen befanden, die sie als Waffe gegeneinander oder gegen Gebert hätten einsetzen können. Völlig ungeniert packte Gebert die Frauen an den Haaren und riss sie voneinander los. Diese schlugen nun mit vereinten Kräften auf Gebert ein, um an ihm vorbei wieder aneinander zu gelangen.

»Ich mach dich fertig, du billige Nutte! Du Katalog-Flittchen! Wenn ich mit dir durch bin, wirst du dir wünschen, nie aus deinem Schlammloch hervorgekrochen zu sein!«, schrie Eva Gietz, und Ivana Gietz rief etwas auf Russisch oder auch Ukrainisch zurück, das Inga Jäger zwar nicht verstand, aber vom Klang her ziemlich sicher in der gleichen Ecke angesiedelt war wie die Beleidigungen Evas.

»Genug!«, rief Gebert und hielt sie, so gut er konnte, auf Abstand. »Ich sagte, genug!«

Inga Jäger steckte seine Waffe in ihre Handtasche, verschloss sie sorgfältig und kam ihm zu Hilfe. Sie nahm Eva Gietz in den Polizeigriff und legte ihr Handschellen an. Gleich darauf hatte Gebert auch Ivana Gietz unter Kontrolle.

Anschließend führten sie die beiden noch immer keifenden Frauen aus dem Chaos der Küche hinüber ins Wohnzimmer und setzten sie in zwei weit genug voneinander entfernt stehende Sessel.

»Ivana und Eva Gietz«, sagte Gebert laut, während Inga Jäger ihm seine Pistole zurückgab. »Ich verhafte Sie beide wegen des Verdachts auf die gemeinschaftliche Ermordung von Melchior Gietz und Ingo Falk sowie den gemeinschaftlich versuchten Mord an Lisa Bickelmeyer.«

Schlagartig hörten beide auf zu zetern und starrten ihn fassungslos an.

»Was?!?«, riefen sie wie aus einem Mund.

Gebert wiederholte seinen Spruch.

Ivana Gietz schaute ihn mit großen Augen an und schnappte nach Luft – sie suchte vergeblich nach Worten.

Eva Gietz hingegen fand sofort welche: »Sind Sie irre? Das kann doch unmöglich Ihr Ernst sein. Jetzt soll ich nicht nur meinen Ex gekillt haben und die andere Schlampe, mit der er rumgefickt hat, sondern soll das auch noch zusammen mit der Fotze hier getan haben?«

»Frau Gietz«, sagte Inga Jäger, »mäßigen Sie Ihren Ton … und Ihre Wortwahl, bitte.« Aber sie konnte zugleich erkennen, dass die Wut und die Verwunderung hinter diesen Worten nicht gespielt waren. Der Hass zwischen den beiden war echt.

»Nenn mich noch einmal Fotze, und ich kratz dir die Augen aus, du fettes, altes Ding!«, konterte Ivana Gietz, ehe sie sich an Inga Jäger wandte. »Und Sie? Sie denken noch immer, ich hätte meinen eigenen Mann ermordet? Wozu? Um ihn zu beerben, wie die hier auch glaubt?« Sie deutete mit dem Kinn auf Eva Gietz. »Hier ist nichts zu erben – außer Schulden. Und seine Lebensversicherung wird nicht einmal ein Drittel davon abdecken. Ich gebe Ihnen gerne Einsicht in die Papiere. Und ihr auch. Damit hier endlich Ruhe ist.« Sie sackte zusammen und begann zu weinen. »Begreift denn keiner, was Melchiors Tod außer dem unglaublichen Schmerz noch für mich bedeutet?« Ihr Weinen wurde zu einem Schluchzen. »Ich muss zurück. Zurück in ein Land, das ich hasse und das mich hasst. Zurück zu Elend und Armut und Hoffnungslosigkeit. Ich war noch nicht lange genug mit Melchior verheiratet für eine dauerhafte Aufenthaltserlaubnis, und man wird mich ganz einfach abschieben.«

Inga Jäger kannte sich zu wenig aus in Einwanderungsfragen, um beurteilen zu können, ob Ivana recht hatte oder richtig informiert war – aber sie ging davon aus, dass sie es glaubte und wirklich Angst davor hatte, in die alte Heimat zurückzumüssen. Echte Angst. Und wenn die Überprüfung der Finanzen tatsächlich ergeben würde, dass sie nichts außer Schulden erben würde, dann entfiel auch das Hauptmotiv dafür, ihren Mann getötet zu haben.

»Warum sind Sie hier, Frau Gietz?«, wandte Inga Jäger sich an Eva.

»Um diese Fot...«

»Es reicht!«, brüllte Gebert so laut, dass Eva Gietz zusammenzuckte. »Nennen Sie uns den Grund Ihrer Anwesenheit, ohne dabei ausfällig zu werden.«

Eva Gietz holte tief Luft, um sich zu beruhigen. »Ich bin hier, um die Erbansprüche meiner Töchter geltend zu machen.«

»Ihr Exmann ist noch nicht einmal vierundzwanzig Stunden tot«, fragte Inga Jäger erschüttert, »und Sie besitzen die Chuzpe, zu seiner jungen Witwe zu gehen, um ihr gleich das Haus abzunehmen?«

Eva Gietz blickte Inga Jäger an und lachte verhärmt. »Hatte sie etwa Bedenken, mir und meinen beiden Töchter unser altes Haus zu nehmen, als sie mir meinen Mann weggenommen und ihn überredet hat, diesen Palazzo Prozzo hier zu bauen? Hatte sie vielleicht auch nur eine Sekunde lang ein schlechtes Gewissen, als meine Kleinen und ich in die Slums ziehen mussten? Wenn ihr unser Leben und unsere Existenz scheißegal waren, warum soll ich dann jetzt plötzlich Rücksicht nehmen?«

Ivana Gietz blickte auf – ihre großen Augen erfüllt von

Mitgefühl. »Melchior hat mir gesagt, für euch sei gut gesorgt. Er hat es mir versprochen.«

»Bullshit!«, bellte Eva Gietz. »Einen Scheiß hat er. Und wenn du nur ein klitzekleines bisschen Grips in deinem Püppchenschädel hättest, könntest du dir ausrechnen, dass man selbst mit seinem Gehalt nicht so ein Haus wie dieses hier bauen und gleichzeitig eine Exfrau mit zwei Kindern auch nur halbwegs anständig versorgen kann.«

»Er hat es mir versichert.«

»Ja, ja. Schon klar. Genauso, wie er dir versichert hat, dass du die Einzige für ihn bist und er dich niemals betrügen würde … Blabla.«

»Er hat mich auch nie betrogen«, sagte Ivana Gietz.

Eva Gietz schnaubte verächtlich. »Und was ist mit der Bickelmeyer? Er hat dich mit der Schlampe genauso hintergangen, wie er mich mit ihr hintergangen hat.«

»Lisa? Er hat mich nicht mit Lisa hintergangen.«

»Träum weiter, Kindchen!«

»Das kann ich beweisen«, ereiferte Ivana sich und stand auf.

»Bitte bleiben Sie sitzen«, forderte Gebert sie auf.

Sie setzte sich wieder hin und wandte sich an Inga Jäger. »Unser Spielzimmer. Da finden Sie … Fotos.«

Inga Jäger hatte nicht zum ersten Mal in ihrer Karriere das Gefühl, dass Ermittlungsarbeiten meistens irgendwie wie Pingpong waren – und es schon eher die Ausnahme bildete, wenn sie sich dabei wie ein Schläger vorkam. Meistens fühlte man sich wie der Ball, und man konnte nur hoffen, dass man irgendwie im Spiel blieb. Sie ging in das Spielzimmer, das sie schon bei ihrem ersten Besuch gesehen hatte, und schaltete, weil die Rollläden unten waren, das Licht an. Ja, es erinnerte wahrlich an ein SM-Studio. Sogar an ein ausgesprochen gut eingerichtetes. Andreaskreuz, Ketten an den Bettpfosten, eine Anrichte voller Peitschen, Gerten, Vibratoren und Dildos – und eine Kommode mit gerahmten Fotos, die Melchior Gietz und seine junge Frau Ivana bei eindeutigen Praktiken zeigten. Aber nicht nur die beiden. Auf einigen der Bilder war auch Lisa Bickelmeyer abgebildet – zusammen mit den beiden; aber auch beim Sex nur mit Melchior oder nur mit Ivana Gietz. Auf einem der Fotos lagen die beiden Frauen auch zärtlich ineinander verschlungen im Bett und schliefen friedlich. Sie lächelten im Schlaf.

Sich die Schläfen zu massieren half nichts mehr. Inga Jäger holte eine Kopfschmerztablette aus der Handtasche und schluckte sie trocken. Was auch immer sie bisher in diesem Fall an Spuren gehabt zu haben glaubten, war zwischen ihren Fingern zerbröselt wie fünf Tage alter Sandkuchen.

23

Forensisches Institut Wiesbaden. Rechtsmedizin

Dr. Bianca Busch schaltete den großen Wandmonitor an und deutete darauf. Der Bildschirm zeigte eine Nahaufnahme der Faust der zerquetschten und zum Großteil verkohlten Leiche, die auf dem Obduktionstisch neben ihr lag. Inga Jäger und Kommissar Gebert traten näher an die Aufnahme heran.

»Sehen Sie das hier?«, fragte die Gerichtsmedizinerin und zeigte mit dem Cursor auf die Knöchel.

»Aufgerissen und blutig«, sagte Inga Jäger. »Ingo Falk hat sich gewehrt?«

»So, wie seine zum Glück nicht verbrannte Hand aussieht, sogar eine ganze Zeit lang recht erfolgreich«, bestätigte Dr. Busch.

»Das untermauert Ihre Theorie, dass wir es mit mehr als einem Mörder zu tun haben«, sagte Gebert zu Inga Jäger.

»Ja«, sagte die Ärztin. »Da, wie bei Melchior Gietz, auch hier keine Schusswaffe und auch kein Messer zum Einsatz kamen, muss davon ausgegangen werden, dass er mit bloßen Händen und einem Hammer überwunden wurde. Und ich kann mir kein Szenario vorstellen, in dem das einem Einzelnen, den Falk selbst mit seinen Fäusten so oft und so hart getroffen hat, gelungen sein könnte. Schauen Sie.«

Sie trat zur Leiche, packte die Faust und drückte sie. Sie erschien seltsam weich.

»Zertrümmert?«, fragte Gebert.

»Ja, aber nicht von dem Hammer, sondern von der Wucht seiner eigenen Schläge«, erklärte Dr. Busch. »Einen Einzelnen hätte er damit zu Brei geschlagen.«

»Sie erwähnen den Hammer«, sagte Inga Jäger. »Der war also auch wieder im Einsatz.«

»Das war er«, antwortete Dr. Busch. »Trotz der zahlreichen Brüche, die durch die Papppresse und die Kontraktur der Muskeln beim Verbrennen entstanden sind, habe ich davon deutliche Spuren gefunden. Ich weiß inzwischen auch, welche Art von Hammer es war.« Sie drückte die Fernbedienung, und das Foto eines Hammers erschien anstelle der Faust auf dem Monitor.

»Ein Dachdeckerhammer«, sagte Gebert.

»Die korrekte Bezeichnung ist Klauenhammer«, sagte die Ärztin. »Gekennzeichnet von den beiden geschwungenen Klauen auf der einen Seite, die dazu dienen, Nägel aus dem Holz zu hebeln. Und das Schlagende ist rund, sehen Sie? Das hat die Abdrücke auf den Knochen hinterlassen. Dass ich davon keine an Falks Schädel gefunden habe, bestätigt, dass der Kampf ein langer und harter gewesen sein muss.« Sie schaltete zu dem Bild der Hand zurück. »Die gute Nachricht aber ist, dass ich in den Schürfwunden auf den Knöcheln und unter den Fingernägeln fremde DNS gefunden habe.«

Inga Jäger schloss für einen Sekundenbruchteil dankbar die Augen. »Endlich eine Spur, die nicht auf Zeugenaussagen beruht«, sagte sie. »Wie lange brauchen Sie, bis wir die ersten Ergebnisse haben?«

»Nun, ich kann jetzt schon sagen, dass es sich bei zumindest dem einen Täter, dessen DNS wir haben, um einen Mann handelt. Sie vollständig aufzuschlüsseln dauert noch eine Weile. Aber dann gebe ich die Daten sofort an Elli, damit sie ihr Recherche-Voodoo machen kann.«

»Hm, ein Mann«, sagte Gebert. »Also unterstreicht auch das, dass es Eva und Ivana Gietz nicht waren. Womit unser Pool an Verdächtigen komplett verebbt ist.«

»Ist Falk ebenfalls lebendig verbrannt worden?«, fragte Inga Jäger die Medizinerin.

»Nein«, antwortete die. »Die Presse hat ihn getötet, ehe er angezündet wurde. Sein Bronchien- und Lungengewebe ist völlig frei von Rußrückständen oder Asche.«

»Also ist er nicht verbrannt worden, um ihn zu quälen«, schloss Inga Jäger daraus, »sondern um Spuren zu verwischen. Und wäre der eine Mitarbeiter nicht früher auf den Betriebshof zurückgekommen und hätte den Brand nicht gelöscht, hätten wir jetzt auch keine.«

»Wären alle Mörder so gewissenhaft«, sagte Gebert, »wäre unsere Aufklärungsrate noch beschissener als jetzt schon.«

»Ja«, stimmte Inga Jäger grüblerisch zu. »Sollten da bei uns nicht alle Alarmglocken läuten?«

»Was meinen Sie?«

»Nun ja, wir gehen inzwischen davon aus, dass es mehrere Täter sind und dass sie alles daransetzen, keine Spuren zu hinterlassen oder ihre Taten wie im Falle Lisa Bickelmeyers wie Selbstmord aussehen zu lassen. Sie sind also gut organisiert – in Planung und Ausführung. Das heißt, sie sind hochgradig intelligent … oder …«

Gebert stieß einen Pfiff durch die Zähne aus. Er hatte verstanden, worauf sie hinauswollte. »Oder es sind Profis«, führte er ihren Gedanken weiter.

Inga Jäger fühlte, wie ihr eine Gänsehaut den Rücken herunterjagte.

»Profis?«, fragte Dr. Busch. »Wie kommen Sie darauf?«

»*Normale* Menschen mit einem *normalen* Motiv töten selten kaltblütig«, begann Inga Jäger zu erklären. »Besonders, wenn sie mehrfach töten, machen sie Fehler, hinterlassen sie Spuren. Es erfordert eine ganz eigene kaltblütige und hohe Intelligenz, so organisiert zu morden. Hier kommen wir zu den Soziopathen. Sie selbst sind nicht normal, und ihre Motive sind es auch nicht. Soziopathische Serienkiller oder, wie in unserem Fall, ein Team soziopathischer Serienkiller tötet entweder völlig wahllos oder nach einem bestimmten Opferschema. Zum Beispiel blonde schlanke

Frauen zwischen zwanzig und fünfundzwanzig. Oder tyrannische Männer im Alter von X bis Y, die sich entweder optisch ähneln oder im Charakter. Die Mörder sehen in ihnen Avatare, also einen Ersatz für die Person, auf die sich ihr Hass und ihre Gier nach Qual und Zerstörung eigentlich beziehen. Beispielsweise die Angebetete, die sie zurückgewiesen hat, oder den missbrauchenden Vater. Ihr Motiv ist also entweder die schiere Lust am Töten oder ihre Wut auf eine bestimmte Person, die sie jedoch an einem Surrogat ausleben. Die Gemeinsamkeit unserer Opfer aber beschränkt sich darauf, dass sie alle drei für die Stadtverwaltung Eltville gearbeitet haben – es muss also ein normales Motiv geben. Gleichzeitig aber sind die Spuren so gut verwischt und die Taten so kaltblütig ausgeführt, dass wir ausschließen können, dass es sich bei den Tätern um *normale* Menschen handelt.«

Dr. Busch nickte. »Kein normaler Mensch wäre so kaltblütig, Lisa Bickelmeyer gerade in dem Moment im Keller des Rathauses umzubringen, in dem Kripo und Staatsanwaltschaft oben im Büro des Bürgermeisters sitzen, und es dann auch noch wie einen Selbstmord aussehen zu lassen.«

»Richtig«, sagte Inga Jäger. »Also haben wir ein normales Motiv und damit keinen soziopathischen Serienkiller. Und wir haben eine besonders grausame, kaltblütige und gut organisierte Vorgehensweise – also keinen normalen Täter. Was übrig bleibt, ist ein Soziopath, der zwar aus eigener Lust am Töten mordet, aber nicht aus eigenem Motiv heraus: ein Profikiller.«

Dr. Busch stieß entgeistert die Luft aus. »Ein Profikiller in Eltville am Rhein.«

Gebert schüttelte den Kopf – nicht weniger vom Donner gerührt. »Ein Team von Profikillern.«

»Und wenn wir von Auftragsmördern ausgehen«, fuhr Inga Jäger fort, »bedeutet das, dass Bürgermeister Holler und der Stellvertretende Amtsleiter Gisbert Spreitzer durchaus wieder im Pool der Verdächtigen sind. Mehr sogar als zuvor.«

»Wieso mehr als zuvor?«, fragte Dr. Busch interessiert.

Gebert kam Inga Jäger mit der Antwort zuvor. »Wenn Profis im Spiel sind, geht es ziemlich wahrscheinlich um mehr als nur um persönliche Rache oder Eifersucht.«

»Also gut«, sagte Inga Jäger. »Zurück nach Eltville.«

24

Eltville am Rhein. Rathaus

Der Parkplatz hinter dem Rathaus und die daran entlangführende Seitenstraße waren so vollgestopft mit Übertragungswagen und anderen Fahrzeugen zahlreicher Vertreter von Presse und Fernsehen, dass Inga Jäger und Gebert ihren Wagen direkt auf der Gutenbergstraße abstellen mussten. Vor dem Nebeneingang war eine kleine Plattform aufgebaut mit Pult und Mikrofonen. Hinter dem Pult stand Bürgermeister Thilo Holler und hielt eine Ansprache.

»Dieser Idiot«, fluchte Gebert. »Hat der sie noch alle? Hat der etwa die gesamte nationale Presse informiert?«

»Politiker«, sagte Inga Jäger mit einem Achselzucken. »Was wollen Sie von dem anderes erwarten? Der will in den Landtag, wenn nicht gar in den Bundestag, und hat endlich ein Thema, mit dem er in die Zeitungen und ins Fernsehen kommt.« Doch ihre äußere Ruhe war nur das Ergebnis ihrer über viele Jahre mühsam antrainierten Fähigkeit, sich mit Dingen zu arrangieren, die sie nicht mehr ändern konnte. Ihre Wut auf den Bürgermeister war deswegen keinen Deut geringer als die des Kommissars.

Sie stellten sich an den Rand des Pulks von Reportern, Kameraleuten, Fotografen und Journalisten. Inga Jäger sah, dass Max Hoffman ganz vorn in der ersten Reihe stand.

»... und Kriminalpolizei und Staatsanwaltschaft haben noch immer keine Hinweise auf den Täter«, sagte Bürgermeister Holler gerade. »Und das, obwohl wir ihnen selbstverständlich jedwede Hilfe und Unterstützung zukommen lassen. Das ist völlig inakzeptabel. Zwei meiner Mitarbeiter ... zwei wertvolle Diener unserer Gemeinde, der wundervollen Stadt Eltville am Rhein, wurden Opfer eines grausamen Verbrechens, und die zuständigen Behörden stehen tatenlos daneben. Aber ich habe mich bereits mit dem Leitenden Staatsanwalt in Verbindung gesetzt, um die Dinge zu beschleunigen, und Herr Ronnie Wahner, Sekretär des Staatsministers im Hessischen Justizministerium, hat mir versichert, die bisherigen Ermittlungen persönlich unter die Lupe zu nehmen. Denn er ist mit mir einer Meinung, dass es so nicht weitergehen kann – nicht weitergehen darf.«

»Dieser Pisser!«, fluchte Gebert leise zwischen zusammengebissenen Zähnen hervor.

»Nicht aufregen«, sagte Inga Jäger, obwohl sie das Gleiche empfand wie er. »Da ist nichts, was man uns vorwerfen könnte. Und wenn wir den Fall gelöst haben, ist die Welt wieder in Ordnung.« Ihr war bewusst, dass das Schönreden war. Es würde auf jeden Fall Ärger geben – nach einer solchen Pressekonferenz erst recht. Aber wenn sie den Fall lösen würden, hätten sie danach wenigstens noch einen Job. Sooft Inga Jäger sich fragte, warum es bei all den Schwierigkeiten, mit denen sie bei ihrem Job ohnehin schon konfrontiert wurde, nötig war, dass Menschen, mit denen man eigentlich zusammen auf einer Seite stand, einem zusätzlich Steine in den Weg legten, war die Antwort immer wieder dieselbe: Macht und Karriere. Die Systematik, dass es einigen um ganz andere Dinge ging als darum, Morde aufzuklären und sie zu verhindern, war ihr mittlerweile natürlich nicht mehr fremd – doch sie irritierte sie jedes Mal aufs Neue. Besonders, wenn sie dabei wie heute ins Kreuzfeuer geriet, nur weil ihr die Bekämpfung von Verbrechen wichtiger war.

»Was ist dran an dem Gerücht, dass außer den beiden Morden heute Morgen auch noch eine weitere Mitarbeiterin versucht hat, sich selbst das Leben zu nehmen?«, fragte Max Hoffman mit seiner weit tragenden Stimme.

Bürgermeister Holler machte ein betroffenes Gesicht. »Das ist leider wahr«, sagte er. »Aber sie hat es zum Glück überlebt und befindet sich jetzt in ärztlicher Obhut. Auch dieser schreckliche Vorfall geht zulasten der ermittelnden Beamten.«

»Wie das?«, fragte Max Hoffman.

»Es fehlte ihnen an der nötigen Sensibilität, wie man sie normalerweise von Beamten in ihren Positionen erwarten können sollte«, antwortete Bürgermeister Holler. »Sie haben die junge Frau ohne Vorbereitung mit der grausamen Ermordung eines von ihr geliebten und geschätzten Kollegen konfrontiert und sie danach in ihrem Kummer allein gelassen. Es wird Zeit, dass sich unsere Politik ändert und wir uns mindestens ebenso sehr für den Schutz der Hinterbliebenen einsetzen wie für die Jagd nach den Tätern.«

Im letzten Punkt stimmte Inga Jäger ihm voll und ganz zu. Für die Opfer eines Verbrechens und ihre Hinterbliebenen musste sehr viel mehr getan werden, als das zurzeit der Fall war. Sie brauchten mehr Schutz, mehr Fürsorge und Trost. Sehr viel mehr, als sie selbst in ihrer Position als Staatsanwältin bieten konnte. Hier wären Politiker gefragt – aber Männer wie Bürgermeister Holler benutzten solche Themen nur als Schlagzeilenfutter, um ihrer Karriereleiter eine weitere Sprosse hinzuzufügen, ohne dann, wenn sie endlich vielleicht tatsächlich die Macht dazu hatten, etwas zu ändern, auch wirklich etwas zu unternehmen. Dass er ganz abgesehen davon mit der Selbstmordvermutung falschlag, hätte Inga Jäger jedoch gerne noch hier und jetzt klargestellt, aber sie durfte mit der Information, dass es sich in Wahrheit um einen Mordversuch handelte, jetzt noch nicht an die Öffentlichkeit, um nach dieser Konferenz nicht auch noch den letzten kleinen Vorteil zu verspielen, den sie gegenüber den Tätern hatte.

»Was sagen Sie zu diesen Vorwürfen, Oberstaatsanwältin Jäger?« Die vertraute Stimme riss sie aus ihren Gedanken. Es war Max. Er hatte sie entdeckt und sprach sie jetzt über die Köpfe der anderen hinweg direkt an.

Wut kochte in Inga Jäger hoch – darüber, dass er ihr ganz offenbar zutraute, was der Bürgermeister ihr hier unterstellte. Aber auch diese Wut kämpfte sie nieder – er tat nur seinen Job und verarbeitete die Informationen, die er hatte. Gerade, nachdem sie ihn in der vergangenen Nacht darum gebeten hatte, Privates und Berufliches nicht zu vermischen, durfte sie das jetzt nicht tun. »Kein Kommentar«, sagte sie knapp. Aber das war natürlich, wie wenn man ein blutiges Stück Fleisch in ein Aquariumbecken voller Haie wirft. Sofort stürzten die Reporter und Journalisten sich auf sie und bombardierten sie mit ihren Fragen.

»Wer steckt hinter den Morden?«

»Warum sind sie noch nicht aufgeklärt?«

»Sind die Gerüchte wahr, dass es sich um einen Serienmörder handelt?«

»Gehen Sie davon aus, dass es weitere Morde geben wird?«

»Was tun Staatsanwaltschaft und Kripo, um das zu verhindern?«

Und und und …

»Kein Kommentar«, wiederholte Inga Jäger wie ein Leierkasten. »Bitte gedulden Sie sich bis zur offiziellen Pressekonferenz der Staatsanwaltschaft, über die Sie selbstverständlich alle rechtzeitig informiert werden. Und wenn Sie uns jetzt bitte entschuldigen – wir haben noch einige Fragen an Bürgermeister Holler.«

Sie sah, wie die Miene des Bürgermeisters erstarrte.

»Den Bürgermeister?«, fragte Max Hoffman. »Zählt er mit zum Kreis Ihrer Verdächtigen?«

»Kein Kommentar«, sagte sie noch einmal. Bürgermeister Hollers Nasenflügel blähten sich vor Zorn.

Sofort warf sich die Meute herum und auf ihn.

»Was sagen Sie zu diesen Anschuldigungen, Herr Bürgermeister?«, fragten viele wie aus einem Munde, wobei sie völlig ignorierten, dass Inga Jäger überhaupt keine Anschuldigungen ausgesprochen hatte.

»Ich habe der Staatsanwaltschaft meine volle Unterstützung zugesichert«, sagte er, und Inga Jäger konnte unschwer erkennen, wie sehr er sich zusammenreißen musste, zumindest einen Teil seiner Fassung zu bewahren. »Und die wird sie auch erhalten. Also wenn Sie mich bitte jetzt entschuldigen würden – meine Pflicht als Bürger und Diener der Bürger ruft.«

Unter weiteren Rufen der Journaille löste er sich von seinem Pult, ging hinüber zur Tür und gestikulierte barsch in Richtung Inga Jäger und Gebert, ihm ins Innere des Rathauses zu folgen. Doch ehe auch sie das Gebäude erreichten, trat Max Hoffman von der Seite an Inga Jäger heran. Gebert schob sich dazwischen und baute sich schützend vor ihr auf.

»Schon gut«, sagte sie und legte besänftigend die Hand auf seinen Arm. Er schnaubte zögerlich, ließ Max Hoffman dann aber durch.

»Ich musste nach dem Selbstmordversuch fragen, Inga«, sagte der Journalist.

Musstest du das wirklich?, wollte sie kontern, überlegte es sich dann aber anders. »Das ist dein Job, Max.«

»Dann verstehst du?«

Sie nickte. »Ich kann nicht erwarten, dass du meinen respektierst, wenn ich deinen nicht respektiere.« Sie hätte gerne gelächelt, um ihm zu zeigen, wie ernst sie es meinte, aber es gelang ihr nicht. Die beiden Dinge waren einfach zu verschieden: Sie hatte ihn vom Partyschiff aus nicht mit zum ersten Tatort genommen, weil das gegen die Dienstvorschriften und die Moral verstoßen hätte – er hatte bei der Konferenz eine Frage gestellt, die er ohne Weiteres gut hätte weglassen können und die ihrem Ruf und ihrem Ansehen schadete. Sie verstand, dass das Teil seines Jobs war, und wusste, dass er solche Schlagzeilen brauchte, um von diesem Job leben zu können. Aber sie wusste im Moment nicht mehr, ob sie mit jemandem befreundet sein konnte oder wollte, der einen solchen Job auf diese Weise ausübte.

Er schien ihr vom Gesicht abzulesen, was sie dachte. »Ich kann den Teil auch weglassen«, sagte er leise.

Zu spät, dachte sie. Nicht nur für ihre Gefühle kam dieses Angebot zu spät, sondern auch für die Realität. Er hatte die anderen Kollegen darauf aufmerksam gemacht. Selbst wenn er es jetzt nicht mehr veröffentlichte, irgendjemand würde es drucken oder senden. Und auch wenn das für sie als Ermittlerin in diesem Fall von Vorteil war, weil so die Täter sich in relativer Sicherheit wiegten, dass man ihnen noch nicht auf die Schliche gekommen war, war es doch für sie als Mensch ein harter Schlag. »Nein, ist in Ordnung«, sagte sie. »Du musst tun, was du tun musst.«

»Aber zwischen uns …«, wollte er beginnen.

»Es tut mir leid, Max«, unterbrach sie ihn. »Ich muss weiter.«

»Dann vielleicht offiziell noch eine kurze Stellungnahme, um die Vorwürfe zu mildern?«

»Kein Kommentar«, sagte sie, drehte sich um und ging ins Rathaus.

»Inga«, rief Max ihr hinterher.

»Sie haben gehört, was Oberstaatsanwältin Jäger gesagt hat«, hörte sie Gebert hinter sich knurren, dann hatte sie das Innere des Gebäudes betreten. Am Ende des Gangs wartete Bürgermeister Holler vor seinem Büro. Seine Blicke sprachen Bände. Neben ihm stand der Stellvertretende Amtsleiter Gisbert Spreitzer. Wie beim ersten Treffen hätte sie die beiden Gespräche lieber einzeln geführt, aber solange sie noch keine wirklich greifbaren Verdachtsmomente hatte, um einen von ihnen eines Verbrechens zu beschuldigen, durfte sie keine echte Vernehmung durchführen. Sie konnte froh sein, wenn sie sich überhaupt dazu bereit erklärten, ihre Fragen zu beantworten. Sie wartete, bis Gebert den Nebeneingang geschlossen hatte, und ging dann mit ihm zusammen in das Büro.

»Das wird ein Nachspiel haben, Frau Jäger«, donnerte Bürgermeister Holler, nachdem er sich in die Schutzzone hinter seinem Schreibtisch zurückgezogen hatte.

»Wieso?«, fragte sie. »Ich habe lediglich gesagt, dass ich Ihnen noch ein paar Fragen stellen möchte. Und das entspricht den Tatsachen – anders als die Unterstellung, ich sei verantwortlich für den Selbstmordversuch von Lisa Bickelmeyer. Die könnte man nämlich durchaus als Rufmord oder Verleumdung verstehen und strafrechtlich ahnden. Aber statt völlig unnötigerweise ein Fass aufzumachen und um die Morde aufzuklären, schlage ich vor, wir konzentrieren uns besser auf den vorliegenden Fall.«

Sie sah am Mahlen seiner Kiefer, dass er damit kämpfte, etwas zu erwidern. Sie wollte nicht abwarten, wie dieser Kampf ausging, und fragte: »Worum ging es gestern in der vertraulichen Amtsleitersitzung und dem darauffolgenden Streit zwischen Melchior Gietz und Ingo Falk?«

»Die beiden hatten sich ständig in den Haaren«, antwortete Bürgermeister Holler. »Meistens war es irgendetwas Privates. Ich habe keine Ahnung, worum es gestern ging. Ich bin nicht der Babysitter meiner Mitarbeiter.«

»Das nicht«, gestand Inga Jäger ihm zu, »aber Sie sind ihr oberster Dienstherr hier in der Stadtverwaltung. Also sollten Sie zumindest darüber informiert sein, worum es in der Sitzung ging und welchen Grund Melchior Gietz gehabt haben könnte, Ingo Falk vor Zeugen mit der Kündigung zu drohen.«

Er verschränkte die Finger ineinander, lehnte sich in seinem Schreibtischsessel zurück und zuckte mit den Schultern. »Herr Gietz hatte für heute Vormittag einen Termin mit mir vereinbart, um über die Neuregelung der Betriebshofleitung zu sprechen. Aber zu diesem Termin ist es jetzt natürlich nicht mehr gekommen. Ich wünschte, ich könnte Ihnen da weiterhelfen.«

Sie sah ihn lange an, um ein Gefühl dafür zu bekommen, ob er das ernst meinte. Dann schaute sie zu Gisbert Spreitzer, der wieder etwas abseits Platz genommen hatte.

»Ich weiß davon leider auch nichts«, sagte der, ehe sie ihn fragen konnte. »Herr Gietz war nie sehr großzügig mit seinen Informationen. Er hat lieber mit verdeckten Karten gespielt und immer nur in eigenem Interesse.«

Da schien er hier ja in bester Gesellschaft, dachte Inga Jäger.

»Also«, sagte Bürgermeister Holler, »wenn Sie keine weiteren Fragen haben, würde ich jetzt gerne wieder zum Tagesgeschäft übergehen.«

»Zum Tagesgeschäft?«, fragte Gebert fassungslos. »Man hat zwei Ihrer langjährigen Kollegen ermordet …«

»Und Sie werden dafür bezahlt, die Taten aufzuklären«, schnitt Bürgermeister Holler ihm das Wort herrisch ab.

»Also tun Sie Ihren Job, und ich tue meinen. Guten Tag.« Damit erhob er sich von seinem Sessel und deutete zur Tür.

Gebert erhob sich ebenfalls und holte tief Luft, um etwas zu erwidern.

»Den wünsche ich Ihnen auch, Herr Bürgermeister«, sagte Inga Jäger daher schnell und stand ebenfalls auf. Sie hielt es für klüger, jetzt erst einmal zu gehen, um weitere Fakten und Hinweise zusammenzutragen. Wenn der Bürgermeister seine Hände bei den Verbrechen im Spiel hatte, kamen sie nur mit hieb- und stichfesten Beweisen an ihn heran – und wenn er nichts damit zu tun hatte, war es völlig unnötig, sich ihn noch mehr zum Feind zu machen.

25

A66 Eltville – Wiesbaden

Auf der Fahrt zurück nach Wiesbaden regnete es Bindfäden, und der nasse Straßenbelag schluckte das ohnehin schon schwache Licht der Scheinwerfer.

»Glauben Sie, es wird noch einen Mord geben?«, fragte Gebert hinterm Steuer, ohne seinen Blick von der Autobahn zu wenden.

»Schwer zu sagen«, erwiderte Inga Jäger. »Zumal wir das Motiv der bisherigen nicht kennen.«

»Von Lisa Bickelmeyer gibt es auch noch nichts Neues«, sagte er. »Die Otto hat mit Professor Götz telefoniert. Ihr Zustand ist unverändert.«

»Der Professor tut, was er kann.«

»Erstaunlich wenn man bedenkt, dass wir ihn beinahe ruiniert hätten.« Gebert spielte auf ihren ersten gemeinsamen Fall an.

»Götz ist ein Profi«, erwiderte sie. »Er weiß, dass wir keine andere Wahl hatten.«

»Max Hoffman ist ebenfalls Profi«, hielt Gebert dagegen – in Erinnerung an die Ereignisse vor dem Rathaus.

»Aber er hatte eine andere Wahl«, hielt Inga Jäger dagegen.

»Sie sind sauer auf ihn.«

»Natürlich bin ich das«, gab sie zu.

»Das heißt, Sie mögen ihn noch.«

»Nein, ich wäre auch so sauer auf ihn.«

»Das heißt, Sie mögen ihn nicht mehr?«

Sie stieß einen unwilligen Laut aus. »Das ist im Moment irrelevant. Wir haben einen Fall zu lösen. Bis auf Tanya hat alles Private hintanzustehen. Seien Sie bloß froh, dass Sie niemanden daten.«

Jetzt stieß er einen unwilligen Laut aus, und ihr wurde klar, was sie gerade gesagt hatte.

»Oh, das tut mir leid«, schob sie schnell nach. »So habe ich das nicht gemeint.«

Er knurrte in sich hinein. »Sie haben ja recht. Es ist der Job. Seit meine Frau tot ist, hab ich auf dem Gebiet nichts mehr auch nur halbwegs Anständiges auf die Reihe gekriegt.«

»Ja, entweder hat man zu wenig Zeit füreinander, oder dem Partner fehlt das Verständnis für das, was man tut und tun muss.«

Er seufzte. »Oder Frau hat Angst, dass Mann eines Tages nicht mehr von der Arbeit nach Hause kommt.«

Sie stutzte. Spielte er auf sie an? Sie entschied, nicht darauf einzugehen, denn sie hatte, anders als er andeutete, keine Angst – sie hatte sich vielmehr entschieden, nicht mehr in Angst leben zu wollen; das war etwas völlig anderes. »Oder der Mann der Stunde ist Journalist, und die Interessen sind nicht nur grundverschieden, sondern entgegengesetzte und kollidieren im Alltag dann auch noch.«

»Ach ja«, sagte Gebert. »Die drei großen ›i‹ …«

»Drei große ›i‹?«

»Irgendwas ist immer.«

»Das klingt reichlich pessimistisch.«

»Eher realistisch«, konterte er. »Nicht alles im Leben kann mit einem Kompromiss gelöst werden.«

»Wie haben Sie das damals gemacht, als …?«

»Als meine Frau noch am Leben war?«

»Ja.«

»Das waren andere Zeiten, Jägerin. Wir wussten noch nichts von einer Life-Work-Balance. Wir haben unsere Jobs gemacht und einander geliebt. Der Job war, anders als heute, nicht der Feind des Privatlebens.«

»Sondern?«

»Er war ein Mittel zum Zweck – um einander zu versorgen, einander zu ernähren, um ein Zuhause zu schaffen. Wir gingen arbeiten, um nicht auf der Straße zu sitzen und von der Hand in den Mund zu leben. Heute ist das anders, mit all diesen sozialen Absicherungen, die dir die Miete bezahlen, das Essen, die Kleidung und sogar Fernseher und Waschmaschine.«

»Sie reden ja, als wären Sie steinalt. Diese Absicherungen gab es auch schon zu Ihrer Zeit.«

»Ja, aber wir waren zu stolz, sie in Anspruch zu nehmen. Und warum auch, wenn es doch Arbeit gab? Heute denkt jeder, er hat einen Anspruch auf seinen Traumjob, ohne irgendetwas dafür tun zu müssen. Und wenn es den Job nicht gibt, bleibt man lieber zu Hause und lässt sich vom Staat finanzieren.«

»Das können Sie so pauschal nicht sagen«, meinte sie.

»Ich weiß«, gab er zu. »Und ich meine es ja auch gar nicht so pauschal. Ich wollte nur erklären, warum wir den Luxus der permanenten Unzufriedenheit einfach nicht hatten. Wir hatten keine Zeit dazu.«

»Und Ihre Frau? Hatte sie nie Angst um Sie?«

»Wenn meine Frau sich Sorgen gemacht hat, dass ich vielleicht einmal nicht mehr von der Arbeit nach Hause komme, hat sie das mit sich selbst abgemacht. Wir waren da härter. Oder auch fatalistischer.«

»Fatalistischer?«

»Na ja, wir wussten eben, dass man nicht alles steuern, kontrollieren, sortieren oder verhindern kann. Das Leben ist dazu viel zu chaotisch und mächtig … oder auch, wie im Falle meiner Frau, der Tod.«

Sie legte ihre Hand auf seinen Arm – eine Geste des Trostes. Dabei fiel ihr auf, dass sie das oft tat: Die Hand auf seinen Arm zu legen – um ihn zu beschwichtigen, auszubremsen oder aber, wie gerade eben, zu trösten. Sie fragte sich, ob es außer ihrem Mann, ihrer Oma Thea und Tanya jemals einen anderen Menschen gegeben hatte, mit dem sie so vertraut umgegangen war. Sie erinnerte sich an keinen. Aber noch bemerkenswerter war, dass er darauf immer auch genau so reagierte: beschwichtigt, gebremst, getröstet. So, wie sie sich auch in vielen anderen Momenten wortlos verstanden.

Vielleicht war ihr Schwur, nie wieder etwas mit einem Kollegen anzufangen, ein dummer, wenn er sie davon abhielt, mit jemandem zusammen zu sein, der sie so sehr respektierte, verstand und schätzte wie Gebert ... der ihr so loyal und beschützend zur Seite stand wie er ... der zudem Tanya ins Herz geschlossen hatte und von ihr vergöttert wurde ... und dem sie offenbar so viel bedeutete, dass er als eigentlich kalter und harter Kerl sich ihr gegenüber öffnete und ihr seine verletzliche Seite zeigte und seine Gedanken mit ihr teilte.

Sie merkte, dass ihre Hand noch immer auf seinem Arm lag, und es erschreckte sie nicht. Auch er verhielt sich, als sei dies das Normalste der Welt. War das vielleicht schon die Antwort? Waren er und sie das Normalste der Welt?

Inga Jäger überlegte gerade, ob sie den Mut aufbringen sollte, Gebert zu fragen, wie er diesbezüglich dachte, aber vor allem fühlte, als sein Telefon klingelte. Um den Anruf anzunehmen, musste er den Arm bewegen, und sie nahm ihre Hand weg.

»Hallo, Rübezahl«, drang die Stimme Elli Falkensteins aus dem Lautsprecher der Freisprecheinrichtung.

»Was gibt's, Rumpelstilzchen?«

Elli Falkenstein kicherte – wie immer, wenn er sie so nannte. Dann aber wurde sie wieder ernst. »Ist unsere werte Staatsanwältin bei dir?«

»Ja. Sitzt neben mir.«

»Sehr schön. Dann macht euch mal ganz schnell auf den Weg zu mir. Es ist dringend.«

26

Forensisches Institut Wiesbaden. Spurensicherung

Aufgeregt wie ein Huhn lief Elli Falkenstein in ihrem Labor auf und ab, als Inga Jäger und Kommissar Gebert eintrafen. Sie hatte die Hände hinter dem Rücken verschränkt, den Kopf gesenkt und murmelte immer wieder: »Das gibt es nur im Film. Das gibt es nur im Film. Das …«

Inga Jäger musste sich ihr förmlich in den Weg stellen, um sie darauf aufmerksam zu machen, dass sie jetzt da waren.

»Was gibt es nur im Film, Elli?«, fragte sie die kleine Kriminaltechnikerin.

»Da-da-das da«, stotterte Elli und zeigte auf einen ihrer vielen Computermonitore.

Inga Jäger ging hinüber und schaute es sich an. Die Tabellen und Felder sagten ihr nichts. Alles, was ihr ins Auge stach, war ein rot blinkendes Icon im unteren Drittel des Bildschirms: VERSCHLUSSSACHE!

»Was ist das?«, fragte sie daher.

»Was das ist?«, gab Elli Falkenstein aufgebracht zurück. »Das ist unmöglich. Das ist es, was es ist. Unmöglich.«

»Elli«, sagte Gebert eindringlich. »Klär uns auf.«

»Ich wollte, ich könnte …«

»Komm, beruhig dich und erkläre uns, worum es hier geht.«

Sie schnaubte – und atmete dann tief ein. »Es geht um die DNS, die Dr. Busch an den Knöcheln und unter den Fingernägeln der Leiche von Ingo Falk gefunden hat. Ich habe sie durch die Datenbank gejagt, und es gibt tatsächlich eine Übereinstimmung.« Sie deutete noch einmal auf den Monitor.

»Wir haben den Täter in der Datenbank?«, fragte Gebert hörbar begeistert und trat nun ebenfalls an den Bildschirm. Als er das blinkende Icon sah, verschwand die Freude aus seinem Gesicht sofort wieder.

»Zumindest einen der Täter«, sagte die Forensikerin. »Aber ich komme nicht an seine Daten.«

Inga Jäger schüttelte den Kopf. Das hatte sie in der Form auch noch nicht erlebt. »Hast du es mal mit Hacken probiert?«

Elli schaute sie vorwurfsvoll an. »Natürlich«, sagte sie dann. »Aber keine Chance. Das Ding ist dichter als ein Matrose bei Landgang.«

Was zur Hölle geht hier vor sich?, fragte sich Inga Jäger. Sie holte ihr Smartphone hervor und aktivierte die Kurzwahl zu Peiß.

»Hallo, Herr Peiß«, sagte sie, als er das Gespräch entgegennahm.

»Das wurde aber auch höchste Zeit«, vernahm sie seine elektronisch verzerrte Stimme. »Wissen Sie, wie oft ich versucht habe, Sie zu erreichen?«

»Was immer es ist, weswegen Sie das versucht haben, es muss warten«, erwiderte sie knapp.

»Da gibt's nichts mehr, das warten muss«, schnarrte er ungehalten. »Ich wollte mit Ihnen die Pressekonferenz abstimmen. Aber da in der Zwischenzeit ja Holler eine gegeben hat, wäre unsere eigene für die Katz, es sei denn, es gäbe weitere Erkenntnisse in Ihren Ermittlungen – wozu ich Ihnen sehr raten würde. Denn Ihr Stuhl wackelt bereits ganz beachtlich. Also? Gibt es neue Erkenntnisse?«

»Ja«, sagte sie. »Aber noch nichts Spruchreifes. Außer, dass ich das Gefühl habe, dass der Bürgermeister vielleicht einen guten Grund hat, unsere Ermittlungen zu torpedieren.«

»Gefühl? Vielleicht?«, fragte er zynisch. »Damit kann ich nichts anfangen. Sie sind lediglich sauer auf ihn und wollen ihm eins auswischen. Aber damit schaufeln Sie sich nur das eigene Grab, Frau Jäger. Das versichere ich Ihnen.«

»Wir werden sehen«, konterte sie. »Für den Moment brauche ich eine Datenfreigabe.«

»Wofür?«

Sie erklärte es ihm.

»Und Sie fühlten sich nicht bemüßigt, mich darüber zu informieren, dass wir nicht nur die DNS des Täters haben, sondern Sie auch noch der Meinung sind, dass es sich gleich um mehrere Täter handelt?«

»Wir können damit nicht an die Presse gehen, Herr Peiß«, sagte sie, weil sie wusste, was er gerade dachte. »Damit würden wir jeden Vorteil verspielen, und die Täter würden augenblicklich untertauchen. Auf Nimmerwiedersehen. Wenn es wirklich Profis sind – und davon gehen wir mehr und mehr aus –, müssen wir sie in Sicherheit wiegen, wenn wir überhaupt eine Chance haben wollen.«

»Hm«, murrte er. »Also gut. Geben Sie mir das Aktenzeichen. Ich werde mich mit dem Landesjustizministerium in Verbindung setzen.«

Sie gab ihm die Daten und beendete das Gespräch. Die nächsten zehn Minuten zogen sich wie Kaugummi. Inga

Jäger und Gebert saßen am Tisch und schwiegen, während Elli Falkenstein wieder auf und ab zu laufen begonnen hatte und dabei vor sich hin brabbelte. Dann endlich klingelte das Telefon. Es war Peiß.

»Die Daten müssten jetzt frei sein«, sagte er. »Ich erwarte Ihre sofortige Rückmeldung.« Er legte auf, ehe Inga Jäger etwas darauf sagen konnte.

Elli Falkenstein schaute sie neugierig an, und Inga nickte. Die kleine Forensikerin huschte zu dem Computer hinüber und hackte mit ihren kurzen Fingern auf die Tastatur ein.

»Tataa!«, machte sie dann und winkte die anderen beiden zu sich. »Ist offen.«

Doch kaum hatten Inga Jäger und Gebert sich erhoben, um zu ihr hinüberzugehen, stieß Elli Falkenstein einen Fluch aus. »Was zur Hölle?!«

»Was ist, Elli?«

»Das hier kann nicht sein«, sagte sie. »Irgendwas stimmt hier nicht. Ganz und gar nicht.«

Inga Jäger konnte hören, wie Elli Falkensteins Atem zu rasen begonnen hatte. Sie kannte die Autistin mit dem genialen Hirn inzwischen gut genug, um zu wissen, dass sie kurz davor war zu hyperventilieren.

»Beruhige dich, Elli«, sagte sie daher so sanft, wie sie in der eigenen Aufregung nur konnte. Sie nahm die Hände der kleinen Frau in ihre eigenen und drückte sie behutsam. »Schau mich an.«

Elli Falkensteins Kiefer hatten zu krampfen begonnen, und ihr ohnehin unsteter Blick zuckte hin und her.

»Schau mich an«, sagte Inga Jäger noch einmal leise, und allmählich fokussierten Elli Falkensteins Pupillen immer öfter die Augen Inga Jägers.

»Das kann nicht sein, das kann nicht sein, das kann nicht sein«, murmelte sie vor sich hin.

Gebert brachte ein Glas Wasser und reichte es Inga Jäger. Sie nahm es und hielt es der Kriminaltechnikerin hin. »Hier trink. Große Schlucke.«

Elli Falkensteins Hände zitterten, als sie das Glas nahm, aber je mehr sie von dem Wasser trank, umso ruhiger wurde sie. Schließlich atmete sie lange und tief aus und schloss für einen Moment die Augen. »Entschuldigt bitte«, sagte sie leise.

»Schon in Ordnung«, sagte Inga Jäger. »Was ist passiert?«

»Siehst du das nicht?«, fragte die Technikerin irritiert.

»Nein, Elli«, sagte Gebert. »Wir können die Dinge, die du siehst, nicht sehen. Deswegen haben wir dich ja. Zeig es uns.«

Sie seufzte. »Hier«, begann sie und deutete auf ein Feld auf dem Bildschirm.

»Das Aktenzeichen, das ich Peiß durchgegeben habe«, erkannte Inga Jäger.

»Korrekt«, sagte Elli Falkenstein. »Dann hier.« Sie zeigte auf ein anderes Feld.

»Was?!«, stieß Inga Jäger verwundert aus.

»Was denn?«, fragte Gebert ungeduldig. »Ich kann euch nicht folgen.«

»Das hier ist das Sterbedatum«, sagte Inga Jäger.

»Sie meinen, unser Täter ist tot?«

»Seit über fünf Jahren«, sagte Inga Jäger und suchte nach dem Namensfeld. »Volker Märten.« Ihr Blick wanderte über die Einträge seiner Verurteilungen. »Gestartet als Kleinganove – Handtaschendiebstähle, später dann Einbrüche. Bei einem waren die Bewohner unerwartet zu

Hause, und es kam zu einem Kampf mit Todesfolge. Märten wurde zu fünfzehn Jahren verurteilt. Er wurde im Gefängnis bei einer Messerstecherei getötet. Wie gesagt – vor fünf Jahren.«

»Wir müssen das überprüfen«, sagte Gebert. »Er wäre nicht der erste Gauner, der seinen Tod vortäuscht, um dann mit neuer Identität weiterzumachen.«

Er holte sein Telefon hervor, aber Elli Falkenstein schüttelte den Kopf. »Die Mühe kannst du dir sparen. Der Typ ist ziemlich sicher wirklich tot.«

»Unsinn«, sagte Gebert. »Dr. Busch hat doch seine DNS an Ingo Falks Hand gefunden.«

Auch Inga Jäger schaute Elli Falkenstein fragend an.

»Das ist es doch, was nicht stimmt«, sagte die kleinwüchsige Autistin, und Inga Jäger konnte sehen, dass ihre Kiefer bereits wieder zu mahlen begonnen hatten.

»Nicht aufregen, Elli«, sagte sie sachte. »Erklär uns einfach, was wir übersehen.«

»Na, die DNS«, sagte sie. »Es ist das gleiche Aktenzeichen wie das der VERSCHLUSSSACHE ... aber nicht die gleiche DNS.«

»Ich verstehe nicht«, wandte Gebert ein.

Elli Falkenstein zeigte auf einen zweiten Monitor. Dort war eine DNS-Signatur abgebildet. »Das ist die Signatur des Täters, mit dem Falk gekämpft hat.« Dann deutete sie auf die frisch freigegebene Datei. »Und das ist die Signatur von Volker Märten.«

Gebert kniff die Augen zusammen. »Die sind identisch«, sagte er dann.

»Nein«, sagte Elli Falkenstein. »Sind sie nicht. Schau genau hin.«

Auch Inga Jäger brauchte einige Sekunden, bis sie die feinen Unterschiede sah. Es war wie bei einem Bilderrätsel: »Entdecken Sie die zehn Fehler.« Die Diskrepanzen waren so unauffällig, dass es jemanden mit der außergewöhnlichen Auffassungsgabe der Asperger-Autistin bedurfte, sie auf Anhieb zu erkennen.

»Dann hat der Computer die durcheinandergebracht?«, fragte Gebert.

Inga Jäger konnte aus seiner Stimme heraushören, wie sehr er es hasste, sich dumm zu fühlen.

»Nein«, sagte Elli Falkenstein. »Computer tun so etwas nicht. Das ist schlicht und ergreifend die falsche Datei.«

»Aber das Aktenzeichen stimmt doch«, wandte Inga Jäger ein.

»Das schon«, antwortete Elli Falkenstein. »Das kann allerdings auch ein simpler Nummerierungsfehler sein. Das passierte früher, als man die noch per Hand einfügte, hin und wieder, dass das gleiche Aktenzeichen doppelt oder sogar mehrfach verwendet wurde. Ich muss den Suchlauf noch mal starten.«

Das Prozedere dauerte nur wenige Sekunden – und das Ergebnis war so schockierend wie das vorherige. Deshalb ließ die Technikerin die Suche dreimal hintereinander laufen.

»Nichts«, sagte sie schließlich.

»Was meinst du mit ›nichts‹?«, fragte Gebert ungeduldig.

»Siehst du doch«, erwiderte sie aufgeregt und zeigte wieder auf den Monitor. »Jetzt gibt es *null* Übereinstimmungen. Die DNS, die Dr. Busch sichergestellt hat, ist nicht im System. Also nicht mehr. Weil, eben war sie es noch. Zumindest bis zur Freigabe.«

»Du meinst, irgendjemand hat sie gelöscht?«, fragte Inga Jäger, nur um sicherzugehen.

»Sieht ganz so aus«, antwortete Elli Falkenstein.

Gebert sog die Luft zwischen den Zähnen hindurch ein. »Du meinst: jemand im Landesjustizministerium?«

Elli Falkenstein schüttelte den Kopf. »Der zeitliche Ablauf, dass sie ausgerechnet jetzt verschwindet, lässt zwar im ersten Moment darauf schließen, aber tatsächlich gibt es unzählige Stellen, die eine Löschung der Datei vornehmen können, wenn sie erst einmal freigegeben ist.«

»Zweifelhaft«, sagte Gebert. »Der Zufall ist zu groß. Wie sollte es jemand schaffen, die Datei in der kurzen Zeit zu löschen, wenn er nicht wusste, wann sie freigegeben wird?«

»Nichts leichter als das«, sagte Elli Falkenstein. »Wenn ich sie zum Beispiel hätte verschwinden lassen wollen, hätte ich ein Programm geschrieben, das sie permanent abruft – auch über Monate hinweg – und sie in der Millisekunde löscht, in der sie freigegeben wird.«

»Dann wäre sie gelöscht gewesen, ehe wir überhaupt wussten, dass sie jetzt wieder frei ist?«, fragte Inga Jäger.

»Absolut«, sagte Elli Falkenstein. »Kinderspiel. Besonders, wenn wir es mit Profis zu tun haben, wovon wir ja ausgehen müssen.«

Inga Jäger zog ihr Telefon heraus.

»Wen wollen Sie anrufen?«, fragte Gebert.

»Dr. Knettenbrech«, antwortete sie. »Nur um auszuschließen, dass es nicht doch vielleicht im Landesjustizministerium geschehen ist.«

Doch ehe sie die Nummer des Justizministers wählen konnte, zwitscherte ihr Smartphone. Eine SMS. Die Nummer, von der sie gesendet worden war, war ihr unbekannt. Sie öffnete die Nachricht.

STOPPEN SIE DIE ERMITTLUNGEN, WENN IHNEN IHRE KARRIERE ETWAS BEDEUTET. EIN FREUND

Inga Jäger stieß einen Pfiff aus und zeigte Gebert die Mitteilung. Dessen Augen weiteten sich erstaunt, und er reichte das Smartphone an Elli Falkenstein weiter. »Kannst du herausfinden, wem die Nummer gehört?«

»Ich kann es versuchen«, antwortete sie und setzte sich an einen ihrer Rechner.

»Scheiße«, sagte Gebert. »Hier ist etwas viel, viel Größeres am Laufen, Jägerin.«

Ja. Aber was?, fragte sie sich selbst.

»Fehlanzeige«, meldete sich Elli Falkenstein zu Wort. »Prepaidkarte. Kein Name, keine Adresse.«

»Kannst du geografisch zurückverfolgen, von wo die SMS geschickt wurde?«, fragte Inga Jäger.

»Leider sind wir hier nicht bei *NCIS* oder *Criminal Minds*«, antwortete Elli Falkenstein. »Auf solche Daten habe ich keinen Zugriff. Die könnte ich nicht einmal hacken. Wir könnten uns einen richterlichen Beschluss besorgen, aber selbst dann würde es Wochen dauern, die Daten auszuwerten. Das funktioniert nicht so leicht, wie es im Fernsehen aussieht.«

»Dann zurück zum Bürgermeister«, sagte Inga Jäger. Sie konnte sich niemanden anderes vorstellen, der dahintersteckte. »Aber diesmal ohne Samthandschuhe.«

Wenn er Krieg wollte, konnte er ihn gerne haben.

27

Eltville am Rhein. Josef-Hölzer-Straße

Die Jugendstilvillen reihten sich wie an einer Perlenkette am Rheinufer entlang auf. Es war nicht schwer, sich hier in eine andere, eine romantischere Zeit zurückversetzt zu fühlen, nur dass auf dem breiten, in der Dämmerung grau schimmernden Fluss heute keine Dampfkähne unterwegs waren, sondern schwere Frachter und Schubschiffe.

Inga Jäger und Kommissar Gebert hatten Bürgermeister Holler nicht mehr im Büro angetroffen und waren zu seiner Privatadresse gefahren. Sie parkten den Wagen an der dicht mit Efeu bewachsenen Bruchsteinmauer und betraten das Grundstück durch das offen stehende Gittertor. Inga Jägers schnelle Schritte knirschten lauter im Kies als die Geberts. Sie war geladen. Seit Beginn dieses Falles hatte sie so einiges einstecken müssen, aber damit war jetzt Schluss. Auf Drohungen reagierte sie nun einmal allergisch, und sie hatte das sichere Gefühl, dass der Bürgermeister hinter der SMS an sie steckte.

Sie trat an die kunstvoll geschnitzte Tür der Villa und betätigte die alte Messingklingel gleich mehrmals hintereinander.

»Ja, ist ja schon gut«, erklang die Stimme des Bürgermeisters von drinnen. »Immer mit der Ruhe.«

Das veranlasste Inga Jäger, gleich noch einmal zu klingeln, und als Resultat wurde die Tür förmlich aufgerissen.

»Was …?«, begann Bürgermeister Holler, aber es verschlug ihm die Sprache, als er sah, wer geklingelt hatte. »Was wollen Sie hier?!«

»Wir haben noch ein paar Fragen«, sagte Inga Jäger und schritt beherzt nach vorn, ehe er die Tür vor ihrer Nase zuschlagen konnte. »Danke, dass wir hereinkommen dürfen.«

»Was? Ich verbitte mir …«

Doch da war Inga Jäger schon an ihm vorbei in den Hausflur getreten – und sah dort Koffer stehen. Zwei große, ein kleiner, ein Kleidersack und zwei Aktentaschen.

»Sie packen?«, fragte sie ihn erstaunt. »Wo soll es denn so kurzfristig hingehen, Herr Bürgermeister?«

»Verlassen Sie auf der Stelle mein Haus«, sagte er und hielt ihr die Tür auf.

»Das sieht nach einer größeren Reise aus«, sagte sie und ignorierte seine Aufforderung. »Sie wollen während einer laufenden Ermittlung das Land verlassen?«

»Das ist meine Sache«, sagte er. »Sie besitzen keinerlei Befugnis, mich daran zu hindern. Es sei denn, Sie hätten einen Grund, mich zu verhaften, und den haben Sie nicht.«

»Ihnen ist klar, dass Sie sich damit verdächtig machen«, sagte sie und betrachtete sein Gesicht eingehend. Seine Augen bewegten sich auffällig ruckartig, und er vermied direkten Blickkontakt.

»Worum ging es in der vertraulichen Amtsleitersitzung?«, fragte sie, ehe er etwas sagen konnte.

»Gehen Sie, oder ich erstatte Anzeige wegen Hausfriedensbruchs«, erwiderte er.

»Reden Sie endlich, Mann!«

Er zog sein Smartphone hervor.

»Kommen Sie, Jägerin«, sagte Gebert von der Türschwelle aus. »Das ist es nicht wert.«

Sie wusste, dass Gebert recht hatte, aber es fiel ihr schwer, das auch zu akzeptieren. Sie hatte unbesonnen gehandelt, indem sie das Haus betreten hatte, und musste jetzt klein beigeben, um die Sache nicht noch schlimmer zu machen. Sie ließ zu, dass Gebert sie am Arm fasste und nach draußen bugsierte. Bürgermeister Holler zögerte keine Sekunde und warf die Tür ins Schloss.

»Kommen Sie«, sagte Gebert noch einmal, aber jetzt riss sie sich los.

»Wir können das nicht zulassen«, sagte sie aufgebracht. »Ihm steht doch auf die Stirn geschrieben, dass er irgendetwas mit den Morden zu tun hat oder zumindest weiß, was oder vielleicht sogar wer hinter ihnen steckt.«

»Aber solange wir nichts Greifbares gegen ihn haben, sind uns die Hände gebunden«, sagte Gebert und machte sich daran, zum Wagen zu gehen.

»Wir können nicht warten, bis wir etwas Handfestes haben«, sagte sie. »Er ist dabei abzuhauen. Wer weiß, vielleicht sogar auf Nimmerwiedersehen.«

»Um ihn hierzubehalten, müssten wir ihn verhaften, und das können wir nicht.«

»Oh, wir können schon«, widersprach sie. »Wie ich schon sagte: Allein die Tatsache, dass er fliehen will, macht ihn verdächtig.«

»Was, wenn er sich nur für ein paar Tage aus der Schusslinie bringen will?«, fragte Gebert. »Wenn er gar keinen Dreck am Stecken hat und nur ein Politikerweichei ist? Dann verhaften Sie ihn jetzt und sind gleich darauf Ihren Job wirklich los.«

»Aber was, wenn er tatsächlich der Auftraggeber und Drahtzieher hinter allem ist und uns jetzt gerade durch die Lappen geht?« Sie atmete tief aus und ein, um einen klaren Kopf zu kriegen, um unterscheiden zu können, ob sie jetzt rational argumentierte oder trotzköpfig.

»Sie haben nicht mehr in der Hand als Ihr Bauchgefühl«, sagte er.

»Ich weiß«, gab sie zu und wusste nicht weiter.

Gebert sah sie lange an. »Es ist ein starkes Bauchgefühl, oder?«

Sie nickte. »Ziemlich stark.«

Er schloss die Augen und stieß einen Seufzer aus. »Fuck.« Nach einem weiteren, ewig langen Moment sagte er: »Also gut. Dann los.«

»Ich kann Sie da nicht mit reinziehen«, sagte sie. Sie durfte nicht zulassen, dass er aus reiner Loyalität zu ihr seine Karriere gleich mit aufs Spiel setzte. »Ich warte, bis Sie weg sind, und nehme die Verhaftung dann alleine vor.«

»Ich lasse Sie nicht allein, Jägerin«, sagte er. »So gut kennen Sie mich inzwischen. Wenn Sie das unbedingt durchziehen wollen, bin ich dabei. An Ihrer Seite. So, wie es sein soll. Und was haben wir schon zu verlieren … außer unseren Jobs und unserer Pension.« Er lachte auf, und sein Lachen steckte sie an.

»Na dann«, sagte sie und drehte sich wieder zur Villa um. Doch noch ehe sie losgehen konnte, klingelte ihr Telefon. Sie kannte die Nummer. Zumindest einen Teil davon – wenn auch nicht die Durchwahl.

»Das Landesjustizministerium«, sagte sie zu Gebert.

»Autsch«, sagte Gebert. »Da hat wohl jemand Beschwerde gegen Sie eingereicht. Besser, Sie gehen dran.«

Sie nickte und nahm das Gespräch entgegen. »Hier Oberstaatsanwältin Inga Jäger.«

»Guten Abend, Frau Jäger«, ertönte eine Stimme, die ihr vertraut vorkam. Aber es war nicht die, mit der sie gerechnet hatte. Es war nicht Dr. Knettenbrech. »Hier spricht Ronnie Wahner, Sekretär des Staatsministers im Landesjustizministerium. Entspricht es den Tatsachen, dass Sie soeben die Privatwohnung von Bürgermeister Thilo Holler unbefugt betreten und trotz mehrmaliger Aufforderung nicht verlassen haben?«

»Bürgermeister Holler macht sich durch sein Verhalten zum Hauptverdächtigen in dem Mordfall, in dem ich gerade ermittle, Herr Wahner«, sagte Inga Jäger. »Er plant, das Land zu verlassen, weswegen ich ihn jetzt wegen Gefahr im Verzug festnehmen werde.«

»Beantworten Sie bitte meine Frage, Frau Oberstaatsanwältin«, sagte Wahner kühl. »Entspricht es den Tatsachen, dass Sie soeben die Privatwohnung von Bürgermeister Thilo Holler unbefugt betreten und trotz mehrmaliger Aufforderung nicht verlassen haben?«

Es waren ganz genau die gleichen Worte, die er zuvor benutzt hatte.

»Ich habe die Wohnung betreten, ehe er es mir verbieten konnte«, sagte sie ausweichend.

»Dann hat er Sie gebeten zu gehen«, stellte der Staatssekretär fest. »Haben Sie dieser Bitte umgehend Folge geleistet?«

»Nein, nicht umgehend, aber …«

»Das ist völlig inakzeptabel, Frau Jäger«, fiel er ihr ins Wort. »Sie sind hiermit mit sofortiger Wirkung von dem Fall abgezogen. Herr Peiß ist informiert und wird unverzüglich einen Kollegen mit der weiteren Bearbeitung betrauen. Sämtliche hoheitlichen Festnahmen haben bis dahin zu unterbleiben. Richten Sie das bitte auch Kriminalhauptkommissar Gebert aus. Haben Sie das verstanden, Frau Jäger?«

»Aber Herr Staatssekretär ...«

»Haben Sie mich akustisch und inhaltlich verstanden, Frau Jäger?«, fragte er noch einmal.

»Ja, habe ich, aber ...«

»Kein Aber«, fiel er ihr wieder ins Wort. »Fahren Sie nach Hause, und ich verzichte auf eine weitere Untersuchung.«

Noch ehe sie etwas erwidern konnte, hatte er das Gespräch beendet.

Sie schleuderte ihr Smartphone in die Handtasche zurück. »Fuck.«

»Was hat der Staatssekretär gesagt?«, fragte Gebert.

»Ich bin von dem Fall abgezogen, und Ihnen untersagt er jedwede Festnahme, bis einer meiner Kollegen den Fall übernommen hat.«

»Scheiße«, sagte er. »Das zieht eine Untersuchung nach sich, nicht wahr?«

»Nicht, wenn ich jetzt brav nach Hause fahre«, sagte sie.

»Na, immerhin etwas«, sagte Gebert, und sein Gesicht hellte sich wieder ein wenig auf. »Kommen Sie.« Er machte eine einladende Geste, ihn beim Verlassen des Grundstücks zu begleiten. Sie stieß ein Schnauben aus, ging aber schließlich mit ihm. Beim Wagen angekommen, holte sie zwei Zigaretten heraus, zündete sie an und gab eine dem Kommissar. Es zerrte in ihren Eingeweiden, als sie tatenlos dabei zusehen musste, wie Bürgermeister Holler die Koffer aus seiner Villa zum Auto trug, das nicht weit von ihrem entfernt stand. Er musste dreimal gehen. Dann drehte er sich zu ihnen herum, grinste triumphierend, stieg ein und fuhr los.

Rauch

28

Inga Jägers Wohnung

Zwei Stunden später stand Inga mit Tanya und Gebert in ihrer Küche und schnitt rote Paprikaschoten in kleine Würfel. Gebert hatte darauf bestanden, sie an diesem Abend nicht alleine zu lassen, und sie hatte sein Angebot, mal wieder für sie und Tanya zu kochen, nur zu gerne angenommen. Tanya war ausgelassen wie immer, wenn Gebert hier war und den Kochlöffel schwang. Sie schnipselte gerade mit einer kleinen Schere das Grün von Frühlingszwiebeln in eine Schale.

»Schluppen heißen die Dinger in Berlin«, sagte Gebert gerade, und Tanya lachte, um ihn gleich darauf nachzuäffen.

»Schluppen.«

»Oma Thea hat immer *Schlotten* gesagt«, meinte Inga, und Tanya krähte »Schlotten!« Die Fröhlichkeit ihrer Tochter war ansteckend, und Inga war dankbar, dass sie das von ihren trüben Gedanken ablenkte. Von den Gedanken, dass ihr vielleicht der Drahtzieher der Eltville-Morde durch die Lappen gegangen war, und von denen daran, was sie am nächsten Tag wohl im Büro erwarten würde. Seit sie in Wiesbaden angefangen hatte, lauerte Peiß auf eine Gelegenheit, ihr an den Karren fahren zu können. Inga war ihm zu selbstbewusst, zu eigenwillig. Er bevorzugte Mitarbeiter, die blind gehorchten und nicht auf eigene Faust handelten. Er hatte Angst um seinen Stuhl – obwohl Inga allein schon von den Dienstjahren her überhaupt keine Bedrohung für ihn darstellte … und auch nicht, was ihre eigenen Ambitionen betraf. Sie wollte Verbrechen bekämpfen, keine Behörde verwalten. Und dennoch – obwohl Staatssekretär Wahner von einer Untersuchung abgesehen hatte, würde Peiß einen Weg finden, ihr einen Strick aus ihrer Unbesonnenheit zu drehen. Sie schaute sich in der Küche um und sinnierte, ob sie wohl schon bald wieder dazu gezwungen sein würde umzuziehen.

Der Regen wurde vom Wind hart gegen die großen Fenster der hohen Altbauwohnung geworfen, aber hier drin war es gemütlich und warm, und es roch schon jetzt appetitlich nach den Zutaten, die Gebert für seine Küchenmagie vorbereitete. Er selbst zerteilte gerade zwei frische Hähnchen in Viertel, wusch sie noch einmal und legte sie dann zum Abtropfen auf eine Schicht Küchentücher.

»Wichtig ist, dass man eine große Pfanne aus Eisen oder Stahl nimmt, die keinen Kunststoff- oder Holzgriff hat. Am allerbesten ist ein Bräter«, erklärte er in seinem beim Kochen üblichen Plauderton. »Dafür eignet sich zwar ein Gasherd besser als einer mit Ceranfeldern, aber es wird auch so gehen.«

»Ist das auch wieder ein Rezept von deiner Frau?«, fragte Tanya. »Was Italienisches?«

»Nein«, sagte Gebert mit einem Lächeln. »Heute kochen wir nach einem Rezept meiner Großmutter Baba. Sie kam aus Ungarn und hat die köstlichsten Gulaschs, Pörkelts und Paprikaschs gemacht.«

Natürlich war das für Tanya eine Steilvorlage. Sie kicherte und sagte: »Gulaschs, Pörkelts und Paprikaschs«, und versuchte, ihnen die gleiche leicht ungarische Betonung zu verleihen, mit der Gebert sie ausgesprochen hatte.

»Also zunächst schalten wir den Backofen auf zweihundert Grad«, sagte Gebert. »Dann stellen wir die Pfanne auf das größte Feld, geben reichlich Öl hinein und etwas Schweineschmalz.«

»Für den *Schmackes*«, sagte Tanya, die sich noch an das Wort von ihrem ersten gemeinsamen Kochen erinnerte.

»Richtig«, sagte Gebert. »Dann geben wir Speckwürfelchen dazu …«

»Das ist aber dann heute schon das zweite Mal, dass Sie auf Ihre Diät pfeifen«, mahnte Inga.

»Und das ist das Beste, das man an einem Tag wie diesem tun kann«, gab er sanft zurück. »Wenn die Speckwürfelchen anfangen zu kruschpeln …«

»Anfangen zu was?!«, fragte Tanya und hielt sich vor Lachen den Bauch. »Zu *kruschpeln*?«

»Na ja, knistern, brutzeln«, erklärte Gebert.

»Ach soooo.«

»Also, wenn sie anfangen zu kruschpeln, leg ich drei ganze Knoblauchzehen in das Fett und schwenke sie darin – aber ohne sie anbraten zu lassen.«

»Weil sonst wird's bitter«, wusste Tanya.

»Genau. Dann nehm ich sie wieder raus und gebe drei, vier Dutzend Kümmelkörner und etwa zwei Dutzend Senfkörner in das heiße Öl-Schmalz-Gemisch.«

Seit Gebert hin und wieder für sie kochte, hatte Inga alle möglichen Gewürze und Kräuter im Schrank, die sie selbst früher nie benutzt hatte – heute aber immer öfter.

»Dann legen wir die Hähnchenteile mit der Hautseite nach unten in die Pfanne und braten sie sorgfältig an«, fuhr Gebert fort. Das Zischen war ein wundervoll heimeliges Geräusch. »Dann etwas getrockneten Thymian dazu und anschließend die feingehackten Zwiebeln. So, jetzt müssen wir ein bisschen warten, bis die Zwiebeln schön glasig werden, und solange schwenken wir die Pfanne nur.«

»Das kann ich machen«, sagte Tanya, zog sich ihren Schemel zum Herd und übernahm die Pfanne. Sie war schwer, und sie musste zum Schwenken beide Händchen benutzen. Gebert nahm eine Flasche Spätburgunder, öffnete sie und schenkte für sich und Inga zwei Gläser voll. Inga nippte daran und schloss genussvoll die Augen.

»Das wird schon wieder«, sagte er leise. Er wusste, dass sie sich Sorgen machte.

Sie lächelte. »Und selbst wenn nicht. Danke, dass Sie für mich da sind.«

»Immer«, sagte er, und es klang schon fast ein wenig feierlich. Dann wandte er sich an Tanya. »Nimm die Grillzange, und dreh die Hähnchenteile jetzt herum.« Er ging zwei Schritte zu ihr hin, um im Notfall einschreiten zu können, doch Tanya machte das so geschickt, dass er nicht helfen musste. »Dann streuen wir jetzt die Paprikawürfel hinein.« Er reichte ihr die Schale, und sie verteilte sie in der Pfanne und schwenkte sie dann wieder. Der Duft der Paprika schwebte sofort in die Nase. Gebert schnitt die Knoblauchzehen, mit denen er vorhin das Öl aromatisiert hatte, in kleine Stücke. Dann verrührte er in einem Extra-Topf klein gehackte Schältomaten mit reichlich edelsüßem und rosenscharfem Paprika, Thymian und den Knoblauchstückchen, gab Salz hinzu und groben, schwarzen

Pfeffer und goss das Ganze dann über die Hähnchenteile in der Pfanne. Anschließend schüttete er noch zwei gute Zehntel von dem Spätburgunder hinein.

»Und jetzt kommt das Ganze zum Schmurgeln in den Backofen«, sagte er, nahm die Pfanne und stellte sie unten hinein.

»Schmurgeln, schmurgeln, schmurgeln«, sang Tanya.

»Und während es schmurgelt«, sagte Gebert, »machen wir die Csipetke.«

»Die was?« Tanya war in ihrem Element.

»Die Spätzle oder auch Knöpfle«, übersetzte Gebert. Inga bekam mehr und mehr das Gefühl, er hatte das Gericht mit Absicht ausgesucht, um Tanya und sie so oft wie möglich zum Lachen zu bringen. Auf jeden Fall funktionierte es, und Inga hätte ihn am liebsten vor Dankbarkeit geküsst.

»Dazu nehmen wir sechs Eier, ein Pfund Mehl, einen guten Teelöffel Salz und – völlig untraditionell – ein Viertelpäckchen zerlassene Butter«, listete er auf, und Tanya ließ es sich nicht nehmen, die Eier in die Schüssel zu schlagen, während er die Butter zum Schmelzen auf den Herd stellte und einen großen Topf mit Salzwasser. Inga gab Portion für Portion das Mehl in die Schüssel, während Tanya mit dem Rührgerät mixte, bis die Masse ein fast schon zäher Teig war. Inzwischen hatte Gebert die Butter schon wieder vom Herd genommen und abkühlen lassen und goss sie jetzt langsam hinzu, während Tanya weiterrührte.

»Das sind jetzt zwar nicht mehr wirklich Spätzle«, sagte er. »Aber so schmecken sie halt noch besser.« Er rieb noch etwas frische Muskatnuss in den Teig. Dann öffnete er den Backofen und übergoss mit einem großen Löffel die brutzelnden Hähnchenteile mit der sie umgebenden Paprikasoße. Der Duft ließ Inga das Wasser im Mund zusammenlaufen.

Während sie darauf warteten, dass das Wasser auf dem Herd zu kochen begann, tranken sie noch etwas Wein. Tanya räumte derweil die benutzten Schüsseln und Schalen in die Spülmaschine.

»Mist«, sagte sie auf einmal. »Wir haben die Schlutten vergessen.« Sie deutete auf die Schale mit den klein geschnittenen Frühlingszwiebelblättern.

»Die Schluppen meinst du«, sagte Gebert. »Oder eben Schlotten. Aber keine Sorge. Die tu ich immer erst ganz am Ende rein.«

Tanya schaute ihn argwöhnisch an.

»Okay«, gab er zu. »Ich hab sie vergessen. Aber sie schmecken auch noch lecker, wenn man sie erst am Ende reingibt.«

Jetzt verschränkte sie die kleinen Arme vor der Brust und begann mit dem Fuß aufzutappen.

»Okay, okay«, beeilte er sich zu sagen. »Ich geb sie ja schon rein.« Er zog die Ofenhandschuhe an, holte die heiße Pfanne aus dem Backofen, stellte sie auf die hölzerne Anrichte und rührte die Schluppenschnitzel unter. Dabei sah er Inga an, grinste und sagte: »Der Apfel fällt wirklich nicht weit vom Stamm.«

»Tja«, sagte Tanya altklug. »Früh übt sich, was ein Meister werden will.«

Inga hätte beinahe den Schluck Wein herausgeprustet, den sie gerade getrunken hatte.

Tanya hob einen Becher Schmand in die Höhe. »Hast du den auch vergessen?«

»Nein.« Gebert lachte. »Der kommt wirklich erst ganz zum Schluss in die Soße.«

Sie zog eine Augenbraue nach oben.

»Ehrenwort«, sagte er und legte eine Hand auf seine breite Brust.

»In Ordnung«, sagte sie und stellte den Becher wieder weg. »Das Wasser kocht gleich.«

»Gut«, sagte Gebert. »Dann stellen wir es ein bisschen herunter. Es darf nicht sprudelnd kochen, sonst fallen uns die Spätzle auseinander.«

Er nahm ein Frühstücksbrett und ein langes Messer mit geradem Rücken, feuchtete beides mit kaltem Wasser an und strich etwas von dem Spätzleteig auf das Brett. Von dort aus schabte er kleine Streifen davon in das sacht köchelnde Salzwasser. Er machte das mit einer Geschicklichkeit und Schnelligkeit, die man ihm überhaupt nicht zugetraut hätte, wenn man ihn nicht näher kannte.

»Wenn sie oben schwimmen, sind sie fertig«, sagte er und schabte den Rest des Teigs hinein. Dann holte er die Pfanne aus dem Backofen, nahm die Hähnchenteile heraus und rührte den Schmand unter. Anschließend setzte er das Fleisch wieder hinein und stellte die Pfanne auf einen Untersetzer auf dem gedeckten Tisch.

»Sie kommen hoch!«, rief Tanya, die die Spätzle beobachtet hatte. »Sie sind fertig!«

»Sehr schön«, sagte Gebert, holte den Schaumlöffel und schöpfte damit die Spätzle aus dem Topf direkt auf drei große Teller. Die stellte er auf den Tisch und tat aus der Pfanne Hähnchenteile und Soße auf.

»Mnjamnjam«, sagte Tanya und rieb sich die Hände.

Die uralte Magie des Rituals des Miteinanderkochens

und Zusammenessens tat zuverlässig ihre Wirkung, und mehr und mehr fielen die Schatten des vergangenen Desasters und auch des kommenden von Inga ab. Das Hähnchen löste sich fast von selbst von den Knochen und schmeckte einfach himmlisch. Ebenso die selbst gemachten Spätzle mit der angenehm pervers fettigen Soße.

»Ein Hoch auf Großmutter Baba«, sagte sie und hob das Glas.

»Und ein Hoch auf Kai!« Tanya hielt ihr Apfelsaftglas mit beiden Händen.

»Ja, ein Hoch auf Kai«, stimmte Inga zu und schaute Gebert mit einem Lächeln an. Ihre Lippen formten ein stummes »Dankeschön!«, und er nickte ihr zu, ehe auch er sein Glas hob.

»Auf das, was zählt«, sagte er. »Auf Familie und Freundschaft!«

»Familie«, krähte Tanya.

»Und Freundschaft«, fügte Inga eilig hinzu.

Noch ehe sie nach dem Trinken die Gläser wieder abgestellt hatten, um sich wieder dem Paprikahähnchen zu widmen, klingelte es. Augenblicklich hatte Inga ein flaues Gefühl in der Magengegend. Konnte das trotz der späten Stunde vielleicht Peiß sein? Dauerte es ihm zu lange, bis zum nächsten Tag zu warten, ihr das Leben noch schwerer zu machen?

»Soll ich nachschauen gehen?«, fragte Gebert.

»Nein, nein«, sagte Inga. »Ich mache das schon. Esst ihr ruhig weiter.«

Sie stand auf und ging zur Wohnungstür. Ehe sie den Knopf der Gegensprechanlage drückte, atmete sie zweimal langsam aus und ein. Sie war aufgeregter, als ihr lieb war.

»Ja, hallo?«

»Guten Abend, Frau Jäger. Ich bin's – die Otto. Darf ich raufkommen?«

»Natürlich.« Inga betätigte den Summer und öffnete auch die Wohnungstür. Geberts Assistentin nahm die Treppen bis zu ihr hinauf mit schnellen Schritten und war doch kaum außer Atem, als sie oben ankam. Aber besorgt war sie. Das zeigte ihre Miene ganz deutlich.

»Kommen Sie herein«, bat Inga sie.

»Danke. Ist der Chef auch hier? Ich hab ihn über Telefon nicht erreicht.«

»Ja.« Inga nickte und führte sie in die Küche. »Wir haben die Telefone vorhin ausgeschaltet. Wenn man Kinder hat, ist der Feierabend eine heilige Sache.«

»Hallo, Tanya«, sagte die Otto, noch ehe sie ihren Chef grüßte, und signalisierte damit, dass sie Inga verstanden und dass das, was sie zu sagen hatte, nichts für Kinderohren war. Inga war ihr dankbar dafür.

»Hallo, Lydia«, sagte Tanya fröhlich. »Hast du schon was gegessen? Kai hat für uns *Paprikasch* gekocht, und es ist verdammt lecker.«

»O ja, das sieht auch ziemlich lecker aus«, sagte die Otto. »Ich zieh nur meine Jacke aus und schau noch mal schnell nach, ob ich vielleicht eine SMS habe.« Dabei schaute sie Inga eindringlich an, und Inga verstand: Während sie einen vierten Teller und Besteck für den unerwarteten Besuch bereitlegte, schaltete sie wie nebenbei ihr eigenes Smartphone an und stellte es auf lautlos. Inga tat der Otto Spätzle und Hähnchen auf und schaute danach auf das Display ihres Telefons. Die SMS war eingegangen. Inga öffnete sie.

BM HOLLER TOT. SELBSTMORD. GESTÄNDNIS.

Die Otto kam zurück, setzte sich an den Tisch und sagte wie beiläufig: »Ach, was bin ich froh, dass unsere gesamte Abteilung von dem Fall entbunden ist. Sonst würd ich das hier nicht nur verpassen, sondern müsste euch auch noch den Chef entführen.«

Gebert schaute seine Assistentin fragend an, verkniff es sich aber, nachzuhaken. Ihm war es ebenso wichtig wie Inga, dass Tanya nicht zu viel vom Job ihrer Mutter mitbekam.

»So soll es sein«, sagte er – griff aber jetzt nach dem Wasserglas statt nach dem Wein.

»Ja, das ist toll«, sagte Tanya. »Sollen doch auch mal die anderen die Arbeit machen, und wir lassen es uns gut gehen. Guten Appetit.«

»Guten Appetit«, sagte auch die Otto und begann zu essen.

Alles Weitere musste warten, bis Tanya im Bett war.

29

Anderthalb Stunden später …

… hatte Gebert Tanya gerade wie jedes Mal, wenn er hier war, mit einer kleinen Lesung ihres Lieblingsbuches *Pippi in Taka-Tuka-Land* von Astrid Lindgren ins Bett gebracht, und Inga hatte Kaffee aufgesetzt. Keiner der drei hatte nach der Ankunft der Otto auch nur noch einen Schluck Alkohol getrunken. Inga machte drei Tassen zurecht und stellte eine davon vor Geberts Assistentin und setzte sich zurück zu ihr an den Tisch, wo sie sich eine Zigarette anzündete. Die beiden Frauen warteten schweigend, bis Gebert sich zu ihnen gesellte. Auch er nahm eine Zigarette und einen großen Schluck Kaffee.

»So«, sagte er dann in Richtung Otto. »Was gibt es?«

»Bürgermeister Holler wurde tot in einem Waldstück aufgefunden«, begann sie. »So, wie es aussieht, hat er sich erschossen. Außerdem hat er ein volles Geständnis über die Morde an Gietz und Falk in Form eines Abschiedsbriefs abgelegt.«

Inga und Gebert schauten einander an. Inga schüttelte zuerst den Kopf.

»Niemals«, sagte sie. »Der KHK und ich haben gesehen, dass er die Koffer gepackt und ins Auto geladen hat. Man packt keine Koffer, wenn man vorhat, sich in den nächsten Minuten umzubringen.«

»Und welches Motiv sollte er auch gehabt haben, Falk umzubringen?«, fragte Gebert. »Gietz war eine Bedrohung für ihn. Aber Falk?«

»Wird in dem Abschiedsbrief auch der Mordversuch an Lisa Bickelmeyer erwähnt?«, fragte Inga.

»Nein«, antwortete die Otto. »Mit keinem Wort.«

Gebert nickte und nahm noch einen Schluck Kaffee. »Wie gut, dass wir diese Info nicht öffentlich gemacht haben.«

»Ein ganz klares Indiz dafür«, fuhr Inga fort, »dass auch dieser Selbstmord keiner war. Was zur Hölle ist hier los?«

»Und wieso sind jetzt außer der Jägerin auch wir von dem Fall abgezogen?«, fragte Gebert.

Die Otto zuckte mit den Schultern. »Keine verdammte

Ahnung. Die Anweisung kam direkt vom Landesjustizministerium.«

Inga schaute Gebert an. »Ihnen wird wohl ein Strick daraus gedreht, dass Sie bei mir waren, als ich Holler zu scharf angegangen bin.«

Er schüttelte den Kopf. »Da stimmt doch irgendetwas hinten und vorn nicht«, sagte er. »Wenn der Bürgermeister ein Geständnis abgelegt hat, entlastet uns das doch eigentlich in den Augen aller, die nicht wissen können, dass sein Selbstmord keiner war. Im Gegenteil, man müsste sich eigentlich hochoffiziell bei Ihnen dafür entschuldigen, Sie von dem Fall abgezogen zu haben, als Sie gerade dabei waren, ihn zu verhaften. Aber stattdessen jetzt auch noch mich von dem Fall abziehen?«

»Das ergibt wirklich keinen Sinn«, gab Inga Jäger zu.

»Wie nichts in diesem verfluchten Fall«, knurrte Gebert. »Aber heute Nacht werden wir da nichts mehr ausrichten. Deshalb schlage ich vor, wir legen uns jetzt erst einmal alle aufs Ohr. Morgen ist auch noch ein Tag, und eine weitere schlaflose Nacht übersteht keiner von uns.«

»In Ordnung«, sagte die Otto. »Sind Sie mit dem eigenen Wagen hier, oder soll ich Sie mitnehmen, Chef?«

Für einen Sekundenbruchteil zuckte sein Blick zu Inga. Er wollte scheinbar sichergehen, dass es in Ordnung war, wenn er sie jetzt allein ließ. Etwas in ihr zögerte. Sie wollte nicht, dass er ging – ohne zunächst zu wissen, warum. Wollte sie einfach nur nicht alleine sein nach diesem stressigen Tag? Oder war es etwas anderes? War der Grund dafür vielleicht der gleiche, aus dem heraus sie die vergangene Nacht mit Max Hoffman verbracht hätte, wäre ihnen nicht der Fall dazwischengekommen? Aber falls er das war, was sagte das über sie selbst aus? War es egal, mit welchem Mann sie Sex hatte und Zärtlichkeiten austauschte, Hauptsache es war ein Mann? Oder war da mehr? War es eventuell ganz schlicht und ergreifend Gebert, den sie trotz all ihrer Vorsätze und Schwüre *haben* wollte? Für sich selbst haben … als Mann … als Partner … für mehr als nur Trost oder Körperliches? Oder war sie einfach nur müde und schwach und sehnte sich nach Geborgenheit? Ihre Gefühle fuhren Karussell – und genau deswegen stand sie auf und beeilte sich zu sagen: »Dann sehen wir uns morgen früh in alter Frische. Kommt gut heim.«

Gebert zögerte noch einen Moment, dann nickte er und erhob sich ebenfalls. Inga begleitete die beiden zur Tür, und nachdem sie ihre Jacken angezogen hatten, legte sie noch einmal die Hand auf Geberts Arm.

»Danke«, sagte sie. Sie musste sich anstrengen, um zu verhindern, dass ihre Stimme schwach und krächzend klang. »Für alles.«

»Jederzeit«, sagte er, lächelte und ging.

Inga schaute ihnen nach und fragte sich, wie dieser Abend wohl geendet hätte, wenn die Otto nicht erschienen wäre.

30

Staatsanwaltschaft Wiesbaden

Inga Jäger würde sich nie an die moderne Hässlichkeit und Kälte des Gebäudes gewöhnen, in dem sie arbeitete, aber an diesem Morgen war es nicht die Architektur, die ihr Unbehagen bereitete, sondern vielmehr die Frage, ob sie in einer Stunde noch einen Job haben würde oder nicht. Wenigstens war ihr Parkplatz noch auf ihren Namen reserviert. Sie stellte ihren Mercedes E 300 CDI dort mit dem Gedanken ab, dass sie ihn gerade das letzte Mal von innen sehen würde. Sie mochte ihren Dienstwagen. Er war vielleicht ein bisschen zu groß für sie und ihre Ansprüche, aber er war wundervoll bequem und trotz seiner Leistungsstärke von über zweihundertdreißig PS selbst bei Höchstgeschwindigkeit angenehm leise. Wenn alles schieflief, würde sie sich morgen nicht einmal mehr ein Auto leisten können, das nur ein Drittel kosten würde. Aber das war in Ordnung. Sie hatte getan, was sie für richtig hielt, und war bereit, die Konsequenzen zu tragen. Tanya und sie würden auch mit einem wesentlich kleineren Wagen zurechtkommen. Dennoch streichelte sie noch einmal über den Kotflügel, ehe sie sich umschaute, um zu sehen, ob Peiß am Hintereingang auf sie wartete, um ihr vielleicht sogar schon den Zutritt zur Staatsanwaltschaft zu verwehren. Zutrauen würde sie es ihm.

Doch Peiß war nirgends zu sehen, und auch sonst begegnete ihr auf dem Weg in den dritten Stock niemand anderes als gewöhnlich. Noch ehe sie das Vorzimmer ihres Büros betrat, konnte sie schon den frisch gebrühten Kaffee riechen.

Rike Wiedemann, ihre Sekretärin, erhob sich mit einem freundlichen Lächeln von ihrem Platz, sagte: »Guten Morgen, Frau Jäger«, und machte ihr eine Tasse zurecht. Alles schien wie sonst.

»Irgendwelche Neuigkeiten?«, fragte Inga, während sie ihren Mantel auszog und aufhängte.

»Nein«, sagte Rike Wiedemann und reichte ihr den Kaffee. »Die Tagespost liegt auf Ihrem Tisch. Wie immer, gleich neben der Unterschriftenmappe.«

»Auch nichts von Peiß?«

Die Sekretärin schüttelte den Kopf. »Den habe ich heute noch nicht gesehen.«

Merkwürdig, dachte Inga Jäger. *So, als wäre nichts geschehen.* Das flaue Gefühl im Magen aber blieb. Sie schloss die Tür hinter sich und setzte sich ans Telefon. Als Erstes wählte sie Geberts Nummer. Der ging schon nach dem ersten Klingeln dran.

»Guten Morgen«, begrüßte er sie. »Noch in Amt und Würden?«

»Im Moment noch«, sagte sie. »Keine Ahnung, vielleicht kommt ja noch was. Bei Peiß weiß man nie.«

»Hier ist auch alles irgendwie wie eingefroren«, sagte er. »Keiner weiß was, keiner will was sagen.«

»Merkwürdig. Wer ist jetzt für die Bearbeitung des angeblichen Selbstmords des Bürgermeisters zuständig?«

»Schroll heißt der Kerl. So ein Bürokraten-Fuzzi«, sagte Gebert.

»Haben Sie eine Kopie des Abschiedsbriefs?«

»Negativ. Die rücken nichts raus. Schotten total ab.«

»Geben Sie mir doch mal die Durchwahlnummer von diesem Schroll.«

»Aus dem kriegen Sie nicht mehr raus als ich auch.«

»Einen Versuch ist es wert.«

»Also gut.« Gebert nannte sie ihr.

»Danke. Ich melde mich wieder, sobald ich was weiß.« Sie verabschiedete sich, legte auf und wählte die neue Nummer. Anders als eben dauerte es eine kleine Ewigkeit, bis sich am anderen Ende der Leitung jemand meldete.

»Kriminalkommissariat, mein Name ist Markus Schroll. Was kann ich für Sie tun?«

Inga Jäger verdrehte die Augen. *Hört sich an wie jemand aus einem Callcenter.*

»Guten Morgen, Herr Schroll«, sagte sie – freundlich-autoritär. »Hier Oberstaatsanwältin Inga Jäger. Man sagte mir, Sie bearbeiten den Selbstmord von Bürgermeister Holler.«

»Guten Morgen, Frau Oberstaatsanwältin. Ja, das entspricht den Tatsachen.«

»Erzählen Sie mir davon. Wie genau hat er sich getötet? Wie und wo hat man ihn gefunden? Wer hat ihn gefunden? Wo war der Abschiedsbrief?«

»Ich bedaure, aber ich bin nicht befugt, Einzelheiten des Falles mit Ihnen zu erörtern.«

»*Ich* bin befugt, Kommissar Schroll, als Vertreterin der zuständigen Ermittlungsbehörde. Das sollte Ihnen genügen.«

»Wie gesagt, es tut mir leid, aber ich habe meine ausdrücklichen Anweisungen.«

»Ausdrückliche Anweisungen?«

»Korrekt.«

»Von wem? Von Herrn Peiß?«

»Nein.«

»Von wem dann?«

»Vom Landesjustizministerium.«

»Verstehe«, sagte sie – obwohl das alles andere als den Tatsachen entsprach. »Haben Sie dennoch vielen Dank, Herr Schroll.«

Noch ehe er etwas erwidern konnte, hatte sie aufgelegt. Ihr Puls war auf hundertachtzig, und ihre Hände zitterten. *Was zur Hölle ist hier los?*

Sie trat ans Fenster, öffnete es und zündete sich eine Zigarette an. Für einen Moment überlegte sie, mit Peiß zu reden, verwarf den Gedanken jedoch sofort wieder. Von dessen Seite war mit Sicherheit keine Unterstützung zu erwarten.

Vielleicht war es an der Zeit, einen Gefallen einzufordern. Sie drückte die Zigarette auf dem Fenstersims aus und warf die Kippe in den Papierkorb. Dann wählte sie die Nummer von Dr. Knettenbrech. Wenn ihr jemand sagen konnte, warum das Landesjustizministerium sie derart von dem Fall abschottete, dann wohl der Justizminister selbst.

»Wahner.«

Inga Jäger stutzte. Sie war sich sicher, dass sie die Durchwahl des Ministers gewählt hatte, und kontrollierte das noch einmal auf dem Display ihres Apparats.

»Guten Morgen, Herr Staatssekretär«, sagte sie dann. »Inga Jäger hier. Ich wollte eigentlich Dr. Knettenbrech sprechen.«

»Guten Morgen, Frau Jäger. Dr. Knettenbrech ist heute Vormittag zu dienstlichen Terminen außer Haus. Aber vielleicht kann ich Ihnen ja behilflich sein.«

Sie zögerte einen Augenblick. Doch dann sagte sie: »Ja, vielleicht. Bestimmt sogar. Es geht um den Selbstmord des Eltviller Bürgermeisters Thilo Holler …«

»Frau Jäger«, unterbrach er sie. »Habe ich mich gestern am Telefon irgendwie missverständlich ausgedrückt, als ich Sie von dem Fall entbunden habe?«

Inga Jäger holte tief Luft. »Nein, das haben Sie nicht, Herr Staatssekretär. Aber die Vorzeichen heute sind andere. Bürgermeister …«

»Holler hat seinem eigenen Leben ein Ende gesetzt«, fiel er ihr wieder ins Wort, »und ein umfassendes Geständnis abgelegt. Der Fall wird gerade abgeschlossen.«

»Ich möchte Einblick in die Akten«, sagte sie. »Ich möchte den Abschiedsbrief lesen, ich …«

»Sie lassen die Sache besser auf sich beruhen«, sagte er, und seine Stimme klang eisig. »Die ganze Sache hat auch so schon viel zu viel Aufsehen erregt. Ich bin mir nicht sicher, ob Sie sich des politischen Klimas bewusst sind, in dem sich unser Land befindet. Immer mehr Menschen zweifeln an der Integrität und dem Rechtsbewusstsein unserer Regierung. Aber vor allem an ihrer Kraft und ihrer Volksnähe. Und jetzt so etwas. In einer kleinen Kommunalverwaltung. Das erschüttert das Vertrauen der Bürger. Bis ins Mark, Frau Jäger. Holler hat seinem Amt und uns keinen Gefallen getan mit seiner Pressekonferenz, und Sie haben es nicht gerade besser gemacht, indem Sie ihn schon vor laufenden Kameras wie einen Verdächtigen haben aussehen lassen. Es wird Zeit, dass der Sturm sich wieder beruhigt, die Wogen sich wieder glätten. Die Verbrechen waren eine Privatsache zwischen drei Männern, die irgendeine persönliche Fehde am Laufen hatten – wie das auf dem Land nun einmal gerne so ist. Irgendetwas Kindisches, und es gibt keinen Grund, das jetzt noch weiter aufzubauschen. Wir schließen den Fall ab und hoffen, dass ganz schnell Gras über die Sache wächst.«

»Dann lassen Sie mich das tun«, sagte Inga Jäger. »Schließlich war das mein Fall.« Sie überlegte, ob sie ihm sagen sollte, dass Lisa Bickelmeyers Selbstmordversuch gar keiner war, sondern ein Versuch, sie umzubringen, entschied sich dann aber dagegen. Sie hatte nur Indizien, und die würde er nicht gelten lassen, wenn es sein Hauptinteresse war, dass sich die *Wogen wieder glätten*. Ihre einzige Chance war, zu beweisen, dass auch Hollers Selbstmord in Wirklichkeit ein Mord war. Aber dazu brauchte sie Zugang zu der Akte.

»Es *war* Ihr Fall«, betonte Staatssekretär Wahner. »Und es hat einen Grund, dass er das nicht mehr ist. Denn auch wenn Holler letzten Endes schuldig war, war Ihr Eindringen in sein Haus nicht … regelkonform, um es milde auszudrücken. Lassen Sie es gut sein … oder ich sehe mich nicht mehr an unsere Vereinbarung gebunden, keine Untersuchung gegen Sie anzustrengen.«

Das war deutlich. Mehr als deutlich. Sie wusste nicht, was sie dazu sagen sollte.

»Haben wir uns verstanden, Frau Oberstaatsanwältin?«

Sie biss sich auf die Zunge. »Ja, haben wir.«

»Sehr gut. Dann wünsche ich Ihnen noch einen schönen Tag.« Er beendete das Gespräch.

Inga Jäger legte ihre Hände auf die Tischplatte, um das Zittern abzustellen. *Was nun?*, fragte sie sich. Sie war nicht gewillt, die Sache auf sich beruhen zu lassen. Da draußen liefen ein Team von Profikillern und ihr Auftraggeber noch immer frei herum, und ausgerechnet ihr eigenes Ministerium hielt sie davon ab, sie ausfindig und dingfest zu machen.

Denk nach!, drängte sie sich. Aber es war ein Teufelskreis: Ohne weitere Beweise bekam sie den Fall nicht zurück, und ohne die Unterlagen kam sie nicht an Beweismaterial. Sie bewegte sich für ein paar Minuten im Kreis, und dann schlug sie mit der Faust auf den Tisch. Sie hatte das Offensichtliche beinahe übersehen: Dr. Bianca Busch!

Sie griff zum Telefon und wählte die Nummer der Rechtsmedizin.

»Dr. Busch, ich brauche den Obduktionsbefund von Bürgermeister Holler.«

»Das tut mir leid«, antwortete Dr. Busch. »Damit kann ich nicht dienen.«

Inga Jäger stutzte. »Hat man Ihnen etwa auch untersagt, Informationen zu dem Fall an mich weiterzugeben?«

»Nein, nein, das ist es nicht«, sagte die Ärztin. »Und als ob ich mich an eine solche Anweisung halten würde. Nein, Frau Jäger, ich kann Ihnen keinen Obduktionsbefund von Bürgermeister Holler geben, weil es keinen gibt.«

»Was? Bei einem Selbstmord wird immer eine Obduktion vorgenommen.«

»Korrigiere«, sagte Dr. Busch. »Eine Obduktion wird nur auf Anordnung der Staatsanwaltschaft vorgenommen. Hier lag eine solche Anordnung nicht vor.«

»Dann haben Sie die Leiche nie zu Gesicht bekommen?«

»Nein. Soweit ich weiß, ging sie direkt zur Bestattung.«

»Welches Unternehmen?«

»Das kann Ihnen nur der zuständige Kommissar sagen. Er ist neu hier. Sein Name ist Stoll oder Scholl.«

»Schroll«, sagte Inga Jäger. »Markus Schroll.«

»Genau der.«

»Danke Ihnen, Dr. Busch.«

»Nichts zu danken. Konnte ja nicht wirklich helfen.«

Sie legten auf, und Inga Jäger fluchte: »Fuck!«

Dann wählte sie Geberts Nummer. Sie berichtete ihm von ihren Gesprächen mit Schroll, Wahner und Dr. Busch.

»Sie müssen irgendwie an die Unterlagen Schrolls kommen«, sagte sie abschließend.

»Habe ich schon versucht«, antwortete Gebert. »Keine Chance. Er schließt sein Büro ab, wenn er es verlässt.«

»Wie finden wir dann heraus, zu welchem Bestatter Hollers Leiche gebracht wurde? Es gibt hier unzählige.«

»Hier in Wiesbaden, ja«, sagte Gebert. »Aber nicht in Eltville. Da gibt es höchstens zwei oder drei. Die klappern wir einfach telefonisch ab.«

»Gute Idee«, sagte Inga Jäger. »Ich mach das schnell und rufe Sie gleich zurück.«

»Alles klar.«

Nachdem sie das Telefonat beendet hatte, suchte sie im Internet nach einer Auflistung der Bestatter in Eltville. Es gab tatsächlich nur drei – und bereits beim zweiten Anruf wurde sie fündig.

»Ja«, sagte Bestatter Schlosser. »Die sterblichen Überreste unseres Bürgermeisters befinden sich in unserer Obhut. Wir bereiten gerade alles zur Verbrennung vor.«

»Verbrennung?«

»Ja.«

»Wann?«

»Jetzt gleich.«

»Was? So schnell?«

»Das ist der Wunsch der Hinterbliebenen, sodass die Bestattung gleich morgen stattfinden kann.«

»Warten Sie damit noch eine Stunde«, sagte Inga Jäger. »Ich komme mit einem Kollegen vorbei, um mir den Leichnam noch einmal anzuschauen.«

»Bedaure«, sagte der Bestatter. »Wie schon gesagt – Wunsch der Hinterbliebenen. Es tut mir sehr leid.« Er legte auf.

Hier stimmt immer mehr nicht, schoss es Inga Jäger durch den Kopf. *Niemand außer Schroll sieht die Leiche, und jetzt soll sie auch noch direkt eingeäschert werden? Wer will hier was vertuschen?*

Das ließ nur einen Gedanken zu, und sie sprach ihn aus, als sie Gebert wieder in der Leitung hatte: »Der Tote ist gar nicht Holler! Wir müssen sofort nach Eltville!«

Sie nannte ihm die Adresse des Bestattungsinstituts. »Wir treffen uns dort.« Dann rannte sie aus dem Büro.

31

Vom Gebäude der Staatsanwaltschaft Wiesbaden bis zum Bestattungsunternehmen Schlosser in Eltville sind es 14,3 Kilometer – eine Strecke, die man im Normalfall in fünfzehn Minuten zurücklegt. Inga Jäger brauchte nur neun.

Die Wagen auf der Mainzer Straße vor ihr wichen nach links und rechts aus und schufen eine Schneise, die breit genug war, dass sie mit über einhundert Stundenkilometern bis zur Autobahnauffahrt auf die A66 fahren konnte.

In den Rheingau hinein war sie um diese Uhrzeit relativ frei, und die zweihundertdreißig PS beschleunigten den Automatik schnell auf über zweihundert. Sehr viel schneller konnte sie hier nicht fahren – dazu war die Strecke zu kurvig, und es erforderte schon jetzt all ihre Konzentration, den Wagen in der Spur zu halten, zumal die Brücke über dem Walluftal äußerst windanfällig war. Gleich darauf lag Eltville vor ihr. Sie passierte die Abfahrt Schwalbacher Straße, weil die sie von Norden nach Süden durch ganz Eltville führen würde, und fuhr weiter auf der Autobahn zum westlichen Ende der kleinen Stadt – wo sie die Limousine stark abbremsen musste, um nicht zu schnell in die Abfahrt zur Kiedricher Straße zu biegen.

Das Bestattungsunternehmen lag in der Erbacher Straße – sie musste also nur noch abbiegen, doch trotz Blaulicht und Sirene zwang sie sich, das Tempo stark zu drosseln, um keine Passanten zu gefährden. Die Ampel am Ende der Kiedricher war rot, und sie bog langsam auf die T-Kreuzung. Ein von rechts kommender Kombi bremste scharf mit quietschenden Reifen, aber der Wagen dahinter hatte zum Glück genügend Abstand, um zu stoppen, ohne aufzufahren.

Inga Jäger gab wieder Gas und erreichte das Bestattungsunternehmen in wenigen Sekunden. Sie lenkte den Mercedes auf den Parkplatz, schaltete den Motor aus und sprang nach draußen. Die Eingangstür war verschlossen, und sie klingelte Sturm. Als darauf nicht sofort reagiert wurde, hämmerte sie zusätzlich mit den Fäusten gegen die Tür.

»Hier ist die Staatsanwaltschaft«, rief sie. »Machen Sie auf!«

Während sie noch klopfte, klingelte und rief, kam auch Gebert mit Blaulicht und Sirene auf den Parkplatz gefahren. Er und die Otto sprangen aus dem Wagen. Gebert rannte zu Inga Jäger und hämmerte ebenfalls mit seinen großen Fäusten auf das Holz ein, während die Otto nach einem Seiten- oder Hintereingang suchte.

Endlich wurde ihnen geöffnet – von einem Mann Ende fünfzig. Er war hochgewachsen und trug einen braunen Schreineroverall. Er hatte eine lange Narbe im Gesicht, und an seiner linken Hand fehlten die oberen Glieder von Ringfinger und dem kleinen Finger.

»Ist ja schon gut«, sagte er. »Wer sind Sie, und was wollen Sie?«

»Herr Schlosser, ich bin Staatsanwältin Inga Jäger – wir haben gerade eben miteinander telefoniert. Das ist Kriminalhauptkommissar Gebert vom Landeskriminalamt Wiesbaden. Dürfen wir reinkommen?« Sie wollte auf keinen Fall noch einmal wegen unbefugten Betretens angemahnt werden.

»Ja, natürlich«, sagte Schlosser. »Kommen Sie herein.«

»Sie haben mit der Verbrennung gewartet?«

»Nein, das habe ich Ihnen doch am Telefon gesagt.«

»Verdammt! Wo ist der Ofen?«

»Hinten im Nebengebäude.«

»Bitte bringen Sie uns hin. Sofort.«

»Warum?«

»Wir haben Grund zur Annahme, dass es sich bei dem Toten nicht um Bürgermeister Holler handelt.«

»Machen Sie Witze? Ich kannte den Mann mein ganzes Leben lang. Der Mann, den ich gerade verbrenne, ist mit hundertprozentiger Sicherheit Thilo Holler.«

Inga Jäger schaute ihn prüfend an. Schlosser hatte ein gutmütiges Gesicht – und als er gerade gesagt hatte, dass er Holler ein ganzes Leben lang kannte, hatte sich Trauer über seinen Blick gelegt. So, als ob er die Wahrheit sagen würde. Aber Inga Jäger musste auf Nummer sicher gehen.

»Bitte«, sagte sie eindringlich.

»Na gut, kommen Sie. Aber besonders pietätvoll ist das nicht.«

Er führte sie über den mit geschnitzten Holzplastiken von feisten Mönchen mit Weingläsern in den Händen dekorierten Hausflur zum Hinterausgang und von dort über den Hof an der Schreinerwerkstatt vorüber zu einem Extragebäude, dessen Tür offen stand.

Er stutzte – und erschrak, als ihnen die Otto aus dem Häuschen heraus entgegentrat.

»Ich habe den Ofen abgeschaltet«, sagte sie. »Aber ich weiß nicht, ob es noch rechtzeitig war.«

»Sie können doch nicht einfach …«, begann der Bestatter aufgebracht.

»Bitte, Herr Schlosser«, unterbrach Inga Jäger ihn. »Wir müssen uns Gewissheit verschaffen.«

Schlosser schnaubte und ging weiter.

Der Geruch, der ihnen entgegenschwallte, war so überwältigend, dass Inga Jäger sich beinahe übergeben hätte. Durch einen kleinen Vorraum gelangten sie in das eigentliche Krematorium. Es war etwa sieben mal acht Meter groß, und im Zentrum der gegenüberliegenden Wand stand ein zweieinhalb Meter langer Ofen mit Glasfront. Der Ofen war geöffnet, und auf der rechten Seite ragte ein langes Schiebetablett aus der Tür. Darauf lag eine schon stark angebrannte und rauchende Leiche. Die Temperatur hier drin war um einiges wärmer als in dem Raum davor, und Inga Jäger lief der Schweiß von der Stirn.

Schlosser fluchte. »Haben Sie eine Ahnung, wie lange ich brauchen werde, den Geruch wieder einigermaßen hier rauszukriegen? Mussten Sie die verdammte Tür öffnen.«

»Ja, musste ich«, sagte die Otto trotzig. »Die Resttemperatur hätte sonst noch größeren Schaden angerichtet.«

Inga Jäger zwang sich dazu, näher an die Schiebebahre heranzutreten. Der Leichnam strahlte Hitze ab wie ein Braten, den man gerade frisch aus dem Backofen holt – nur um ein Vielfaches mehr. Der Geruch war eine Mischung aus verbrannt und gar – schlimmer als im Kloster oder auf dem Betriebshof, weil frischer und heiß. Der schwarz verkrustete Kopf hatte bereits alle Haare verloren, aber von der Statur her konnte es durchaus die Leiche Hollers sein.

»Wir müssen eine Gewebeprobe entnehmen.« *In der Hoffnung, dass wir irgendwo eine alte von Holler finden, um sie damit abzugleichen,* dachte sie. »Und einen Gebissabdruck. Haben Sie Silikon da, Hartschaum oder Knetmasse?«

»Ich habe Ton hier«, sagte Schlosser und zeigte auf die Wand hinter ihnen. Sie war voller Regale mit Tonkrügen und anderen bemalten Keramiken. »Ein Hobby meiner Frau … weil wir den Ofen ja nicht so oft nutzen.«

Noch einmal rebellierte Inga Jägers Magen, und sie nahm sich vor, hier in Eltville sicherheitshalber niemals Keramik zu kaufen. Schlosser holte einen Eimer und öffnete den Deckel. Der Ton darin war nur leicht feucht, also ausgesprochen fest. Er nahm zwei Stahlspangen und öffnete die Kiefer der Leiche mit einem schmatzenden Geräusch – wie wenn man einen Schenkel von einem Grillhähnchen abreißt, nur lauter. Dann schob er den Ton zwischen die bereits schwarzen Zähne und machte einen Abdruck, den er in den noch simmernden Ofen legte. »Damit er wenigstens etwas hart wird«, sagte er. »Aber Sie können mir glauben: Der Mann, der hier liegt, ist unser Bürgermeister.«

Während der Ton im Ofen trocknete, entnahm Schlosser etwas Lippengewebe und gab es in eine Tupperdose, die er sorgfältig verschloss und der Otto überreichte.

»Aber jetzt lassen Sie mich bitte meine Arbeit beenden«, sagte er, holte den Ton aus dem Ofen und wickelte ihn in ein dickes Leinentuch. Das übergab er ebenfalls der Otto und machte dann eine ausladende Geste in Richtung Tür. »Ich nehme an, Sie finden den Weg hinaus auch alleine.«

Inga Jäger bedankte sich, und die drei verließen das Gelände über den Hof. Auf dem Parkplatz angekommen, sagte sie zur Otto: »Sie bringen bitte die Gewebespuren zu Dr. Busch und den Gebissabdruck zu Elli.«

»Und wir?«, fragte Gebert.

»Wir fahren noch einmal ins Rathaus«, antwortete Inga Jäger.

»In der Hoffnung, dass wir da noch eine Bürste oder etwas Ähnliches mit der DNS des Bürgermeisters finden?«, vermutete der Kommissar.

»Zum einen«, bestätigte Inga Jäger. »Aber zum anderen, um noch einmal mit Spreitzer, dem Stellvertretenden Amtsleiter, zu sprechen. Denn wenn das da drin wirklich Holler war …«

»… fangen wir noch einmal ganz von vorn an«, beendete er ihren Satz. »Und das ohne jede Befugnis.«

32

Rathaus Eltville

Das Gebäude sah lange nicht mehr so einladend aus wie beim ersten Mal, als Inga Jäger es betreten hatte. Natürlich gab es keine äußere Veränderung, aber das Bewusstsein, dass drei der Menschen, die noch bis vor Kurzem hier gearbeitet hatten, ermordet worden waren und ein vierter jetzt in der Psychiatrischen Klinik Eichberg untergebracht war, umgab das Rathaus mit einer düsteren, ja bedrohlichen Aura. Inga Jäger glaubte nicht an Geister – sehr wohl aber an Verschiebungen in der menschlichen Wahrnehmung.

Sie und Gebert nahmen die Seitentür und gingen, ohne sich anzumelden, zum Büro des Stellvertretenden Amtsleiters. Gebert klopfte an, und Gisbert Spreitzer öffnete ihnen. Als er sie sah, stutzte er merklich, fasste sich dann aber schnell, grüßte sie und bat sie mit einer Geste herein.

»Was führt Sie zu mir?«, fragte er. »Ich dachte, der Fall sei abgeschlossen.«

»Ist er auch«, sagte Inga Jäger in möglichst beiläufigem Ton. »Wir sammeln nur noch ein paar Fakten, um die losen Enden zu verknüpfen.«

Mit einer weiteren Geste bat er sie, Platz zu nehmen. Er wirkte jetzt sehr viel selbstsicherer als die letzten beiden Male. »Verstehe. Was also kann ich für Sie tun?«

»Es geht noch einmal um die vertrauliche Amtsleitersitzung von dem Tag, an dem Melchior Gietz ermordet wurde«, sagte Inga Jäger. »Worum ging es darin?«

»Wie schon gesagt, das weiß ich nicht.«

»Das glaube ich Ihnen gerne, Herr Spreitzer«, sagte sie. »Aber wie in jeder Behörde gibt es doch bestimmt ein Protokoll der Sitzung.«

Gisbert Spreitzer schlug sich mit der flachen Hand an die Stirn. »Aber natürlich! Warum habe ich daran nicht selbst gedacht?«

Ja, warum hast du daran nicht selbst gedacht?, fragte sich auch Inga Jäger. Sein Verhalten kam ihr arg gekünstelt vor.

Spreitzer beugte sich über die Tastatur seines Computers und tippte recht unbeholfen ein paar Buchstaben und Zahlen, nur um gleich darauf einen irritierten Gesichtsausdruck aufzusetzen. Er tippte noch einmal. Und dann noch einmal. »Seltsam«, murmelte er.

»Was denn?«, fragte Inga Jäger, obwohl sie es bereits ahnte.

»Es gibt kein Protokoll«, antwortete er. »Scheinbar ist von dieser Sitzung doch keines angefertigt worden.«

»Ja, das ist wirklich seltsam«, sagte Gebert, und seine Stimme verriet, dass auch er skeptisch war.

»Sie glauben mir nicht«, bemerkte Spreitzer. »Aber sehen Sie selbst.«

Er drehte den Monitor in ihre Richtung und zeigte auf die dort abgebildete Liste. Inga Jäger checkte sie mit der Spitze ihres Kugelschreibers. Tatsächlich, von vorgestern gab es kein Sitzungsprotokoll. Nicht ein einziges.

»Nun ja«, sagte Spreitzer. »Im Grunde genommen ist es doch vielleicht gar nicht so seltsam, wie ich zuerst sagte … wenn man die Umstände und das damit verbundene Chaos berücksichtigt. Da kann so etwas schon mal passieren. Tut mir leid, dass ich Ihnen hier nicht weiterhelfen konnte.«

Er erhob sich, ging zur Tür und öffnete sie. »Eine schreckliche Sache. Und dann ausgerechnet noch unser Bürgermeister ... aber der Fall ist ja jetzt zum Glück abgeschlossen. Und wie Sie sich vielleicht vorstellen können, habe ich gerade jede Menge zu tun.«

Inga Jäger und Gebert erhoben sich. »Wenn man das so sieht«, sagte sie, »haben Sie vom Tod des Amtsleiters und des Bürgermeisters am meisten profitiert, Herr Spreitzer.«

»Das so zu sehen, finde ich unangemessen, Frau Staatsanwältin«, erwiderte er. »Ich habe gute Freunde verloren, und statt um sie trauern zu können, wie es angemessen wäre, muss ich rund um die Uhr arbeiten, damit hier nicht alles noch mehr im Chaos versinkt.«

Gute Freunde, von wegen!, dachte Inga Jäger.

»Auf hoffentlich Nimmerwiedersehen«, sagte Gisbert Spreitzer mit einem gezwungenen Lächeln und hielt ihr die Hand zum Abschied hin. »Also ich meine, nicht mehr so nüchtern dienstlich oder zumindest nicht im Zusammenhang mit solch schrecklichen Verbrechen.«

Sie ignorierte die Hand. »Ich weiß nicht, Herr Spreitzer. Ich habe das Gefühl, wir werden uns schon bald wiedersehen. Vielleicht sehr viel früher, als Ihnen lieb ist.«

Spreitzer machte einen halben Schritt zurück, und seine Miene erstarrte. »Wir werden sehen, Frau Jäger. Wir werden sehen.«

Sie verließen sein Büro und gingen zügig in Richtung Ausgang – aber nur so lange, bis sie hörten, wie Spreitzer die Tür schloss. Dann eilten sie hinüber zum Büro des Bürgermeisters.

»Sie stehen Schmiere«, sagte Gebert.

»Nein, Sie«, widersprach Inga Jäger, öffnete die Tür, huschte hinein, als sie sah, dass das Vorzimmer leer war, und zog sie schnell hinter sich wieder zu. Sie hatte Gebert schon genügend Schwierigkeiten bereitet – sie konnte nicht zulassen, dass er auch noch wegen unbefugten Betretens in die Bredouille geriet. Sie schaute sich um, ob Holler vielleicht einen Mantel an der Garderobe vergessen hatte – aber die war leer. Also ging sie direkt in sein Zimmer und zu seinem Schreibtisch. Auf der Stuhllehne fand sie ein paar Haare und tütete sie in einen Briefumschlag. Für den Fall, dass das zu wenig war, nahm sie die Computermaus, stöpselte sie vom Rechner ab und ließ sie in ihrer Handtasche verschwinden. Die winzigen Fugen im Kunststoff und das Scrollrädchen waren wahre Fundgruben für DNS-Spuren. So eilig, wie sie das Büro betreten hatte, verließ sie es wieder und gleich darauf zusammen mit Gebert auch das Rathaus.

Draußen auf dem Parkplatz zündete der Kommissar zwei Zigaretten an und reichte ihr eine.

»Was sollte das denn eben bei Spreitzer?«, fragte er und machte sie nach: *»Ich habe das Gefühl, wir werden uns schon bald wiedersehen. Vielleicht sehr viel früher, als Ihnen lieb ist.«*

»Ich konnte nicht anders«, sagte sie. Sie ärgerte sich über sich selbst. »Dem Kerl steht doch ins Gesicht geschrieben, dass er irgendwas mit der Sache zu tun hat.«

»Aber solange wir nicht wissen, was, und wir offiziell von dem Fall abgezogen sind, der genauso offiziell ja auch gar keiner mehr ist, sollten Sie ein bisschen vorsichtiger agieren.«

»Ich fürchte, wir waren noch viel zu vorsichtig«, sagte sie. »Wir übersehen irgendetwas, Kai. Irgendetwas Entscheidendes. Ich habe das Gefühl, als sei die Antwort zum Greifen nahe, aber ich greife andauernd direkt daran vorbei.«

33

Forensisches Institut Wiesbaden. Spurensicherung

»Der Abdruck stammt eindeutig von Bürgermeister Hollers Gebiss«, sagte Elli Falkenstein und deutete auf zwei nebeneinanderhängende Monitore, von denen der eine Fotografien der beiden Seiten des Tonabdrucks zeigte und der andere zwei Röntgenaufnahmen. »Wir können uns also den DNS-Vergleich sparen.«

»Also war die Leiche im Krematorium tatsächlich Holler«, sagte Gebert.

»Ich bin mir nicht sicher, ob mir das gefällt«, sagte Inga Jäger. »Damit können wir ausschließen, dass der Bürgermeister seinen eigenen Selbstmord nur vorgetäuscht hat, stehen aber jetzt wieder vor der Frage, wer hat ihn dann vorgetäuscht?«

»Und wenn es gar kein vorgetäuschter war?«, fragte Elli Falkenstein. »Wenn er sich tatsächlich selbst umgebracht hat und sein Abschiedsbrief, mit dem er sich zu den Morden an Gietz und Falk bekennt, authentisch ist?«

Inga Jäger schüttelte den Kopf. »Wie schon gesagt, man

packt keine Koffer, wenn man sich innerhalb der nächsten Stunde am Waldrand erschießen will, und warum die beiden Morde zugeben, aber nicht den Mordversuch an Lisa Bickelmeyer? Und wieso dann auch die eilige Einäscherung? Hier ist doch immer klarer Vertuschung im Spiel.«

»Die Jägerin hat recht«, sagte Gebert. »Wer immer Gietz und Falk auf dem Gewissen hat und versucht hat, die Bickelmeyer umzubringen, ist auch für den Tod des Bürgermeisters verantwortlich.«

»Und uns immer einen verdammten Schritt voraus«, fügte Inga Jäger hinzu.

»Sie haben den Stellvertretenden Amtsleiter im Visier«, sagte Gebert.

»Ja und nein«, erwiderte Inga Jäger. »Es ist nicht viel mehr als ein Bauchgefühl. Ein Instinkt. Sie haben ihn ja selbst erlebt. Aber was die Fakten betrifft …« Sie rieb sich die Stirn. »Spreitzer hätte vielleicht ein Motiv gehabt, Gietz und den Bürgermeister umzubringen – zumindest profitiert er davon. Aber warum Betriebshofleiter Falk? Und warum Lisa Bickelmeyer?«

Gebert brummte zustimmend. »Die nächste Frage, die sich mir stellt, ist, wäre er überhaupt dazu in der Lage? Wir haben gesehen, wie unterwürfig Spreitzer in Hollers Gegenwart war. Ihm fehlt völlig jede Art von Dominanz, die nötig wäre, Morde zu begehen oder auch in Auftrag zu geben.«

»Und was, wenn die Morde überhaupt nichts miteinander zu tun haben?«, fragte Elli Falkenstein. »Wenn es entweder Zufall ist, dass sie zur gleichen Zeit stattfanden, oder jemand die Morde an Gietz und Falk benutzt, um Bickelmeyer und den Bürgermeister um die Ecke zu bringen?«

»Du meinst, weil Gietz und Falk auf die gleiche brutale und grausame Weise ermordet wurden, aber es bei den anderen beiden wie Selbstmord aussehen sollte?«, hinterfragte Gebert.

Elli Falkenstein nickte.

»Möglich wäre das schon«, meinte Inga Jäger. »Aber die Paarungen stimmen nicht mit den möglichen Motiven unserer Verdächtigen überein. Wie schon erwähnt, hätte Spreitzer ein Motiv gehabt, Gietz und Holler aus dem Weg zu räumen, um die Karriereleiter aufzusteigen. Ivana Gietz hätte ein Motiv gehabt, ihren Mann und Lisa Bickelmeyer umzubringen – wenn wir unberücksichtigt lassen, dass die drei ein einvernehmliches Verhältnis hatten und sie durch den Tod ihres Mannes nicht nur ihr neues Haus, sondern auch ihre neue Heimat verliert.«

»Was wir nicht wirklich unberücksichtigt lassen können«, stimmte Gebert ihr zu.

»Exakt«, sagte Inga Jäger. »Aber nur der Theorie halber, um nichts zu übersehen. Ivana hätte vielleicht sogar einen Grund gehabt, Falk zu töten, weil der ihren Mann vor Jahren so gedemütigt hat und sie wusste, dass er ihm noch immer ein Dorn im Auge war und die beiden regelmäßig Streit im Rathaus hatten. Aber sie hatte, soweit wir das einschätzen können, keinen Grund, den Bürgermeister umzubringen. Kommen wir also zu Eva Gietz. Sie hätte Grund gehabt, ihren Exmann zu töten und Lisa Bickelmeyer. Aber Falk und den Bürgermeister?« Sie schüttelte den Kopf. »Ich behalte die Theorie der verschiedenen Mörder im Hinterkopf – aber ich bin mir ziemlich sicher, sie hängen alle irgendwie zusammen. Zumal wir die Theorie mit den Profikillern im Zusammenhang mit den Verbrennungen *und* Lisa Bickelmeyers angeblichem Selbstmordversuch absolut nachvollziehbar erstellt haben.«

»Ja, das stimmt auch wieder«, sagte Elli Falkenstein und kratzte sich am Ohr.

Gebert schnaubte. »Vielleicht sollten wir einfach das tun, was man von uns erwartet, uns zurückziehen und den Fall als abgeschlossen betrachten.«

»Das ist nicht Ihr Ernst«, sagte Inga Jäger und spürte, wie Empörung in ihr aufstieg.

»Natürlich nicht.« Er schüttelte den Kopf. »Und das wissen Sie auch. Aber es ist so verflucht frustrierend. Es gibt Tage, da möchte ich den ganzen Scheiß am liebsten hinwerfen. Soll sich doch jemand anderes um den Mist kümmern. Scheint außer uns sowieso niemandem etwas auszumachen.«

Inga Jäger wollte zu ihm hinübergehen, um ihn zu trösten – sie konnte seinen Frust nur zu gut nachvollziehen. Doch noch ehe sie sich in Bewegung setzte, klingelte ihr Telefon.

Es war Peiß. Obwohl ihr schon der Name im Display die Nackenhaare hochstehen ließ, entschied sie sich, das Gespräch anzunehmen.

»Inga Jäger«, meldete sie sich.

»Frau Jäger«, brüllte er ohne jede Vorwarnung. »Sie waren vorhin entgegen allen Anweisungen im Eltviller Rathaus bei Gisbert Spreitzer ...«

»Woher ...?«, wollte sie ihn fragen, aber er ließ sich nicht unterbrechen.

»Das Landesjustizministerium hat mich gerade angerufen. Staatssekretär Wahner hat mich gefaltet wie einen Papierflieger. Sie sind hiermit mit sofortiger Wirkung auf unbestimmte Zeit vom Dienst suspendiert. Das Gleiche gilt für Kriminalhauptkommissar Gebert. Räumen Sie umgehend Ihre Büros, und geben Sie Ihre Dienstwagen ab.«

Inga Jäger wurde ganz flau im Magen, und noch bevor sie etwas entgegnen oder sich rechtfertigen konnte, hatte der Leitende Staatsanwalt das Gespräch beendet. Wie gelähmt steckte sie das Smartphone zurück in die Handtasche. Am Morgen hatte sie noch damit gerechnet – aber jetzt? Und Gebert gleich mit? Zu dem beschissenen Gefühl gesellte sich das schlechte Gewissen. Schließlich war sie es gewesen, die Spreitzer so hart angegangen war.

»Was ist los?«, fragte Gebert besorgt. Offenbar konnte man ihr vom Gesicht ablesen, wie sie sich gerade fühlte.

Sie sagte es ihm.

»Fuck«, kommentierte er die schlechte Nachricht. Dann stürmte er los.

»Wo wollen Sie hin?«, rief sie ihm hinterher.

»Na, das tun, was mir gesagt wurde«, antwortete er, ohne innezuhalten oder sich umzudrehen. »Mein Büro räumen. Und zwar ganz und für immer. Die können mich mal kreuzweise!«

34

Forensisches Institut Wiesbaden. Parkplatz

Inga Jäger rannte ihrem bulligen Kollegen hinterher. Draußen hatte es angefangen, heftig zu regnen, doch das spielte jetzt keine Rolle. Gebert war gerade dabei, eine Riesendummheit zu begehen, und sie ganz allein war schuld an dem Schlamassel.

»Kai!«, rief sie. »Warten Sie!« Er hatte seinen Wagen schon fast erreicht und holte gerade den Schlüssel aus der Manteltasche.

»Worauf?«, rief er zurück, ohne sich zu ihr umzudrehen. »Darauf, dass diesen Paragrafenreitern der Job wieder wichtiger wird als ihre verdammte Politik und ihre bescheuerten Intrigen? Keine Chance. Eher friert die Hölle ein. Und so viel Zeit zu warten bleibt mir nicht.«

»Dann warten Sie wenigstens auf mich!« Der Regen schwoll zu einem Herbstgewitter an, und sie musste noch lauter rufen. »Bitte! Kai!«

Sie sah, wie er den Schlüssel ins Schloss steckte, ihn aber nicht umdrehte. Noch immer hatte er ihr den Rücken zugewandt. Sein Mantel war an den Schultern bereits durchnässt und wurde immer dunkler. Auch sie fühlte, wie ihr das Wasser durch den Stoff ihrer Kleidung hindurch bis auf die Haut sickerte, und musste wegen der vielen Regentropfen, die ihr ins Gesicht klatschten, immer wieder blinzeln. Sie erreichte ihn und drängte sich zwischen ihn und die Wagentür.

»Das können Sie nicht tun, Kai«, sagte sie. »Sie können nicht Ihr ganzes Leben an den Nagel hängen, nur wegen dieser Korinthenkacker. Und schon gar nicht, wenn alles meine Schuld ist.«

»Reden Sie keinen Quatsch, Jägerin«, knurrte er sie an. »Es ist nicht Ihre Schuld. Kein Mensch hat mich gezwungen, zu tun, was ich getan habe. Ich gebe diesen Pissern die Schuld … die das Sagen haben, aber keine Ahnung.

Denen ihre Position, ihre Karriere und ihr Ruf wichtiger sind als ein Menschenleben. Diesen Bürokraten und Administratoren. Und wer sagt denn, dass ich mein Leben an den Nagel hänge? Vielleicht sollte ich es endlich einmal so führen, dass ich es genießen kann, statt ständig nur die Drecksarbeit für andere zu erledigen und Tag für Tag mit dem Schlimmsten konfrontiert zu werden, das die Menschheit zu bieten hat, ohne dass ich dabei wirklich etwas ausrichte?«

»Aber Sie richten doch jede Menge aus«, widersprach sie. »Ohne Sie und Menschen wie Sie wäre diese Welt ein noch sehr viel schlimmerer Ort.«

»Und warum lassen uns diese Arschlöcher nicht einfach unseren Job machen? Früher standen die einem nur dumm im Weg herum, aber heutzutage machen sie uns mehr Stress als die eigentlichen Verbrecher und stellen uns dann auch noch als die Bösen hin. Die pissen nicht nur auf uns – ohne die sie erst gar keine Existenzberechtigung hätten –, die ficken uns auch noch in den Arsch, wo und wann immer sie können, und werden dafür auch noch von den Leuten bezahlt, denen wir immer weniger helfen können, weil uns unsere Chefs die Hände fesseln. Warum soll ich mir das noch länger antun? Warum wollen *Sie* sich das noch länger antun?«

»Das wissen Sie ganz genau«, begehrte sie auf. »Es ist mehr als ein Job. Es ist unsere Aufgabe.«

Er packte sie mit seinen riesigen Händen an den nassen Schultern. »Aber man lässt sie uns doch nicht erledigen, unsere Aufgabe. Sie sehen es doch selbst! Wir sollen den Schwanz einziehen und brav zu Hause darauf warten, bis man uns in einer Untersuchung an den Pranger stellt. Danach dürfen wir froh sein, wenn wir unsere Jobs überhaupt wiederkriegen. Nicht mit mir, Jägerin. Nicht mit mir. Ich hab genug – ein für alle Mal! Ich fahr ins Büro, geb meine Marke ab und meine Kündigung, und dann geh ich heim und lass mich volllaufen.«

»Bullshit«, sagte sie wütend. »Sie sind gerade nur sehr aufgebracht, verständlicherweise, und alles, was sich an Frust in den letzten Jahren aufgebaut hat, bricht jetzt aus Ihnen heraus und verleitet Sie zu einer Dummheit, die Sie für den Rest Ihres Lebens bereuen werden.«

»Im Gegenteil«, sagte er. »Ich bin so klar im Kopf, wie schon lange nicht mehr. Weil der Frust nämlich berechtigt war und weil es richtig ist, dass er jetzt aus mir herausbricht, ehe ich daran verrecke. Ich zieh das durch, Jägerin, und wenn Ihnen meine Freundschaft etwas bedeutet, dann lassen Sie mich das machen.«

Ehe sie merkte, was sie machte, hatte sie ihm eine Ohrfeige verpasst. »Wie können Sie es wagen«, schrie sie ihn an, »infrage zu stellen, dass Ihre Freundschaft mir etwas bedeutet, Kai?! Was fällt Ihnen ein. Sie haben vielleicht alles Recht der Welt, sauer auf das System zu sein und vor allem sauer auf mich, weil ich, egal was Sie sagen, schuld bin an dem Schlamassel; aber Sie haben nicht das Recht, anzuzweifeln, wie wichtig mir Ihre Freundschaft ist.« Sie hatte angefangen vor Wut und Verzweiflung zu weinen, aber es scherte sie nicht. »Ich hole mir hier gerade eine verdammte Lungenentzündung, weil ich verhindern will, dass mein Freund … dass mein *bester* Freund einen Fehler macht, den er nicht mehr rückgängig machen kann. Und das nicht nur, weil ich ein schlechtes Gewissen habe, das von hier bis zum Mond reicht und wieder zurück, oder weil ich Sie brauche, um meinen Job so gut wie möglich zu erledigen, sondern weil Sie Ihren Job genauso sehr brauchen wie er Sie. Weil er Sie ausmacht, weil Sie ihn ausmachen. Weil Ihnen das Herz brechen würde, sobald Sie erst einmal realisieren, was Sie da an den Nagel gehängt haben.«

Plötzlich war seine große Hand an ihrer Wange. Sie fühlte, dass seine Finger ganz leicht zitterten.

»Nicht«, sagte er leise und mit belegter Stimme. »Bitte nicht weinen, Jägerin. Bitte.«

Jetzt sah sie, dass auch er mit den Tränen kämpfte, und legte ihre Hand auf seine.

»Wenn ich aufhören soll zu weinen, müssen Sie mir versprechen, jetzt nicht zu kündigen.«

»Das ist Erpressung, Jägerin.« Sein Kopf sank zu ihr herab, bis seine Stirn an der ihren lag. Regen floss ihnen über die Gesichter.

»Ich bekenne mich schuldig im Sinne der Anklage«, flüsterte sie. »Bitte, Kai, tun Sie es nicht. Geben Sie nicht auf nur wegen dieser Pisser. Lassen Sie mich nicht allein.«

»Hören Sie auf zu weinen«, bat er sie noch einmal, und seine Stimme kippte.

»Bleiben Sie?«

»Meine Entscheidung ist keine Kurzschlussreaktion – auch wenn sie wie eine aussehen mag.«

»Ich weiß«, sagte sie. »Aber sie ist trotzdem falsch.«

»Ich weiß«, sagte auch er. »Aber sie fühlt sich weniger falsch an als die, zu bleiben.«

»Nur im Moment, Kai. Weil das Nichtvorankommen im Fall und die Willkür unserer Behörden kollidieren und wir dazwischengeraten sind. Wir lösen den Fall, und dann ist die Welt wieder in Ordnung.«

»Wir sind suspendiert, Inga.«

Dass er sie beim Vornamen nannte, ließ ihr die Kälte des Regens ein bisschen weniger kalt erscheinen. »Na und? Dann müssen wir eben vorsichtig sein.«

Er legte den Kopf schräg, ohne dass seine Stirn sich von der ihren löste, und schaute ihr forschend in die Augen. »Das ist Ihr Ernst, oder?«

»Was?«, fragte sie. Seine direkte Nähe verwirrte sie auf eine angenehme Weise.

»Dass wir an dem Fall dranbleiben.«

»Absolut«, sagte sie.

»Aber es ist uns nicht nur untersagt, wir haben auch keinerlei Anhaltspunkte.«

»Ganz im Gegenteil«, sagte sie. »Ich glaube, wir haben soeben einen neuen Anhaltspunkt bekommen.«

»Haben wir?« Er schaute überrascht auf.

»Ich denke, ja«, sagte sie. »Dass Holler uns anschwärzt, habe ich noch abgetan als Territorialgetue und Wahlpropaganda. Aber jetzt hat uns auch Spreitzer angeschwärzt – und das auch noch heimlich; was ausschließt, dass er eine politische Agenda hat.«

»Warum hat er es dann getan?«

»Er hat Angst. Angst vor uns. Und das kann nur bedeuten, dass er etwas zu verbergen hat – und das gibt mir das Gefühl, dass auch Holler etwas zu verbergen hatte, also, dass sie beide da mit drinsteckten. Hier geht es wirklich um etwas Größeres, Kai. Und wenn er uns angezeigt hat, hat er uns sehr wahrscheinlich auch angelogen, was das Protokoll der geheimen Amtsleitersitzung betrifft.«

Gebert machte einen Schritt zurück und musterte sie anerkennend. »Das ergibt Sinn. Also, was tun wir jetzt?«

Seine Hand glitt von ihrer Wange, und sie vermisste augenblicklich die Berührung. »Wir holen jetzt unsere Sachen aus unseren Büros, wie man es von uns erwartet, geben unsere Dienstwagen ab, und dann gehen wir zu mir nach Hause und machen uns mit Tanya einen schönen Tag. Und morgen …« Sie machte eine kurze Pause. »Morgen gehen wir dann auf die Beisetzung von Hollers Asche und fühlen Gisbert Spreitzer noch ein wenig mehr auf den Zahn.«

»Hm«, machte er, und seine Miene hellte sich auf. »Das kann uns eigentlich keiner verbieten.«

Sie zuckte mit den Achseln und lächelte. »Dies ist ein freies Land.«

35

Staatsanwaltschaft Wiesbaden

Als Inga Jäger ihren Dienstwagen auf dem Parkplatz – der jetzt tatsächlich nicht mehr mit ihrem Namen gekennzeichnet war – abstellte, hatte sie den Eindruck, aus allen Fenstern heraus beobachtet zu werden. Es war ein seltsames Gefühl. Auch wenn sie das Gebäude selbst noch nie gemocht hatte, hatte sie gerade angefangen, sich hier heimisch und zugehörig zu fühlen – und jetzt fühlte sie sich fremd und ausgestoßen. Aber sosehr dieses Gefühl in ihren Eingeweiden nagte und sie zu lähmen versuchte, sie weigerte sich, sich ihm hinzugeben und zu leiden. Sie war ihren Instinkten gefolgt, hatte getan, was sie für richtig hielt, und musste jetzt mit den Konsequenzen leben. Mit dem Fall würde sich auch das Problem lösen – und was sie tun würde, wenn ihr das nicht gelang, konnte sie sich schließlich immer noch überlegen, wenn es so weit war. Für jetzt gab es nur einen Weg – nach vorn.

Sie betrat das Gebäude, und schon bei den ersten Kollegen, denen sie begegnete, fiel ihr auf, dass sie den Blickkontakt zu ihr mieden. Einige grüßten zwar noch, aber keiner von ihnen schaute ihr dabei in die Augen. Inga Jäger konzentrierte sich darauf, sich das nicht zu nahe gehen zu lassen. Wenn sie erfolgreich hierhin zurückkehrte, würde sie wieder mit ihnen zusammenarbeiten, und mit gehegtem Groll wäre dann niemandem gedient.

Als sie zum Aufzug ging, entschieden sich zwei weitere Mitarbeiter, lieber auf den nächsten zu warten – und auch das war in Ordnung. So war sie wenigstens nicht gezwungen, mit irgendjemandem zu reden. Es reichte, dass sie sich gleich mit Peiß auseinandersetzen musste – wobei sie ziemlich sicher war, dass das mehr zu einem von ihm geführten Monolog ausarten würde, statt zu einem wirklichen Gespräch.

Doch so fest sie auch damit gerechnet hatte, dass Peiß es sich nicht nehmen lassen würde, sie zu ihrem Abschied noch einmal richtig niederzumachen, wartete zu ihrer großen Überraschung in ihrem Büro niemand anderes auf sie als ihre Sekretärin – Rike Wiedemann.

»Hallo, Frau Jäger«, grüßte sie. »Ich habe mir die Freiheit genommen, all Ihre persönlichen Sachen zusammenzuräumen.« Sie deutete auf einen Karton, der neben ihrem Schreibtisch stand. »Aber vielleicht gehen Sie selbst noch einmal die Schränke und Ihren Tisch durch, für den Fall, dass ich etwas vergessen haben sollte.«

Die Stimme und auch die Miene der Sekretärin drückten Niedergeschlagenheit aus, und auch das überraschte Inga Jäger.

»Sie freuen sich gar nicht, Frau Wiedemann«, sagte sie.

»Nein«, bestätigte die Sekretärin.

»Warum nicht?«

Rike Wiedemann stand auf, ging zu einem ihrer Schränke, holte ein Handtuch hervor und reichte es Inga Jäger. »Hier, wenigstens für die Haare.«

»Danke.«

Dann schenkte sie einen Kaffee ein und reichte auch den der Staatsanwältin.

»Warum ich mich nicht freue, dass Sie gehen?« Sie blinzelte auffällig oft mit den Augen, und da erst merkte Inga Jäger, dass sie kurz davor war zu weinen.

»Ja«, sagte sie.

»Okay, wir hatten unsere Startschwierigkeiten«, sagte Rike Wiedemann, »und als Sie vor ein paar Wochen hier angefangen haben, habe ich Sie gehasst wie die Pest. Aber Sie wissen und wussten das von Beginn an besser als ich, dass es dabei nicht wirklich um Sie ging. Ihr Vorgänger hat mich privat wie beruflich fallen lassen wie ein benutztes Taschentuch, und ich habe meine Wut an Ihnen ausgelassen – na ja, zumindest auslassen wollen, bis Sie mir den Kopf abgerissen haben.«

»Gerade gerückt«, relativierte Inga Jäger mit einem leichten Schmunzeln und nahm einen Schluck Kaffee.

»Gerade gerückt«, bestätigte Rike Wiedemann und lächelte. »Und seitdem macht das Arbeiten hier wieder richtig viel Spaß – eben weil es mit Ihnen immer nur um die Arbeit ging und nicht um private Techtelmechtel oder Intrigen. Es ist einfach sehr viel erfüllender als die Jahre davor. Ich meine, es *war* ... Und außerdem ...«

»Außerdem?«

»Ich kenne Sie jetzt ein wenig, Frau Jäger«, sagte Rike Wiedemann. »Und deshalb bin ich mir absolut sicher, dass Sie bald wieder hier sind.« Sie schniefte, und eine einzelne Träne rann durch das Make-up, das sehr viel dezenter war als bei ihrer ersten Begegnung. »Und jetzt stellen Sie sich einmal vor, wie peinlich, aber vor allem wie riskant es wäre, wenn ich jetzt Ihren Abgang feierte und Sie schon in ein paar Tagen – spätestens – wieder in Amt und Würden wären ... sind.«

Inga Jäger seufzte. »Ich danke Ihnen, Frau Wiedemann. Mehr als ich es ausdrücken kann.«

Völlig unerwartet machte die Sekretärin zwei schnelle Schritte nach vorn und umarmte Inga Jäger. »Versprechen Sie mir einfach nur, dass Sie bald wieder hier sind.«

»Ich verspreche es«, sagte Inga Jäger, und jetzt musste sie sich eine Träne verkneifen.

36

Inga Jägers Wohnung

Die heiße Dusche vertrieb einen Großteil ihres Unbehagens, aber natürlich keine einzige ihrer Sorgen. Inga hatte nach wie vor nicht die Spur eines Plans, wie sie in dem Fall weiterkommen sollte. Am nächsten Tag die Beisetzung des Bürgermeisters zu besuchen war ein Ansatz – nicht mehr. Er zielte darauf ab, Gisbert Spreitzer irgendwie aus der Reserve zu locken und/oder anderweitig bei anwesenden Mitarbeitern der Stadtverwaltung an zusätzliche Informationen zu gelangen, die auf dem Friedhof zu erfragen ihr und Gebert niemand verbieten konnte. Ebenso wenig wie Gebert glaubte sie daran, dass Gisbert Spreitzer der Hauptverantwortliche hinter den Morden war – aber dass er etwas mit ihnen zu tun hatte, war für sie inzwischen so sicher wie das Amen in der Kirche.

Sie stieg aus der Duschkabine, frottierte sich gründlich ab und schlüpfte in frische, warme und vor allem trockene Klamotten. Darin fühlte sie sich beinahe wie neugeboren, auf jeden Fall aber um einiges lebendiger und kräftiger als in den vergangenen anderthalb Stunden. Bei allen guten Vorsätzen, sich die Suspendierung nicht zu nahe gehen zu lassen, hatte sie doch mehr an ihren Nerven gezehrt, als sie zunächst hatte zugeben wollen.

Sie hatte Vikki Limpach, Tanyas Tagesmutter, angerufen und ihr mitgeteilt, dass sie die Kleine heute nur aus der Schule abzuholen brauchte, weil sie selbst den Rest des Tages mit ihr verbringen würde. Sie und Gebert würden, je nachdem, worauf Tanya mehr Lust hatte, entweder ins Theater gehen, um sich eine Aufführung von *Hänsel und Gretel* anzusehen, oder ins Kino: *Fünf Freunde* als Film. Inga wäre lieber ins Freie gegangen, in die Fasanerie oder auch in den Stadtwald, aber bei dem miesen Wetter hatte das wenig Sinn. Vorher aber würden sie essen gehen. Gebert hatte zwar angeboten, erneut für sie zu kochen, aber sie wollte, dass auch er sich einmal entspannen konnte. Seine Reaktion auf den Anruf an diesem Morgen hatte gezeigt, wie sehr das Festhängen im Fall und die Steine, die ihnen ihre eigene Bürokratie in den Weg legte, auch an seinen Nerven gezehrt hatten.

Kaum hatte sie Tee aufgesetzt, eine Dose »Danish Buttercookies« geöffnet und sich eine Zigarette angezündet, klingelte es auch schon. Zu ihrer Überraschung kam Gebert nicht allein die Treppe nach oben. Die Otto war bei ihm.

»Ich dachte, Sie beide brauchen vielleicht einen Chauffeur«, sagte Geberts Assistentin zur Begrüßung, »weil Sie doch Ihre Dienstwagen abgeben mussten. Da habe ich mir für heute einfach mal freigenommen. Ich hoffe, das ist in Ordnung.«

»Das ist sogar ausgesprochen lieb«, sagte Inga. »Kommen Sie rein. Ich habe Tee gekocht zum Aufwärmen.«

»Wenn's dazu auch 'nen Whisky gibt, nehm ich einen«, sagte Gebert. »Muss ja immerhin nicht mehr fahren heute. Haben Sie noch von dem achtzehn Jahre alten Glenmorangie?«

»Yep«, sagte Inga, holte die Flasche aus der Ecke der Anrichte und einen Tumbler.

»Aber wirklich nur einen kleinen Finger breit«, sagte Gebert. »Muss ja nicht sein, dass Tanya mich angetrunken erlebt.«

Inga füllte das Glas mit der bestellten Menge und verteilte dann den Schwarzen Tee in drei Tassen und deutete auf die Dose mit den Keksen. »Bedienen Sie sich. Zu essen gibt's nachher, wenn Tanya da ist. Ich hab mir gedacht, wir gehen zum großen gelben M.«

»Hm. Burger und Fritten«, sagte Gebert. »Muss auch mal sein.« Er steckte sich einen der Kekse in den Mund, begann zu kauen und nahm einen Schluck Whisky dazu. »Köstlich. Müsst ihr bei Gelegenheit mal probieren.«

Die Otto nahm ihre Teetasse, pustete ein paarmal und nippte daran, ohne ihn zu süßen.

»Mädels, ich habe euch etwas mitzuteilen«, sagte Gebert, so als hätte er sich dazu erst aufrappeln müssen. »Und zwar bevor Tanya kommt, damit es vom Tisch ist. Und ich finde, ihr beide solltet es zuerst erfahren.«

»Sie haben doch beim Schreibtischräumen keinen Mist gebaut?«, fragte Inga alarmiert. »Sie haben es versprochen.«

»Nein, nein, keine Sorge«, antwortete Gebert. »Ich war ganz brav. Zahm wie ein Lämmchen. Aber das Thema stimmt schon: Ich helfe noch mit, den Fall zu lösen, aber dann hänge ich meinen Job wirklich an den Nagel.«

»Was?!« Die Otto war noch mehr überrascht als Inga, da sie von dem Ausbruch zuvor nichts mitbekommen hatte.

»Das ist nicht Ihr Ernst, Kai«, sagte Inga eilig. »Das ist nicht durchdacht.«

»Lasst mich bitte ausreden«, sagte Gebert leise. »Ich gebe zu, das vorhin war unüberlegt – na ja, nicht wirklich unüberlegt, aber es war im Affekt.«

»Moment«, sagte die Otto. »Weihen Sie mich bitte mal ein. Was meinen Sie mit vorhin?«

»Als die Nachricht von unserer Suspendierung kam, ist er ausgetickt und wollte direkt alles hinwerfen«, erzählte Inga. »Aber ich konnte ihn davon überzeugen, das nicht zu tun. Dachte ich zumindest. Aber so wie …«

»Wie gesagt, lasst mich ausreden«, bat Gebert noch einmal. »Meine Reaktion vorhin war im Affekt, keine Frage.

Aber die Gedanken und Gründe dahinter waren deswegen kein Stück weniger echt und ehrlich. Es ist ja auch nicht so, dass ich noch so unglaublich viele Dienstjahre vor mir hätte – vielleicht noch zehn oder zwölf. Aber wenn die in Sachen Bürokratie und interne Intrigen und Machtkämpfe genauso werden wie die letzten, na, sagen wir zwei oder drei, bin ich danach mit an Sicherheit grenzender Wahrscheinlichkeit nervlich und auch körperlich ein Wrack. Oder ich sitze für den Rest meines Lebens im Knast, weil ich irgend so einem Machiavelli-Chefchen den Kopf abgerissen und in den Hals geschissen habe. Ihr beide kennt mich gut genug, um zu wissen, dass mir das durchaus passieren könnte. Ich meine, suspendieren die uns dafür, dass wir unseren Job machen, und setzen uns dann auch noch auf die Anklagebank. Ich bin losgezogen, um Verbrecher zu bekämpfen, nicht um durch mehr und mehr stupide Regularien selbst zu einem zu werden. Ich meine, die meisten Regeln sind ja vollkommen in Ordnung – wir arbeiten schließlich zum Schutz der Bürger, und eingeschränkte Befugnisse hindern uns zum Glück daran, die, die wir beschützen sollen, zu terrorisieren.«

Inga zuckte innerlich zusammen. Sie wusste, dass er das nicht als Seitenhieb gemeint hatte, aber es machte deutlich, dass sie es gewesen war, die diese Befugnisse überschritten hatte, als sie gegen dessen Willen Hollers Haus betrat … während Gebert regelkonform draußen stehen geblieben war.

»Wir sind alle auf die eine oder andere Art und Weise austauschbar«, sagte er.

»Sind wir nicht«, widersprach Inga.

»Ich meine, früher oder später werde ich ohnehin abgelöst – ziemlich wahrscheinlich von dir …« Er deutete auf die Otto. »Warum soll ich dann nicht gehen, solange ich noch die Kraft habe – den Schmackes –, noch was völlig Neues anzufangen und meinen inneren Frieden wiederzufinden? Mädels, glaubt mir, ich habe mir das gut überlegt. Da ist noch genug Saft in den alten Knochen für einen Neubeginn – aber nicht mehr genug, um gegen Verbrecher *und* Intriganten und Machtmenschen in den eigenen Reihen zu kämpfen.«

»Sie würden uns wirklich alleine lassen?«, fragte die Otto, und Inga bemerkte, dass ihre Augen feucht geworden waren.

Gebert legte seine Hand auf ihre. »Ihr seid doch schon groß … und stark und fit. Ihr beherrscht den Job mindestens genauso gut wie ich – wenn nicht sogar besser. Und ihr seid jünger, erheblich flexibler und sehr, sehr viel diplomatischer … also noch bei Weitem anpassungsfähig genug, euch in dieser Knochenmühle von Bürokraten und Stuhlabsägern zurechtzufinden. Ich schaffe das auf meine alten Tage nicht mehr.«

Für einen Moment lang herrschte betretenes Schweigen, und Inga hörte, wie die Otto schluckte, um ihre Gefühle im Zaum zu halten. Gefühle, die sie teilte.

»Ich könnte verstehen«, fügte Gebert noch hinzu, »dass ihr das so empfindet, als würde ich euch im Stich lassen, aber mir wäre es lieber, ihr erkennt das an als die einzige Perspektive, die ich sehe, nicht den Verstand zu verlieren. Ich möchte, dass wir Freunde bleiben. Nur weil ich den Dienst quittiere, heißt das ja nicht, dass wir uns aus den Augen verlieren müssen. Ganz im Gegenteil.« Dabei sah er Inga eindringlich an – und plötzlich durchzuckte es sie.

Verdammt! Macht er das auch wegen mir? Will er auch deswegen nicht mehr Polizist sein, damit mein Schwur uns nicht im Weg steht? Lydia Ottos Anwesenheit machte es ihr unmöglich, dies laut auszusprechen und ihn direkt zu fragen. Sie würde das nachholen, wenn sie wieder allein waren. Stattdessen fragte sie: »Haben Sie denn schon eine Idee, was Sie sonst machen würden?«

»Diverse«, sagte er. »Ich habe jede Menge Kontakte zu Automatenaufstellern. Die würden mir bestimmt einen kleinen Spielsalon oder auch eine Kneipe vorfinanzieren.«

»Pfff!«, machte die Otto, um auch ohne Worte zu signalisieren, was sie davon hielt.

»Was spricht gegen ein schönes kleines Kneipchen?«, fragte er. »Hier in Wiesbaden oder besser noch im Rheingau. Ich könnte kochen, hätte immer Gesellschaft ...«

»... und hätten den einen Vollzeitjob gegen einen anderen ausgetauscht«, sagte Inga. »Sie würden die Nächte durcharbeiten und wahrscheinlich auch feiern und die Tage verpennen.« Sie hatte in ihrem Leben genug Kneipiers kennengelernt, um zu wissen, dass das zwar bei Weitem nicht auf alle, aber doch auf so manche zutraf. Gebert mit seiner geselligen Art wäre prädestiniert für ein solches Los.

»Ich könnte für eine Sicherheitsfirma arbeiten«, sagte er. »Als Fahrer oder auch als Pförtner.«

»Chef, Sie würden doch schon nach einer Woche wegen Unterforderung am Rad drehen«, sagte die Otto.

»Wir werden sehen«, erwiderte er. »Wer weiß, auf welchen Gebieten ich mich dann privat austobe. Ich will schon lange ein Kochbuch schreiben, ich könnte meine Wochenenden fest verplanen für kleinere, aber auch größere Ausflüge, ohne permanent damit rechnen zu müssen, zu einem Tatort gerufen zu werden. Das Gleiche gilt für Kino, Theater und andere Events und Festivitäten.«

Guter Punkt, dachte Inga. Ihre eigene Entscheidung, von der Polizei zur Staatsanwaltschaft zu wechseln, war zu einem Teil damit begründet, mehr geregelte und zuverlässige Zeit für Tanya zu haben. Sie ermittelte zwar mit, war aber zu keiner Zeit wirklich dazu gezwungen, mit zum Tatort zu kommen und Verdächtige zusammen mit der Polizei zu befragen. Wenn es hart auf hart kam, konnte sie jederzeit abends oder am Wochenende freinehmen. Der Gedanke erinnerte sie an den Abend mit Max Hoffman auf dem Partyschiff. War die Tatsache, dass sie da keinen Gebrauch davon gemacht hatte, nicht ein weiteres Zeichen dafür, dass sie eigentlich nicht wirklich etwas von dem Journalisten wollte? Das brachte sie wieder zu Gebert: Wäre es nicht auch ein Zeichen dafür, wie sehr sie sich wirklich zu ihm hingezogen fühlte und sich eine Beziehung mit ihm wünschte, wenn sie sich über seinen Entschluss, seine Karriere als Polizist an den Nagel zu hängen, insgeheim freute? Die Antwort lautete: Jein. Ein großer Teil ihrer Zuneigung war darin begründet, wie sehr er in seinem Job, oder besser in seiner Berufung, aufging, wie sehr er sich einsetzte und dass sie Tag für Tag Seite an Seite arbeiteten … kämpften. Darauf, Tag für Tag mit ihm zusammen zu sein, ohne dass es jemals auch nur ansatzweise langweilig war, konnte sie im Zweifelsfalle verzichten, auch wenn er ihr sehr fehlen würde, solange er etwas tat, das ihn erfüllte … das ihn ausmachte. Hier sah sie das wesentlich größere Problem, ahnte aber zugleich: Wenn sie sich wirklich aufeinander einlassen würden, würden sie gemeinsam etwas finden, das ihn mit der gleichen Lebendigkeit und Energie erfüllte wie seine Aufgabe als Kriminalhauptkommissar. Denn das war die Wahrheit, die Gebert übersah: Seine Arbeit brachte ihm sehr viel mehr Energie, als sie ihm raubte. Inga wusste das, weil es bei ihr ganz genauso war: Viel Kraft für ein Leben als junge Witwe und alleinerziehende Mutter schöpfte sie aus ihrem Beruf, dem Glauben an ihre Aufgabe und auch aus ihren Erfolgen – daran konnten auch Bürokraten, Paragrafenreiter und Politiker wie Holler, Peiß oder Wahner nichts ändern. Und das war zugleich im Moment ihr einziges Ass im Ärmel – wenn sie die Killer und ihren Auftraggeber dingfest machte, war sie rehabilitiert. Man würde sich hüten, dann noch eine Untersuchung gegen sie anzustrengen.

»Also steht Ihr Entschluss wirklich fest?«, fragte die Otto.

»Felsenfest«, betonte Gebert. »Wie gesagt, das ist reiner Selbstschutz. Sonst lande ich tatsächlich entweder mit einem Herzinfarkt in der Grube, wegen Durchdrehen in der Klapse oben auf dem Eichberg bei Professor Götz oder wegen der Ermordung eines oder mehrerer Vorgesetzter im Knast. Und das würde euch noch weniger gefallen … Hoffe ich zumindest.«

»Klar«, sagte Inga. Sie hatte verstanden, spürte, wie ernst es ihm war, und sah ein, dass es keine andere Möglichkeit gab, als seine Entscheidung jetzt, da er sie nicht länger im Affekt gefällt hatte, voll und ganz zu akzeptieren. »Also, was immer Sie tun und sosehr ich es auch bedaure, Sie als Kollegen zu verlieren, ich werde Sie unterstützen, wo und wie ich nur kann.«

Die Otto seufzte, und in diesem Seufzer lag die Traurigkeit der ganzen Welt. »Ich natürlich auch«, sagte sie. »Egal, was kommt, Sie werden immer mein Chef bleiben.«

»Red keinen Unsinn, Otto«, sagte Gebert. »Du bist reif, selbst Chef zu werden, und ich verwette meinen Arsch, dass du das richtig gut machen wirst.«

Die Assistentin schüttelte den Kopf. »Es ist Ihnen gelungen, mich davon zu überzeugen, dass es für Sie persönlich das Beste ist, wenn Sie den Dienst quittieren, aber Sie können nicht erwarten, dass ich so tue, als wäre der Job ohne Sie noch derselbe – egal ob ich nun Assi bin oder Chef.« Jetzt holte sie doch ein Taschentuch hervor und schnäuzte sich. Sie gab sich nicht einmal Mühe zu verbergen, dass sie dabei auch ihre Tränen abwischte.

»Hey, das ist doch kein Weltuntergang«, sagte Gebert und legte seinen Arm um ihre Schultern. »Nicht weinen.«

Inga fiel auf, dass er mit der Otto ganz anders umging als vorhin im Regen mit ihr. Seine Assistentin tröstete er wie eine Tochter, und ihre Tränen brachten ihn nicht auch selbst zum Weinen wie bei ihr. Inga konnte es drehen und wenden, wie sie wollte – sie vermochte nicht länger zu leugnen, dass sie sich mehr und mehr in diesen grobschlächtigen Teddybären mit dem riesigen Herzen verliebte. Und wenn der Fall erst einmal abgeschlossen war, würde sie ihm das auch sagen.

Frische Fährte

37

Eltville am Rhein. Kirche St. Peter und Paul

Weil die Friedhofskapelle zu wenig Platz bot für all die Bürger und Bürgerinnen Eltvilles und die Mitarbeiter der Stadtverwaltung, die zur Beisetzung des Bürgermeisters gekommen waren, fand der Gottesdienst in der katholischen Kirche St. Peter und Paul statt, und Inga Jäger und Kriminalhauptkommissar Gebert waren frühzeitig hierher gefahren, um zu beobachten, wer alles daran teilnahm. Sie standen im Innern in der Nähe des Eingangs und musterten die Neuankömmlinge, die wegen des schweren Herbstregens, der draußen auf das Kopfsteinpflaster klatschte und Blasen warf, im nur unzulänglichen Schutz ihrer Regenschirme förmlich hereingerannt kamen.

»Ob auch so viele kämen, wenn unsere Kollegen ihre Meinung, dass Holler sich selbst getötet hat, schon öffentlich bekannt gegeben hätten?«, fragte Gebert lakonisch.

»Fraglich. Aber auf jeden Fall würde dann der Gottesdienst nicht hier in einer katholischen Kirche stattfinden«, sagte Inga Jäger. »Genau genommen würde es gar keinen Gottesdienst geben. Der Vatikan ist da, soweit ich weiß, nach wie vor eisern, was die Verdammnis von Selbstmördern angeht.« So schwer ihr das fiel, verkniff sie es sich zu fragen, ob Geberts Entscheidung, den Dienst zu quittieren, mit ihr und ihrem Schwur, niemals wieder eine Beziehung mit einem Kollegen zu führen, zu tun hatte. Wenn sie ihm ihre eigenen Gefühle erst nach Abschluss des Falles mitteilen wollte, hatte auch das noch Zeit bis dahin.

»Sieh mal einer an«, unterbrach Gebert ihre Gedanken und deutete mit dem Kinn in Richtung Eingang.

»Peiß?« Obwohl sie damit hätte rechnen müssen, weil Peiß und Holler alte Parteifreunde gewesen waren, war sie dennoch überrascht, ihn hier zu sehen. Schließlich war er in dem wenn auch falschen Glauben, Holler habe sich selbst das Leben genommen, und Inga Jäger kannte ihren Chef inzwischen gut genug, um zu wissen, dass er alles und jeden mied, der seinem eigenen Ruf auch nur entfernt schaden konnte. Wenn die Presse spätestens am nächsten Tag den Irrtum verkündete, dass der Bürgermeister nicht nur ein Selbstmörder, sondern auch ein mehrfacher Mörder war, würde bekannt werden, dass Peiß jetzt schon davon wusste – und man würde sich zu Recht fragen, wieso er einem Sünder und Verbrecher die letzte Ehre erwiesen hatte.

Als der Leitende Staatsanwalt sie erkannte, verfinsterte sich sein Gesicht noch mehr, und er ging schnurstracks auf sie zu.

»Was zum Teufel suchen Sie beide hier?«, zischte er zwischen zusammengebissenen Zähnen hervor.

»Wir sind rein privat hier«, antwortete Inga Jäger gelassener, als sie sich in seiner Gegenwart fühlte. »Um einem Mordopfer die Ehre zu erweisen. Aber was tun Sie hier, wenn Sie davon ausgehen, dass Holler sich selbst und zwei seiner Kollegen getötet hat?«

Inga Jäger sah an seiner Miene, wie Wut sich in Verblüffung verwandelte.

»Sie glauben nicht, dass er sich selbst und Gietz und Falk getötet hat?«, fragte Peiß leise. »Warum haben Sie das nicht früher erwähnt?«

»Was soll das denn jetzt, Herr Peiß? Sie haben mir doch nicht die Spur einer Gelegenheit dazu gegeben«, erwiderte Inga Jäger unwirsch. »Sie haben mich suspendiert, ohne auch nur ein Wort zu fragen oder meine Meinung zu der Sache anzuhören.«

»Und spätestens die Tatsache, dass wir ja überhaupt erst suspendiert wurden, weil wir weiterermittelt haben, hätte Sie darauf bringen können, dass wir den Fall als noch nicht abgeschlossen betrachten«, grollte Gebert. »Aber das ist das, was ich an euch Bürohengsten so hasse: Nach unten treten, aber nach oben immer fein buckeln und blind gehorchen.«

»Ich verbitte mir derartige Anfeindungen«, gab Peiß zurück. »Ich …«

»Wie ich sehe, haben Sie Ihre Leute immer noch nicht im Griff, Peiß«, ertönte da eine Stimme von der Seite, und Peiß zuckte zusammen.

Inga Jäger betrachtete sich den Neuankömmling. Er war Anfang fünfzig, mittelgroß, aber sehnig, und sein graues Haar war, ähnlich wie das von Peiß, fast schon militärisch kurz. Er trug einen perfekt sitzenden, dreiteiligen Anzug – dem Anlass entsprechend schwarz, wie auch seine Krawatte.

»Herr Staatssekretär«, grüßte Peiß ihn auf schon beinahe unterwürfige Weise. Beinahe hätte er auch noch einen Diener gemacht. »Die beiden sind privat hier. Ich habe sie deswegen gerade zur Rede gestellt.«

»Das also ist Frau Inga Jäger«, sagte der Staatssekretär mit einem herablassenden Lächeln, ohne ihr die Hand zum Gruß anzubieten. »Die Frau, die Wirbel macht, egal, womit man sie gerade beauftragt.«

Das also ist Staatssekretär Ronnie Wahner, dachte Inga Jäger im Gegenzug und wusste, dass er mit seiner Bemerkung auch ihren ersten Fall gemeint hatte, der seinen Chef, dem hessischen Justizminister, beinahe den Posten gekostet hätte. *Der Mann, der die Wahrheit unter den Teppich kehrt, um das politische Klima nicht noch mehr anzuheizen. Aber was zur Hölle macht Wahner hier auf Hollers Beerdigung?*

»Ich schlage vor, Frau Jäger, Sie lassen die Toten endlich ruhen und warten, ohne irgendeine weitere Dummheit anzustellen, die Ergebnisse der bevorstehenden Untersuchung gegen Sie ab. Ich bin sehr zuversichtlich, dass Sie und Herr Gebert bald wieder in Amt und Würden sein werden, wenn Sie sich reumütig dazu bekennen, Ihre Befugnisse überschritten zu haben.«

»Wir werden sehen, Herr Wahner«, entgegnete sie und verzichtete dabei wie er ganz bewusst auf die Nennung seines Titels, »wer letzten Endes seine Befugnisse überschritten hat … oder gar sein Amt missbraucht.«

Die Miene des Staatssekretärs schien für einen kleinen Augenblick zu Eis zu werden. Doch dann lächelte er aalglatt, nickte Peiß knapp zu und ging ins Innere der Kirche davon. Inga sah noch, wie er sein Telefon aus der Manteltasche holte, dann war er in der Menge verschwunden.

»Das war nicht besonders klug, Frau Jäger«, sagte Peiß übellaunig. »Aber das bin ich von Ihnen ja auch nicht anders gewohnt.« Damit stapfte er ebenfalls davon.

»Diese Pisser!«, fluchte Inga Jäger leise vor sich hin.

Gebert legte ihr eine Hand auf die Schulter. »Ich könnte für mein Kneipchen bestimmt noch 'ne fesche Kellnerin gebrauchen«, sagte er mit einem Zwinkern und brachte sie damit zum Lächeln.

Als Nächstes betrat Max Hoffman die Kirche. Er hatte seine Fotokamera gegen den Regen mit einer Plastiktüte geschützt, die er jetzt abzog. Er entdeckte Inga Jäger, zog überrascht die Augenbrauen nach oben und kam zu ihnen hinüber.

»Ich lasse euch Turteltäubchen dann mal 'nen Moment allein«, sagte Gebert, und noch ehe Inga Jäger etwas erwidern konnte, hatte der Kommissar dem Journalisten schon kurz zugenickt und war dann zur anderen Seite des Kirchenportals gegangen.

»Hallo, Inga«, sagte Max Hoffman und wischte sich mit der flachen Hand den Regen aus den Haaren. »Ich habe gehört, du bist vom Dienst suspendiert. Was ist passiert, und – wenn es stimmt – was machst du dann hier?«

Kein *Schön, dich zu sehen* oder *Gut, dass wir uns hier treffen. Hast du heute Abend schon etwas vor, weil ich gerne einen Wein mit dir trinken gehen würde?*

»Ich hoffe, du verstehst, dass ich dazu zum jetzigen Zeitpunkt noch nichts sagen kann«, antwortete sie – obwohl sie für einen Moment darüber nachgedacht hatte, ihm zu sagen, dass das Landesjustizministerium gerade dabei war, einen Fall als abgeschlossen zu den Akten zu legen, obwohl die Mörder und auch ihr Auftraggeber noch frei herumliefen, und dass sie nur vom Dienst suspendiert war, weil sie die Verbrecher nicht ungestraft davonkommen lassen wollte. Eine Veröffentlichung dieser Tatsachen in den Medien würde sie ziemlich sicher vor einer Untersuchung bewahren, aber sie würde auch den Tätern verraten, dass sie sie im Visier hatte – und das galt es um jeden Preis zu verhindern.

»Verstehe«, antwortete Max Hoffman. »Vielleicht irgendwelche Angaben zum plötzlichen Tod des Bürgermeisters? Man munkelt, er habe Selbstmord begangen. Wenn das stimmt, warum? War er der Mörder? Oder ist er auch eines der Opfer? Oder hat er sich umgebracht, weil er nicht damit leben konnte, dass diese schrecklichen Verbrechen in seiner Amtszeit verübt worden sind?«

»Wie du schon sagtest«, erwiderte Inga Jäger, »ich bin vom Dienst suspendiert. Ich kann und vor allem ich darf dir diese Fragen nicht beantworten. Aber ich bin mir sicher, dass es schon bald eine Pressekonferenz dazu geben wird.«

»Okay«, sagte er und versuchte erst gar nicht, seine Enttäuschung zu verbergen. Doch dann lächelte er plötzlich wieder. »Tut mir leid, Inga, aber du weißt, ich muss solche Fragen stellen.«

»Natürlich.« *Aber das zu wissen macht es nicht besser.*

»Wollen wir uns heute Abend treffen? Privat meine ich.« Ihm schien dieses Changieren tatsächlich überhaupt nichts auszumachen.

»Würde ich gerne«, sagte sie – und das entsprach den Tatsachen, denn sie wollte ihm mitteilen, dass es zwischen ihnen nicht mehr geben konnte als Freundschaft. Ihr Blick wanderte unwillkürlich zu Gebert. Ihre Gefühle waren schon lange nicht mehr so klar gewesen wie jetzt. »Aber die nächsten Tage sind noch ein bisschen holprig – auch zeitlich. Wenn es okay für dich ist, würde ich mich gerne melden, sobald ich weiß, wann ich Zeit habe.«

»Kein Problem«, sagte er – mit seinem typischen Selbstbewusstsein. Wahrscheinlich konnte er sich gar nicht vorstellen, dass sie sich mit ihm treffen wollte, um ihm einen Korb zu geben. »Ich freu mich schon. Und sei bitte nicht böse, wenn ich jetzt weitermuss. Aber du weißt ja: Brötchen verdienen und so.«

»Na dann mal Waidmannsheil«, sagte sie und deutete auf die Kamera. »Gutes Gelingen.«

»Danke«, antwortete er, küsste sie auf die Wange und rauschte davon, um seinen Job zu machen.

Gebert kehrte zurück und gab ihr ein Zeichen in Richtung Tür. Dort erschien gerade Gisbert Spreitzer. Inga Jäger zögerte keine Sekunde und ging auf ihn zu.

»Guten Tag, Herr Spreitzer«, sagte sie und stellte sich ihm in den Weg.

Er konnte gar nicht anders, als stehen zu bleiben, und wich nervös ihrem Blick aus. »Was wollen Sie denn hier? Haben Sie denn gar keinen Respekt? Keine Achtung vor den Toten?«

»Oh, ganz im Gegenteil«, sagte Inga Jäger. »Mein Respekt ist sogar so groß, dass ich es zu meinem Job gemacht habe, die Umstände ihres Dahinscheidens aufzuklären und die Schuldigen ihrer gerechten Strafe zuzuführen. So wie Sie.«

»Wie bitte?«, fragte er empört. »Was wollen Sie damit sagen?«

»Sie können mit der Scharade aufhören, Spreitzer«, sagte sie. »Ich weiß, dass Sie es waren, der uns beim Landesjustizministerium angeschwärzt hat. Das kann nur heißen, dass Sie mit den Morden etwas zu tun haben. Und das werde ich beweisen. Es liegt an Ihnen, ob auf die sanfte oder auf die harte Tour.«

»Was erlauben Sie sich? Sie sind vom Dienst suspendiert. Sie verfügen über keinerlei Hoheit.«

»Sehen Sie«, sagte Inga Jäger. »Schon wieder falsch. Und gleich auf zwei Ebenen. Zum einen: Wären Sie unschuldig – wie Sie vorgeben –, würden Sie das beteuern und mich dabei unterstützen, meine Arbeit zu machen, statt mich so herablassend wie gerade auf meine berufliche Situation hinzuweisen. Und zum andern: Es existiert kein Gesetz, das mich als Privatperson daran hindert, in einem Verbrechen zu ermitteln, solange ich mir kein Amt anmaße oder hoheitliche Gewalt anwende.«

»Ebenso wenig existiert ein Gesetz«, konterte der Stellvertretende Amtsleiter, »das mich dazu zwingt, einer Privatperson Rede und Antwort zu stehen. Guten Tag.« Damit schob er sich an ihr vorüber und ging weiter.

»Sie haben gelogen, Herr Spreitzer«, rief sie ihm hinterher. »Es gab ein Protokoll von der geheimen Amtsleitersitzung, und Sie oder Holler haben es gelöscht. Aber irgendjemand hat es angefertigt, und denjenigen finde ich. Darauf können Sie sich verlassen.«

Spreitzer hielt für einen Moment inne, setzte dann aber seinen Weg fort, ohne sich noch einmal zu ihr umzudrehen.

Inga Jäger wollte ihm nachgehen, obwohl sie schon jetzt mehr Aufmerksamkeit erregt hatte, als ihr vor dem Hintergrund der bevorstehenden Untersuchung lieb sein konnte. Jemand fasste sie am Arm – so leicht, dass es unmöglich Gebert sein konnte. Sie drehte sich um und erkannte Kerstin Brauer – Melchior Gietz' Sekretärin und Amtsklatschtante.

»Kommen Sie, kommen Sie«, flüsterte sie hastig und zog Inga Jäger aus dem Zentrum der Umstehenden in eine Nische neben dem Eingang.

»Was ist, Frau Brauer?«

»Ich konnte, wie einige andere hier, nicht anders, als einen Teil Ihres Gesprächs mit Herrn Spreitzer mit anzuhören«, sagte sie leise. »Sie wollen wissen, wer das Protokoll der geheimen Amtsleitersitzung geführt hat?«

»Ja.«

»Ich fürchte nur, zu meinem großen Bedauern, das wird Ihnen im Moment nicht sehr viel nützen.«

»Wieso? Was wissen Sie, Frau Brauer?«

»Die Person, die in den vergangenen beiden Jahren *alle* Amtsleitersitzungen protokolliert hat – also auch diese geheime –, liegt auf dem Eichberg im Koma.«

»Lisa Bickelmeyer?«

Kerstin Brauer nickte.

»Frau Bickelmeyer liegt nicht im Koma.«

Die Sekretärin machte eine wegwerfende Geste. »Dann eben katatonisch oder was auch immer – auf jeden Fall ist sie nicht mehr ansprechbar, kann Ihnen also auch nicht weiterhelfen.«

Und wie um das, was die Frau prophezeite, zu untermalen, setzte mit einem Schlag das Trauergeläut ein.

38

Die Weinberge über Eltville

Der Nissan Qashqai, den Inga Jäger für die kommenden Tage gemietet hatte, musste sich viel mehr anstrengen als ihr ehemaliger Dienstwagen, den Anstieg der Weinberge in Richtung der Psychiatrie zu nehmen – und das, obwohl er aussah wie ein kleiner Geländewagen. Außerdem vermisste sie die Sitzheizung mehr, als sie zugeben wollte – sie hatte sich in den vergangenen Herbstwochen sehr daran gewöhnt und hatte jetzt das Gefühl, auf einem kalten Stein zu sitzen und sich eine Blasenentzündung einzufangen.

Schon erstaunlich, wie schnell man verweichlicht, dachte sie – streng mit sich selbst – und erinnerte sich an ihren ersten Wagen, einen uralten Citroën 2CV oder »Ente«, wie er auch genannt wurde ... und den sie »Lizzy« getauft hatte. Lizzy war so unkomfortabel wie zuverlässig gewesen, und sie hatte Tausende von Kilometern darin zurückgelegt. Nicht nur im hohen Norden, ihrer Heimat. Durch halb Europa war sie damit getourt. Und wenn es kalt war und windig – eher die Regel als die Ausnahme –, dann hatte Inga Jäger eben ein zweites Paar Strumpfhosen angezogen und einen dicken Mantel und Handschuhe – manchmal sogar, weil Lizzys aufrollbares Dach aus Vinyl nie wirklich dicht zu kriegen war, eine Regenjacke und einen Südwester, durch dessen Nackenschutz das Wasser auf den Rücksitz floss, statt ihren Rücken hinab.

Gebert hätte auf gar keinen Fall in die Ente gepasst. Schon der Nissan machte ihm schwer zu schaffen, und er erinnerte auf dem Beifahrersitz doch sehr an eine Sardine in der Büchse. Seine linke Schulter rieb an Inga Jägers rechter, und wenn sie schalten wollte, musste er das linke Bein zur Seite ziehen.

»Den nächsten Wagen miete ich«, brummte er ungehalten. Er hatte den Kopf nach vorn gebeugt, um nicht an die Decke zu stoßen. »Obwohl ... Da ich den Dienst ja ohnehin quittiere, wenn das hier vorbei ist, kann ich auch gleich ’nen neuen kaufen. Wie würde Ihnen ein Bus gefallen? Damit kann man tolle Ausflüge machen – besonders mit Kindern. Und er wäre praktisch zum Einkaufen für Kneipe oder Restaurant.«

»Würde es Ihnen viel ausmachen, wenn wir über Ihr Ausscheiden aus dem Dienst erst sprechen, wenn es auch wirklich so weit ist?«

»Bereitet Ihnen der Gedanke noch immer Kopfschmerzen?«

Herzschmerzen, hätte sie am liebsten gesagt – denn auch wenn seine Kündigung es ihr leichter machen würde, ihm die Gefühle zu gestehen, die sie für ihn entwickelt hatte, tat es ihr doch weh, ihn als Kollegen und Partner zu verlieren. »Das können Sie sich doch denken«, sagte sie. »Einen besseren Partner als Sie gibt es nun einmal nicht.«

»Ich hatte gehofft, ein Teil von Ihnen freut sich vielleicht darüber, dass ich meinen Job an den Nagel hänge«, sagte er.

O nein!, dachte sie, obwohl es sie freute, dass er offenbar ahnte, was in ihr vorging. *Nicht dieses Thema. Nicht jetzt!*

Sie legte für einen kurzen Moment ihre Hand auf seinen Oberschenkel. »Auch darüber möchte ich erst reden, wenn der Fall abgeschlossen ist«, sagte sie sanft – und lächelte. Sie wollte ihm signalisieren, dass sie seine Hoffnungen und womöglich auch seine Gefühle zwar teilte, aber ein anderes Ambiente und vor allem mehr Zeit füreinander für ein solches Gespräch bevorzugte. *Ich möchte, dass es richtig romantisch wird,* schoss es ihr durch den Kopf, und sie wurde rot, weil sie sich bei dem Gedanken wieder wie ein Teenager fühlte. *So, wie es sein soll.*

»Der Fall verdichtet sich«, sagte er nun unvermittelt. »Dass die Bickelmeyer das Protokoll zu der Sitzung geführt hat und ebenfalls umgebracht werden sollte, ist ein starkes Indiz dafür, dass die Morde mit der Sitzung zusammenhängen ... auch wenn ich noch nicht sehe, was Holler damit zu tun hatte.«

»Das werden wir wohl erst, wenn wir wissen, worum es in dem Meeting ging«, sagte sie und lenkte den Nissan in die Einfahrt zur Psychiatrie. »Und dafür müssen wir Lisa Bickelmeyer irgendwie zum Reden bringen.«

39

Klinik für Psychiatrie und Psychotherapie Eichberg.
Innere Medizin

Professor Götz empfing sie bei seinem Büro und brachte sie in die Abteilung, in der Lisa Bickelmeyer untergebracht war. Die junge Frau lag ebenso regungslos in ihrem Bett wie bei ihrem letzten Besuch – die Augen offen, aber ins Nichts gerichtet. Neben ihr saß Michael Fröhlich und hielt ihre Hand. Er sah kränker und ausgemergelter aus als seine stumme Angebetete.

»Er ist so oft hier, wie es unsere Besuchszeiten zulassen«, sagte Professor Götz draußen vor der Glastür zum Zimmer. »Er hat Urlaub genommen – und obwohl ich ihm davon abgeraten habe, schläft er sogar draußen vor dem Gelände in seinem Wagen.«

»Hallo, Herr Fröhlich«, grüßte Inga Jäger den Systemadministrator. Sie bewunderte seine Aufopferungsbereitschaft – auch wenn sie befürchtete, dass Lisa Bickelmeyer diese Bewunderung nicht teilen würde, sollte sie jemals wieder das volle Bewusstsein erlangen. Ihre Neigung fixierte sie auf Typen, für die sie sich aufopfern konnte – nicht umgekehrt. Auf Typen wie Melchior Gietz. Egoman, profilneurotisch und mit taubem oder gar abgestorbenem Mitgefühl.

Er grüßte freundlich zurück. Inga Jäger fiel auf, dass er noch immer die gleichen Klamotten trug wie bei ihrer letzten Begegnung. »Störe ich?«, fragte er. »Soll ich gehen?«

»Nein«, sagte Gebert. »Sie können ruhig bleiben. Wir wollen nur versuchen, Frau Bickelmeyer ein paar Fragen zu stellen.«

Sein Blick jagte zu Professor Götz hinüber. »Sie haben einen Weg gefunden, Lisa zu wecken?«

Professor Götz hob abwehrend die Hand. »Wir steigern lediglich einmalig die Dosis an NARI, die wir ihr ohnehin schon verabreichen, und spritzen ihr dann noch zusätzliches Noradrenalin. Damit erhöhen wir – aber nur initial – die Noradrenalinkonzentration im synaptischen Spalt und stimulieren dadurch den Sympathikus, einen Teil des vegetativen Nervensystems. Wir hoffen, dass dadurch ihr Fluchtreflex aktiviert wird und sie wenigstens für ein paar Minuten lang ihr volles Bewusstsein wiedererlangt. Das ist dann, wie wenn man aus dem Schlaf hochschreckt. Wir kennen das alle, dieses Gefühl, abzustürzen und fliehen zu wollen.«

»Warum erhöhen Sie die Dosis dieses … dieses …«

»NARI«, half Professor Götz dem jungen Mann auf die Sprünge. »Sie möchten wissen, warum wir es nicht permanent erhöhen? Die Nebenwirkungen bei langzeitlich zu hoher Dosierung wären nicht akzeptabel.«

»Aber … wenn Lisa jetzt wach wird, könnte es durchaus sein, dass sie auch wach bleibt?«, fragte Fröhlich.

»*Falls* sie wach wird«, relativierte Professor Götz. »Ja, möglich wäre es. Aber das liegt zum großen Teil an ihr selbst. Wenn sie nach dem Abbau des zugegebenen Noradrenalins auch emotional, also nicht nur biochemisch, depressiv bleibt, ist es sehr wahrscheinlich, dass sie wieder in den Mutismus zurückfällt. Man könnte sogar sagen, sich wieder in ihn hineinflüchtet.«

»Aber ein einmaliger Versuch ist unbedenklich?«, vergewisserte Inga Jäger sich noch einmal – sie hatten bereits am Telefon darüber gesprochen. »Denn selbst wenn ich nicht suspendiert wäre, hätte ich nicht die Befugnis, das anzuordnen.«

»Keine Sorge, Frau Jäger«, antwortete der Professor. »Es ist unbedenklich, und ich nehme es voll und ganz auf meine Kappe.« Er drehte erst einen Knopf an einer der vielen Maschinen, an die Lisa Bickelmeyer angeschlossen war, und nach einigen Momenten einen zweiten. »So, jetzt können wir nichts anderes tun als warten.«

»Wie lange etwa?«

»Zwanzig bis vierzig Sekunden«, antwortete der Arzt. »Länger kann ich die Zufuhr von NARI und Noradrenalin nicht verantworten.«

Sie warteten. Professor Götz schaute auf die Uhr. Nach vierzig Sekunden, in denen Lisa Bickelmeyer sich kein Stück bewegt hatte, drehte er die Knöpfe wieder zurück.

Michael Fröhlich ließ die Schultern und den Kopf hängen. Gebert steckte die Hände in die Hosentaschen.

»War es das?«, fragte Inga Jäger. Die Aussicht, Lisa Bickelmeyer vielleicht endlich nach der Identität ihrer Angreifer und dem Inhalt der Amtsleitersitzung fragen zu können, legte ihre Nerven blank.

»Lassen wir den Mitteln Zeit zu wirken«, sagte Professor Götz, ohne seine Patientin aus den Augen zu lassen.

Da! Lisa Bickelmeyer zuckte plötzlich zusammen ... so, als hätte ihr jemand einen kleinen Stromstoß versetzt, und sie richtete sich panisch im Bett auf.

»Was? Wo? Wo bin ich?« Sie schaute sich gehetzt um. »Wo ist Melchior?«

»Alles ist in Ordnung«, sagte Professor Götz. »Sie sind hier bei Freunden und in Sicherheit.«

Michael Fröhlich drückte ihr die Hand. »Es wird alles wieder gut, Lisa«, sagte er und lächelte so aufmunternd er konnte.

»Frau Bickelmeyer«, sagte Inga Jäger. »Vielleicht erinnern Sie sich noch an mich. Ich habe ein paar wichtige Fragen an Sie. Wissen Sie noch, wer Sie im Keller des Rathauses angegriffen hat?«

»Melchior«, sagte sie. »Wo ist Melchior?« Sie schaute Inga Jäger intensiv an – und dann schien es ihr zu dämmern. Ihr Blick wurde feucht ... und dann ganz allmählich wieder leer.

»Frau Bickelmeyer«, rief Inga Jäger hastig. »Wir müssen wissen, wer Sie angegriffen hat und worum es in der geheimen Amtsleitersitzung ging. Bitte!«

»Lisa!« Michael Fröhlich sprang von seinem Platz auf und fasste sie bei den Schultern. »Bleib bei uns! Bleib bei mir. Alles wird wieder gut.«

Sie wandte den Blick vage in seine Richtung, und ihre

Gesichtszüge erschlafften. Und obwohl Michael Fröhlich sie noch immer gepackt hatte, sank sie kraftlos in ihr Kissen zurück.

»Lisa!« Er brach in Tränen aus.

Professor Götz schüttelte den Kopf. »Es tut mir leid. Aber in ein paar Tagen können wir es noch einmal versuchen.«

»In ein paar Tagen ist es vielleicht schon zu spät«, brummte Gebert. »Zumindest die Auftragskiller sind dann schon über alle Berge.«

»Fuck«, fluchte Inga Jäger und stampfte vor Wut mit dem Fuß auf dem Boden auf. »Fuck! Fuck! Fuck!«

Michael Fröhlich fing sich allmählich wieder und strich Lisa Bickelmeyer über die Wange. Dann richtete er sich auf und drehte sich zu Inga Jäger um. »Ich glaube, ich kann Ihnen helfen, die Schweine zu finden, die ihr das angetan haben.«

40

Klinik für Psychiatrie und Psychotherapie Eichberg. Direktion

Inga Jäger und Gebert saßen in Professor Götz' großem Büro und warteten auf Michael Fröhlich. Der Systemadministrator musste noch etwas aus seinem Auto holen, und Inga Jäger fragte sich, während sie sich an dem Tee aufwärmte, den der Klinikleiter für sie hatte zubereiten lassen, wie er ihnen bei der Suche nach den Mördern behilflich sein wollte oder konnte. Als er zurückkehrte, trug er eine große Notebooktasche bei sich.

»Sie sagten, Sie müssten erfahren«, begann er, während er die Tasche öffnete und seinen Laptop herausholte, »worum es in der geheimen Amtsleitersitzung ging. Wissen Sie, es gibt Protokolle.«

Natürlich gibt es Protokolle, dachte Inga Jäger und musste sich beherrschen, nicht die Augen zu verdrehen. »Wenn sie nicht gelöscht werden«, sagte sie stattdessen.

»Gelöscht?«, fragte er erstaunt. »Das können schon allein technisch nur ich, der Amtsleiter und der Stellvertretende Amtsleiter.«

»Spreitzer«, sagte Inga Jäger. »Wir vermuten, dass er es gelöscht hat.«

»Wann?«

»Irgendwann nach Bürgermeister Hollers Tod.«

»Dann ist noch nicht aller Tage Abend.« Er schaltete das Notebook ein und wartete ungeduldig, bis die Software hochgefahren war. »Wir machen regelmäßig Spiegelungen des Servers ...«

»Wegen der Sicherheit, ist klar«, sagte Inga Jäger. »Aber der Löschvorgang müsste inzwischen auch auf die Spiegelplatte übertragen worden sein.«

»Aber nicht auf die zweite ... nicht auf meine ganz persönliche Sicherung«, sagte Michael Fröhlich und deutete auf das Notebook.

»Sie spiegeln die Daten der Stadtverwaltung auf Ihr Notebook und tragen das mit sich herum?«, fragte Gebert entgeistert. »Ist Ihnen das nicht verboten?«

Er zuckte mit den Schultern. »Jeder Admin, der was auf sich hält, macht das. Wo kämen wir denn sonst hin, wenn

Haupt- und Sicherungssystem ausfallen – wie zum Beispiel bei einem Brand. Nein, nein, das Risiko, dass dann alles verloren ist, gehen nur die Bürokraten ein. Wir Administratoren wissen, wie schnell alles verloren sein kann, und dann ist das Chaos groß. Ich spiegele das System jeden Tag noch einmal mit meinem Laptop, ob denen das passt oder nicht. Und da ich seit Lisas … Unfall … nicht mehr auf der Arbeit war, habe ich noch die Version von jenem Morgen – also eine mit dem Protokoll, das Sie suchen.«

»Halleluja!«, rief Gebert und klatschte in die Hände. Es war ihm deutlich anzusehen, wie sehr er sich über den Silberstreifen am Horizont freute.

Michael Fröhlichs Finger rasten über die Tastatur. »Da haben wir es«, jubelte er und drückte die *ENTER*-Taste. Im nächsten Moment verdüsterte sich seine Miene.

»Was ist?«, fragte Gebert aufgebracht, stand auf und eilte zu ihm hinüber.

»Es ist da«, sagte Michael Fröhlich. »Aber es ist … leer.«

»Was? Was soll das heißen, es ist leer?« Gebert strich sich über die Glatze.

»Lisa hat es als Datei angelegt, aber noch nicht geschrieben«, erklärte der Systemadministrator. »Es sind nur das Datum, die Uhrzeit und die Teilnehmer in das Formular eingetragen. Zu mehr kam sie an diesem Morgen wohl nicht mehr.«

»Wie meinen Sie das?«, fragte Gebert. »Die Sitzung war am Abend davor. Wieso schreibt sie das Protokoll erst am nächsten Tag?«

»Na, am Abend macht sie handschriftlich Notizen«, sagte Fröhlich, »und schreibt die dann morgens am Rechner ins Reine.«

»Das heißt, die verdammten Notizen lagen in ihrem Büro?«, fragte Gebert und rieb sich die Nasenwurzel.

»Vermutlich sogar noch, während wir sie verhörten«, sagte Inga Jäger.

»Dann kann ich sie Ihnen besorgen«, bot der Systemadministrator an.

Gebert schüttelte den Kopf. »Ich verwette meine Dienstmarke, dass sie inzwischen verschwunden sind. Wenn Spreitzer die Datei aus dem System löscht, sorgt er auch dafür, die restlichen Spuren zu verwischen. So ein verfluchter Mist!« Beinahe hätte er mit der Faust auf den Tisch gehauen.

Inga Jäger teilte seine Wut und atmete ein paarmal tief durch. Dann sah sie auf. »Moment. Wer hat teilgenommen?«

»An der Sitzung?«, fragte Michael Fröhlich.

»Ja«, sagte sie.

Der Systemadministrator las vor: »AL Melchior Gietz, BHL Ingo Falk, BM Thilo Holler, STV-AL Gisbert Spreitzer und Lisa Bickelmeyer, Protokoll.«

»Dann hat Spreitzer gelogen«, stellte Gebert fest.

»Und Holler auch, als er behauptet hat, er wisse nicht, worum es in der Sitzung ging«, fügte Inga Jäger hinzu.

41

Kloster-Eberbach-Straße

Die Sitze des Mietwagens waren schon wieder eisig kalt, und der Blick über die Eltviller Weinberge hinweg hinunter ins Tal war getrübt von strömendem Regen. Dennoch war Inga Jäger bester Laune. Zum ersten Mal, seitdem sie diesen verworrenen Fall übernommen hatte.

»Was jetzt?«, fragte Gebert, während er zwei Zigaretten anzündete.

»Jetzt fahren wir direkt ins Landesjustizministerium und legen Dr. Knettenbrech persönlich die Beweise vor«, antwortete sie, nahm ihre Zigarette entgegen und zog genussvoll daran. Sie wäre gerne schneller gefahren, aber die Straße war nicht sehr viel mehr als ein Feldweg, klatschnass und voller Laub aus den Weinbergen zu ihrer Rechten und dem Wald links von ihr. Auch von einem großen Geländewagen, der jetzt von hinten dicht auffuhr, ließ sie sich nicht drängeln. »Es müsste schon mit dem Teufel zugehen, wenn er dann unsere Suspendierung nicht aufhebt.«

Gebert grinste. »Dann verhaften wir Gisbert Spreitzer wegen Falschaussage und nehmen ihn in die Zange.« Er brummte zufrieden. »In Momenten wie diesen liebe ich meinen Job wieder.«

»Ja, ich auch«, stimmte sie zu. »Aber du wirst deinen Job trotzdem danach an den Nagel hängen.«

Er schien genauso überrascht von dem »Du« wie sie selbst und schaute sie mit großen Augen von der Seite her an. Sie fühlte, wie sie rot wurde, und flüchtete sich in ein Lächeln.

»Ja, du hast mich schon richtig verstanden«, sagte sie. »Wenn der Fall abgeschlossen ist – und so wie es aussieht, ist das nur noch eine Frage von Stunden –, wirst du deinen Dienst quittieren, und wir werden keine Kollegen mehr sein, Kai.«

Er nahm ihre Hand vom Schaltknüppel in die seine. Die Berührung war so vorsichtig, wie sie zuversichtlich war.

»Du meinst deinen Schwur?«, fragte er dennoch – wie um sicherzugehen.

Sie seufzte befreit. »Ja, den meine ich.«

Er hob ihre Hand hoch zu seinen Lippen.

Das war der Moment, in dem der Geländewagen sie mit voller Wucht rammte!

Der Nissan geriet ins Schlingern. Inga Jäger packte das Lenkrad instinktiv mit der freien Linken so fest, dass sie dabei die Zigarette zwischen ihren Fingern zerquetschte und sie brennend in den Fußraum fiel.

»Was zur Hölle?«, fluchte Gebert und ließ ihre Rechte los, während der Wagen nach rechts ausbrach und sie gegensteuerte – mit dem Effekt, dass er jetzt nach links ausbrach. Wieder hielt sie gegen.

Gebert schaute über die Schulter nach hinten, als Inga Jäger den auf dem nassen Laub schlingernden Wagen nur wenige Zentimeter vor dem abschüssigen Weinberg wieder unter Kontrolle brachte.

»Achtung!«, rief er, und der große Geländewagen rammte sie ein zweites Mal – diesmal, da ihre Geschwindigkeit um einiges geringer war, mit noch sehr viel größerer Wucht. »Er will uns den Hang hinunterdrängen!«

Inga Jäger gab Gas und lenkte nach links – wieder mehr auf die Straße zurück. Auch sie wollte sich umsehen, doch sie wurden ein weiteres Mal gerammt, und sie entschied sich, besser auf die Straße zu achten.

»Scheiße!«, fluchte Gebert. »Sie haben Waffen. Gib Vollgas!«

Sie trat aufs Pedal. »Das sind die Profis. Meine Handtasche! Auf dem Rücksitz! Schnell!« Sie hatte zwar wie Gebert ihre Dienstwaffe abgegeben, aber seit dem Tod ihres Mannes und den damit verbundenen Umständen ging sie auch privat nie ohne ihre SIG Sauer P250 aus dem Haus.

Gebert drehte sich auf seinem engen Platz so gut er konnte um und versuchte, nach hinten zu greifen. Da zerschmetterte die erste Kugel die Heckscheibe und fast gleichzeitig auch die Frontscheibe. Das Verbundglas splitterte in tausend Scherben, wurde aber durch die Zwischenfolie am Platz gehalten … und versperrte Inga Jäger fast völlig die Sicht.

Gebert fluchte und hielt sich die rechte Gesichtsseite. Blut sickerte zwischen seinen Fingern hervor. »Nur gestreift«, sagte er knapp und rutschte tiefer in den Sitz, um an die Handtasche heranzukommen.

Inga Jäger lenkte den Wagen in Schlangenlinien, so gut und so schnell es ihr bei der schlechten Sicht und der nassen Straße möglich war. Die zweite Kugel zerschmetterte den rechten Außenspiegel.

»Das wird nichts«, sagte Gebert. »Ich komme ums Verrecken nicht dran. Versuch du es. Ich lenke.«

Inga Jäger wartete, bis er die Hand am Lenkrad hatte, bevor sie es losließ und sich halb im Sitz herumdrehte. Ihre Wange streifte dabei die seine, und sie fühlte die warme Feuchtigkeit seines Bluts auf ihrer Haut. Ihr Blick suchte den Rücksitz ab – doch der war leer. Die Handtasche musste bei einem der Rammmanöver nach unten geschleudert worden sein. Sie reckte sich und tastete blind den Fondboden ab.

Ein dritter Schuss krachte, und Gebert schrie auf.

Sie wollte sich eilig aufrichten, doch er rief: »Nichts. Nur mein Arm. Such weiter.« Die Pistole war ihre einzige Chance. Das wussten sie beide. Also suchte sie weiter. Mit ihren Fingerspitzen ertastete sie endlich den Rand der Handtasche. Sie war unter Geberts Sitz gerutscht. Drei, vier, fünf Mal erwischte sie die Naht der Tasche mit den Fingernägeln – und ebenso oft glitt sie wieder ab. Sie reckte und verdrehte den Arm, bis sie dachte, er müsse ihr aus dem Schultergelenk springen, und konzentrierte sich darauf, trotz der Situation nicht panisch zu werden.

»Da ist ein zweiter Wagen!«, rief Gebert. »Gleiches Modell. Er kommt von vorn. Entfernung dreihundert Meter. Vielleicht dreihundertfünfzig.«

»Sie nehmen uns in die Zange«, schlussfolgerte sie. Das waren nicht irgendwelche Auftragskiller. Das waren Vollprofis. »Eine Möglichkeit, auszuweichen?«

»Ein Waldweg«, antwortete er. »Hundert Meter voraus.«

»Wenn wir den schaffen, haben wir beide hinter uns«, sagte sie, schloss die Augen und reckte sich noch ein Stückchen weiter. Dann endlich hatte sie den Gurt der Handtasche zwischen Zeige- und Mittelfinger. So fest sie konnte, griff sie zu und zog sie Stück für Stück zu sich heran.

»Festhalten!«, rief Gebert, und sie stützte sich so gut es ging gegen Boden und Beifahrersitz, um das Lenkmanöver abzufangen. Erst dann zog sie weiter an der Tasche. Endlich hatte sie sie mit der ganzen Hand und richtete sich wieder auf. Sie sah, dass Gebert jetzt auch am Unterarm blutete, setzte die Tasche auf seinen Schoß und übernahm wieder das Steuer. Der matschige Weg vor ihr war nur wenig breiter als ihr Wagen. Das hatte den Vorteil, dass ihre Verfolger sie nicht so einfach überholen konnten. Und der Boden war so holprig, dass er das Zielen erheblich erschwerte, sodass sie die nächsten drei Schüsse nur hörten, aber nicht getroffen wurden. Aber während ihr Nissan nur aussah wie ein Geländewagen, waren die anderen beiden echte SUVs – mit wesentlich mehr Power unter den Hauben und größerer Bodenfreiheit. Es war nur eine Frage der Zeit, bis sie wieder anfangen würden, sie zu rammen, oder versuchten, quer durch den Wald an ihnen vorbeizukommen und sie auszubremsen. Inga Jäger trat das Gaspedal durch.

Gebert holte die Pistole aus der Handtasche – aber es war klar, dass er mit dem angeschossenen Arm nicht viel damit anfangen konnte. Und sie saß auf dem falschen Platz, um sie einsetzen zu können. Sie fluchte. In ihrem Dienstwagen hätten sie die Plätze tauschen können, der Nissan war zu eng dafür.

»Das Handy«, sagte sie. »Ruf Verstärkung. Kurzwahl eins«

Er zog das Handy heraus und wollte wählen. »Scheiße«, sagte er dann aber. »Kein Empfang.«

»Dann hilft nur noch eins«, entschied sie. »Wir müssen raus aus dem Wagen.«

»Die knallen uns ab wie die Hasen«, hielt Gebert dagegen.

»Wenn ich hier auf dem Weg bleibe, ja«, stimmte sie ihm zu. Aber sie hatte nicht vor, noch sehr viel länger auf dem Weg zu bleiben, der allmählich immer steiler wurde. Das Gelände zur Linken wurde zunächst für ein paar Hundert Meter eben und dann abschüssig. Durch das Seitenfenster suchte Inga Jäger nach einer passenden Gelegenheit.

»Was hast du vor?«, fragte Gebert.

»Ich muss so viel Abstand zwischen sie und uns bringen wie nur möglich«, antwortete sie. »Halt dich gut fest!«

Sie hatte gefunden, wonach sie suchte, bremste so kurz und zugleich so fest wie möglich und riss das Lenkrad herum. Der Nissan ging in eine so steile Kurve, dass sie Angst hatte, dass er trotz des Abbremsens umkippen würde, aber der Wagen blieb auf seinen Rädern. Sie trat wieder aufs Gas und jagte nach unten in den Wald hinein. Die Bäume standen hier nicht ganz so dicht, aber dicht genug, dass die Größe der sie verfolgenden Geländewagen jetzt zu deren Nachteil wurde. Inga Jägers Ziel war es, die Entfernung zwischen ihnen und ihren Jägern zu vergrößern, um den Wagen dann zu verlassen, wenn sie nicht länger im Schussfeld oder in der Gefahr waren, einfach über den Haufen gefahren zu werden.

Der Wagen sprang auf dem Waldboden wild auf und ab wie ein bockiger Hengst und war nur schwer unter Kontrolle zu halten. Inga Jäger bedankte sich stumm für jede einzelne Fahrtrainingsstunde ihrer Polizeivergangenheit und hoffte, dass die Stoßdämpfer und Achsen die Fahrt lange genug aushielten.

Mehr als einmal wurden sie in die Luft geschleudert und flogen auf einen Baum zu, aber Inga Jäger konnte bei der

Landung das Lenkrad jedes Mal gerade noch rechtzeitig herumreißen und ausweichen. Dabei schaute sie immer wieder in den Seitenspiegel und sah, dass ihr Plan aufging: Der Abstand zu ihren Verfolgern vergrößerte sich zunehmend.

Gebert löste den Tragegurt von ihrer Handtasche und schnürte ihn sich um den rechten Oberarm, um die Blutung zu stoppen.

Wenn Inga Jägers Orientierung nicht versagte, fuhren sie gerade aus nordöstlicher Richtung auf das kleine Tal zu, in dem Kloster Eberbach lag; aber sie machte sich nichts vor – der Wagen würde den Weg bis dahin nicht überstehen. Sie teilte Gebert ihre Einschätzung mit.

»Also haben wir die Wahl«, sagte er. »Entweder den Wagen bald stoppen, aussteigen und aus seiner Deckung heraus das Feuer eröffnen, oder so weit fahren wie es geht, den Abstand noch ein Stück mehr vergrößern, in einen dichteren Teil lenken und von dort aus zu Fuß weiter ins Kloster in der Hoffnung, dass auch sie aus den Autos müssen oder sogar die Verfolgung abbrechen.«

Inga Jäger hatte noch einmal darüber nachgedacht. »Mit lediglich dem Wagen als unserer Deckung brauchen sie nur in sicherem Abstand anzuhalten, um uns dann zu umkreisen und uns in den Rücken zu fallen. Ich bin für das Kloster – aber in einer Variante.«

»Was meinst du?«

»Wir stoppen irgendwo, wo auch sie mit den Wagen nicht mehr weiterkommen, ich verschanze mich irgendwo und gebe dir Feuerschutz, damit du ins Kloster rennen kannst, um Verstärkung zu ordern.«

»Und soll dich allein lassen? Keine Chance!«

»Wenn ich sie aufhalte, kommst du durch.«

»Inga, davon will ich nichts hören!«

»Kai …«

»Nein! Du bist mit Sicherheit die Jägerin, aber das da hinten sind ebenfalls Profis – wenn ich richtig gezählt habe, drei –, und du hast gerade mal fünfzehn Schuss. Die umkreisen dich genau so, wie sie es am Wagen tun würden.«

»Nicht, wenn ich in Bewegung bleibe.«

»Ein letztes Mal: Nein, Inga. Ich lasse dich nicht allein.«

»So könnten wir sicherstellen, dass wenigstens du überlebst.«

»Genau. Davon träume ich – seit ich dich kenne: Ohne dich zu überleben. Kommt überhaupt nicht infrage.«

»Kai, du bist verletzt und hast keine Waffe. Du kannst nichts tun.«

Er lachte auf. »Das wollen wir doch erst mal sehen.« Er deutete nach vorn, wo der Wald dichter wurde. »Ich glaube, das ist eine gute Stelle.«

»Also gut«, sagte sie. »Dann mach dich bereit zu rennen, sobald der Wagen zum Stillstand kommt.«

42

Eichberg. Wald

Inga jagte den Nissan auf die immer dichter stehenden Bäume zu. Kurz davor rief sie: »Jetzt!«, drückte die Kupplung voll durch und riss die Handbremse nach oben. Der Wagen rutschte mit dem Heck um hundertachtzig Grad herum, und sie trat mit aller Kraft auf die Bremse. Mit der Schnauze bergan stehend, gingen zwar die Türen schwerer auf, dienten ihnen aber beim Herausspringen als zusätzliche Deckung. Die Verfolger waren noch weit oben am Hang, aber aus der Beifahrerseite des einen SUVs wurde sofort das Feuer eröffnet. Um Inga Jäger und Gebert herum schlugen Kugeln in den Wagen, die Bäume, den Boden. Gebert ergriff einen abgestorbenen Ast vom Boden, und sie beeilten sich, in den noch dichteren Teil des Walds zu gelangen.

Inga Jäger hatte nichts weiter als ihre Waffe und ihr Smartphone mitgenommen. Ein Blick auf das Telefon zeigte, dass sie hier noch immer keinen Empfang hatte. *Verflucht!*

Sie hörte, wie weiter hinter ihnen die Wagen bremsten und die Motoren abgestellt wurden. Ihre Hoffnung, dass ihre Angreifer die Verfolgung abbrechen würden, erwies sich also als vergeblich.

»Renn du vor«, rief Gebert. »Du hast die bessere Orientierung.«

Aber sie durchschaute ihn. »Hör auf, den Helden spielen zu wollen«, zischte sie. »Ich hab die Pistole, also sieh zu, dass du uns den Weg bahnst.«

Er schnaubte und beschleunigte seinen Lauf. Das nasse Laub machte den ohnehin aufgeweichten Boden noch schlüpfriger, und es war schwer, die Balance zu halten. Es spielte dabei keine Rolle, dass die Männer ihre Schritte hören konnten. Sie waren ohnehin zu nah, um sich vor ihnen zu verstecken und sie in einen Hinterhalt locken zu können. Zumindest noch. So dicht sie konnte, schloss Inga Jäger zu Gebert auf, um in seinem Windschatten relativ sicher zu sein vor zurückschnellenden Ästen oder Zweigen.

»Erinnere mich daran, meine Diät wieder aufzunehmen, wenn das hier vorbei ist«, keuchte er. Er war stark und wendig, aber kurzatmig.

Sie hörte, wie einer der drei Männer den beiden anderen knappe Befehle zurief. Einer der Männer blieb offenbar genau hinter ihnen, die anderen zwei versuchten, sie links herum zu flankieren. Gebert hatte es auch gehört und änderte die Richtung leicht nach rechts.

»Das sind Militärs«, sagte er über die Schulter hinweg. »Oder zumindest ehemalige.«

Das war auch Inga Jägers Eindruck. Aber es verwunderte sie nicht weiter. Die meisten Auftragskiller haben eine militärische Vergangenheit oder zumindest Grundausbildung.

Ein weiterer Schuss zerriss die Stille des Waldes, und ganz dicht neben Inga Jägers Gesicht fetzte der Treffer Rinde von einem Baum. Splitter davon trafen sie hinter dem Ohr, wurden aber von ihrem nassen Haar abgefangen, ohne spürbaren Schaden anzurichten. Aber der nächste Schuss konnte statt eines Baums sie treffen, und die Ungewissheit pumpte ihren Körper mit immer schnelleren Herzschlägen voll mit Adrenalin und zerrte an ihren Nerven.

Nicht in Panik geraten, ermahnte sie sich. *Und nicht umdrehen!*

Sie schätzte die Entfernung ihres direkten Verfolgers auf vielleicht hundertfünfzig bis zweihundert Meter – Tendenz schrumpfend. Ihnen musste etwas einfallen, sonst würden sie das Kloster niemals erreichen. Gegen ihren Willen malte sie sich aus, wie es wäre, den gleichen grausamen Tod zu sterben wie Melchior Gietz oder Ingo Falk. Die Knochen mit einem Hammer zertrümmert bekommen und dann in Brand gesteckt werden – nur wenn sie Glück hatten nicht bei lebendigem Leib.

Weiter vorn leicht rechts entdeckte Inga Jäger einen dicken, umgestürzten Baum.

»Kai«, zischte sie.

»Ja?«, fragte er, ohne innezuhalten oder sich umzudrehen.

»Vertraust du mir?«

»Blöde Frage.«

Sie nahm das als ein Ja.

»Ich verspreche dir, dass ich mich nicht aufopfern werde, aber ich will, dass du gleich einfach weiterrennst, auch wenn du mich nicht mehr hinter dir hörst.«

»Inga, das kommt nicht in…«

»Du vertraust mir«, betonte sie noch einmal. »Also verlass dich auf mich, und tu, worum ich dich bitte.« Ihr blieben nur noch wenige Schritte bis zu dem umgefallenen Baum.

»Also gut«, raunte er.

»Danke«, rief sie leise, und als sie den Baumstamm passierten, sprang sie nach rechts, ließ sich dahinter zu Boden fallen und drehte sich schnell so um, dass sie Geberts Rücken im Visier hatte. Mit nur etwas Glück hatte ihr Verfolger sie nicht gesehen. Und tatsächlich hörte sie seine ungebremsten Schritte von oben herunterpreschen.

Jetzt, da sie still lag, war es einfacher, die Entfernung über die Geräusche abzuschätzen, und sie zählte stumm die Sekunden, die es dauern würde, bis auch er den Baumstamm passierte.

Etwa achtzig Meter Entfernung bei sechs Metern pro Sekunde.

Acht.

Sieben.

Sie war so angespannt, dass sie ihren eigenen Puls hören konnte. Er war eindeutig zu hoch.

Fünf.

Sie zwang sich, ruhiger zu atmen.

Zwei.

Eins.

Der Mann rannte an ihr vorüber, und Inga Jäger nahm die Details nahezu gleichzeitig wahr: Anfang, vielleicht Mitte fünfzig. Mittelgroß und drahtig. Kampfuniform in Schwarz. An einem Gurt über der Schulter eine Maschinenpistole. In der rechten Hand eine Automatik.

Inga Jäger zielte genau. »Hey!«, rief sie dann leise. »Waffen fallen lassen!« Auch wenn sie offiziell suspendiert war, durfte sie ihm nicht einfach in den Rücken schießen.

Der Mann wirbelte herum und riss die Mündungen seiner Waffen in ihre Richtung.

Inga Jäger feuerte. Zwei Mal in schneller Folge.

Der Killer schrie erstickt auf und wurde von dem Treffer nach hinten von den Füßen gerissen, kullerte über den Boden und blieb regungslos liegen.

Inga Jäger sprang auf und rannte wieder los, um so schnell wie möglich Gebert einzuholen, ehe die anderen beiden ihn erreichen konnten. Zuerst aber musste sie sich die Waffen des Getroffenen besorgen. Damit waren ihre Chancen sogleich verdoppelt und somit ausgeglichen. Gebert mochte mit seinem verletzten Arm zwar keine Pistole anlegen und abfeuern können, aber mit einer Maschinenpistole war das etwas völlig anderes – die musste er nur in die ungefähre Richtung halten und abdrücken. Und sie hätte eine zweite Pistole. Die Todesangst, die sie nur mit Mühe unterdrückt hatte, fiel von ihr ab wie ein beim Trocknen geplatzter Tonmantel. Aber nur für eine halbe Sekunde, dann war sie wieder da.

Sie hatte sich gerade nach der Pistole gebückt, als ihr die Füße unterm Körper weggetreten wurden und sie zu Boden fiel.

Er lebt noch!, schoss es ihr durch den Kopf, und als er sich auf sie rollte und ihr die Waffe aus der Hand drehte, fühlte sie, dass er eine schusssichere Weste unter der Uniform trug.

Sie kratzte nach seiner Halsschlagader, doch er hieb ihr mit dem Kopf so hart gegen die Stirn, dass für einen Moment alles schwarz wurde und sie Funken stieben sah. Mit aller Kraft bäumte sie sich auf, doch obwohl er nicht sehr schwer war, gelang es ihr nicht, ihn abzuwerfen. Dafür gelang es ihm, sich so auf ihren Bauch und ihren Brustkorb zu hocken, dass er mit den Knien ihre Arme auf den Boden presste. Jetzt war sie vollkommen wehrlos. Sie fühlte, wie ihr Blut von der Stirn über die Schläfe lief.

Der Killer nahm ihre Pistole vom Boden und richtete ihr die Mündung zwischen die Augen. Jetzt erst nahm sie sein Gesicht wahr. Es war kantig und zäh. Kein Gramm Fett. Das Gesicht eines Mannes, der täglich hart trainierte. Sein Mund war ein schmaler Schlitz, der keinerlei Emotion offenbarte, aber seine blaugrauen Augen funkelten erregt. Er spannte den Hahn ganz langsam – so, als ob es ihm Genuss bereitete.

Sie wollte – ganz instinktiv – um Hilfe schreien, aber er

presste ihr mit der freien Hand den Mund zu. Sie schmeckte faulige Erde und welkes Laub, und schlammiges Wasser sickerte ihr in die Nase. Sie musste husten und würgen, doch seine Hand verhinderte das, sodass sie sich verschluckte und das Gefühl hatte, sich gleich übergeben zu müssen.

Als sie noch einmal versuchte, sich aufzubäumen, grinste er ... und entspannte den Hahn der Pistole wieder. Zu ihrer Verwunderung legte er auch den Sicherungshebel um ... und holte dann mit der Waffe weit aus. Sie wollte den Kopf noch zur Seite drehen, aber seine andere Hand hielt sie wie in einem Schraubstock am Boden.

Er schlug zu wie mit einem Hammer.

Hart.

Zwei Mal in schneller Folge.

Inga Jäger glaubte, ihr Kopf würde bersten. Der Schmerz stach ins Innere ihres Schädels wie eine weiß glühende Klinge. Und trotzdem konnte sie hören, wie der Killer plötzlich anfing, leise zu lachen.

»Schau mich an«, flüsterte er. Sein Gesicht schwebte jetzt ganz dicht über ihrem. Sie versuchte, seiner Aufforderung zu folgen, aber ihr Blick wanderte unkontrollierbar umher. »Du konntest ja nicht aufhören zu schnüffeln«, sagte er. »Wenn du aufgehört hättest, wäre all das hier überhaupt nicht nötig gewesen.«

Beim dritten Schlag hörte Inga Jäger Knochen krachen – und zuckte irritiert, denn sie hatte überhaupt nicht gespürt, getroffen worden zu sein. Es gab auch keinen zusätzlichen Schmerz.

Sie zwang sich, geradeaus zu sehen, und erkannte, dass jegliche Emotion aus dem Gesicht ihres Peinigers verschwunden war. Sein Mund stand weit offen, und der Kiefer hing schlaff herab. Der Glanz seiner Augen brach, und von seiner linken Kopfseite floss Blut … tropfte Inga Jäger auf Hals und Kinn. Dann sackte er nach vorn auf sie.

Sie schrie und strampelte, drückte ihn von sich weg. Sie war überrascht, wie leicht es mit einem Mal ging … bis sie merkte, dass ihr jemand half … dass jemand den schlaffen Körper, der auf ihr lag, wegschleifte.

Es war Gebert.

»Komm hoch«, sagte er und reichte ihr die Linke. »Die anderen beiden sind bestimmt gleich hier.«

Sie versuchte, sich zu orientieren, und schaute mit verschwommenem Blick auf den leblosen Leib. »Ist er …?«

»Ziemlich sicher, ja«, antwortete Gebert und deutete auf einen großen Stein am Boden, dessen eine Seite trotz des Regens noch voll Blut war. Er hob ihre Pistole auf und wollte sie ihr gerade reichen, als er von einem Schuss getroffen und von den Füßen gerissen wurde.

»Kai!«, schrie Inga Jäger und wollte zu ihm eilen, doch der Boden vor ihr wurde aufgerissen von einer Salve aus einer Maschinenpistole. Sie warf sich zurück und fiel zu Boden. Hinter einer Baumgruppe in der Nähe trat der Schütze hervor und nahm sie ins Visier. Er war muskulöser und größer als sein toter Kamerad, aber genauso in eine Kampfuniform gekleidet.

Inga Jäger krabbelte rücklings von ihm weg, wie ein Krebs, wobei sie immer wieder auf dem nassen Laub ausrutschte. Ihre Gedanken wirbelten von Kai zu Tanya, und der Schmerz zerriss ihr beinahe das Herz – machte sie blind … und unempfänglich für die körperlichen Leiden. Mit einer Kraft, von der sie eben noch sicher war, dass sie sie inzwischen verlassen hatte, rappelte sie sich auf die Beine und stürmte mit einem wilden Schrei auf den Lippen auf ihren Angreifer zu.

Wie in Zeitlupe sah sie, wie er die Maschinenpistole anlegte und sein Finger sich um den Abzug krümmte – und etwas in ihr wusste, dass sie ihn niemals rechtzeitig erreichen konnte. Aber das spielte keine Rolle. Nicht die geringste. Sie legte ihre letzte Energie in den Spurt.

Noch sechs Meter ... fünf ... vier ...

Die Maschinengewehrsalve war so laut, dass sie dachte, das Trommelfell müsse ihr platzen. Sie spürte, wie die Kugeln an ihrem Gesicht vorüberzischten und sie sich einnässte. Gleichzeitig sah sie, wie Kopf und Hals des Mannes vor ihr zerfetzt wurden und er nach hinten stolperte, wie eine Marionette, deren Fäden man abgeschnitten hatte. Sein Finger krümmte sich noch im Fallen konvulsivisch weiter um den Abzug, und seine Waffe spuckte grelle Blitze. Instinktiv ließ Inga Jäger sich zur Seite fallen. Das Schussgewitter ging weiter, und erst jetzt begriff sie, dass es aus zwei Waffen kam. Sie drehte sich um und sah Gebert am Boden liegen. Er leerte das Magazin der Maschinenpistole des ersten Angreifers in den zweiten, der längst tot war.

Auf allen vieren krabbelte sie zu ihm. Es war kaum noch Leben in ihm.

»Lass mich nachsehen, wo er dich getroffen hat.«

Er stieß sie kraftlos von sich. »Lauf«, krächzte er, und blutige Blasen schäumten zwischen seinen Lippen hervor. Innere Verletzungen und ein Treffer in die Lunge. »Pistole ... und ... lauf!«

»Ich lass dich nicht allein.« Sie fand ihre Pistole ganz nah bei ihm und nahm sie an sich.

»Musst … Hilfe … holen.« Sein Atem wurde immer stockender, die Augen mehr und mehr glasig.

»Ich muss erst deine Wunde versorgen.«

»Keine Zeit … Ich … mach … das.«

Sie wusste, dass er recht hatte. Er brauchte dringend medizinische Hilfe – wenn sie hierbleiben würde, um ihn vor dem dritten Killer zu beschützen, würde er sterben.

»La… Lauf!«, sagte er noch einmal.

Sie legte eine dreckverschmierte Hand an seine Wange und ihre aufgeplatzten Lippen auf seine Stirn. »Halt durch«, flüsterte sie. »Halt durch.«

Dann holte sie die Pistole des ersten Angreifers, drückte sie Gebert in die nun schon zitternde Linke und lief los – den Hang hinab in Richtung Kloster Eberbach.

43

Kloster Eberbach. Wald

Inga Jäger rannte, so schnell der schlüpfrige und immer steiler werdende Waldboden und ihr angeschlagener Zustand es zuließen. Ihre eigenen Schritte und das Pochen ihres Pulses in den Ohren waren zu laut, als dass sie ausmachen konnte, ob der dritte Killer ebenfalls lief. Sie hatte keine Ahnung, wo er steckte. Er konnte ebenso gut vor wie hinter ihr sein. Den Luxus, stehen zu bleiben, um sich umzuschauen oder zu lauschen, hatte sie nicht. Für Gebert zählte jetzt jede Sekunde. Trotzdem durfte sie eines nicht vergessen – und das schwächte ihre Position noch mehr: Sie brauchte den dritten Killer lebend, wenn sie in Erfahrung bringen wollte, wer der Auftraggeber war.

Das Adrenalin unterdrückte für den Moment den Großteil ihrer Glieder- und Muskelschmerzen, nicht aber das Seitenstechen. Trotz aller Bemühungen atmete sie immer unkontrollierter, und ihr Blickfeld schränkte sich durch den Sauerstoffmangel mehr und mehr ein. In der Rechten hielt sie die SIG Sauer, in der Linken ihr Handy, wobei sie alle zehn Schritte den Empfang mit einem schnellen Blick prüfte. Das Kloster konnte jetzt nicht mehr weit sein. Sie hoffte, in etwa da anzukommen, wo die Jugendlichen durch den von der unterirdischen Überschwemmung verursachten Bruch in der Mauer gestiegen waren, in der Nacht, in der die Leiche von Melchior Gietz entdeckt wurde.

Sie trat auf einen morschen Ast und stürzte nach vorn. Instinktiv rollte sie über die rechte Schulter ab, hatte aber so viel Schwung, dass sie bei dem Versuch, wieder auf die Füße zu kommen, erneut vornüberfiel und dabei immer schneller wurde. Sie purzelte und machte sich dabei so klein wie möglich, um sich nicht noch mehr zu verletzen. Aus dem Boden ragende Steine stießen ihr in die Rippen, den Rücken und die Schenkel, und schließlich wurde sie von einem niedrigen Dornengestrüpp schmerzhaft gebremst.

Während sie sich freistrampelte, riss sie sich die Haut an den Händen und den Stoff ihrer Hose auf, aber endlich kam sie wieder auf die Füße ... nur um einen Sekundenbruchteil später ein metallisches Klicken ganz nah an ihrem linken Ohr zu hören.

»Waffe fallen lassen«, ertönte die Stimme, die sie vorhin schon hatte Befehle rufen hören. Der Anführer. »Los!«

»Sie erschießen mich ohnehin«, sagte sie, ohne sich zu dem Mann umzudrehen, »ob ich die Pistole nun fallen lasse oder nicht.«

»Ich habe noch ein paar Fragen«, sagte er kalt. »Wenn Sie die Waffe fallen lassen und sie mir beantworten, töte ich Sie danach schnell. Wenn nicht ... nun ja ... sagen wir einfach, ich habe einen Hammer dabei. Ihre Wahl.«

Inga Jäger überlegte – ihr Waffentraining schlug für eine solche Situation die Möglichkeit vor, sich mit erschlafften Beinen zu Boden sacken zu lassen, sich dabei um die eigene Achse zu drehen und zu feuern; aber dabei zu zielen war schon schwer genug, wenn man topfit war – in ihrem angeschlagenen Zustand war es fragwürdig, ob sie überhaupt treffen würde. Außerdem musste sie davon ausgehen, dass ihr Angreifer als ausgebildeter Militär mit dieser Taktik vertraut war und seine Waffe im Augenblick auf ihre Körpermitte gerichtet hatte, um sie auf jeden Fall zu treffen, wenn sie eine ruckartige Bewegung machte.

»Ich mache Ihnen einen Gegenvorschlag«, sagte sie.

»Und der wäre?«

»Ich habe Ihr Gesicht noch nicht gesehen. Wenn Sie jetzt einfach wieder verschwinden, und mich leben und Hilfe für meinen Partner holen lassen, werde ich jede weitere Ermittlung in dem Fall einstellen.«

»Diese Chance hatten Sie bereits, Frau Jäger. Die haben Sie vertan.«

»Da konnte ich noch nicht wissen, dass mein eigenes Leben auf dem Spiel steht. Hören Sie, ich habe eine kleine Tochter, die schon ihren Vater verloren hat.«

»Dass sie jetzt zur Vollwaise wird, haben Sie sich ganz alleine selbst zuzuschreiben.«

»Ich gebe Ihnen mein Wort darauf, Sie nicht weiter zu verfolgen und den Fall zu den Akten zu legen.«

»Es geht um Hunderte von Millionen Euro. Das Risiko kann ich nicht eingehen. Es tut mir leid. Lassen Sie die Waffe fallen, oder ich zerschieße Ihnen die Kniescheibe. Eins … zwei …«

Nachdem Inga Jäger seine vergangenen Opfer gesehen hatte, hatte sie keinen Zweifel daran, dass er seine Drohung wahr machen würde, und ließ die Pistole fallen. Das Bewusstsein, dennoch gleich sterben zu müssen, schnürte ihr die Kehle zu.

»Auch das Handy!«

Sie hatte gehofft, dass er das übersehen würde, und fluchte innerlich, als sie seinem Befehl folgte.

»Los! Gehen Sie vor!«, ordnete er an.

»Wohin?«

»Zum Kloster.«

Sie ging los. »Wieso?«

»Es würde mich wundern, wenn unsere kleine Spritztour und die Jagd unbemerkt geblieben wären. Die Polizei wird das Gelände schon in Kürze abriegeln und alle Zufahrtsstraßen bewachen. Im Klostergewölbe aber findet uns so schnell keiner. Ich habe da unten genug Vorräte, um eine ganze Woche durchzuhalten, und jede Menge Fluchtmöglichkeiten.«

Er und seine Kameraden hatten ihr Lager in den Kellern des Klosters? Inga Jäger fragte sich, wie viele geheime Tunnel und Gänge es dort geben musste, wenn die Polizei es nicht gefunden hatte. Der Gedanke daran, dass die drei sehr wahrscheinlich sogar auch im Gewölbe waren, während ihre Kollegen nach dem Fund von Melchior Gietz'

Leiche den Tatort abgesucht hatten, jagte ihr eine Gänsehaut über den Rücken.

Schon nach wenigen Dutzend Metern erreichten sie den Waldrand, und er befahl ihr, stehen zu bleiben. Er ging in einem Abstand von etwa drei Metern um sie herum und zielte dabei weiterhin auf ihre Körpermitte. Dann spähte er über das freie Gelände zwischen der Baumgrenze und der Klostermauer. Jetzt sah sie ihn zum ersten Mal – und wenn es ein Tier gab, mit dem sie ihn spontan hätte vergleichen müssen, dann war es ein Hai. Ganz so wie seine beiden Kameraden war er durchtrainiert und beinahe schon asketisch sehnig. Seine Augen waren dunkel und funkelten angriffsbereit. Das Haar war grau und auf fünf Millimeter kurz rasiert. Neben dem linken Ohr hatte er eine lange, alte Schnittnarbe.

Als er sicher war, dass niemand da war, befahl er: »Los! Weitergehen! Zu dem Bruch in der Mauer.«

Sie humpelte auf die Wiese hinaus – absichtlich langsamer, als es aufgrund ihrer Verletzungen nötig gewesen wäre, und in der Hoffnung, dass vielleicht doch noch ein Spaziergänger oder ein Klostermitarbeiter zufällig hier vorbeikam.

Er durchschaute sie. »Schneller!«, forderte er.

Sie tat, was er sagte – wohl wissend, dass er sie jetzt, wenn sie nicht gehorchte, einfach erschießen und dann in das Gewölbe flüchten konnte, ohne Angst haben zu müssen, entdeckt zu werden. Aus dem gleichen Grund verwarf sie auch die Überlegung, um Hilfe zu schreien, in der Hoffnung, dass drinnen im Kloster jemand sie hören konnte.

An der Mauer angekommen, blieb sie vor dem Loch stehen, das hinunter in den Keller führte. Ihr Hirn jagte nach einer Idee, wie sie den steinigen Abgrund dazu nutzen konnte, ihren Angreifer zu überwältigen – doch er stieß sie einfach ohne jede Vorwarnung hart und fest von hinten, und sie fiel den Geröllhang herab.

Die Zeit, die sie brauchte, um ihre Benommenheit abzuschütteln und wieder auf die Füße zu kommen, nutzte er, um seinerseits nach unten zu klettern.

»Vorwärts!«, sagte er und drückte ihr die Mündung seiner Waffe in den schmerzenden Rücken. Das Adrenalin war inzwischen zum großen Teil abgebaut, und sie spürte jetzt jede Verletzung.

Inga Jäger wusste, dass ihr nur noch wenige Minuten blieben, ehe er sie erschießen oder erschlagen würde ... mit dem Klauenhammer, der in einer Schlaufe an seinem Hosenbein hing.

44

Kloster Eberbach. Gewölbekeller

Hier unten roch es muffig. Der Gestank von Melchior Gietz' verbrannter Leiche war verschwunden und hatte Raum gemacht für den Geruch von Feuchtigkeit in schimmelndem Mauerwerk – Überbleibsel der Überschwemmung. Inga Jäger musste husten und spürte, dass sie sich entweder schon oben im Wald oder gerade beim Sturz in den Keller mindestens eine Rippe angeknackst hatte.

»Weiter!«, befahl der Killer, und in den nächsten zwei

Minuten dirigierte er sie mit dem Schein seiner Stabtaschenlampe, die er aus der Weste geholt hatte, durch Gänge, Gewölbe und Tunnel.

Inga Jäger lauschte über ihre Schritte hinweg, ob nicht vielleicht doch irgendjemand außer ihnen hier unten war. Große Teile des Kellers unter der riesigen Klosteranlage waren auch heute noch in Betrieb, aber wenn sich gerade Mitarbeiter hier unten befanden, dann nicht in ihrer direkten Nähe. Inga Jäger konnte auf jeden Fall niemanden hören – und erkannte, dass das vermutlich auch der Grund war, warum die Auftragsmörder ihren Unterschlupf in dieser Ecke gewählt hatten.

Sie erkannte die Räumlichkeiten an dem aufgebrochenen Wasserkanal. Hier hatten sie Melchior Gietz' Leiche gefunden.

»Los! Weiter!« Er klang ungeduldig.

»Wohin?«, fragte sie irritiert. Sie konnte keinen Ausgang entdecken.

»In den Bach. Stromabwärts.«

»Da runter?«

»Da runter«, bestätigte er.

Sie kletterte auf den Steig hinab und von da aus ins schnell fließende Wasser. Der Bach war noch um einiges kälter als die Lufttemperatur, und schon nach wenigen Schritten hatte Inga Jäger das Gefühl, ihre Füße hätten sich in Eisklumpen verwandelt.

»Schneller!«, hetzte er.

Inga Jäger fragte sich, wie es Gebert wohl ging. Die gute Nachricht war, dass der dritte Verfolger sie gefunden hatte und nicht ihn. Die schlechte, dass er schon bei ihrem Weggang durch den Blutverlust stark angeschlagen gewesen war. Innere Blutungen waren schwer bis gar nicht zu stoppen, und ein Schuss in oder durch die Lunge konnte dazu führen, dass er an seinem eigenen Blut ertrank. Sie gab sich die Schuld daran. Er hatte den Dienst quittieren wollen – warum hatte sie ihm das ausgeredet, beziehungsweise ihn dazu getrieben, wenigstens diesen einen Fall noch an ihrer Seite zu bleiben?

In der jetzigen Situation war ihre größte Hoffnung, dass jemand die Schüsse gehört, sie nicht mit Jägern verwechselt und die Polizei gerufen hatte. Dann würden die Wagen- und Fußspuren die Kollegen hoffentlich direkt zu ihm führen ... und sie vielleicht rechtzeitig kommen, um ihn zu retten.

Dann würde er leben – und das flößte ihr in doppelter Weise Zuversicht ein, denn sie war sich sicher, dass er sich an ihrer Stelle um Tanya kümmern würde.

Halt!, dachte sie plötzlich. *Hast du dich etwa selbst schon aufgegeben?*

Nein, entschied sie sich. Solange sie atmete, gab es eine Chance hier heraus. Eine Chance, Hilfe für Gebert zu holen und zu verhindern, dass Tanya als Vollwaise aufwachsen musste. *Denk nach und bleib wachsam!*

Sie musste sich bücken, um den Kanaltunnel zu betreten. Die Taschenlampe hinter ihr warf ihren eigenen Schatten weit voraus, und sie musste vorsichtig gehen, um auf dem mit schmierigen Algen bewachsenen Rohrboden nicht auszurutschen.

Nach weiteren dreißig oder vierzig Schritten ging das relativ moderne Rohr in einen mit Bruchsteinen gemauerten Tunnelgang über. Dass er erstaunlich sauber und frei von Spinnweben und Steinflechte war, erklärte Inga Jäger sich durch die Überschwemmung und damit, dass die Killer den Gang in den letzten Tagen oft benutzt hatten.

Das Gefälle war nicht nur am Rauschen des Bachs um ihre Beine spürbar, Inga Jäger musste sich auch immer öfter an den Seitenwänden festhalten, um nicht nach vornüber auszurutschen. Die Steine waren klamm, und die Enge schnürte ihr die Brust zu. Die Luft war ein wenig frischer als oben im Keller, aber nicht viel, und der Gedanke, durch einen Tunnel zu wandern, von dem Teile bereits eingebrochen waren, mit Tonnen von Mauerwerk über ihr, steigerten ihre Beklemmung.

Fieberhaft suchte sie nach einer Möglichkeit zur Flucht, aber solange der Gang so schmal war und der Killer sie im vollen Schein seiner Taschenlampe hatte, war sie ein viel zu leichtes Ziel. Sie konnte nur hoffen, dass das Lager, von dem er gesprochen hatte, andere Alternativen bot.

Ein gutes Zeichen war auf jeden Fall schon einmal, dass er sie jetzt aufforderte, langsamer zu gehen, weil ihm, der erheblich größer war, die Enge des Gangs noch mehr zu schaffen machte als ihr.

Nach zwei oder drei weiteren Minuten konnte Inga Jäger erkennen, wie der Lichtschein der Taschenlampe sich ausweitete, und sie entdeckte auf der rechten Seite Stufen in der Mauer.

»Da hoch!«, sagte der Killer und schwenkte den Taschenlampenkegel in die gewünschte Richtung.

Sie sah, dass die Treppe nach wenigen Stufen in einen Raum von etwa fünfzehn oder sechzehn Quadratmetern mündete. Oben lagen Schlafsäcke und Campingausrüstung. Sie suchte nach Waffen, aber alles, was sie in der Eile entdeckte, war eine Gaskartuschenlampe mit Henkelgriff.

Besser als nichts, dachte sie. Sie wusste, wenn sie fliehen wollte, musste das jetzt geschehen. Sie prüfte die Entfernung zwischen der obersten Treppenstufe und der Lampe genau, korrigierte so unauffällig wie möglich den Winkel, in dem sie die Stufen nach oben kraxelte ... und rutschte dann ganz gezielt so ab, dass sie nach vorn stolperte und auf die Lampe fiel.

»Steh auf!«, rief der Killer. »Steh sofort auf!«

Er kam zu ihr, packte sie mit der Hand, mit der er die Taschenlampe trug, an den Haaren und zog sie vom Boden hoch. So weh das auch tat, stellte Inga Jäger sich doch dumm an, ließ sich wieder auf die Knie fallen, entschuldigte sich stammelnd und konzentrierte sich nur auf zwei Dinge: ihre rechte Hand um den Griff der Lampe und die Linke am Gashahn, den sie mit einer schnellen Bewegung aufdrehte. Wieder zog er sie von hinten an den Haaren hoch.

Das Licht der Lampe tanzte zuckend durch den Raum, und Inga Jäger hoffte, dass die Orientierung des Killers darunter litt. Wenigstens für zwei, drei Sekunden – es musste noch mehr Gas ausströmen, wenn ihr eilig zusammengeschusterter Plan funktionieren sollte. Sie torkelte noch ein wenig nach vorn, fing sich dann auf dem rechten Fußballen ab und drehte sich um hundertachtzig Grad. Dabei schwenkte sie die Gaskartusche im Halbkreis so schnell sie konnte in Richtung Taschenlampe und schlug sie ihm so hart aus der Hand, dass sie gegen die Wand geschleudert wurde, zerbarst und erlosch.

Jetzt galt es, noch schneller zu sein. Sie hatte sich die Richtung gemerkt, in der der Bach lief, und sprang dort hinüber, während sie die Gaslampe zu Boden fallen ließ. Sie erwischte die Mauerkante und ließ sich bäuchlings nach vorn fallen – in der Hoffnung, den Wasserlauf zu treffen und nicht den steinigen Steig daneben. Zum Glück hatte sie richtig kalkuliert und schlug auf dem Wasser auf. So schnell sie konnte, krabbelte sie in den leicht bergab laufenden Tunnel und beeilte sich, auf die Füße zu kommen und den Bachverlauf entlangzurennen.

Ein Pistolenschuss krachte – fast zeitgleich gefolgt von einer, nein zwei gewaltigen Explosionen. Das Mündungsfeuer hatte das Gas in der Luft entzündet und das wiederum die Kartusche. Der Dreierschlag war so laut, dass Inga Jäger das Gefühl hatte, ihr würde das Trommelfell platzen – und im nächsten Moment wurde sie von der feurigen Druckwelle nach vorn ins Wasser geworfen. Die Luft über ihr verbrannte, und ihr nasses Haar am Hinterkopf wurde höllisch heiß. Sie wartete einen Sekundenbruchteil, wälzte sich dann sicherheitshalber einmal im Bach herum und flüchtete anschließend weiter. Sie hatte keine Ahnung, ob ihr Angreifer die Explosion überlebt hatte oder nicht, und hatte auch nicht vor, umzudrehen und nachzusehen. Jetzt galt es nur noch, zu entkommen und Gebert zu retten.

Erst nach ein paar Metern ließ sich die Luft wieder atmen, und sie sog sie dankbar ein, ohne jedoch im Laufen innezuhalten. Es war stockdunkel, aber der Bach wies ihr den Weg. Sie hoffte nur, dass zwischen hier und der Stelle, an der er wieder an die Oberfläche trat, kein Gitter war, das ihr den Weg in die Freiheit versperrte.

Atmen und Gehen, das ist jetzt alles, was zählt. Atmen und Gehen.

Zweimal fiel sie ins Wasser, weil im Bachlauf eine Stufe

nach unten eingebaut war – vermutlich, um das Gefälle zum Ausfluss hin auszugleichen. Sie spürte mit den Händen, dass die Wände und auch die Decke hier immer näher rückten, aber die Beklemmung wich der Erleichterung darüber, dass der Killer es hier noch schwerer haben würde, ihr zu folgen als schon weiter oben.

Dann hörte sie auch tatsächlich seine Schritte! Ganz weit hinten im Tunnel. Schleppend – es klang, als würde er ein Bein nachziehen.

Inga Jäger duckte sich im Laufen – für den Fall, dass er einfach in den Tunnel schießen würde, wollte sie ein so kleines Ziel wie möglich abgeben. Gleichzeitig hoffte sie, dass sie durch das Gefälle und die beiden Stufen gedeckt war und jede Kugel, die er abfeuern würde, unweigerlich in die Decke gehen musste.

Durchhalten, war die Devise – und so viel Abstand zu dem Verfolger schaffen, wie es nur ging. Wenn sie nicht alles täuschte, müsste der Bach in der Nähe eines der beiden südlichen Eingänge des Klosters an die Oberfläche kommen. Dort waren tagsüber immer Menschen – Mitarbeiter, Touristen. Dorthin musste sie es schaffen. Noch einmal mobilisierte Inga Jäger mit dem Gedanken an Tanya und Gebert alle ihre Kräfte und zwang sich dazu, ruhig, aber tief und im Takt ihrer Bewegungen zu atmen, obwohl ihr bei jedem Zug die Rippen einen schmerzvollen Stich in die Seite versetzten.

»Du kommst hier nicht lebend raus!«, rief ihr Verfolger. Er klang wütend – aber auch angeschlagen. So sehr angeschlagen, dass Inga Jägers Hoffnung, lebend hier herauszukommen, in Zuversicht umschlug. Sie rannte so schnell es ihre angeschlagenen Glieder zuließen – dabei die Hände in Bauch- und Stirnhöhe vor sich gestreckt, um zu vermeiden, irgendwo ungebremst dagegenzulaufen.

Dann endlich sah sie das Licht – im wahrsten Sinne des Wortes am Ende des Tunnels. Es war zunächst nur ein kleiner Punkt, wurde aber Schritt für Schritt größer – und Inga Jäger war erleichtert, als sie erkannte, dass kein Gitter den Weg nach draußen versperrte.

Die Erleichterung darüber spendete ihr neue Kraft. Noch zehn Meter, neun, acht … ihr Fuß geriet in irgendeine Spalte unter Wasser; zwischen zwei große Steine. Noch ehe sie ihren Schwung abbremsen konnte, stolperte sie vornüber und fühlte den stechenden Schmerz im Fußgelenk.

Fuck! Mindestens verstaucht – wenn nicht gar Sehne oder Bänder gerissen! Aber schlimmer noch: Sie steckte fest!

Bei allem Schmerz musste sie den Fuß aus dem Spalt bekommen.

Die Schritte ihres Verfolgers kamen wieder näher. Wenn er auch gleich das Licht sah, würde er ihre Silhouette erkennen … und konnte sie voll ins Visier nehmen.

Aber der Fuß war fest eingeklemmt. Sosehr sie ihn auch drehte und dabei versuchte, die höllischen Schmerzen zu unterdrücken – sie brachte ihn einfach nicht frei. Zorn wurde zu Verzweiflung, Verzweiflung zu Panik.

Inga Jäger biss die Zähne zusammen und beugte ihren Oberkörper so weit hinab, um einen der Steine besser mit den Händen packen zu können. Ihre Bauchmuskeln zitterten unter der Anstrengung, und sie brach sich mehr als einen Nagel ab. Dann aber hatte sie den kleineren der Steine fest in den Fingern und wuchtete ihn frei. Dabei quetschte sie ihr Fußgelenk noch mehr und schrie auf.

Wie als Antwort auf ihren Schrei erscholl vom Innern

des Tunnels ein Lachen. »Ich hab dir doch gesagt, dass du hier nicht lebend rauskommst. Gleich hab ich dich!«

Ihr Blick fiel auf den Stein in ihren Händen. Es war das Bruchstück eines modernen Mauersteins. Sie fragte sich, wie der hierhergekommen sein mochte, war aber froh, dass es kein alter Naturstein war wie die, aus denen der Tunnel gemauert war. Der wäre zu schwer gewesen, um ihn einfach wegzuheben. Sie warf ihn von sich, drehte sich um und kletterte auf allen vieren weiter in Richtung Ausgang – so flach wie möglich, um kein zu einfaches Ziel abzugeben. Dabei stießen ihre Hände auf immer mehr zerbrochene Mauersteine. Irgendwer schien hier seinen Bauschutt abgeladen zu haben. Sie nutzte die Steine, um sich daran nach vorn zu ziehen.

Drei Meter, zwei …

Dann war sie endlich draußen – aber ihr war klar, dass sie es unmöglich mit dem verletzten Fußgelenk bis zum Eingang des Klosters schaffen konnte, ohne dass der Killer sie einholen würde. Sie nahm den kleinsten der Mauersteine in ihre Faust, robbte um die Tunnelmündung herum nach oben und legte sich dort auf die Lauer.

Die Geräusche aus dem Gang unter ihr wurden immer lauter. Auch ihr Verfolger hatte mit den Mauersteinen im Bachverlauf zu kämpfen.

Inga hob einen kleinen Stein vom Boden neben sich auf und schleuderte ihn so weit sie konnte geradeaus. Das Rascheln im Gras sollte dem Killer vormachen, dass sie sich schon weiter von dem Bachausgang entfernt hatte und dort jetzt am Boden kroch.

Dann sah sie, wie der Mann gebeugt aus dem Tunnel trat. Die linke Hälfte seines Kopfhaars war in der Gasexplosion verbrannt, die Haut darunter voller Blasen und zum Teil sogar ganz verschwunden – auch seine Uniform hatte stark unter dem Feuer gelitten. Er hinkte, und aus einem Riss im rechten Oberschenkel floss Blut.

Inga Jäger verlagerte ihr Gewicht auf die freie Hand und das unverletzte Fußgelenk und wuchtete sich nach vorn – über den Rand des Tunneleingangs hinweg nach unten. Der Mann unter ihr hörte das Geräusch und wollte noch herumwirbeln. Aber sie war schneller. Und sie hatte gut gezielt.

Noch im Fallen schlug sie ihm den Stein mit voller Wucht gegen die Schläfe und griff gleichzeitig mit der anderen Hand nach seiner Pistole. Er schrie auf und torkelte. Inga Jäger merkte, dass die Explosion ihn stark geschwächt hatte, und schickte ein schnelles Dankgebet zum Himmel. Sie schlug ein zweites Mal zu, und er ging zu Boden – prallte dabei mit dem Kopf auf die gemauerte Bacheinfassung. Seine Hand wurde kraftlos, und Inga Jäger nahm die Pistole an sich. Sie rappelte sich auf und feuerte einen Schuss in seinen Bauch. Obwohl die Weste ihn schützte, verlor er durch die Wucht des Schusses dennoch den letzten Rest an flackerndem Bewusstsein.

Dann durchsuchte sie seine Taschen, bis sie sein Handy fand. Bis auf einen Sprung im Display war es unbeschädigt. Sie setzte sich drei Meter von dem halb im Bachlauf liegenden Killer auf die Mauer, hielt die Pistole auf ihn gerichtet und wählte Ottos Nummer.

Auge in Auge

45

Klinik für Psychiatrie und Psychotherapie Eichberg. Innere Medizin

Inga Jäger lag auf einem Krankenbett und wurde von zwei Krankenschwestern versorgt. Die Platzwunde an ihrer Stirn musste genäht werden, die Risse in ihren Händen geklammert. Man hatte das Fußgelenk überprüft – es war zum Glück tatsächlich nur verstaucht und wurde mit einem Verband stabilisiert. Das Jochbein und eine Rippe waren angebrochen.

Die Otto betrat das Zimmer – das Gesicht so weiß wie die Wand.

Inga Jäger richtete sich so schnell auf, dass die Schwester, die gerade ihre Stirn behandelte, einen Fluch ausstieß. »Was ist mit Gebert? Wie geht es ihm?«, fragte die Staatsanwältin.

Nachdem die Otto mit Verstärkung am Ausgang des unterirdischen Bachlaufs angekommen war, hatte Inga Jäger sie, gestützt von zwei Polizisten, zu der Stelle geführt, an der sie Gebert und die beiden toten Killer zurückgelassen hatte. Schon da war Gebert nicht mehr bei Bewusstsein gewesen und sein Puls kaum noch spürbar. Deshalb hatten sie ihn, weil es am nächsten lag, hierher in das Krankenhaus der Psychiatrie Eichberg gebracht. Die Notoperation dauerte jetzt schon so lange wie Inga Jägers gesamte Untersuchung.

»Professor Götz kann noch nichts Genaues sagen«, antwortete die Otto. »Die Bluttransfusionen haben ihn am Leben gehalten, aber die Chirurgen sind noch immer dabei, sämtliche inneren Verletzungen zu lokalisieren und zu flicken. Sein Herz ist zu schwach für eine so lange Anästhesie und hat schon zweimal ausgesetzt. Es sieht nicht gut aus. Gar nicht gut.« Ihre sonst vollen Lippen waren zu einem schmalen Schlitz zusammengepresst, und Tränen liefen ihr über die Wangen.

»Komm her«, sagte Inga Jäger und winkte sie zu sich. Die Otto setzte sich, und Inga Jäger zog sie in ihren Arm. »Er wird es schaffen, Lydia«, flüsterte sie ihr ins Ohr – wohl wissend, dass sie ihr und auch sich selbst etwas vormachte. Sie konnte nicht wissen, ob er es schaffen würde, aber der einzig sinnvolle Pfad war jetzt blauäugiger Optimismus. »Du kennst ihn doch, unseren Rübezahl. Er ist eine Naturgewalt. Er hat das im Griff und wird 'nen Teufel tun, uns hier im Stich zu lassen.«

»Meinst du?«

»Ganz sicher.«

Die Otto seufzte tief, schniefte und richtete sich dann wieder auf. »Du hast recht: Er schafft das. Ganz bestimmt.« Sie zwang sich zu einem Lächeln.

»Was gibt es Neues von den Killern?«

»Der Überlebende wird gerade im Nachbarzimmer versorgt. Du hast ihn ganz schön übel zugerichtet.«

»Er hatte Glück, dass ich ihn lebend brauche«, sagte Inga Jäger und meinte es so. Hätte sie am Tunnelausgang ihren Impulsen und Instinkten freien Lauf gelassen, hätte sie ihm den Schädel eingeschlagen oder das gesamte Magazin seiner Pistole in ihn gejagt. »Steht er unter Bewachung?«

»Natürlich«, sagte die Otto. »Ein Kollege im Zimmer, zwei draußen vor der Tür.«

»Lisa Bickelmeyer?«

»Auch vor ihrer Tür hab ich zwei Leute postiert. Wie vor dem OP und auch hier vor deinem Zimmer. Und dann sind da natürlich noch die Männer von Professor Götz.«

»Die beiden Toten?«

»Unten in der Leichenhalle. Wir haben Gewebeproben und Finger- und Zahnabdrücke von allen dreien zu Dr. Busch und Elli Falkenstein geschickt.«

»Sehr gut.«

»Was passiert als Nächstes?«

»Ich verhöre den Dreckskerl.«

»Du bist noch immer suspendiert.«

»Willst du mich etwa aufhalten?«

»O nein, um Himmels willen. Aber Peiß ist auf dem Weg hierher. Er müsste jeden Moment da sein.«

Wie aufs Stichwort ging die Tür auf, und der Leitende Staatsanwalt trat herein. Statt zu grüßen, schaute er Inga Jäger mit ausdrucksloser Miene an. Auch Inga Jäger sagte nichts.

Auch die Krankenschwestern spürten die steigende Spannung. »Wir sind sofort hier fertig und lassen Sie dann allein«, sagte jene, die sich um Inga Jägers Stirn kümmerte.

Peiß nickte stumm und blieb auf seinem Platz stehen. Einzig seine Augen verrieten seine Ungeduld.

Gegen ihre Laune rechnete Inga Jäger es ihm hoch an,

dass er mit seiner Schimpftirade und den Vorwürfen offenbar tatsächlich warten wollte, bis keine behördenfremden Personen mehr anwesend waren.

»So«, sagte die Krankenschwester, verknotete den letzten Faden und schnitt den Rest ab. »Ich komme nachher noch einmal mit einem Arzt, um nach Ihnen zu sehen.«

»Danke«, sagte Inga Jäger, und die beiden Schwestern verließen den Raum.

»Sie auch, Otto«, sagte Peiß knapp.

»Die Otto bleibt«, machte Inga Jäger ebenso knapp deutlich.

Die Otto, die sich schon in Richtung Tür aufgemacht hatte, blieb unschlüssig zwischen den beiden stehen.

»Ich will mit Ihnen unter vier Augen reden«, sagte Peiß.

»Ich weiß«, erwiderte Inga Jäger. »Aber ich werde nicht ohne Zeugen mit Ihnen reden. Die Otto oder mein Anwalt. Sie haben die Wahl.«

Peiß sog hörbar laut die Luft durch die Nase ein. »Also gut, sie kann bleiben.«

»Gut«, sagte Inga Jäger. »Was wollen Sie?«

Peiß trat an den Fuß ihres Bettes. »Mich entschuldigen«, sagte er, und Inga Jäger konnte sehen, wie schwer ihm das fiel. Sie hatte mit einigem gerechnet, aber nicht damit.

»Was?«, fragte sie daher überrascht. »Könnten Sie das bitte wiederholen?«

»Sie haben mich gehört«, sagte Peiß. »Ich hätte nicht zulassen dürfen, dass das Ministerium Sie auf Eis legt. Sie haben mir zwar wichtige Informationen vorenthalten, aber ich war mir dennoch von Anfang an sicher, dass Thilo Holler sich nicht selbst das Leben genommen hat. Dafür kenne … kannte ich ihn zu gut. Schließlich war ich über zwanzig Jahre mit ihm befreundet. Wir werden weiter ermitteln.«

Inga Jäger lachte auf – spöttisch. Da also lag der Hund begraben. »Klar! Jetzt, da alle Welt sehen kann, dass Holler ebenso wie Gietz, Falk und Lisa Bickelmeyer Opfer von Profikillern sind, übernehmen Sie den Fall höchstpersönlich und führen ihn zum Abschluss. Mit Presse und dem ganzen Brimborium. Das bringt Ihnen nicht nur die Lorbeeren, sondern wahrscheinlich auch einen Platz im Justizministerium – wahrscheinlich sogar im Bundesjustizministerium, wenn es Ihnen gelingt, einen Teil der Schuld daran, was geschehen ist, dem Landesministerium in die Schuhe zu schieben ... was ja nicht allzu schwer werden dürfte, so wie die sich in dem Fall verhalten haben.«

»Frau Jäger ...«

Aber sie ließ sich nicht unterbrechen. »Sie sind jetzt nur hier, damit ich Ihnen die Informationen gebe, die ich gesammelt habe, damit Sie auch zügig zu einem Abschluss kommen. Aber daraus wird nichts ... Chef.« Das letzte Wort betonte sie mit großer Verachtung. »Denn ich werde ...«

»Frau Jäger, ich bin hier, um Sie zu bitten, den Fall wieder aufzunehmen«, unterbrach er sie jetzt doch mit fester Stimme. »So Sie sich körperlich dazu in der Lage sehen. Ich habe bereits mit dem Präsidenten des Landeskriminalamts gesprochen: Frau Otto wird Kommissar Schroll ablösen und mit Ihnen zusammenarbeiten. Ich möchte, dass Sie beide herausfinden, wer hinter den Morden und dem Anschlag auf KHK Gebert steckt, und ihn oder sie zur Rechenschaft ziehen.«

Jetzt war Inga Jäger noch mehr überrascht als schon bei

seiner Entschuldigung. Mit dieser Wende ihres Vorgesetzten hatte sie nicht gerechnet. »Und was sagen die Leute im Landesjustizministerium dazu?«

»Keine Ahnung. Ich will es auch nicht wissen. Ich mache es wie Sie und setze mich über deren Anordnung hinweg, wenn deren politische Agenda die Aufklärung von Morden verhindert«, sagte er, und zum ersten Mal, seit sie ihn kannte, konnte Inga Jäger in seinen Augen Leidenschaft funkeln sehen. »Was uns maximal vierundzwanzig Stunden gibt«, fügte er hinzu. »Danach ist es ziemlich wahrscheinlich, dass uns die Sache um die Ohren fliegt und nicht nur Sie Ihren Job los sind.«

Inga Jäger holte tief Luft, um sich zu sammeln. Dann schaute sie die Otto an. »Bist du dabei?«

Die junge Kommissarin zögerte sichtlich. »Ich würde gerne hier bei Gebert bleiben.«

»Der ist in guten Händen«, sagte Inga Jäger verständnisvoll, da auch sie am liebsten hierbleiben würde, bis sie wusste, dass er über den Berg war. »Aber er würde wollen, dass wir die Scheißkerle ein für alle Mal dingfest machen.«

Die Otto überlegte – dann nickte sie. »Ja, das würde er wollen. Also gut – ich bin dabei.«

46

Rathaus Eltville. Parkplatz

Zum zweiten Mal innerhalb kurzer Zeit trug Inga Jäger Ersatzklamotten von Lydia Otto. Peiß hatte ihr außerdem den Dienstausweis und ihre Waffe wiedergegeben. Nachdem sich herausgestellt hatte, dass der überlebende Killer aufgrund der Schwere seiner Verletzungen noch einige Zeit nicht vernehmungsfähig war, hatte Inga Jäger beschlossen, den Fall zunächst wieder über Gisbert Spreitzer.

Die Otto parkte den Wagen hinter dem Rathaus, Inga Jäger stieg aus und holte die Krücke vom Rücksitz, die Professor Götz ihr zur Verfügung gestellt hatte.

»Nervös?«, fragte sie die junge Kommissarin, als sie sah, wie die sich die Handflächen an den Hosenbeinen abwischte.

»Wie die Sau beim Schlachter. Das hier ist mein erster Soloflug.«

»Du bist nicht allein, Lydia. Ich bin doch bei dir.« Sie zwinkerte ihr aufmunternd zu.

»Darf ich eine Bitte äußern?«

»Natürlich.«

»Ich kann gar nicht sagen, wie sehr ich mich freue, dass wir uns jetzt duzen …« Sie zögerte.

»Na ja, nach dem, was wir jetzt schon alles miteinander erlebt haben …«, sagte Inga Jäger und lächelte.

»Ja, oder? Aber könntest du mich vielleicht trotzdem weiterhin Otto nennen, statt Lydia?«

Inga Jäger zog eine Augenbraue nach oben. – Wollte die junge Kommissarin vielleicht gleich am Anfang ihrer neuen Karriere Grenzen setzen?

»Ich meine«, fuhr sie fort. »Der Chef hat mich immer so genannt. Die Otto. Am Anfang fand ich das ein bisschen schräg, aber ich hab mich so daran gewöhnt. Und jetzt nennt mich jeder Otto oder *die Otto*. Seit Jahren. Und ich mag das. Das ist wie ein Missionscode ... oder auch wie ein Superheldenname, weißt du? Der hat mehr ... wie würde der Chef jetzt sagen ...?«

»Schmackes«, half Inga Jäger ihr auf die Sprünge.

»Ja genau. Otto hat mehr Schmackes als Lydia. Und ...«

»Was?«

»Der Name macht es leichter, nach Feierabend abzuschalten und den ganzen Müll abzulegen wie einen Mantel. Im Dienst bin ich *die Otto* und privat, also ganz privat, bin ich dann Lydia.«

Inga Jäger schmunzelte. »So geht es mir mit *Jägerin*«, sagte sie.

»Dann verstehst du, was ich meine?«

»Jawoll, Otto«, sagte sie.

Die Otto salutierte. »Dann mal Horrido, Jägerin.«

Inga Jäger nickte und stützte sich auf ihre Krücke. »Horrido. Schnappen wir uns den Kerl!«

47

Rathaus Eltville

Inga Jäger und die Otto betraten Spreitzers Büro ohne anzuklopfen. Sie ertappten den Stellvertretenden Amtsleiter dabei, wie er vor einem großen Spiegel posierte, und Inga Jäger fiel jetzt erst auf, dass der Anzug, den er auch am Vormittag bei Hollers Beisetzung getragen hatte, maßgeschneidert und neu war. Spreitzers Augen waren geweitet vor Schreck – so, als würde er einen Geist sehen.

»Ja, ich lebe noch«, sagte Inga Jäger. »Interessant zu sehen, dass Sie das ganz offenbar sehr überrascht. Setzen Sie sich.«

»Was fällt Ihnen ein …?«

»Sie setzen sich, oder wir nehmen Sie gleich mit, Herr Spreitzer«, unterbrach die Otto seinen Versuch aufzubegehren in fast schon militärischem Befehlston. Der Mann hatte irgendetwas zu tun damit, dass ihr Chef jetzt gerade um sein Leben rang – und deshalb in ihren Augen das Recht auf Glacéhandschuhe verspielt. Inga Jäger teilte diese Ansicht.

Spreitzer setzte sich. »Sie haben kein Recht, so mit mir zu reden«, sagte er dann, und es klang fast kindlich schmollend. »Erstens sind Sie vom Dienst suspendiert, und zweitens haben Sie keinen hinreichenden Tatverdacht, um mich zu verhaften.«

»Da irren Sie sich gleich zweimal«, konterte Inga Jäger und nahm ihm gegenüber Platz. »Zum einen bin ich wieder in Amt und Würden; und zum Zweiten reicht mein

Tatverdacht wegen zumindest Behinderung der Ermittlungen aus, da Sie nicht nur behauptet haben, es gäbe kein Protokoll von der geheimen Amtsleitersitzung, sondern auch noch gelogen haben, als ich Sie nach deren Inhalt fragte. Ja, wir wissen inzwischen, dass Sie an der Sitzung teilgenommen haben. Sie und auch Bürgermeister Holler. Worum ging es in dieser Sitzung?«

Spreitzer verschränkte die Arme vor der Brust – und schwieg. Inga Jäger sah ihm an, dass der Stress ihm schwer zu schaffen machte. Erste Schweißperlen hatten sich auf seiner Stirn gebildet, und er atmete schneller.

»Okay«, sagte sie, als sie merkte, dass er ihre Frage so nicht beantworten würde. »Was in Eltville ist mehrere Hundert Millionen Euro wert?« Das fragte sie sich selbst, seit der Killer im Vertrauen auf ihren bevorstehenden Tod so unvorsichtig war, es zu erwähnen.

Spreitzers Augen weiteten sich noch einmal vor Schreck.

Was für ein lausiger Pokerspieler, fand Inga Jäger.

»Hören Sie, Spreitzer, ich sehe, dass Sie nicht das Zeug dazu haben, hinter dem zu stecken, was hier gespielt wird«, sagte sie ihm auf den Kopf zu. »Sie sind nur eine Marionette ... eine unwichtige Puppe in diesem Spiel ... ein Bauernopfer.«

»Bauernopfer?«, fragte er – jetzt fast schon panisch. »Was meinen Sie mit Bauernopfer?«

»Einer der Killer konnte entkommen«, log sie. »Und wenn ich das richtig sehe, sind Sie der Einzige auf der Protokollliste, der noch lebt. Und wenn Sie nicht der Drahtzieher sind – und, wie schon gesagt, daran glaube ich nicht eine Sekunde –, stehen Sie spätestens jetzt auf der Abschussliste. Weil Sie zu viel wissen.«

»Sie fischen im Trüben«, sagte er und strengte sich an, ruhig zu wirken.

»Natürlich«, gab sie zu. »Aber das Becken ist inzwischen so klein geworden, dass ich meinen großen Fang trotzdem machen werde. Mit oder ohne Ihre Hilfe. Seien Sie sich dessen bitte bewusst.« Sie drehte sich zur Otto um. »Was halten Sie davon, Kommissarin Otto, wenn wir davon Abstand nehmen, Herrn Spreitzer zu verhaften und ihn mit einer Verwarnung davonkommen lassen?«

»Hm.« Die Otto tat so, als würde sie überlegen. »Keine so schlechte Idee. Wir könnten ihn beschatten lassen? ... sozusagen als Köder benutzen für den Killer. Und wenn der dann zuschlägt ...«

»Nehmen Sie mich fest«, verlangte Spreitzer eilig. »Bitte nehmen Sie mich auf der Stelle fest.«

Inga Jäger lehnte sich entspannt in ihrem Stuhl zurück. »Warum sollten wir das, wenn Sie uns auf freiem Fuß sehr viel mehr helfen würden?«

»Ich kann nicht reden«, sagte er. »Ich werde nicht reden. Und trotzdem werden Sie mich verhaften.«

»Das sehe ich anders«, sagte Inga Jäger und erhob sich mithilfe der Krücke von ihrem Platz. »Kommen Sie, Frau Kommissarin. Wir gehen.«

»Sie bluffen«, sagte Spreitzer. »Sie sind nicht der Typ, der sein Gewissen mit dem Tod eines Unschuldigen belastet.«

»Unschuldig?«, fragte sie. »Das glaubt Ihnen inzwischen ohnehin niemand mehr.«

»Egal. Sie sind keine Mörderin.«

»Das stimmt«, sagte sie. »Aber vielleicht betrachte ich es nicht als Mord, das Leben eines Menschen zu riskieren, der außer an den Morden und Mordversuchen mitverantwortlich ist dafür, dass mein Partner gerade auf der Intensivstation um sein Leben kämpft, und ich selbst nur knapp dem Tod entgangen bin und mich jetzt ziemlich scheiße fühle. Vielleicht betrachte ich das als gerechte Strafe und bedingt sogar als Wiedergutmachung. Immerhin sind Sie mit daran schuld, dass meine kleine Tochter fast ihre Mutter verloren hätte und der Mann, der ihr ein hervorragender Stiefvater sein könnte, morgen vielleicht schon nicht mehr am Leben ist. Sie entschuldigen daher bestimmt, dass meine Motive nicht länger rein dienstlich und integer sind.« Sie überhörte ganz gezielt den fast stummen Pfiff, den die Otto bei dem Wort *Stiefvater* ausgestoßen hatte. Es war ohnehin schwer genug, den Bluff durchzuziehen. Spreitzer hatte natürlich recht – obwohl er nicht wissen konnte, dass der dritte Killer ebenfalls in Gewahrsam war: Sie würde niemals einen Menschen – auch keinen Verbrecher – als Köder benutzen und sein Leben aufs Spiel setzen.

»Wie gesagt«, erwiderte Spreitzer. »Verhaften Sie mich – aber ich werde nichts aussagen.«

»Wie Sie wollen«, sagte Inga Jäger, und erst als sie ganz sicher war, dass Spreitzer eisern blieb, gab sie der Otto einen Wink.

Die holte ein Paar Handschellen hervor. »Bitte stehen Sie auf, Herr Spreitzer, und legen Sie die Hände auf den Rücken. Ich verhafte Sie wegen Strafvereitelung und Falschaussage.«

»Und wegen des Verdachts auf Beteiligung an Mord in drei Fällen und versuchtem Mord in einem«, fügte Inga Jäger hinzu.

Ihr Telefon klingelte. Es war Elli Falkenstein.

»Was gibt es, Elli?«

»Neuigkeiten zu den drei Killern. Am besten, ihr kommt direkt vorbei und schaut euch das selbst an.«

48

Forensisches Institut Wiesbaden. Spurensicherung

»Wie geht es Rübezahl?«, war das Erste, das Elli Falkenstein fragte, als Inga Jäger und die Otto ihr Labor betraten. Im Gesicht der kleinen Technikerin war die gleiche Angst zu lesen, die Inga Jäger in ihrer Brust wühlen fühlte wie einen in einem viel zu kleinen Käfig eingesperrten Dachs.

»Leider noch immer nichts Neues«, antwortete Inga Jäger. Sie hatte auf dem Umweg über das LKA, wo sie Gisbert Spreitzer zur Einlieferung in die Untersuchungshaft abgeliefert hatten, mit Professor Götz telefoniert, aber der Leiter der Psychiatrischen Anstalt hatte keine Änderungen von Geberts Zustand zu berichten gehabt.

»Scheiße, Scheiße, Scheiße!«, fluchte Elli und schlug mit ihren Fäustchen ein zittriges Stakkato auf ihren Oberschenkeln. »Er darf nicht sterben, darf nicht sterben, darf nicht sterben, darf nicht sterben …«

Inga Jäger trat an sie heran und legte ihr eine Hand auf die Schulter. »Er hat bis hierhin durchgehalten, dann wird er jetzt nicht aufgeben, Elli. Du kennst ihn doch. Er ist ein sturer Bock. Er schafft das.«

»Ja, ein sturer Bock ist er«, stimmte die Asperger-Autistin zu, und ihre zerknirschte Miene hellte sich auf. Ihre Fäustchen entspannten sich, und sie wischte mit dem Handrücken eine Träne aus dem Augenwinkel.

»Was hast du für uns?«

»Ach ja, kommt her, das müsst ihr euch ansehen.« Sie schaltete einen ihrer Rechner auf den großen Monitor. Der Bildschirm zeigte eine Akte mit dem Foto eines der beiden toten Killer. Es war der, den Gebert mit einem Stein erschlagen hatte.

»Axel Hahnebauer«, las Elli Falkenstein vor. »Jahrgang 1956. Geboren in Ribbeck, Havelland, als Sohn von Marlene Hahnebauer, alleinerziehende Mutter in einer LPG – Landwirtschaftliche Produktionsgenossenschaft. Vater unbekannt. An seinem achtzehnten Geburtstag trat Axel Hahnebauer in die SED ein und schon einen Monat später als Berufssoldat in die NVA, die Nationale Volksarmee. Dort machte er eine steile Karriere und war von 1977 bis 1980 Mitglied von Honeckers Afrikakorps. Im Rahmen dessen Einsätze in Angola und Mosambik, Algerien und der damaligen Volksrepublik Kongo. Danach Ausbilder und Berater in Afghanistan, Kambodscha, Nordkorea und sogar bei der PLO, der Palästinensischen Befreiungsorganisation, und am Ende schließlich Stasi – bis 1990, dem Zeitpunkt der Auflösung des Ministeriums für Staatssicherheit als Konsequenz des Mauerfalls. Anschließend ein wenig erfolgreicher Abstecher zur Bundeswehr. Danach verschwand er erst einmal von der Bildfläche. Und dann wird es erst richtig interessant, aber dazu komme ich gleich. Zunächst noch der zweite Tote.«

Beim Umschalten auf die nächste Akte konnte Inga Jäger beobachten, dass Elli Falkenstein wieder konzentriert wirkte und frei von Angst. Wie bei ihr selbst und auch bei der Otto war sinnvolle und herausfordernde Arbeit eines der besten Mittel gegen persönlichen Kummer und Sorgen.

»Lutz Gottberg. Jahrgang 1959«, fuhr Elli Falkenstein fort. »Geboren in Stalinstadt, heute Eisenhüttenstadt, als Sohn des Minenarbeiters Julius Gottberg und seiner Frau Maria, geborene Heigl. Beide Mitglieder der SED, der auch Lutz Gottberg bei Erreichen der Volljährigkeit beitrat. Danach ähnliche Laufbahn wie Hahnebauer: Berufssoldat in der Nationalen Volksarmee. Die beiden sind sich in Algerien begegnet und waren seitdem unzertrennlich. Sie sind gemeinsam von der NVA zur Stasi. Auch seine Eingliederung in die Bundeswehr war nicht von großem Erfolg gekrönt. Danach sind beide von der Bildfläche verschwunden und erst geraume Zeit später wieder aufgetaucht: in den Akten des BKA – als extrem sadistische Berufskiller. Ihre Taten passen – wenn auch nicht in genauem Hergang, weil wir sie sonst früher entdeckt hätten – von der Psychologie her in das Schema unserer Morde: besonders grausames Abschlachten oder vorgetäuschter Selbstmord. Das Abschlachten hatte in den Syndikatskreisen, in denen sie sich bewegten, Methode – es sollte einschüchtern oder wankende Loyalitäten stabilisieren.«

»Das erklärt die prämortale Vergewaltigung mit dem Hammer«, erkannte Inga Jäger.

Elli Falkenstein nickte. »Sie hatten Unterschlüpfe im benachbarten Ausland, wie Polen und Tschechien, aber auch auf Kuba. Auf jeden Fall konnte man ihrer nie habhaft werden. Und sie arbeiteten immer zu dritt. Der Dritte im Bund ist unser Überlebender: Rüdiger Jochner.«

Elli Falkenstein betätigte die Fernbedienung und brachte damit die Akte des dritten Killers auf den Monitor.

»Geboren 1955 in Magdeburg als Sohn von Hans Bergel, einem Theaterintendanten, und der Schauspielerin Elisabeth Jochner. So liberal seine Eltern auch schienen, so gegensätzlich war ihr Sohn Rüdiger. Wie Hahnebauer und Gottberg Mitglied der SED und Berufssoldat in der NVA. Ähnliche Stationen wie die beiden anderen, auf die er in Nordkorea gestoßen ist. Am Ende ebenfalls Stasi. Es ist seine DNS, die wir bei Ingo Falk gefunden haben – also auch seine Akte, die über den DNS-Suchweg zunächst gesperrt und dann verschwunden war. Ich habe sie nur gefunden, weil ich über Gottberg und Hahnebauer in den BKA-Akten auf Umwegen auf ihn gestoßen bin. Ein Hoch darauf, dass doch noch nicht alles zentralisiert ist. Aber das Beste kommt erst noch.« Sie rieb sich die Hände und watschelte hinüber zu dem Monitor. »Schaut mal her!«

Elli Falkenstein deutete mit einem Zeigestock auf ein Formular-Feld der Akte.

Inga Jäger sog zischend die Luft zwischen den Zähnen hindurch ein und las vor: »Gestorben: 15. März 2011. Was zum Teufel …?!«

Elli nickte. »Sie sind alle drei an diesem Tag gestorben. Bei einer Schießerei mit der Russenmafia erschossen worden. In Stettin. Auch das ist mit ein Grund dafür, warum ich sie beinahe nicht gefunden habe. Sie sind eigentlich nicht mehr im System – also nicht mehr im aktuellen. Aber dank unseres letzten Falles habe ich ja dazugelernt und suche jetzt immer alle Systeme ab.«

»Geister«, sagte die Otto mit tonlosem Entsetzen.

»Papperlapapp«, gab Elli Falkenstein zurück. »So etwas wie Geister gibt es nicht. Da bin ich mir sicher.«

Die Otto schüttelte den Kopf. »*Geister* nennen wir Verbrecher, denen es irgendwie gelungen ist, ihren eigenen Tod vorzutäuschen, nur um im Anschluss daran noch skrupelloser agieren zu können. Wer zur Hölle hat die Mittel, eine solche Nummer abzuziehen?«

»Ich nehme an, der Einzige, der uns das sagen kann, ist Jochner selbst«, meinte Inga Jäger und humpelte mit ihrer Krücke zur Tür. »Wecken wir ihn auf!«

49

Klinik für Psychiatrie und Psychotherapie Eichberg. Innere Medizin

Rüdiger Jochner war wach – aber er würde einen Teufel tun, sich das anmerken zu lassen. Solange man ihn für besinnungslos hielt, hatte er Zeit zu überlegen, wie er hier herauskommen könnte. Er hatte bereits registriert, dass die Fenster vergittert waren, und konnte sich nach einigem Nachdenken vorstellen, wohin man ihn gebracht hatte: in das Krankenhaus der Psychiatrie. Die Sicherheitsvorkehrungen hier mochten nicht ganz so hart sein wie in einem Gefängnis, waren bestimmt aber auch nicht weit davon entfernt. Außer den beiden uniformierten Polizeibeamten hier in seinem Zimmer waren sicher auch draußen auf den Gängen Wachen – Polizisten und Sicherheitsleute der Klinik. Wahrscheinlich waren außerdem die Türen auf dem Weg nach draußen verschlossen. Trotz seiner langjährigen militärischen Ausbildung waren seine Chancen, die zwei Männer hier drin zu überwältigen und sich dann den Weg nach draußen freizukämpfen, verschwindend gering – durch die verriegelten Türen wahrscheinlich sogar überhaupt nicht existent. Es musste einen anderen Weg geben. Denn auch das wusste er nach den Jahrzehnten, die er sich nun schon – zunächst für sein lange vergessenes Land und später im Kampf um die eigene Existenz – im Krieg befand: Es gibt immer einen Weg – finde ihn, oder mache ihn!

Trotz der Medikamente und der Brandsalben, die man ihm verabreicht hatte, hatte er starke Schmerzen. Er begrüßte sie, denn sie halfen ihm dabei, seine körperliche Verfassung einzuschätzen. Sein Kopf dröhnte von dem Schlag, den die Staatsanwältin ihm mit dem Stein versetzt hatte, die Bauchmuskeln waren gezerrt von dem Schuss, den sie auf die Weste abgefeuert hatte, der Schenkel war durch den Treffer der Kartusche bei der Explosion aufgerissen, und die Haut auf der einen Seite des Kopfs war verbrannt. Er musste sich zusammenreißen, nicht zu schmunzeln. Die Verunstaltung würde es in Zukunft schwerer machen, ihn aufgrund alter Bilder zu identifizieren – vorausgesetzt, er kam hier heraus, ehe man neue Fotos von ihm machen konnte.

Dann konnte noch alles gut werden.

Er hatte genug Geld, um sich zur Ruhe zu setzen – im Ausland, wo niemand auf die DNS-Datenbanken Deutschlands zurückgreifen konnte … wenn er sich dort nicht gerade mit der CIA, dem BND oder Interpol anlegen würde. Er musste zuvor nur noch seinen Auftraggeber und die Staatsanwältin ausschalten. Beide würden sie alles daransetzen, ihn zu finden, wohin auch immer er sich absetzen mochte. Das durfte er nicht zulassen.

Aber dann, wenn er mit ihnen abgerechnet hatte, würde er nach Kuba gehen. Dort hatte er Freunde – bei Polizei, Militär und sogar der Regierung. Und er hatte ein schönes Haus. An der Playa Santa Lucia. Und Juana, die dort auf ihn wartete. Sie würde sich freuen, wenn er jetzt für immer blieb … oder zumindest für länger, denn ganz würde er seinen Job nie an den Nagel hängen können. Nicht aus finanziellen Gründen – wie gesagt, er hatte ausgesorgt –, sondern aus dem gleichen Grund, aus dem er auch diesen Job angenommen hatte: Der Kick der Jagd … das einzigartige Gefühl, das er nur beim Zufügen von Schmerzen empfand.

Er hatte es schon mehrmals versucht – aber länger als zwei Jahre war es ihm bisher noch nie gelungen, diesem Drang zu widerstehen. Früher oder später hatte er ihm noch immer nachgeben müssen … ihm mit Vergnügen nachgegeben; auch wenn er einmal nicht dafür bezahlt wurde. Aber das Honorar machte die Sache erst richtig rund. Es gibt nicht viele Menschen, die von der Ausübung ihres Hobbys auch noch ihr Leben bestreiten können.

Mit der Anwältin würde er sich ganz besonders viel Zeit nehmen. Nie zuvor hatte ihm jemand so hart zugesetzt wie sie – und das nicht, weil er inzwischen älter geworden oder sie besonders gut ausgebildet war. Nein, verflucht, er hatte sie einfach nur unterschätzt. Hatte nicht damit gerechnet, dass in dem kleinen zierlichen Körper so viel Wille zum Überleben steckte und sie fast so unerbittlich wie ein Soldat mit ihrer Angst umzugehen verstand. Den Fehler würde er kein zweites Mal machen.

Während er sich in Gedanken ausmalte, was er alles mit ihr anstellen würde, legte Jochner sich auf die Lauer und wartete auf den richtigen Moment.

50

Klinik für Psychiatrie und Psychotherapie Eichberg. Innere Medizin

Inga Jäger und die Otto betraten den Klinikteil der Psychiatrie und machten sich zuallererst auf die Suche nach Professor Götz, um in Erfahrung zu bringen, wie es Gebert ging. Sie fanden ihn vor dem OP. Offenbar war er nicht weniger besorgt als sie.

»Wie steht es um ihn?«, fragte Inga Jäger.

»Die Operation ist so gut wie beendet«, teilte er ihnen mit. »Man ist gerade dabei, ihn wieder zuzunähen. Und dann müssen wir abwarten, ob er wach wird.«

»Bis er wach wird«, korrigierte die Otto ihn.

Doch der Professor schüttelte den Kopf. »Er hat so viel Blut verloren, und sein Herz ist während der OP zwei Mal stehen geblieben. Wir können nicht mit Sicherheit sagen, dass er das Bewusstsein wiedererlangt. Wir können es nur hoffen. Und selbst dann müssen wir abwarten, um zu testen, ob die lange Blutunterversorgung dem Gehirn geschadet hat.« Als er sah, wie die Otto in sich zusammensackte, ging er zu ihr und fasste sie bei den Schultern. »Es tut mir leid, dass meine Diagnose im Moment nicht optimistischer ausfällt, aber ich will Ihnen auch keine falschen Hoffnungen machen. Er hat schwere Traumata erlitten. Es ist ein Wunder, dass er überhaupt noch lebt.«

»Ich bin sicher, Sie haben Ihr Bestes getan, Professor«, sagte Inga Jäger und legte den Arm um die Otto. »Du wirst sehen – er schafft das.«

»Aber was sollen wir tun, wenn er als welkes Gemüse wieder aufwacht?«, fragte die Otto und schluchzte kurz. »Wäre es dann nicht besser, er wäre gleich gestorben? Ich meine, du kennst den Chef. Das würde er nicht ertragen.«

Der Gedanke jagte Inga Jäger nicht weniger Angst ein als ihrer jüngeren Kollegin, aber sie wusste, dass sie sich ihm nicht hingeben durfte.

»Egal wie, wir werden einen Weg finden«, sagte sie tröstend und zog die Otto noch näher an sich. Immer mehr wurde deutlich, wie sehr viel mehr denn als Vorgesetzten und Mentor sie ihn als Vater betrachtet hatte.

»Woher nimmst du nur diese Kraft?«, fragte die Otto.

Inga Jäger zuckte die Achseln. »Wahrscheinlich einfach nur, weil ich weiß, dass Aufgeben keine Option ist. Hab ich von meiner Oma Thea.«

»Ich hatte nie eine Familie«, sagte die Otto. »Meinen Vater kenne ich nicht, und meine Mutter hat mich ins Heim gegeben, da war ich gerade mal drei.«

Das erklärt, warum die Aussicht, Gebert zu verlieren, ihr so große Angst einjagt, dachte Inga Jäger.

»Aber apropos Familie«, sprach die Otto weiter. »Wie hast du das gemeint, als du zu Spreitzer sagtest, der Chef sei Tanyas zukünftiger Stiefvater? Läuft da was zwischen euch?«

Inga Jäger wurde rot. »Das war in der Hitze des Moments so dahingesagt. Na ja – nicht wirklich nur dahingesagt. Eigentlich ist es eher Wunschdenken. Ich weiß überhaupt nicht, wie er das sieht. Das heißt, ein bisschen weiß ich es schon … aber so richtig geredet haben …«

»Du hast echt keinen Plan«, unterbrach die Otto sie. »Er hat sein Herz doch schon lange an dich verloren. Seitdem du hier bist, blüht er so richtig auf.«

»Wirklich?«

»Absolut. Ich frage mich ohnehin schon die ganze Zeit, warum da nicht längst was läuft.«

»Das … das ist ein bisschen kompliziert.«

»Es ist wegen deinem Mann, oder? Weil der im Dienst gestorben ist.«

Inga Jäger nickte.

»Aber jetzt, da der Chef doch den Dienst quittiert … also, wenn er wieder wach wird, meine ich … o Mann, da heul ich dir die ganze Zeit die Ohren voll, und dabei hast du doch selbst …«

»Schon gut«, sagte Inga Jäger. »Schon gut. Komm, lass uns unseren Job machen. Das bringt uns auf andere Gedanken.«

Sie gingen den Flur entlang, an der Wache vor der Tür vorbei und in das Zimmer, in dem Jochner lag.

»Männer«, wandte sich die Otto an die beiden Uniformierten im Raum. »Geht euch ’nen Kaffee holen und die Füße vertreten. Wir haben hier alles unter Kontrolle.«

Die beiden nickten dankbar und ließen sie allein.

»Müsste er inzwischen nicht längst wach sein?«, fragte Inga Jäger Professor Götz mit Blick auf Jochner.

»Eigentlich schon«, sagte der Arzt. Er ging hinüber zu einem der Schränke, schloss ihn auf und holte eine Spritze und eine kleine Ampulle hervor. »Aber das müsste ihn auf jeden Fall wach machen.« Er holte die Spritze aus ihrer Packung, stach die Nadel durch den Foliendeckel der Ampulle und zog sie auf.

Mit einem Wattebausch desinfizierte er die Armbeuge Jochners …

… und dann ging plötzlich alles verdammt schnell.

Noch ehe Inga Jäger irgendwie reagieren konnte, war Jochner aufgesprungen, hatte dem Professor die Spritze entrissen, ihn gegen die Otto gestoßen und war hinter sie gehechtet. Gehandicapt durch ihren verstauchten Fuß und die Krücke, konnte sie nicht mehr verhindern, dass er ihr die Pistole aus dem Gürtelholster riss, sie entsicherte und auf Professor Götz und die Otto richtete. Gleichzeitig leerte er die Spritze, füllte sie wieder mit Luft und stach sie Inga Jäger in den Hals.

»Fallen lassen!«, rief er der Otto zu, die gerade ihre eigene Pistole aus dem Holster riss. »Wenn ich zudrücke, gerät die Luft in ihrer Schlagader, und sie krepiert auf der Stelle an einem Schlaganfall.«

Inga Jäger sah in Ottos Augen, dass sie bereit war, ihr eigenes Leben in einem Schusswechsel zu riskieren, aber nicht Ingas.

»Schieß!«, forderte sie die Otto daher auf. »Du feuerst schneller, als er drücken kann.«

Jochner drehte sich hin und her und bewegte sie vor sich von links nach rechts. »Mädchen, lass den Scheiß«, sagte er zur Otto. »So gut bist du nicht, dass du nicht vielleicht sie triffst. Und ich hab die Spritze … und meine Waffe auf den Onkel Doktor gerichtet. Egal wie, du verlierst.«

Hätte die Otto gleich beim Ziehen der Waffe geschossen, hätten sie vielleicht eine Chance gehabt – wenn auch nur eine winzige –, jetzt war es zu spät. Die junge Kommissarin erkannte das und legte ihre Waffe auf den Boden.

»Braves Mädchen«, sagte Jochner. »Und jetzt gehst du nach draußen und sagst deinen Leuten, dass sie mir nicht im Weg stehen und die Türen aufschließen sollen.«

Die Otto zögerte.

»Hör zu«, sagte Jochner. »Wir können das hier ganz einfach lösen. Ihr lasst mich ziehen, und wenn ich in Sicherheit bin, lasse ich eure Kollegin frei und mache mich für immer aus dem Staub. Keiner wird verletzt, und alles wird gut.«

Die Otto zögerte.

»Die Alternative ist, ich benutze sie als Schutzschild, schieße jeden über den Haufen, der sich mir in den Weg stellt, und drück ihr dann draußen beim Wagen die Luft ins Hirn. Deine Wahl, Mädel.«

»Unter einer Bedingung«, sagte die Otto kühl.

»Du hast keinen Hebel, irgendwelche Bedingungen zu stellen.«

»Wenn Sie sie freilassen, sagen Sie ihr, wer Ihr Auftraggeber war.«

»Einverstanden«, sagte er, und dass er es ohne Zögern gesagt hatte, verriet Inga Jäger, dass er nichts von dem einhalten würde, was er versprach. Weder würde er ihr den Namen des Auftraggebers verraten noch sie am Leben lassen. Denn wenn er vorgehabt hätte, seinen Auftraggeber zu verraten, hätte er das auch ohne diese Aktion als Deal für Immunität vorgeschlagen. Außerdem war das Leben eines Profikillers, der seinen Auftraggeber verriet, draußen in freier Wildbahn keinen Schuss Pulver wert – oder besser gesagt: ganz genau einen Schuss Pulver.

Aber Inga Jäger entschied sich dagegen, die Otto darauf hinzuweisen. Wenn Jochner seinen Willen bekam, war sie das einzige Opfer – wenn nicht, würden bei seinem Versuch, sich den Weg nach draußen freizuschießen, mindestens die Otto und Professor Götz sowie vermutlich auch einige uniformierte Beamte und Krankenhauspersonal ihr Leben verlieren.

Also nickte sie der Otto zu – und spürte dabei, wie sich die Nadel in ihrem Hals bewegte. Nur wenige Zentimeter bis zum Tod. Das Gefühl verursachte ihr Übelkeit, und sie musste sich zusammenreißen, damit ihre Beine nicht versagten.

Die Otto ging zur Tür, öffnete sie und sprach mit der Wache davor.

»Rufen Sie alle Männer zusammen«, sagte sie, »und auch das Krankenhauspersonal. Sie sollen die Türen nach draußen öffnen, die Flure leeren und sich dann in anderen Räumen in Sicherheit bringen.«

»Was …?«, setzte der Polizist an, doch die Otto unterbrach ihn schroff.

»Das ist ein Befehl«, schnarrte sie. »Führen Sie ihn unverzüglich aus.«

Inga Jäger konnte hören, wie der Mann die Hacken zusammenschlug und losrannte.

Wenig später gab die Otto das Zeichen, dass Jochners Forderungen erfüllt seien, und der Profikiller setzte sich zusammen mit Inga Jäger in Bewegung. Durch ihren verstauchten Fuß fiel ihr das Gehen schwer, aber er nahm keine Rücksicht darauf. Er drängte sie ohne Worte zur Eile.

Als sie das Krankenzimmer verließen, sah sie, dass der Flur tatsächlich leer war.

»Ihr bleibt hier«, sagte Jochner zur Otto und Professor Götz. »Aber ich brauche deinen Wagenschlüssel, Mädel.«

Inga Jäger sah, wie die Otto mit den Kiefern mahlte. Dass er sie fortwährend »Mädel« nannte, wurmte sie, und Inga Jäger hoffte, dass die junge Kommissarin sich dadurch nicht über die Kante der Selbstbeherrschung stoßen ließ. Zögernd holte sie den Wagenschlüssel aus der Jackentasche.

»Nimm ihn«, forderte Jochner Inga Jäger auf.

Sie gehorchte.

»Gut«, sagte er. »Und jetzt schließ sie ein.«

Inga Jäger drückte die Zimmertür zu und drehte den Riegel herum.

Als sie weitergingen, kam Inga Jäger nicht umhin zu bewundern, wie geschickt Jochner jedwede Deckung im Flur ausnutzte, um stets sie zwischen sich und der nächsten Tür zu halten.

Die Pforten nach draußen waren tatsächlich alle offen, und sie gelangten ungehindert zum Ausgang des Gebäudes.

»Wo steht der Wagen?«, fragte er und sicherte das Gelände nach allen Seiten.

»Unten auf dem Parkplatz«, sagte Inga Jäger und führte ihn die kurvige Straße hinunter bis zur Direktion. Sie wusste, dass er sie nicht lebend ins Auto steigen lassen würde, da sie sowohl auf dem Fahrer- als auch dem Beifahrersitz ein zu großes Risiko für ihn darstellte. Er würde ihr die Luft vorher in die Schlagader injizieren und sie, um die Fahndung zu seinen Gunsten zu verzögern, in den Kofferraum stopfen, wo sie elend verrecken würde.

Fieberhaft suchte Inga Jäger nach einem Ausweg – sie hatte ihr Bestes getan, um ihn daran zu hindern, oben im Krankenhaus unschuldige Menschen zu töten; aber bis jetzt hatte sie noch keine Idee, wie sie sich selbst retten konnte. Mit jedem Pulsschlag fühlte sie die Nadel in ihrem Hals – doch selbst wenn sie sich von der befreien konnte, ehe er die Luft in ihr Gehirn pumpte, hatte er immer noch ihre Pistole.

Ein Wagen bog unten in die Einfahrt des Geländes – ein schwarzer 300er Mercedes, das gleiche Modell wie Inga Jägers Dienstwagen. Der Killer wirbelte herum und zielte mit der Pistole in der Linken auf die Windschutzscheibe.

»Stehen bleiben und aussteigen!«, rief Jochner.

Inga Jäger konnte nicht erkennen, wer am Steuer saß.

»Aussteigen, sagte ich!«, rief Jochner und spannte den Hahn seiner Waffe. Doch statt dass der Motor der Limousine abgeschaltet wurde, heulte er mit einem Mal laut auf, und der Wagen schoss nach vorn – genau auf Jochner und Inga Jäger zu.

Der Killer feuerte, und Inga Jäger hatte das Gefühl, ihr würde das Trommelfell platzen.

Die Kugel schlug auf der Beifahrerseite in die Windschutzscheibe ein – kein schlechter Schuss für einen Rechtshänder, der mit der Linken schoss, aber eben nicht gut genug. Der Mercedes beschleunigte noch mehr. Inga Jäger sah, dass die Scheibe von der ersten Kugel nicht durchdrungen worden war. Panzerglas. Jochner erkannte es auch und feuerte noch einmal – diesmal traf er die Fahrerseite, aber der zweite Schuss blieb ebenso im Glas stecken wie der erste.

Er stieß Inga Jäger zur Seite, um besser zielen und schneller schießen zu können, wechselte die Pistole in die Rechte, legte sie auf die Linke und feuerte nun in rascher Folge sechs oder sieben Schüsse ab. Noch während sie aus dem unmittelbaren Gefahrenbereich stolperte, sah Inga Jäger, wie sie alle genau den gleichen Punkt trafen – und schließlich die Scheibe durchdrangen. Aber der Wagen hielt weiterhin kerzengerade auf Jochner zu.

Der Killer hechtete im letzten Moment zur Seite, um dem Aufprall auszuweichen – doch fast genauso schnell wurde die Limousine herumgerissen und erwischte Jochner frontal. Er wurde nach hinten gegen die Wand der Direktion geschleudert. Die Füße sackten ihm weg – und im nächsten Moment krachte der Mercedes ungebremst gegen seinen Oberkörper und Kopf. Blut, Knochen und Eingeweide spritzten in alle Richtungen.

Inga Jäger musste sich ohne jede Vorwarnung übergeben – der Anblick, die Anspannung und die Tatsache, dass sie gerade schon wieder dem eigenen Tod nur knapp entkommen war, waren einfach zu viel. Aber noch während sie sich erbrach, zog sie die Spritze aus ihrem Hals, damit jetzt nicht noch aus Versehen Luft in ihre Halsschlagader gelangen konnte.

Die Tür des Mercedes wurde von drinnen aufgestoßen, und ein verwundeter Mann quälte sich hinter dem aufgeblähten Airbag heraus. Ein Mann, mit dem Inga Jäger überhaupt nicht gerechnet hätte: Ronnie Wahner, Staatssekretär im Landesjustizministerium. Er war in der Schulter getroffen, und sein linkes Ohrläppchen fehlte. Mit vor Schmerzen zusammengebissenen Zähnen humpelte er auf Inga Jäger zu.

Von weiter oben waren jetzt aufgebrachte Stimmen zu hören. Die Otto rannte herbei – gefolgt von den uniformierten Polizisten und Professor Götz.

Ronnie Wahner kauerte sich neben Inga Jäger nieder. »Ist alles in Ordnung?« fragte er, und erst als sie nickte, ließ er sich neben ihr zu Boden sacken und presste die Hand auf die Wunde in seiner Schulter.

»Wir brauchen einen Arzt!«, rief Inga Jäger, und Professor Götz sprach sofort in sein Funkgerät. Dann wandte sie sich an den Staatssekretär. »Sie haben mir das Leben gerettet, Herr Wahner.«

»Ich habe damit gerechnet, dass er Sie zur Seite stößt, um sich freier bewegen zu können«, sagte er und seufzte erleichtert. »Hätte er das nicht getan, hätte ich bremsen müssen – und er hätte uns beide getötet. Aber ich sah in dem Moment keine andere Möglichkeit.«

»Alles in bester Ordnung«, sagte sie, weil sie an seinem Blick erkannte, wie sehr sein eigenes Verhalten ihn schockiert hatte. »Sie haben korrekt gehandelt.«

»Und wie es scheint, kam ich zum Glück genau im richtigen Moment.«

»Ja«, stimmte sie zu und lächelte. »Aber was machen Sie überhaupt hier?«

»Ich kam hierher, um mich bei Ihnen und Kriminalhauptkommissar Gebert persönlich zu entschuldigen für mein früheres Verhalten in der Sache. Es war ein Fehler, im Interesse der öffentlichen Ordnung den Fall kleinhalten zu wollen. Ein fataler Fehler. Das sehe ich jetzt ein, und ich kann Ihnen überhaupt nicht sagen, wie sehr ich bedaure, ihn gemacht zu haben.«

Sie lachte auf. »Wie könnte ich Ihnen dafür jetzt noch böse sein?«

Er stimmte in ihr Lachen ein. Dann waren die Ersthelfer da und hoben ihn auf eine Rollbahre, um ihn nach oben ins Krankenhaus zu bringen. Auch die Otto dankte ihm noch einmal, ehe sie zu Inga Jäger kam und ihr ihre Krücke brachte.

Mit Blick auf die Fleischmasse zwischen Hausmauer und zerbeultem Metall, die einmal Rüdiger Jochner gewesen war, sagte sie: »Von ihm werden wir jetzt wohl nichts mehr erfahren.« Ihr Ton war so verbittert wie ihr Blick. Man sah ihr an, dass sie der Meinung war, dass der Killer zu einfach davongekommen war.

»Nein«, stimmte Inga Jäger ihr zu. »Er erzählt uns nichts mehr.«

Die Otto kickte einen kleinen Kiesel mit der Spitze ihres Stiefels weg – ganz so, wie es Gebert in diesem Moment getan hätte. »Dann ist es vorbei?«

»Was meinst du?«

»Na, unseren Fall«, spezifizierte die junge Kommissarin. »Wie sollen wir jetzt herausfinden, wer der Auftraggeber ist, wenn Gisbert Spreitzer weiterhin so eisern schweigt?«

»Indem wir herausfinden, welches noch viel größere Verbrechen durch die Morde und den Anschlag auf Gebert und mich vertuscht werden soll.« Sie hatte angefangen, sich in Richtung Ausgang in Bewegung zu setzen, um die bedrückende Umgebung des ummauerten Geländes hinter sich zu lassen. Sie musste freier atmen können, um den Schock des eben Erlebten und den Frust darüber, gerade den wichtigsten Zeugen verloren zu haben, abzubauen. »Denn das ist es, worum es die ganze Zeit geht. Für den wahren Täter sind die Morde nur Mittel zum Zweck, und es wird Zeit, dass wir sie ganz genauso betrachten.«

Sie verließen das Grundstück und gingen die Straße davor nach links hinauf. Schon kurz darauf hatten sie den Scheitel des Hügels erreicht, von dem aus sie über Weinberge ins Rheintal blicken konnten – auf Hattenheim, Erbach und Eltville, die Muttergemeinde. Inga Jäger konnte sogar die B42 erkennen, die nördlich von Eltville zur A66 wurde – und noch ein Stück weiter hinten Wiesbaden und Mainz, die Landeshauptstädte von Hessen und Rheinland-Pfalz; nur durch den Fluss getrennt. Sie wusste, dahinter lagen Rüsselsheim, Offenbach, Höchst und Frankfurt. Autoindustrie, Leder, Chemie, Banken …

Die Luft war schwanger vom süßlich-sauren Geruch der Tresterhaufen, die zwischen den Weinbergen verteilt waren – vom Keltern übrig gebliebene Traubenschalen und Stängel, die bald als Dünger in die Zeilen gepflügt werden würden.

Dieser Anblick erinnerte Inga Jäger an etwas, das Gebert gesagt hatte … an dem Abend des ersten Mordes. Etwas, das er nebenher gesagt hatte. Etwas, das seinerzeit überhaupt nicht wichtig gewesen war. Doch jetzt wusste sie plötzlich, was in Eltville mehrere Hundert Millionen Euro wert war …

… und in den Augen mancher offenbar auch das eine oder andere Menschenleben.

Ehe Inga Jäger und die Otto loszogen, um die neue Spur zu verfolgen, kehrten sie noch einmal in den Krankenhaustrakt der Psychiatrie zurück, um nachzusehen, wie es Gebert ging.

Der Kommissar lag blass im Krankenbett und wirkte trotz seiner massiven Gestalt ausgemergelt und kraftlos. Er war an ein Beatmungsgerät angeschlossen. Sein Brustkorb hob und senkte sich kaum merklich.

»Eine Vorsichtsmaßnahme«, sagte Professor Götz. »Er ist noch sehr, sehr schwach.«

»Ist er über den Berg?«, fragte die Otto.

Professor Götz schüttelte den Kopf. »Wie ich schon sagte: Wir wissen noch nicht, ob er das Bewusstsein wiedererlangt ... und falls ja, in welchem Zustand.«

Inga Jäger fasste nach Geberts Hand. Sie war kühl, und sie hatte das Bedürfnis, sich neben ihn zu setzen und sie so lange zu halten, bis sie wieder so warm war, wie sie sie kannte – sie so lange zu halten, bis er wieder erwachte. Aber sie wusste und musste akzeptieren, dass sie keine Zeit dazu hatte, wenn sie denjenigen fassen wollte, der schuld war an Geberts Zustand.

Sie streichelte seine unrasierte Wange und küsste ihn an dem Beatmungsgerät vorbei auf die kalte Stirn, so wie sie es getan hatte, als sie ihn im Wald zurücklassen musste.

»Ich komme wieder«, flüsterte sie ihm ins Ohr.

51

Rathaus Eltville. Katasteramt

Das Grundbuchamt lag im ersten Stock des Rathauses. Auf den Treppen nach oben stützte die Otto Inga Jäger, die den Umgang mit der Krücke nicht gewohnt war. Der Arm, mit dem sie sie benutzte, tat ihr inzwischen beinahe ebenso sehr weh wie die angeknackste Rippe und das Jochbein.

Eva Gietz hatte sie erwartet und Kaffee und Mineralwasser bereitgestellt. Sie wirkte jetzt lange nicht mehr so feindselig wie bei ihren früheren Begegnungen und half Inga Jäger auf den einzigen Besucherstuhl in ihrem kleinen Büro.

»Es tut mir sehr leid«, sagte sie, »dass man nun auch versucht hat, Sie und Ihren Kollegen umzubringen. Aber Sie haben die Täter gefasst, habe ich gehört.«

»Nicht den oder die Drahtzieher«, sagte Inga Jäger. »Wer auch immer in erster Linie verantwortlich ist für den Tod Ihres Exmanns, läuft noch frei herum.«

»Aber wie kann ich Ihnen behilflich sein?«, fragte Eva Gietz.

»Sie können uns die Katastereinträge der Eltviller Weinberge zeigen«, antwortete Inga Jäger.

Eva Gietz stieß einen Pfiff aus. »Das sind jede Menge.«

»Dann zunächst nur die von Winzern, die zurzeit auch im Magistrat sitzen«, schränkte Inga Jäger ein.

Eva Gietz nickte und nahm das Telefon zur Hand. »Frau Brauer, ich brauche eine Liste aller gegenwärtigen Magistratsmitglieder. Und könnten Sie bitte die Winzer darunter separat markieren?«

Kurz darauf hatten sie die Liste, und Eva Gietz holte diverse auf halb durchsichtiges Papier geplottete Katasterkarten aus großen Hängeordnern.

»Das sind die Weinberge der Magistratsmitglieder«, sagte sie, legte sie vor Inga Jäger hin und half ihr beim Durchblättern.

Die Staatsanwältin betrachtete sie eingehend. Die Parzellen waren oft weit verstreut, und sie mussten ständig hin und her blättern, um die verschiedenen Weinberge einzelnen Winzern zuordnen zu können.

»Gibt es keine Übersichtskarte, auf der wir die Zuordnungen einmalig markieren können und ich sie mir dann im Überblick anschauen kann?«, fragte sie Eva Gietz.

Die nickte. »Das kann ich am Computer machen.« Sie setzte sich an den Schreibtisch und drehte den Monitor so, dass Inga Jäger ihn sehen konnte. Dann markierte sie die Grundstücke der einzelnen Winzer in verschiedenen Farben. Das Endergebnis sah aus wie ein Flickenteppich, der sich zwischen den einzelnen Gemeinden Eltvilles von Hattenheim bis hinauf nach Rauenthal erstreckte und gehörig zerrissen war durch dazwischenliegende Grundstücke, die anderen Winzern gehörten.

»Heben Sie bitte einmal den Winzer mit der größten Gesamtfläche hervor«, bat Inga Jäger.

Eva Gietz klickte ein paarmal mit der Maus und zeigte dann das Ergebnis. Es war enttäuschend. Es war nicht besonders viel Fläche, und die lag ebenfalls sehr zerstreut.

»Nehmen wir einmal an, das wird alles Bauerwartungsland«, sagte Inga Jäger. »Wie viel wäre es wert?«

»Ziemlich unwahrscheinlich, dass das alles Bauerwartungsland wird«, antwortete Eva Gietz.

»Egal«, sagte Inga Jäger. »Wie viel wäre es in seiner Gesamtheit wert?«

Eva Gietz nahm eine Rechenmaschine und tippte flink. Es war Teil ihres Berufs, den Wert von Grundstücken zu errechnen. »Zwischen drei und fünf Millionen. Je nach Nachfrage«, sagte sie am Ende.

»Und die Grundstücke aller Winzer, die im Magistrat sitzen?«, fragte Inga Jäger – wohl wissend, dass das nur ein Strohhalm war, an den sie sich klammerte. Eine Verschwörung wie diese würde bei so vielen Mitgliedern niemals geheim bleiben.

Eva Gietz tippte wieder. Diesmal dauerte es etwas länger, aber schließlich sagte sie: »Siebzehn bis einundzwanzig Millionen. Vielleicht zweiundzwanzig.«

Hunderte von Millionen hatte Jochner gesagt. Die Differenz war einfach zu groß. Sie nahm einen Schluck Kaffee. Er war angenehm stark.

»Hilft Ihnen das weiter?«, fragte Eva Gietz.

»Nicht wirklich«, gab sie zu.

»Was suchen Sie denn genau?«

»Eine größere ... eine wesentlich größere und mehr zusammenhängende Fläche von Weinbergen im Besitz eines oder nur weniger Winzer. Vorzugsweise Winzer, die im Magistrat sitzen oder anderweitig mit der Stadtverwaltung zu tun haben«, sagte Inga Jäger.

»Müssen das Personen sein, oder können das auch Weingüter, also Institutionen, sein?«, fragte Eva Gietz.

»Weingüter kämen natürlich auch infrage.«

Eva Gietz machte ein paar weitere Klicks mit der Maus, und plötzlich erschien eine riesige Fläche der Weinberge über Eltville leuchtend rot. »In etwa so?«

Inga Jäger hätte sich beinahe an ihrem Kaffee verschluckt. »Ja genau. Was ist das?«

»Das sind die Weinberge der Domäne Steinberg«, sagte Eva Gietz.

»Wie viel wären die als Bauerwartungsland wert?«

Eva Gietz begann zu tippen ... und hörte für eine ganze Weile nicht mehr damit auf. Dann sagte sie: »Zwischen neunhundert Millionen und eins Komma drei Milliarden.«

Bingo!, dachte Inga Jäger. »Wem gehört die Domäne?«

»Verwaltet und bearbeitet wird sie von den ›Hessischen Staatsweingütern‹, gehört aber als Immobilie zum Kloster Eberbach.«

»Kloster Eberbach?«

Eva Gietz' Miene wurde ernst.

»Was ist?«

»Vielleicht nichts«, antwortete sie. »Aber Melchior hat im vergangenen Jahr genau diese Pläne bei mir angefordert.«

»Warum?«

»Keine Ahnung.«

»Hm«, machte die Otto.

»Was denn?«, fragte Inga Jäger.

»Also, die Domäne gehört zum Kloster Eberbach, und wie wir wissen, wird das vom Kuratorium Kloster Eberbach verwaltet. Mit Thilo Holler als Geschäftsführer – oder ehemaligem Geschäftsführer. Das heißt, hier hätten wir schon einmal eine Verbindung zwischen der unvorsichtig gemachten Aussage des Killers und einem der Opfer.«

»Melchior gehörte ebenfalls zu diesem Kuratorium«, sagte Eva Gietz.

Inga Jägers Gesicht hellte sich auf. »Nicht weiter verwunderlich, dass Holler uns darauf nicht explizit hingewiesen hat, als wir ihn am Morgen nach dem ersten Mord befragt haben. Das ist es: Die beiden hatten vor – vielleicht sogar in Zusammenarbeit mit Ingo Falk, auf jeden Fall aber mit Gisbert Spreitzer –, aus den riesigen Grundstücken im Besitz der Stadt Eltville Kapital zu schlagen ...«

Eva Gietz schüttelte den Kopf. »Es tut mir leid, Sie hier direkt unterbrechen zu müssen«, sagte sie, »ehe Sie in die falsche Richtung galoppieren.«

»Was meinen Sie?«

»Holler und mein Ex saßen zwar im Kuratorium, aber das Kloster und all seine Liegenschaften gehören nicht der Stadt Eltville.«

»Wer besitzt es dann?«

Eva Gietz ging an einen anderen Schrank und holte eine Akte heraus. Darin befand sich die Kopie einer mehrseitigen Urkunde. Einer Schenkungsurkunde, wie Inga Jäger sah, als sie sie in die Hand nahm. Sie war von 1998. Schenkungsempfänger war ...

»... das Land Hessen«, las Eva Gietz vor und blätterte dann in der Kopie, um auf einen Paragrafen darin zu zeigen. »Und laut dieser Urkunde hat das Land zwar das Recht, die Immobilie zu verkaufen – aber nur als Ganzes.«

»Das bedeutet?«, fragte die Otto.

Inga Jäger erklärte es ihr. »Ein großer Deal – nichts unter der Hand. Alles offiziell. Der Bürgermeister und Melchior hätten von einem möglichen Verkauf keinen Cent gesehen. Das Geld wäre in die Kasse des Landes geflossen.«

»Und auch sehr viel weniger, als ich vorhin ausgerechnet habe«, sagte Eva Gietz. »Denn anders als die Stadt Eltville kann das Land Hessen aus den Grundstücken kein Bauland oder Bauerwartungsland machen … und als Weinberge sind sie heutzutage kaum noch etwas wert.«

Inga Jägers Theorie war gleich zu Beginn zerplatzt wie eine Seifenblase – und dennoch hatte sie das Gefühl, wenn schon nicht richtigzuliegen, dann doch auf der richtigen Spur zu sein. Auf die eine oder andere Art und Weise war Kloster Eberbach der Schlüssel zu den Morden.

52

Forensisches Institut Wiesbaden. Spurensicherung

Inga Jäger und Lydia Otto hatten sich Kopien von den Liegenschaften und der Schenkungsurkunde anfertigen lassen und Michael Fröhlich gebeten, mit seinem Notebook in die Forensik zu kommen.

»Darf ich vorstellen? Das ist Elli Falkenstein«, sagte Inga Jäger zu ihm, als sie das Labor betraten. »Sie ist die Leiterin der Spurensicherung und unser brillantester Kopf in Sachen EDV.«

Michael Fröhlich ging zu ihr und wollte ihr die Hand reichen, doch Elli Falkenstein ballte die Hände an den Seiten ihrer Schenkel zu kleinen Fäusten, spannte jeden Muskel in ihrem Körper an und wippte vor und zurück wie ein Stehaufmännchen. Dabei zuckte ihr Blick nervös quer durch den Raum, sie wurde rot und kicherte wie ein Schulmädchen. »Hihi. Brillantester Kopf. Ja, das stimmt wohl. Willkommen, willkommen!«

Falls Michael Fröhlich von ihrem Verhalten irritiert war, ließ er es sich nicht anmerken. Er zog die ausgestreckte Hand wieder zurück und machte eine knappe, aber durchaus galante Verbeugung.

»Elli, das ist Michael Fröhlich. Er ist Systemadministrator der Stadt Eltville.«

»Freut mich! Freut mich!«

»Auf seinem Notebook hat er eine Spiegelung des städtischen Servers. Ich möchte, dass ihr beide zusammen die Daten von dort, aus dem Internet und allen anderen Quellen herauszieht, die etwas mit Kloster Eberbach, der Domäne Steinberg, dem Kuratorium Kloster Eberbach oder den Liegenschaften, deren Nummern ich euch hier auf eine separate Liste geschrieben habe, zu tun haben.« Sie legte die Liste mit den Katasternummern zu den Weinbergen der Domäne auf den Tisch.

Elli holte ein gelbes Kabel, und während sie das eine Ende davon an ihren Hauptrechner stöpselte, klappte Michael Fröhlich sein Notebook auf und steckte das andere Ende seitlich hinein. Die beiden schienen einander wortlos zu verstehen und zu wissen, was sie taten.

»Ich habe einen Kraken geschrieben, der die Daten aus Google, Yahoo und allen anderen großen Suchmaschinen gleichzeitig zieht«, sagte Elli Falkenstein, und Inga Jäger konnte hören, wie stolz sie darauf zu sein schien.

»Wahnsinn«, sagte Michael Fröhlich anerkennend. Offenbar konnte er mehr als Inga Jäger wertschätzen, was Elli da getan hatte. »Darf ich mir die Codes nachher mal anschauen?«

»Mal sehn, mal sehn, mal sehn«, sagte die Autistin und kicherte erneut. »Ich schieb dir das Verzeichnis auf den

Desktop, während ich deine Logs pulle.« Die beiden begannen, auf die jeweils vor ihnen liegenden Tastaturen einzuhämmern wie zwei Pianisten bei einem Klavier-Duett.

»Jetzt bräuchten wir nur noch die Daten des Kuratoriums«, sagte die Otto.

»Das ist kein Problem«, meinte Michael Fröhlich, ohne sich zu ihnen umzudrehen oder mit dem Tippen innezuhalten. »Ich habe den Remote Access – den Fernzugriff.«

»Wieso das?«, fragte Inga Jäger. »Die Stadtverwaltung Eltville und das Kuratorium sind zwei verschiedene Institutionen.«

»Die aber, weil unser lieber Herr Holler so geizig war, ein und denselben DV-Koordinator beschäftigt haben«, erklärte Michael Fröhlich. »Natürlich ohne gesonderte Zahlung. Ich habe beide Systeme implementiert und gepflegt.«

Eine halbe Stunde später saß Inga Jäger an einem Tisch im Labor, überflog die Papiere vor ihnen zum dritten Mal und schüttelte den Kopf.

»Unglaublich«, murmelte sie vor sich hin, und die Otto, die ebenfalls einen Stapel Unterlagen sichtete, blickte fragend auf.

»Was?«

»Ich habe hier die Geschäftsberichte des Kuratoriums«, begann Inga Jäger. »Als Geschäftszweck für das Kloster sind eingetragen: Veranstaltungsort, Museum und Repräsentation der Hessischen Landesregierung. Und damit machen sie Jahr für Jahr mehr Miese. Obwohl die Einkünfte aus den Weinanbauflächen, die von den Hessischen Staatsweingütern betrieben werden, sich sehen lassen können, verpuffen die wie Wasser auf einem heißen Stein, und das Kuratorium schreibt immer größer werdende rote Zahlen. Das Land hätte Holler schon vor Jahren als Geschäftsführer abberufen müssen. Stattdessen hat es Fiskaljahr für Fiskaljahr immer höher subventioniert.«

»Das ist seltsam.«

»Wieso?«

»Das ist seltsam«, wiederholte die Otto und hob einen Teil ihres Stapels in die Höhe, »denn die Geschäfte für die Stadt Eltville selbst hat Holler hervorragend bis beispielhaft geführt.«

Inga Jäger horchte auf. »Meinst du, er hat vielleicht Geld vom Kloster in die Stadtverwaltung geleitet?«

»Lass uns das überprüfen.«

Eine weitere Stunde saßen sie da und verglichen die Geschäftsunterlagen miteinander.

»Nichts«, sagte Inga Jäger schließlich. »Keine Spur davon, dass Kapital vom Kloster nach Eltville geflossen ist. Alles sauber.«

»Umso merkwürdiger«, meinte die Otto, »dass die einen Geschäfte so gut geführt wurden und die anderen so schlecht.«

»Und es gibt auch keinerlei Anzeichen, dass Holler sich Gelder aus dem Kuratorium in die eigene Tasche gewirtschaftet hat«, sagte Inga Jäger, »und Gietz ebenso wenig. Sie haben einfach nur wesentlich höhere Kosten gehabt als Einnahmen erwirtschaftet. Und jetzt noch die Überschwemmung. Das Kloster ist ein Fass ohne Boden.«

»Warum stößt das Land Hessen es nicht einfach ab?«, fragte die Otto verständnislos.

»Dürfte nicht so einfach sein«, sagte Inga Jäger. »Laut Schenkungsurkunde kann das Land Hessen die Anlage und die Weinberge nur in einem Stück verkaufen.«

»Und selbst dann offenbar nicht so ohne Weiteres«, sagte Michael Fröhlich und legte einen neuen kleinen Stapel Ausdrucke auf ihren Tisch. »Das Land Hessen hat versucht, das Kloster zu verkaufen. Es gab einen chinesischen Interessenten. Einen Weinimporteur, der seine eigene Marke aufbauen und in China verkaufen wollte. Aber der Deal ist geplatzt – genauer gesagt, an einem Veto durch die Stadt Eltville gescheitert.«

»Die Stadt Eltville hat ein Vetorecht?«, fragte die Otto.

Inga Jäger nahm noch einmal den Schenkungsvertrag in die Hand und blätterte ihn durch. »Tatsächlich«, sagte sie schließlich. »Hier steht es. Da das Kloster zwar dem Land gehört, aber auf dem Gelände der Gemeinde Eltville liegt, behält die Stadt sich vor, gegen einen möglichen Verkauf Veto einzulegen.«

»Und das hat sie getan«, sagte die Otto, die jetzt die Papiere sichtete, die Michael Fröhlich frisch gebracht hatte. »Und zwar ist das Veto ausgesprochen vom Magistrat der Stadt Eltville – unterschrieben von Bürgermeister Holler und Erstem Stadtrat Melchior Gietz.«

Inga Jäger stieß frustriert die Luft aus. »Verstehe das doch, wer will. Als Kuratoriumsmitglieder führen die beiden die Geschäfte des Klosters so schlecht, dass man annehmen könnte, sie legen es darauf an, dass das Kloster verkauft wird, und wenn sich dann ein Käufer findet, legen sie als Vertreter der Stadt Eltville Veto ein und verhindern den Deal.«

»Und ich bin mir nicht sicher, ob das, was ich hier habe,

mehr Licht in die Sache bringt oder noch mehr Dunkel«, sagte Elli Falkenstein und brachte ebenfalls einen kleinen Stoß Papiere.

»Was ist das?«, fragte Inga Jäger.

»Eine Vorlage für den Magistrat der Stadt Eltville«, antwortete Elli Falkenstein. »Zur Annahme der Rückschenkung des Klosters mitsamt all seiner Liegenschaften. Vom Land Hessen an die Stadt Eltville.«

»Von wann?«

»Das ist das Merkwürdige«, antwortete Elli Falkenstein. »Das Formular ist vordatiert ... auf übermorgen.«

»Von wem unterschrieben?«

»Bürgermeister Thilo Holler ... und Stellvertretender Amtsleiter Gisbert Spreitzer.«

»Bitte?!«, schaltete sich die Otto ein. »Einmal abgesehen von der Vordatierung und den Unterschriften: Wieso sollte Eltville eine solche Schenkung annehmen? Das Kloster ist hoch verschuldet und produziert Jahr für Jahr immer mehr Verluste. Es ist eine reine Geldvernichtungsmaschine. Ohne Rückhalt durch das Land Hessen wird es die Gemeinde ruinieren.«

Inga Jäger begann zu begreifen, was hier vor sich ging. Nicht alles, aber ganz gewiss einen Teil davon.

»Wir müssen noch einmal los«, sagte sie zur Otto, und an Elli Falkenstein und Michael Fröhlich gewandt fügte sie hinzu: »Ihr sucht hier bitte in der Zwischenzeit nach weiteren Hinweisen.«

53

Eltville. Neubaugebiet Ober Setzling

Die Otto parkte den Wagen vor Melchior Gietz' nie gänzlich zu Ende gebauter Villa und half Inga Jäger beim Aussteigen. Es dämmerte bereits, und die neuen Straßenlaternen warfen ein künstliches gelbes Licht. Das Fußgelenk schmerzte immer mehr, aber noch hatte Inga Jäger keine Zeit, das Bein hochzulegen, um die Belastung auf ein Minimum zu reduzieren. Sie stützte sich auf ihre Krücke, und gemeinsam betraten sie das Grundstück, auf dem sie sich ihren Weg zwischen Maschinen, Baumaterialien und Schutt hin zum Eingang bahnen mussten.

Ivana Gietz öffnete ihnen schon beim ersten Klingeln. Der Anblick der Frau erschreckte Inga. Die Attraktivität der jungen Osteuropäerin hatte sehr gelitten, seit sie sie das letzte Mal gesehen hatte. Das lange Haar war ungewaschen und stellenweise verfilzt, die Schminke alt und verwischt, und der Jogginganzug, den sie trug, hatte jede Fasson verloren und war auf der Brust übersät mit Flecken von anscheinend direkt aus Dosen und Bechern gelöffeltem Essen.

Entsprechend sah auch die Wohnung aus, in die sie sie führte. Seit dem Streit mit Eva Gietz, den Inga Jäger und Gebert beendet hatten, war hier nicht mehr aufgeräumt worden – und es schien ihr kein Stück peinlich zu sein, dass Inga Jäger und die Otto sie so sahen. Sämtlicher Lebenswille war aus den zuvor so unvergleichlich strahlenden Augen gewichen.

»Darf ich Ihnen etwas anbieten?«, fragte sie.

Inga Jäger schaute sich in dem Wohnzimmer um, und obwohl sie Durst hatte, sagte sie: »Nein, danke.«

Auch Lydia Otto lehnte ab.

»Was kann ich dann für Sie tun?« Ivana Gietz lud sie ein, Platz zu nehmen, setzte sich im Schneidersitz auf einen Sessel ihnen gegenüber und packte ihre nackten Füße mit den Händen. Allein diese Geste legte sich um Inga Jägers Herz – und erinnerte sie wieder daran, wie es für sie selbst war, in der Zeit nach dem Tod ihres Mannes, wie schutzbedürftig und verletzlich sie sich gefühlt hatte. Und anders als die junge Osteuropäerin hatte sie damals Freunde gehabt, Kollegen und Familie. Und eine Tochter, die allein schon Grund genug war, sich nicht gehen zu lassen. Ivana Gietz hatte niemanden … und war Tausende von Kilometern entfernt von ihrem Zuhause. Einer Heimat, die sie so sehr hasste, dass sie Angst davor hatte, jetzt vielleicht bald dorthin zurückzumüssen.

»Wir haben noch ein paar Fragen«, sagte sie. »Wenn das in Ordnung ist für Sie.«

»Bitte, stellen Sie sie.«

»Hat Ihr verstorbener Mann …«

»Ermordeter«, unterbrach Ivana Gietz sie. »Mein Mann ist nicht einfach verstorben. Er wurde heimtückisch und grausam ermordet – und Sie schulden mir noch immer den Täter.«

»Die Killer wurden inzwischen zur Strecke gebracht«, sagte die Otto.

»Das habe ich gehört«, sagte Ivana teilnahmslos. »Aber wenn ich das richtig verstanden habe, waren das Auftragsmörder, und es gibt noch einen Drahtzieher.«

Inga Jäger nickte. »Um dem auf die Spur zu kommen, sind wir hier.«

»Gut.«

»Also, hat Ihr ermordeter Mann ... hat Melchior jemals gesagt, wie er all das hier bezahlen will?« Sie machte eine umfassende Geste.

»Er hat gut verdient.«

»Aber nicht so viel, dass es hierfür reicht«, sagte Inga Jäger. »Schon gar nicht, wenn er auch noch Unterhalt für seine Exfrau und die beiden Töchter zahlen musste.«

»Er hat einmal ein ausstehendes Erbe erwähnt«, sagte Ivana Gietz. »Eine Tante oder auch Großtante, die wohl nicht mehr sehr lange leben wird und von der er einiges erben würde.«

»Kennen Sie den Namen dieser Tante oder Großtante?«

»Nein«, sagte Ivana Gietz. »Leider nicht.«

»Hat er sonst etwas erwähnt? Vielleicht Grundstücksgeschäfte oder Ähnliches?«

Sie schüttelte den Kopf. »Über solche Dinge hat mein Mann nie mit mir gesprochen, aber er hat mir immer das Gefühl gegeben, dass ich mir um finanzielle Dinge keine Sorgen oder Gedanken machen muss. Und vielleicht denken Sie jetzt schäbig von mir – aber ich habe das genossen. Ich fand das toll ... mir zum ersten Mal im Leben keine Sorgen um Geld machen zu müssen.«

»Danke, Frau Gietz«, sagte Inga Jäger und erhob sich wieder von ihrem Platz, obwohl sie wegen der Schmerzen in ihrem Fußgelenk gerne noch eine Weile sitzen geblieben wäre. »Sie haben uns sehr geholfen.«

»Das war es schon?«

»Ja«, sagte Inga Jäger, überlegte es sich dann aber anders. »Einen Vorschlag hätte ich noch. Allerdings rein persönlicher Natur – und ich hoffe, Sie betrachten das nicht als Eindringen in Ihre Privatsphäre.«

Ivana Gietz sah sie skeptisch an. »Was denn?«

»Ich war einmal in einer ganz ähnlichen Situation wie Sie«, sagte Inga Jäger. »Jetzt alleine zu sein ist nicht gut für Sie. Schon gar nicht, dass Sie sich hängen lassen. Warum fahren Sie nicht zu Lisa Bickelmeyer ins Krankenhaus? Vielleicht würden Sie einander gegenseitig guttun.«

Ivana Gietz sah sie lange schweigend an, ohne dass ihr Gesichtsausdruck verriet, was in ihr vorging. Dann schließlich sagte sie: »Ich wünschte so sehr, ich könnte ihr helfen. Aber die Ärzte sagen, sie ist vollkommen weggetreten und reagiert auf gar nichts mehr.«

»Das stimmt, aber ich glaube – wie übrigens auch Professor Götz –, dass sie dennoch alles oder doch zumindest vieles um sich herum wahrnimmt«, sagte Inga Jäger. »Vielleicht tut es ihr gut, Sie zu sehen, zu hören und zu spüren. Ihnen tut es auf jeden Fall gut, hier herauszukommen.«

Es dauerte einen weiteren langen Moment, aber dann lächelte Ivana Gietz. Zwar nur ganz leicht, aber sie lächelte. »Das werde ich tun«, sagte sie. »Danke für Ihren Rat.«

»Gern geschehen«, sagte Inga Jäger. »Und noch etwas …«

»Ja?«

»Wenn Sie wirklich Schwierigkeiten bekommen sollten … also, wenn man Sie wirklich ausweisen wollen sollte, dann rufen Sie mich bitte an. Ich werde Ihnen helfen, den passenden juristischen Beistand zu finden.«

»Das würden Sie tun?«

»Sie können mich beim Wort nehmen.« Einer ihrer Ausbilder in Hamburg hatte einmal gesagt. *Und distanzieren Sie sich von den Opfern. Sie können nicht die ganze Welt retten.* Inga Jäger fand, dass er sich irrte – wenigstens zum Teil: Sie konnte ganz bestimmt nicht die ganze Welt retten, aber zumindest dem einen oder anderen Menschen helfen.

Nachdem Ivana Gietz sie zur Tür begleitet und sie hinter ihnen geschlossen hatte, bat Inga Jäger die Otto, Eva Gietz im Amt anzurufen, und ließ sich dann das Telefon geben.

»Hallo, Frau Gietz, hier Inga Jäger. Sagen Sie, hatte Ihr Exmann Melchior eine Tante oder eine Großtante, die er bald beerbt hätte?«

»Nein«, antwortete Eva Gietz.

»Ganz sicher?«

»Absolut«, erwiderte sie. »Sie wissen, wie dringend ich Geld bräuchte für meine Töchter. Wenn es in Melchiors Verwandtschaft etwas zu erben gäbe, wüsste ich das.«

»Danke, Frau Gietz. Das war schon alles.« Sie beendete das Gespräch und gab der Otto das Handy zurück. Sie war nicht wirklich überrascht, dass Melchior Gietz Ivana belogen hatte.

Sie ging zu einem der Haufen mit den beim Bau zerbrochenen Mauersteinen. »Sei so lieb, und pack einen davon ein«, bat sie die Otto, weil ihr die Krücke im Weg war.

»Was hast du vor?«, fragte die junge Kommissarin und nahm eines der mittelgroßen Bruchstücke.

»Beweismaterial sichern.«

54

Kloster Eberbach. Ausfluss Kisselbach

Die Otto half Inga Jäger, zu dem Bachlauf hinunterzuklettern. Dorthin, wo sie Rüdiger Jochner nach ihrer Flucht durch den Tunnel überwältigt hatte. Inzwischen war es dunkel, und der Abstieg mit der Krücke in der einen und einer Taschenlampe in der anderen Hand war trotz der Unterstützung durch die junge Kommissarin alles andere als einfach zu bewältigen.

Als sie den Tunneleingang betraten, legte die Erinnerung an den Kampf sich beklemmend auf ihre Brust, und sie spähte misstrauisch umher, obwohl sie wusste, dass die drei Killer tot waren. Aber es war mehr als nur das Wiederaufkochen der durchlebten Angst und Verzweiflung. Rein geologisch oder wissenschaftlich betrachtet war jeder Fleck auf dieser Erde natürlich gleich alt – gleich uralt –, aber manche Gegenden, wie Kloster Eberbach und das Gelände, auf dem es lag, fühlten sich einfach noch älter an. Sehr viel älter. Als stammten sie aus einer Zeit vor der Zeit überhaupt ... heilig ... oder eben unheilig. Als würde das Böse hier lauern. So unsinnig sie diesen Gedanken fand, so tief ging er ihr doch unter die Haut, ließ ihr einen Schauer über den Rücken laufen. Deshalb ging Inga Jäger auch nur so weit in den dunklen Gang hinein, wie sie musste, bis sie auf die ersten Bruchsteine im Wasserlauf stieß.

»Hier«, sagte sie, und die Otto kraxelte an ihr vorbei, um einen der Steine aus dem Wasser zu heben. Inga Jäger richtete den Strahl der Taschenlampe darauf. »Ist es ein alter oder ein neuer?«

»Das Wasser hat ihn geschliffen, aber er sieht ziemlich neu aus.«

»Gut, dann lass uns von hier verschwinden. Wir gehen noch schnell bei Gebert vorbei, bringen danach den Stein mit dem anderen vom Baugrundstück ins Labor zu Elli und machen dann Schluss für heute.«

»Gute Idee«, stimmte die Otto zu. »Aber wäre es nicht besser, du bleibst über Nacht im Krankenhaus, und ich kümmere mich um Tanya? Du brauchst Hilfe beim Umziehen, beim Duschen und so viel Ruhe, wie du nur kriegen kannst. Außerdem muss dein Verband dringend erneuert werden.«

Inga Jäger war gerührt von der Fürsorge der jungen Kommissarin – und wusste, dass sie im Grunde genommen recht hatte. Aber sie wusste auch, dass Lydia Stress zu Hause hatte, weil sie zu viel Zeit auf der Arbeit verbrachte. »Das ist lieb gemeint«, sagte sie daher, »aber das kann ich nicht annehmen. Fahr nach Hause, und pfleg deine Beziehung.«

Lydias Miene verdüsterte sich. »Sie hat Schluss gemacht«, sagte sie leise.

Inga Jäger verstand im ersten Moment nicht. »Wer?«

»Anna Lena«, sagte Lydia. »Meine Freundin. Sie hat gestern ihre Sachen gepackt und ist ausgezogen.«

»Das tut mir leid«, sagte Inga Jäger und fragte sich, ob Lydia den Vorschlag, sich um Tanya zu kümmern, vielleicht auch gemacht hatte, weil sie heute Nacht nicht alleine sein wollte.

»Lässt sich nicht ändern«, sagte Lydia mit einem Achselzucken. »Ich bin, wie ich bin. Mein Job ist mein Leben. Wer mit mir zusammen sein will, muss damit klarkommen.« Sie lächelte und schüttelte den Kopf.

»Was ist?«, fragte Inga Jäger.

»Es ist schon paradox«, antwortete die junge Kommissarin. »Du möchtest mit niemandem zusammen sein, der Polizist ist, und ich denke, vielleicht kann nur eine andere Polizistin mich wirklich verstehen und es mit mir aushalten.«

»Nun, ich sehe das ganz ähnlich«, gab Inga Jäger zu und dachte an die Reibungen und Unvereinbarkeiten, die sie bei nur wenigen Dates mit Max Hoffman erlebt hatte. »Aber wie soll ich vergessen, was mit meinem Mann passiert ist … oder jetzt mit Gebert? Wie will man fertigwerden mit nie wirklich versiegender Angst um das Leben des anderen?«

»Vielleicht gar nicht?«, sagte Lydia. »Aber diese Angst ist doch auch da, wenn man *nur* miteinander befreundet ist wie bei dir und mir oder dem Chef und mir – oder eben dem Chef und dir. Welchen Unterschied macht es denn wirklich, wenn wir einmal annehmen, der Chef hätte nicht vorgehabt, seinen Job an den Nagel zu hängen, und du hättest deswegen eine Beziehung zu ihm abgelehnt. Hättest du dir dann weniger Sorgen um ihn gemacht – besonders wenn man deine Gefühle für ihn berücksichtigt?«

»Treffer«, antwortete Inga Jäger, die das so noch gar nicht gesehen hatte. »Aber in meinem Fall darf ich Tanya nicht außer Acht lassen. Selbst wenn ich es irgendwann einmal verkraften könnte, ihn zu verlieren – ich möchte ihr nicht denselben Schmerz zumuten.«

»Ist es dazu nicht längst zu spät?«, fragte Lydia. »Sie hat ihn doch bereits ins Herz geschlossen. Und wenn er … falls er jetzt …« Ihre Stimme stockte.

»Er wird nicht sterben«, sagte Inga Jäger und legte ihr die Hand an den Oberarm. »Er wird das überstehen … und danach hängt er seinen Job an den Nagel, und alles wird gut.«

»Ja«, sagte Lydia und schniefte kurz.

»Und was dich betrifft. Dir ist nicht passiert, was mir passiert ist – und vielleicht wird es dir auch nie passieren. Es ist sogar ziemlich unwahrscheinlich, dass es dir passiert. Also such dir eine Freundin oder Frau unter den Kolleginnen. Geh das Risiko einfach ein. Denn was ich bei all der Trauer um den Tod meines Mannes nie vergessen darf, ist, wie glücklich wir miteinander waren … wie erfüllend es war, dass wir einander so gut verstanden, eben weil wir den gleichen Job gemacht haben.«

Lydia überlegte, nickte bedächtig und lächelte schließlich. »Ja, ich glaube, das werde ich tun … Danke!«

Sie verließen den Tunnel und kletterten die Böschung hinauf. Als sie oben angekommen waren und sich den Dreck aus den Klamotten klopften, klingelte Ottos Handy.

Die junge Kommissarin nahm das Gespräch entgegen. Dann reichte sie Inga Jäger das Telefon. »Es ist für dich. Elli ist dran.«

Sobald Inga Jäger sich gemeldet hatte, schnatterte Elli Falkenstein drauflos: »Du glaubst nicht, was wir eben entdeckt haben«, begann die kleine Technikerin …

… und kaum dreißig Sekunden später rasten Inga Jäger und die Otto mit Blaulicht auf den Eichberg.

55

Klinik für Psychiatrie und Psychotherapie Eichberg. Innere Medizin

Inga Jäger hämmerte mit dem Griff der Krücke an die Tür des Krankentrakts. Sofort eilte einer der Wächter herbei, um ihr und der Otto zu öffnen – begleitet von einem der uniformierten Polizisten.

»Staatssekretär Wahner«, rief Inga Jäger. »In welchem Zimmer liegt er? Er muss sofort verhaftet werden.«

»Der Staatssekretär?«, fragte der Polizist verwirrt. »Der ist nicht mehr hier.«

»Was?!«, rief die Otto.

»Er hat das Krankenhaus vor wenigen Minuten auf eigenen Wunsch hin verlassen.«

»Fuck!«, schrie Inga Jäger und schleuderte vor Wut ihre Krücke gegen die nächste Wand. »Fuck! Fuck! Fuck!«

»Er hat vorher noch nach Kommissar Gebert gesehen und ist dann …«

»Was?!«, rief die Otto noch einmal, ehe er ausreden konnte, und sie und Inga Jäger stürmten augenblicklich in Richtung von Geberts Zimmer.

Professor Götz kam ihnen entgegen – seine Miene war finster.

»Was ist mit Kai?«, stieß sie hervor. »Ist er tot?«

»Noch nicht«, sagte der Professor. »Aber es sieht nicht gut aus.«

»Kommen Sie mit!«, rief Inga Jäger. »Schnell.« Sie rannte hinter der Otto in das Zimmer.

Der Monitor an der Wand zeigte, wie schwach Geberts Herzschlag mittlerweile nur noch war, und auch seine Atmung war so flach, dass man sie kaum noch wahrnahm.

»Lösen Sie ihn sofort von allen Infusionen«, befahl Inga Jäger dem Klinikleiter.

»Was geht hier vor?«, fragte der.

»Tun Sie, was ich Ihnen sage«, bellte Inga Jäger und riss die erste Infusionsnadel selbst aus Geberts Handrücken. »Ich erkläre alles sofort.«

Jetzt zögerte Professor Götz nicht länger und zog auch die restlichen Nadeln heraus.

»Überprüfen Sie den Dispenser«, sagte sie dann.

Der Arzt musterte die Drehregler des Infusionsspenders. »Oh, mein Gott!«

»Was ist?«, fragte die Otto.

»Jemand hat Morphin mit zugeschaltet. Nur ganz wenig – damit es nicht auffällt.« Er schaute auf den Monitor mit den Vitalfunktionen. »Noch fünf Minuten, und der Kommissar wäre gestorben.«

»Kriegen Sie ihn wieder hin?«, fragte Inga Jäger.

»Das hoffe ich«, meinte der Professor und zog eine Spritze auf.

»Lisa Bickelmeyer«, sagte die Otto, und die beiden Frauen hetzten weiter.

»War Staatssekretär Wahner bei der Patientin?«, fragte Inga Jäger den uniformierten Polizisten vor der Tür.

»Nein«, sagte der und beeilte sich, die Tür zu entriegeln.

Da knallten von dahinter mehrere Schüsse. Inga Jäger, die Otto und der Beamte, der gerade die Tür aufschließen wollte, warfen sich zur Seite in Deckung und zogen ihre Waffen. Inga Jäger wartete, nachdem die Schüsse verklungen waren, nur zwei Herzschläge lang, schloss dann eilig selbst die Tür auf und stieß sie nach innen. Dicht gefolgt von dem Beamten stürmten sie den Raum.

Hier bot sich ein Bild des Schreckens: Die zwei Polizisten, die im Zimmer Wache gehalten hatten, lagen in einer Lache ihres eigenen Bluts tot am Boden. Beiden war aus nächster Nähe ins Gesicht geschossen worden. Auch Lisa Bickelmeyer lebte nicht mehr. Zwei Kugeln hatten sie seitlich am Schädel getroffen.

»Er hat von draußen durch das Gitter gefeuert«, sagte die Otto und ging in die Hocke, um bei den Körpern nach einem Puls zu suchen. Dann schüttelte sie den Kopf.

»Fuck!«, fluchte Inga Jäger noch einmal und achtete darauf, nicht am offenen Fenster zu stehen. Sie musste sich zusammenreißen, nicht in Tränen auszubrechen. Dann wandte sie sich an den Polizisten. »Lassen Sie sofort eine Großfahndung einleiten nach Staatssekretär Ronnie Wahner. Und rufen Sie zusätzlich im Untersuchungsgefängnis an, dass man die Bewachung für Gisbert Spreitzer verdoppelt, da Wahner dort ziemlich sicher auftauchen wird. Er muss sofort verhaftet werden, und informieren Sie die Kollegen explizit, dass er bewaffnet ist und gefährlich.«

Sie wartete noch, bis er genickt hatte, und eilte dann wieder nach draußen. Lydia Otto folgte ihr.

Sie suchten das Gelände ab. Aber Wahner war verschwunden.

56

Untersuchungsgefängnis

Dass sich das Untersuchungsgefängnis in Alarmbereitschaft befand, konnte man schon von draußen erkennen. Der Platz davor war in gleißendes Licht getaucht, und vor dem Eingang standen vier Männer mit Maschinenpistolen Wache. Selbst der Weg auf den Parkplatz und die Straße davor war von der Mannschaft abgeriegelt. Während sie Inga Jäger und die Otto passieren ließen, überlegte die Staatsanwältin, ob es nicht klüger gewesen wäre, den Anschein zu wahren, als ob nichts passiert wäre, und Wahner hineinzulassen, um ihn dann drinnen festzunehmen. Aber Wahner und seine Killer hatten inzwischen mehrfach bewiesen, dass sie auch nicht davor zurückschreckten, Polizisten zu ermorden, und wer konnte es der Wachmannschaft verübeln, dass sie ihn lieber abschreckten, als zu riskieren, dass bei einer möglichen Schießerei jemand verletzt oder getötet wurde. Die meisten von ihnen hatten Partner und Kinder und wollten nach Ende ihrer Schicht gerne lebend nach Hause zu ihnen.

Lydia Otto stellte den Wagen ab und beeilte sich, auf die Beifahrerseite zu kommen, um Inga Jäger beim Aussteigen zu helfen. Deren Fuß pochte und pulste mittlerweile mörderisch, obwohl sie sich im Krankenhaus von Professor Götz starke Schmerzmittel hatte geben lassen.

Sie trugen sich an der Schleuse in die Besucherliste ein und gaben ihre Waffen ab. Dann führte man sie in den Verhörraum, in dem Gisbert Spreitzer schon auf sie wartete. Inga Jäger konnte ihm die Angst vom Gesicht ablesen.

»Die Killer sind tot«, sagte sie anstelle einer Begrüßung. »Und Wahner ist auf freiem Fuß und auf der Flucht.«

Er blickte sie an, ohne zu antworten.

»Na gut«, sagte sie und setzte sich ihm gegenüber. Die Otto nahm am Kopfende Platz. »Hier ist der Deal, Spreitzer: Sie helfen mir, den Rest des Puzzles zusammenzufügen, und ich setze mich für mildernde Umstände ein.«

Er schüttelte ganz langsam den Kopf.

»Oder aber ich mache meine frühere Drohung wahr und setze Sie einfach auf freien Fuß, weil ich nichts gegen Sie in der Hand habe«, fuhr sie fort. »Es sind inzwischen weitere Menschen gestorben. Darunter Lisa Bickelmeyer und zwei Polizisten. Glauben Sie mir: Meine Skrupel, Sie als Köder zu benutzen, gehen inzwischen gegen null. Ich will Wahner. Koste es, was es wolle.« Ein Teil ihrer Wut entsprang der Tatsache, dass sie sich vorwarf, nicht schon früher auf die Zusammenhänge gestoßen zu sein – egal, wie oft ihre Vernunft ihr sagte, dass sie im Verlauf des Falles allen Spuren ordnungsgemäß und logisch gefolgt war und sie Wahners Boykottieren des Falles trotz eines miesen Gefühls nicht früher als Zeichen dafür erkennen konnte, dass er mit hinter dem Verbrechen steckte – ja sogar der Drahtzieher war. Das war der Preis, den sie heute alle zahlten dafür, dass Gegenwind aus politischen Gründen so sehr zu ihrem Alltag gehörte, dass man unmöglich erahnen konnte, wann er einmal mit dem Fall selbst zu tun hatte.

Gisbert Spreitzer verschränkte die Finger ineinander und schaute auf den Tisch herab. Er tat so, als wären Inga Jäger und die Otto gar nicht da.

»Sie glauben, ich tue das nicht, nicht wahr?«, fragte sie ihn. »Dann lassen Sie mich Ihnen Folgendes erklären: Bisher habe ich nur Indizien in der Hand gegen Wahner – und zugegebenermaßen recht dünne. Wenn wir ihn nicht mit der Tatwaffe erwischen, kann ich ihm noch nicht einmal nachweisen, dass er Lisa Bickelmeyer und ihre beiden Wachen auf dem Eichberg erschossen hat. Verstehen Sie? Wenn Sie mir nicht helfen und gegen ihn aussagen, kann er morgen wie jeden Tag in seinem Büro auftauchen und so tun, als sei nie etwas gewesen, und egal, was ich ihm vorwerfe, er kann es lächelnd abtun als zufällig und zusammenhanglos. Und dann ist es nur eine Frage der Zeit, wann er sich Sie vorknöpft, um sicherzustellen, dass der letzte und damit einzige Zeuge gegen ihn für immer schweigt. Und das wird er, das wissen Sie, Herr Spreitzer. Ganz ohne Frage wird er das. Also wenn Sie sich jetzt kurz in meine Lage versetzen, dann überlegen Sie, ob Sie an meiner Stelle den einzigen Zeugen lieber als Köder benutzen und damit den Drahtzieher dingfest machen würden, oder ob Sie dabei zusehen, wie der einzige Zeuge früher oder später ohnehin kaltgestellt wird und der Drahtzieher nicht nur ungestraft bleibt, sondern auch in Amt und Würden. Sehen Sie, Letzteres würde nämlich bedeuten, er bliebe mein Vorgesetzter und würde mir mit ziemlicher Sicherheit das Leben zur Hölle machen und früher oder später dafür sorgen, dass mir irgendein Unfall widerfährt. Mir, meinem Kollegen Gebert und auch Kommissarin Otto hier. Denken Sie wirklich, ich stelle Ihr Leben über mein eigenes und das meiner Freunde?«

Er reagierte nicht.

»Ich verstehe, dass Sie Angst haben, Herr Spreitzer«,

sagte Inga Jäger. »Und ich würde lügen, wenn ich behauptete, das täte mir leid. Sie haben es verdient, Angst zu haben. Sie haben sich auf einen Tanz mit dem Teufel eingelassen und zu spät gemerkt, dass das bedeutet, dass man sich verbrennt. Ich mache Ihnen einen Vorschlag: Ich erzähle Ihnen, was ich weiß oder vermute, und Sie bestätigen das und füllen die Lücken auf, damit ich einen hieb- und stichfesten Fall gegen Wahner habe. Dann sorge ich, wie gesagt, für mildernde Umstände und für Ihre Sicherheit, bis wir Wahner gefasst haben.«

Der Stellvertretende Amtsleiter blickte auf. Inga Jäger bewertete das als ein Zeichen dafür, dass er sie ernst nahm – ihre Versprechungen ebenso sehr wie ihre Drohungen.

»Ich habe vor einer halben Stunde zwei Dinge erfahren«, fuhr sie fort. »Erstens: Ronnie Wahner war zusammen mit Rüdiger Jochner, Axel Hahnebauer und Lutz Gottberg in der NVA und auch bei der Stasi. Es gibt Fotos, die zeigen, dass sie einander kannten und auch befreundet waren. Wir vermuten, dass Wahner für die Löschung von Jochners Akte verantwortlich war, beweisen können wir das aber nicht. Ebenso wenig, wie wir beweisen können, dass die Killer in seinem Auftrag mordeten. Mir als Staatsanwältin reicht das als Verdacht – vor Gericht ist das eine ganz andere Sache … zumal die drei Killer tot sind und nicht mehr gegeneinander oder gegen ihn aussagen können. Zweitens: Ronnie Wahner war zusammen mit Bürgermeister Thilo Holler, Melchior Gietz und zwei weiteren Vertretern der hessischen Landesregierung im Kuratorium Kloster Eberbach. Das heißt, zu dritt hatten sie immer die Stimmmehrheit und konnten das Kloster ungehindert mehr und mehr in den Konkurs treiben. Aber warum sollten sie das tun? Um das Land Hessen dazu zu bewegen, das Kloster als zu teuer abzustoßen. Der Schenkungsvertrag besagt aber, dass Hessen das Kloster und das dazugehörige Land nur am Stück verkaufen darf und dass die Stadt Eltville jederzeit ein Veto dagegen einlegen kann, da sich die Liegenschaften auf dem Gebiet der Gemeinde befinden. Hier kommen dann Thilo Holler und Melchior Gietz als Vertreter der Stadt und des Magistrates ins Spiel: Als es einen Kaufinteressenten gab, legten sie einfach ihr Veto ein. Es dürfte ihnen nicht schwergefallen sein, die Stadtverordnetenversammlung davon zu überzeugen, einen chinesischen Großinvestor abzulehnen. Aber warum treiben sie das Kloster dann mehr und mehr in den Ruin, wenn sie dann doch den Verkauf boykottieren? Die Antwort ist einfach: Sie wollen selbst daran verdienen – und zwar richtig. Anders als das Land Hessen hat die Stadt Eltville die Möglichkeit, aus dem Gelände zunächst Bauerwartungsland und dann Bauland zu machen. Das muss man sich einmal vorstellen: Mehrere Hektar Bauland im direkten Einzugsgebiet von Wiesbaden, Mainz, Offenbach, Höchst und Frankfurt. Deshalb haben Wahner, Holler und Gietz als Kuratorium das Kloster heruntergewirtschaftet und schließlich sogar teilweise zerstört. Wir gehen davon aus, dass die Mauersteine, die den Kisselbach verstopft und zu der schweren Überschwemmung geführt haben, vom Baugrundstück Melchior Gietz' stammen. Ihr Grund: Das Land Hessen mit den exorbitanten Renovierungskosten noch mehr in die Bredouille zu bringen und damit dazu zu bewegen, Kloster Eberbach an Eltville zurückzuschenken. Gleichzeitig mussten Holler und Gietz natürlich die Stadtverordneten dazu überreden, eine solche Schenkung überhaupt anzunehmen, indem sie die hohen Kosten herunterspielen und den Wert der riesigen Immobilie und der Wein- und Waldflächen in den Vordergrund rücken würden. Tatsache ist aber, dass sie als Stadt nicht mehr daran gebunden gewesen wären, die Liegenschaften in einem Stück zu verkaufen. Sie hätten also zu dritt mit einer oder mehreren Strohfirmen die Weinberge einzeln gekauft. Einen nach dem anderen, sodass es nicht auffällt – und wahrscheinlich immer mit dem Argument, die Kosten der Anlage abzufangen. Und dann, wenn die Grundstücke, die zusammen größer sind als die ganze Stadt Eltville, ihnen gehört hätten, hätten Thilo Holler und Melchior Gietz daraus Bauland gemacht.«

Inga Jäger sah an Gisbert Spreitzers Gesichtsausdruck, dass sie vollkommen richtiglag mit ihren Vermutungen.

»Die Frage ist nur: Was ist schiefgegangen? Warum musste Gietz sterben? Und warum Ingo Falk und Lisa Bickelmeyer? Was hatten der Betriebshofleiter und die Protokollantin damit zu tun? Und vor allem: Wieso waren Sie mit im Spiel?«

Gisbert Spreitzer seufzte. Inga Jäger spürte, dass sie ihn gleich so weit hatte.

»Ich nehme an, Sie sind da eher unabsichtlich hineingeraten, Herr Spreitzer, und tragen nicht wirklich die Verantwortung für all das Schreckliche, das geschehen ist. Auch das wird sich natürlich mildernd auswirken.«

»Okay«, sagte er und nickte. »Ich rede. Das meiste haben Sie ohnehin richtig zusammengesetzt. Der Rest ist eigentlich ganz einfach: Melchior Gietz hat den Kisselbachablauf verstopft und die Überschwemmung verursacht, wie Sie schon sagten. Aber dann hat er den Fehler gemacht und wollte es Ingo Falk in die Schuhe schieben – weil der Betriebshof für die Instandhaltung der Bachläufe verantwortlich ist. Es war Gietz nicht genug, ein Millionengeschäft zu machen – er wollte unbedingt auch noch eine alte Rechnung mit Falk begleichen ... weil der vor Jahren mal auf einer Betriebsfeier seine Exfrau gefickt hat. Gietz wollte die Überschwemmung dazu nutzen, Falk ein für alle Mal zu feuern. Falk hat aber eine eigene Untersuchung anstellen lassen und so herausgefunden, dass der Bauschutt von Gietz' Baustelle stammt. Also hat er weiter nachgeforscht, um nun seinerseits genug gegen Melchior Gietz in die Hand zu bekommen, um ihn beruflich wie privat fertigmachen zu können. Da erzählte ihm Eva Gietz davon, dass Melchior die Pläne der Gesamtimmobilie Kloster Eberbach bei ihr im Katasteramt angefordert hat – und zählte eins und eins zusammen. Deshalb hatte Falk die vertrauliche Amtsleitersitzung einberufen: um sich reinzuwaschen und Gietz' Interesse an der Immobilie offenzulegen und ihn so mit der Überschwemmung in Verbindung zu bringen sowie mit geplantem Spekulationsbetrug. Er konnte ja nicht ahnen, dass Gietz und Bürgermeister Holler in einem Boot saßen.«

»Verstehe«, sagte Inga Jäger. »Das erklärt aber nicht, wieso Gietz ermordet wurde – oder Falk; Letzterer zumindest nicht zuerst.«

»Daran war wieder Gietz' Unersättlichkeit schuld«, sagte Spreitzer. »Als Gietz die Gefahr sah, persönlich für die Überschwemmung verantwortlich gemacht zu werden, forderte er von Wahner und Holler einen höheren Anteil an der Beute, weil sein Risiko jetzt viel größer geworden war als ihres. Doch die Partner sahen das genau umgekehrt: Gerade weil Gietz durch Falks Beschuldigung persönlich in den Verdacht kam, durch die Überschwemmung des Klosters die Kosten für die Unterhaltung in die Höhe getrieben zu haben, war er selbst zu einem Risiko geworden. Und zusammen mit seiner Forderung nach einem höheren Anteil war das Grund genug, ihn auszuschalten. Und das mit einer Brutalität, die zugleich Holler davor abschrecken sollte, vielleicht ebenfalls noch einmal nachverhandeln zu wollen.«

»Und dann kamen Sie ins Spiel«, schlussfolgerte Inga Jäger. »Weil Wahner und Holler sowohl im Kuratorium als auch in der Stadtverwaltung einen Ersatz brauchten für Gietz' Stimme.«

Gisbert Spreitzer nickte. »Ich war in der geheimen Amtsleitersitzung unfreiwillig Zeuge geworden von Falks Anschuldigungen, und eine halbe Stunde nach der Sitzung bestellte mich Bürgermeister Holler zu sich – das war, nachdem Gietz seine Forderungen nach einem höheren Anteil an dem geplanten Betrug gestellt und damit sein eigenes Todesurteil unterzeichnet hatte. Holler stellte mich Wahner vor, und wir fuhren zu einer Kuratoriumssitzung, auf der ich Gietz vertreten sollte. Es ging um die Abstimmung, dem Land nahezulegen, das Kloster wieder an Eltville zurückzuschenken.«

»Die haben Sie einfach so in ihren Plan eingeweiht?«

»Nein, nicht einfach so«, antwortete Spreitzer und schluckte trocken. »Im Kloster angekommen, haben sie mich in den Keller geführt ... in das Gewölbe. Da waren Jochner und seine beiden Männer ... und Melchior Gietz. Sie hatten schon angefangen.« Spreitzers Finger zitterten, und er vergrub das Gesicht in den Händen. »Da haben sie mich eingeweiht – quasi erpresst, den Betrug mit ihnen zusammen durchzuziehen.«

»Gegen einen Anteil am Geschäft«, vermutete Inga Jäger.

Spreitzer nickte. »Wir sind dann mit den anderen beiden Kuratoriumsmitgliedern, die nichts von der Sache wissen, nach Eltville zurückgefahren, um dort unsere Besprechung in einem Gasthaus durchzuführen.«

»Damit Sie für die eigentliche Tatzeit ein Alibi hatten.«

Wieder nickte er.

»Und Lisa Bickelmeyer musste sterben, weil sie das Protokoll der geheimen Amtsleitersitzung geführt hat.«

»Ja … und Falk sowieso.«

»Und Bürgermeister Holler konnte dem Druck nicht mehr standhalten und wollte fliehen. Also hat Wahner auch ihn töten lassen«, sagte Inga Jäger. »Damit war der ganze Deal fürs Erste geplatzt und der Rest wie auch der Anschlag auf Gebert und mich waren nur noch Schadensbegrenzung, damit Wahner nicht enttarnt wird und in Amt und Würden bleibt … und damit er dann das Geschäft mit dem nächsten Bürgermeister und mit Ihrer Hilfe wieder in Angriff nehmen konnte, wenn etwas Gras über die Sache gewachsen wäre.«

»Ja.«

»Danke, Herr Spreitzer«, sagte sie. »Sie haben uns sehr geholfen.« Dann bestellte sie eine Schreibkraft, diktierte den Hergang und die Hintergründe der Tat und ließ abschließend Gisbert Spreitzer das Geständnis unterschreiben. Sie selbst und die Otto zeichneten als Zeugen gegen.

Als die Schreibkraft wieder gegangen war, erhob sie sich von ihrem Platz und sagte: »Das wäre dann vorerst alles, Herr Spreitzer. Sie dürfen gehen.«

»Was?«

»Sie sind frei. Man hat Sie schließlich in die Mittäterschaft gepresst.«

»Sind Sie verrückt? Sie können mich doch jetzt nicht freilassen. Wahner ist noch da draußen.«

»Aber dank Ihrer Hilfe nicht mehr lange«, sagte sie kalt.

»Was reden Sie da? Sie wollen mich tatsächlich als Köder benutzen?«

»Der schnellste Weg, an Wahner zu kommen.«

»Sie haben versprochen …«

»Ich habe gelogen, Herr Spreitzer«, sagte sie. »Genau wie Sie an dem Morgen nach dem Mord an Melchior Gietz und die ganze Zeit über bis jetzt.«

»Ich wurde gezwungen …«

»Bullshit!«, schrie sie ihn an. »Hätten Sie gleich unseren Schutz gesucht und geredet, wären Falk, Holler, Lisa Bickelmeyer und zwei Polizisten noch am Leben. Und mein Partner wäre niemals angeschossen worden. Ganz zu schweigen von dem, was die mit mir angestellt haben. Nein, Spreitzer, Sie haben nicht geschwiegen, weil Sie Angst hatten, sondern weil Sie scharf auf die Kohle waren. Sie sind mitschuldig an diesen Morden. Aber das werde ich Ihnen erst anhängen, wenn wir Wahner geschnappt haben.«

»Sie überschreiten Ihre Kompetenzen«, begehrte er auf.

»Nur weil Sie und Ihre Leute jede Grenze überschritten haben.«

»Das ist illegal!«

»Zeigen Sie mich doch an«, entgegnete sie. »Außerdem dürfte es Ihnen schwerfallen, das zu beweisen. Ich lasse Sie ja schließlich frei … weil Sie armer Kerl so gut wie unschuldig sind, weil man Sie ja erpresst hat. Und ich stelle Ihnen sogar noch Beamte zur Seite, die Sie beschützen.«

»Sie meinen, aus Verstecken heraus beschatten und darauf lauern, dass Wahner auftaucht.« Er zitterte am ganzen Leib.

»Das ist der Preis, den Sie jetzt dafür zahlen, uns nicht früher geholfen zu haben.«

57

Landeskriminalamt Wiesbaden. Einsatzbesprechungsraum

Die Hälfte der sechzehn Kollegen des SEK WAHNER war in voller Einsatzmontur, die anderen acht trugen wie angewiesen zivile und unauffällige Straßenkleidung unterschiedlicher Couleur: Jeans, Sweater und Jacken die einen, Anzug und Trenchcoat die anderen und wieder andere Kleider und Mäntel. Die Zivilen würden die Beschattung Spreitzers und die Überwachung seiner Wohnung übernehmen, die restlichen den Zugriff, sobald Wahner sich zeigte.

Inga Jäger saß in der ersten Reihe, und die Otto stand vorn am Pult vor einer Tafel, auf der die Straßenzüge um Spreitzers Wohnung abgebildet waren, der Grundriss der Wohnung und des Mietshauses selbst sowie ein Foto von Wahner.

Die Otto deutete mit einem Zeigestock auf die Straßenkarte. »Die beiden Scharfschützen liegen auf diesen beiden

Gebäuden und behalten Vorder- und Hintereingang im Auge. Vier von euch behalten sich im Einsatzfahrzeug bereit, und die letzten zwei gehen in Spreitzers Wohnung in Stellung. Seht zu, dass er sich nicht an den Fenstern zeigt. Ihr Passanten flaniert hier, hier und hier – jeweils paarweise, sodass immer ein Paar in Sichtweite eines anderen ist. Die verbleibenden beiden gehen abwechselnd das Treppenhaus auf und ab.«

Sie nickte Inga Jäger zu.

Die Staatsanwältin erhob sich und sagte: »Bitte denken Sie immer daran, dass Wahner eine jahrzehntelange Laufbahn beim Militär und als Söldner hinter sich hat. Das unterscheidet ihn sehr von den Zielen, die Sie gewohnt sind. Er ist extrem intelligent, denkt strategisch und besitzt keinerlei Skrupel.«

Einer der Beamten in Zivil gab ein verächtliches Schnauben von sich. Inga Jäger kannte ihn. Sein Name war Tattenborn – und er war tatsächlich so blond und hochgewachsen, wie sein nordischer Name vermuten ließ. Seine ganze Haltung strahlte Überheblichkeit aus.

»Nehmen Sie das, was ich sage, nicht auf die leichte Schulter«, sagte sie – primär an ihn adressiert. »Gehen Sie ihn auf gar keinen Fall alleine an. Immer nur im Team. Das optimistischste Szenario ist, dass einer Ihrer Passanten ihn sichtet und sich zurückzieht, sobald das Einsatzteam zugreift. Rechnen Sie unbedingt damit, dass er schwer bewaffnet ist. Vermutlich nicht nur mit Pistole und Maschinenpistole, sondern auch mit Messer, Schlinge und Schlagring.«

»Er ist ein alter Mann«, meldete sich Tattenborn zu Wort. »Wie gefährlich kann er schon sein?«

»Er ist gerade einmal Mitte fünfzig, also noch nicht

wirklich alt, und verfügt über so viel praktische Kampferfahrung wie Sie alle sechzehn zusammen. Dieser Mann hat über die Hälfte seines Lebens Krieg geführt ... im aktiven Dienst. Auch wenn man es ihm nicht ansieht, er ist ein gnadenloser Killer ... und ziemlich wahrscheinlich trägt er eine Schutzweste. Er ist außerdem ausgesprochen schnell.«

»Wie schnell?«, fragte Tattenborn, der immer noch nicht überzeugt schien.

»So schnell«, erwiderte Inga Jäger, »dass es ihm gelungen ist, zwei unserer Kollegen im Krankenzimmer von Lisa Bickelmeyer zu erwischen, ohne dass sie überhaupt dazu kamen, zu reagieren. Verstehen Sie, Herr Tattenborn? Nicht einem der beiden gelang es noch, wenigstens die Waffe zu ziehen. Ist das schnell genug für Sie?«

Tattenborn senkte den Blick.

Inga Jäger fuhr fort: »Unser Ziel ist es, Wahner lebend zu erwischen – aber ich bitte Sie, Ihr eigenes Leben deshalb nicht zu gefährden. Wann immer Sie es bedroht sehen, handeln Sie entsprechend.«

»Was meinen Sie damit?«, fragte Tattenborn.

»Zur Not auch mit der allerletzten Konsequenz: Töten Sie ihn, ehe er einen von Ihnen tötet.«

»Klar, das sagen Sie jetzt«, meinte Tattenborn. »Aber wenn es dann passiert, sind wir ganz auf uns allein gestellt mit der Anklage durch die Öffentlichkeit wegen Polizeibrutalität und Unverhältnismäßigkeit der Mittel.«

»Jeder von Ihnen«, antwortete Inga Jäger, »kann sich – und da sind Sie alle Zeugen – in einer möglichen Nachuntersuchung darauf verlassen, dass ich für Sie einstehe. Und eine Unverhältnismäßigkeit der Mittel ist hier nicht gegeben. Wahner tötet sehr viel leichter, als jeder von Ihnen es könnte. Wenn Sie ihm alleine gegenüberstehen und auch nur einen Sekundenbruchteil zögern, sind Sie tot.«

58

Ronnie Wahner verstaute eine Tasche mit Geld unter dem Klappbett der Kajüte des kleinen Motorkutters, den er schon vor Jahren unter falschem Namen gekauft hatte. Geld, das er schon am Mittag von seinen Konten abgehoben hatte, ehe er zum Eichberg gefahren war, um Jochner, die junge Staatsanwältin, den Kommissar und Lisa Bickelmeyer auszuschalten und so seine Spuren zu verwischen. Das Boot lag zwischen Hunderten anderer im Schiersteiner Hafen zwischen Eltville und Wiesbaden-Biebrich, und kein Mensch außer ihm wusste davon. Nicht einmal Jochner, Hahnebauer und Gottberg hatte er in seinen Notfallfluchtplan eingeweiht. Das war das Erste, was er im Krieg gelernt hatte: Wenn du ein Geheimnis für dich behalten willst, behalte es für dich! Er hatte immer einen Plan B in petto – und einen Plan C. Dass er aber jetzt vielleicht darauf zurückgreifen musste, machte ihn wütend. Die Tatsache, dass er wusste, dass Wut ein schlechter Ratgeber war, änderte nicht das Geringste daran. Diese verdammte Staatsanwältin hatte jeden einzelnen seiner Pläne durchkreuzt. Er hatte sie unterschätzt. Völlig unterschätzt. Er hätte sie und ihren vermaledeiten Kollegen ausschalten lassen sollen, als sie schon am Morgen nach der Abrechnung mit Gietz im Rathaus bei Holler aufgetaucht waren. Es hätte wie ein Unfall aussehen müssen, und alles wäre gut gewesen. Bürgermeister Holler hätte keine kalten Füße gekriegt, und ein wenig Druck auf Peiß wäre ausreichend gewesen, dass der seinen schlechtesten Staatsanwalt auf den Fall angesetzt und ihn ganz schnell ad acta gelegt hätte. Die Gesellschaft predigt gerne, dass ein jeder austauschbar ist, aber Wahner wusste, dass das nicht stimmte. Um ein Schachspiel zu gewinnen, muss man die Offiziere ausschalten, nicht die Bauern. Und Inga Jäger war, wie sich inzwischen herausgestellt hatte, definitiv eine Offizierin – wenn nicht gar die Dame im Spiel, wenn man sich vergegenwärtigte, wie sie die Anweisungen von Peiß und auch seine eigenen ignoriert hatte. Aber vielleicht war noch alles zu retten.

Wenn er es richtig anstellte, konnte er das Ruder vielleicht noch herumreißen. Sicher, es war ein äußerst gewagtes Spiel, aber der Einsatz war es wert: fast eine Milliarde Euro. Das war nichts, das man so leicht aufgab. Er hatte fünf Jahre seines Lebens in dieses Projekt gesteckt – und er wollte verflucht sein, wenn er die einfach als verschwendet abhaken würde.

Wahner legte die Schussweste an, überprüfte seine Pistole und die MP, versah beide mit einem Schalldämpfer, steckte noch zwei Extra-Magazine ein und befestigte den Dolch am rechten Kampfstiefel, ehe er die Tasche mit dem Einbruchswerkzeug inspizierte. Er würde versuchen, zurückzuholen, was ihm zu nehmen man im Begriff war: seinen Posten und die Aussicht auf das ganz große Geld. Sollte das misslingen, würde er hierher zurückkehren, sich die Haare abrasieren und mit dem falschen Pass, mit dem er auch das Boot gekauft hatte und der mit dem Bootsführerschein übereinstimmte, in aller Seelenruhe über Koblenz und Köln den Rhein hinab bis kurz vor Rotterdam fahren. Dann von Amsterdam aus mit dem Flieger über Bangkok nach Nordkorea, wo er aus seinen Beratertagen noch genügend Freunde hatte, um eine neue Karriere zu beginnen. Ein zweites Leben. Eigentlich ein drittes, wenn er recht überlegte und als zweites die Zeit nach dem Fall der Mauer bezeichnete.

Er und Jochners Team hatten aus dem Vollen geschöpft in diesen Jahren und sich gesundgestoßen an diesen verweichlichten Wessis, von denen kaum noch einer verstand, dass man sich die Hände schmutzig machen musste, wenn man etwas erreichen wollte ... und die mit ihrem Pseudo-Humanismus so weit weg waren vom wirklichen Leben, dass es einfach war, sie mit ein wenig Gewalt von ihren fetten Geldbörsen zu trennen. Nicht einmal die Grundregeln des Kapitalismus verstanden sie noch – und erst recht nicht, dass es ein völlig probates Mittel war, über Leichen zu gehen, wenn man etwas erreichen wollte. Sie lebten in dem Irrglauben, dass Polizei und Anwälte sie schützen konnten – ohne ein einziges Mal hochzurechnen, dass das allein schon wegen Personalmangels völlig illusorisch war. Genau, wie sie noch an ihre Rente glaubten, diese Blauäugigen, wo ihnen doch jedes Milchmädchen vorrechnen konnte, dass man – auch ganz ohne Verwaltungskosten – aus einem Fass nicht mehr herausholen konnte, als man hineingab.

Das Kloster war der ganz große Coup, und es war schon wieder typisch, dass Holler und Gietz ihn gebraucht hatten, um überhaupt erst auf die Idee zu kommen. Bis sie ihn getroffen hatten, waren ihnen ihre kleinen Machtspielchen im Rathaus und ein Hungerlohn vollkommen genug – und selbst am Ende hatte Gietz ja bewiesen, dass er das Zeug nicht dazu hatte, als er trotz Aussicht auf richtiges Geld – auf echten Reichtum – sein kleines, dummes Rachespiel mit Falk dem Betriebshofleiter spielen musste.

Amateure – keiner von ihnen wirklich lebensfähig. Sie lebten in einer Seifenblase und merkten überhaupt nicht, was in den letzten zwanzig Jahren aus der Welt geworden war. Dass sich alles nicht nur im Umbruch befand, sondern schon lange im Niedergang. Und dass genau solche Krisen schon immer die besten aller Zeiten waren für Männer, die es verstanden, Gelegenheiten beim Schopf zu packen und ihr Schicksal zu schmieden.

Und dann war ihnen diese Staatsanwältin in die Quere gekommen – mit nichts anderem als ihren Instinkten und ihrem schon fast übelkeitserregenden Gerechtigkeitssinn.

Als er merkte, dass seine Gedanken sich im Kreis zu drehen begannen, konzentrierte er sich wieder auf die Aufgabe, die vor ihm lag, und verließ das Boot. Hier unten im Hafen war alles still. Das weite Becken war durch eine künstlich aufgeworfene Landzunge fast völlig vom Fluss abgeschnitten, und es gab so gut wie keine Strömung. Die wenigen, flachen Wellen waren dem kalten Novemberwind geschuldet und plätscherten behaglich gegen die zu dieser Jahreszeit nahezu immer verlassenen Schiffsrümpfe.

Wahner lief das Labyrinth der Stege ab, bis er festen Boden unter den Füßen hatte, und stieg in den alten Opel Rekord, der schon seit Jahren auf den gleichen falschen Namen angemeldet war wie das Boot. Er wusste, welche Autos bei Polizeikontrollen in der Regel angehalten wurden und welche nicht. Dennoch wählte er eine Route, auf der es ziemlich unwahrscheinlich war, dass er in eine Kontrolle geriet. Großfahndung hin oder her – die Polizei hatte einfach nicht genug Leute, alle Straßen zu sichern. Außerdem erwarteten sie ihn seinen Quellen zufolge ganz woanders.

Er hatte nur einen kurzen Weg vor sich, aber um die Hauptverkehrsstraßen zu vermeiden, fuhr er einen Zickzackkurs durch Seiten- und Nebenstraßen. Schon nach nur neun Minuten hatte er sein Ziel erreicht: den Herzogsplatz in Wiesbaden-Biebrich.

Die Wohnung von Inga Jäger.

Ja, sie rechneten damit, dass er bei Gisbert Spreitzer auftauchte – und das war dumm, denn den würde er noch brauchen … wenn alles funktionierte. Er musste nur Inga Jäger ausschalten. Und vielleicht noch die junge Kommissarin. Und ihren Chef, den sie dummerweise gerade noch rechtzeitig gerettet hatten. Aber Inga Jäger müsste eigentlich reichen. Spreitzer würde augenblicklich sein Geständnis widerrufen, und man würde ihm, Ronnie Wahner, nichts anhaben können. Sicher, man würde reden und ihn in den nächsten Wochen und Monaten ganz genau unter die Lupe nehmen. Aber es gab nichts außer Indizien und Anscheinsbeweisen. Nichts Greifbares, nichts Verwertbares. Nur ein hanebüchenes Konstrukt einer Immobilien-Verschwörung.

In spätestens einem halben Jahr ist Gras über die Sache gewachsen. Er musste nur die Chuzpe aufbringen, morgen früh wie jeden Tag ins Büro zu gehen und so zu tun, als hätte er keine Ahnung, wovon sie alle redeten. Schließlich hatte er dieser Staatsanwältin noch das Leben gerettet, oben auf dem Eichberg. Wieso hätte er das tun sollen, wenn er sie danach doch ohnehin umbringen wollte? Es konnte ja keiner ahnen, dass er versucht hatte, Jochner zusammen mit ihr zu überfahren … oder dass er, als er verwundet aus dem Wagen stieg, Inga Jäger nur nicht getötet hatte, weil diese Otto und ihre Kollegen herbeigeeilt waren.

Nein, allein die Tatsache, dass er im Büro auftauchte, würde die anderen an seiner Schuld zweifeln lassen. Weil sie nicht wussten, was echter Mut war. Weil sie an seiner Stelle alle davongelaufen wären. Die meisten sogar, wenn sie unschuldig wären; nur aus Angst, die Indizien könnten sie schuldig sprechen. Ja, sie alle hatten verlernt, was Mut war … was es bedeutete, seinen Weg konsequent zu gehen. Deshalb würde er davonkommen.

Aber nur, wenn Inga Jäger tot war. Sie würde sich nicht einschüchtern lassen – das hatte sie inzwischen zur Genüge unter Beweis gestellt. Sie würde sich, selbst wenn Spreitzer das Geständnis widerrief, verbeißen und nicht eher Ruhe geben, bis sie ihn überführt hatte. Aber sie war auch die Einzige in der Staatsanwaltschaft, die diese Verbissenheit besaß. Deshalb musste sie sterben.

Er verließ den Wagen und stellte sich in den Schatten einer Kastanie. Oben in ihrer Wohnung brannte noch Licht, und hin und wieder konnte er sehen, wie ihr Schatten an den Fenstern vorbeihumpelte. Er sicherte die Umgebung, um auszuschließen, dass auch sie bewacht wurde wie Spreitzer, und wusste nach fünf Minuten, dass hier niemand war. Dass ihn hier keiner erwartete. Er widerstand der Versuchung, sich eine Zigarette anzuzünden, um seinen Standort im Schatten nicht zu verraten, und wartete dann geduldig eine Dreiviertelstunde, bis oben in der Wohnung endlich die Lichter gelöscht wurden. Dann ging er in Richtung Rhein davon, um die nächste Stunde im Schlosspark zu verbringen. Er wollte auf Nummer sicher gehen, dass die Jägerin und ihre kleine Tochter auch ganz bestimmt schliefen, wenn er sie besuchen kam. Erst jetzt gestattete er sich, eine zu rauchen. Die Aussicht darauf, gleich eine Frau und ihr Kind zu töten, ließ ihn kalt – sie waren Opfer in seinem ganz persönlichen Krieg. So wie Hunderte vor ihnen im Laufe der vergangenen fünfunddreißig Jahre. Er genoss die Ruhe des Parks und ging bis zum Schloss hinab. Der barocke Prachtbau war einmal die Residenz der Herzöge von Nassau gewesen und befand sich jetzt ebenfalls im Besitz des Landes Hessen. Wahner hatte hier an vielen Empfängen und Veranstaltungen teilgenommen und schon immer gewusst, dass er eines Tages selbst ein solches Schloss besitzen würde.

Aber nicht hier. Ihn zog es in wärmere Gefilde. Sobald der Eberbach-Deal in trockenen Tüchern war, würde er sich in den Süden absetzen – vielleicht nach Florenz. Dort gab es die wunderschönsten Palazzi. Vielleicht aber auch nach Algerien. Er würde sich Zeit lassen, den richtigen Fleck zu finden. So, wie er sich jetzt Zeit ließ, darauf zu warten, dass Inga Jäger eingeschlafen war.

Als die Stunde vorüber war, machte er sich auf den Rückweg. Am Herzogsplatz angekommen, sicherte er noch einmal die Umgebung. Alles ruhig – niemand da. Dann nahm er das Einbruchswerkzeug und ging hinüber zu dem liebevoll restaurierten Altbau.

Die Haustür war in weniger als dreißig Sekunden offen. Er schlüpfte in die kunstvoll verzierte Eingangshalle und zog die Tür hinter sich zu. Anschließend lauschte er volle fünf Minuten, ob sich im Innern des Hauses etwas Verdächtiges regte.

Nichts.

Dann erst betrat er die steinerne Treppe. Er war froh, dass die Stufen aus Marmor waren und nicht aus Holz, weil altes Holz immer knarrt, ganz gleich, wie sehr man versucht, behutsam zu gehen. So aber hörte ihn niemand. Trotzdem verharrte er oben vor der Wohnungstür weitere fünf Minuten, um hineinzuhorchen. Erst als er ganz sicher war, dass sich dort drinnen nichts rührte, machte er sich am Schloss zu schaffen.

Es klickte, und die Tür war offen – aber gerade jetzt war die meiste Geduld gefragt, und er öffnete sie nur zwei Zentimeter weit. Menschen werden aus irgendeinem Grund gerne wach, wenn das Schloss ihrer Wohnungstür geöffnet wird, egal wie leise. Das ist ein Instinkt. Also wartete Wahner weitere fünf Minuten und lauschte ... und lauschte ...

Erst als er absolut sicher war, dass sich in Inga Jägers Wohnung nichts rührte, zog er die Pistole, schob die Tür mit einem Mal weit auf und trat schnell über die Schwelle.

Das war der Moment, in dem Ronnie Wahners Welt explodierte ... und er zu sterben begann ...

Er sah das Blitzen des Mündungsfeuers, noch ehe er den Knall des Schusses hörte und die Kugel seinen Schädel durchschlug.

Unfähig, noch irgendetwas zu tun, erlebte er, wie er nach hinten gerissen wurde und zu Boden stürzte. Da war höllischer Schmerz ... gepaart mit absoluter Taubheit ... ganz so, als ob er plötzlich zu zwei Wesen geworden wäre ... zwei Wesen, die beide völlig entgegengesetzt fühlten. Er krachte auf den Marmor, und das Aufschlagen seines Schädels hörte sich nass und matschig an. Er wusste, dass da keine Knochen mehr waren, und der direkte Kontakt seines Gehirns mit dem Stein entfachte ein Gewitter von Blitzen vor dem, was nur noch sein geistiges Auge sein konnte. Er erinnerte sich an das, was er zusammen mit dem Schuss gesehen hatte … die Frau … Inga Jäger … in einem Sessel am Ende des Flures sitzend … die Waffe auf ihn gerichtet … ihre Augen ruhig … eiskalt …

Er fühlte, wie sein Leib zuckte und seine Fersen gegen den Boden schlugen, ohne dass er ihnen noch Einhalt gebieten konnte. Warme Flüssigkeit lief ihm in die Augen. Die Frau stand jetzt neben ihm – er wusste nicht, woher er das wusste; sehen konnte er sie nicht. Aber er konnte fühlen, wie sie auf ihn hinunterblickte … ohne Mitleid.

Miststück!, wollte er schreien. *Woher wusstest du …?! Woher konntest du wissen …?!* Doch er hörte sich nur röcheln und versuchte, die Hand mit der Pistole zu heben und abzudrücken … *Rache!*

Es gelang ihm nicht – und er spürte, wie ihm die Waffe aus der Hand getreten wurde.

»Sie hätten nicht in meine Wohnung kommen dürfen«, hörte er sie sagen.

Dann wurden die Blitze in seinem Kopf immer schriller … wurden zu Bildern … Bildern der Menschen, die er auf dem Gewissen hatte. Hunderte. Sie lachten. Sie lachten gehässig … und voller Vorfreude … reckten ihre Hände und Finger nach ihm … packten ihn … rissen an ihm. Er wollte schreien … um Hilfe … jenseits aller Hoffnung … doch sein Herz hatte gerade noch ein letztes Mal gezuckt und dann aufgehört zu schlagen … Er atmete nicht mehr … und der allerletzte Sekundenbruchteil seines Lebens wurde zu einer Ewigkeit … der Ewigkeit der ganz persönlichen Hölle des Ronnie Wahner.

Inga Jäger blickte auf die Leiche des Staatssekretärs, nahm das Handy aus der Tasche und wählte Ottos Nummer.

»Es ist vorbei«, sagte sie, als die junge Kommissarin sich meldete. »Er ist tot.«

»Er kam also tatsächlich zu dir, statt zu Spreitzer. Wie du erwartet hattest.«

»Das war seine einzige Chance, den Deal vielleicht doch noch durchzuziehen. Menschen wie er ertragen es nicht zu verlieren ... sie wissen einfach nicht, wann es vorbei ist.« Die Ahnung, dass Wahner und sie sich auf dieser Ebene ähnlicher waren, als Inga Jäger lieb war, hinterließ einen bitteren Beigeschmack. Der einzige Trost, den sie fand, lag darin, dass sie anders als Wahner so unerbittlich ausschließlich für andere kämpfte und nie nur des eigenen Vorteils wegen.

»Du hättest trotzdem zulassen sollen, dass ich dir ein paar Männer zu deinem Schutz zur Verfügung stelle.«

Inga Jäger schüttelte den Kopf, obwohl sie wusste, dass ihre Kollegin das nicht sehen konnte. »Er hätte den Braten sofort gerochen, Otto. Es war schon heikel genug, Spreitzer nur anzudrohen, ihn als Köder zu benutzen, und ihn in Wahrheit nie aus der Zelle zu lassen. Ronnie Wahner ist ... *war* ein Profi. Hätte er auch nur das kleinste Zeichen für eine Falle gewittert, wäre er abgetaucht. Vielleicht für immer. Aber wie ich ihn einschätze, wäre er irgendwann zurückgekommen; nur um sich zu rächen. Und ich hätte mein Leben in permanenter Angst um Tanya verbracht. Das war nicht akzeptabel. – Geht's der Kleinen gut?«

»Schläft tief und fest in meinem Bett. Geht es dir denn gut?«

»Nicht wirklich«, gestand Inga Jäger. Der Anblick von

Wahners Blut, das eine immer größere Lache vor ihrer Wohnungstür bildete, machte das flaue Gefühl im Bauch nicht gerade besser. »Aber das wird schon wieder.«

»Ich rufe das Team bei Spreitzers Wohnung zurück und schicke dir ein paar Kollegen und die Spurensicherung vorbei.«

»Mach das. Sobald sie hier sind, fahre ich zu Gebert.«

EPILOG

Inga Jäger humpelte auf ihrer Krücke den Flur der Krankenstation entlang zu Geberts Zimmer. Obwohl die uniformierten Kollegen darüber informiert worden waren, dass die Gefahr vorüber war und sie Feierabend machen konnten, standen sie noch auf ihren Posten und nickten ihr anerkennend zu. Sie nickte müde zurück und ging zu Gebert hinein, wo sie sich auf einen Stuhl neben seinem Bett setzte.

Er sah noch immer blass und kraftlos aus – aber doch um einiges besser als direkt nach der Morphiumattacke durch Wahner. Sein Puls war stabil, und sein Brustkorb hob und senkte sich gut sichtbar im Rhythmus seines Atmens. Inga Jäger wusste, dass es nicht unbedingt ein gutes Zeichen sein musste, dass er nicht mehr an das Beatmungsgerät angeschlossen war. Sie nahm seine große Hand, legte sie sich in den Schoß und umschloss sie fest mit ihren Fingern.

Erst jetzt fiel die Anspannung des vergangenen Tages von ihr ab, und sie begann, leise zu weinen. Zunächst waren es nur ein paar einzelne Tränen, die warm über ihre Wangen kullerten. Doch je mehr sie fühlte, wie der eiserne Griff um ihr Herz sich Stück für Stück, Finger für Finger, löste, umso mehr Tränen kamen. Schließlich brach es aus ihr heraus, und sie schluchzte, bis sie am ganzen Leib zitterte und sich zusammenkauerte wie ein Fötus im Mutterleib. Sie presste Geberts Hand gegen ihre Lippen und schmeckte das Salz ihrer eigenen Tränen. Es war, als müsse sie gleich aufschreien vor Befreiung – aber der Schrei kam nicht, denn sie war nicht befreit; nicht völlig. Da war noch die Angst um Gebert ... diesen tollen, diesen liebenswerten, diesen großartigen Mann.

»Stirb nicht«, hauchte sie gegen seine kühle Haut. »Bleib bei mir.« Sie wiegte sich selbst, um dem Zucken Einhalt zu gebieten und ihrer Angst Herrin zu werden. »Bleib bei mir.«

»Klar bleib ich bei dir«, ertönte plötzlich eine schwache Stimme, die sie erst für eine ihrer inneren hielt, ehe sie merkte, dass sie tatsächlich von Gebert kam. Geschockt von der eigenen Freude sprang sie auf.

Geberts Lider flatterten unter der Anstrengung, die es ihn kostete, die Augen zu öffnen. »Mich wirst du so schnell nicht los. Hab ich dir doch versprochen.«

Trotz ihrer Tränen musste sie lachen, beugte sich über ihn und streichelte ihm die Stirn, ehe sie ihre eigene darauflegte und ihm tief in die eisblauen Augen sah.

»Ich freu mich, dass du noch lebst«, sagte er, und sie musste noch mehr lachen – beinahe schon hysterisch.

»*Du* hast dir Sorgen *um mich* gemacht?«, fragte sie, und ihre Stimme war rau vor Rührung.

Er nickte schwach. »Die ganze Zeit, die ich weg war ... in diesem dunklen Land ... hatte ich Angst ... Angst um dich ... Angst davor, dass sie dich erwischt haben könnten.«

Jetzt sah sie Tränen auch in seinen Augen.

»Mir ist nichts passiert«, sagte sie. »Alles ist gut. Wir haben gewonnen.«

»Haben wir?« Er lächelte.

»Ja, haben wir. Du kannst jetzt ganz beruhigt in Rente gehen.«

Sein Lächeln wurde schwächer. »Was das betrifft ...« Er stockte und rang nach Worten. Dann brach es aus ihm heraus: »Ich werde den Dienst nicht quittieren, Inga. Ich weiß, das ist die Bedingung dafür, dass wir ... dass ... dass wir beide ein Paar werden können. Und ... und ich wünsche mir nichts sehnlicher als das. Aber bei dem Kurs, den du da draußen fährst, brauchst du mich als Partner mehr denn als Mann. Und außerdem wäre sonst ich derjenige, der zu Hause verrückt wird ... vor Sorge um dich. Und ich könnte mir nie verzeihen, wenn dir etwas geschehen würde ... und vor allem, wenn ich nicht dabei wäre, um wenigstens zu versuchen, es zu verhindern.«

Inga sah Gebert lange an. Sie kannte seinen Blick gut genug, um zu erkennen, wie ernst es ihm war. Er würde im Dienst bleiben ... für sie ... auch wenn das bedeutete, dass ...

Ihre Gedanken überschlugen sich. Pros und Contras schrien aus allen Richtungen auf sie ein. Sogar die Erinnerung an ihren Mann wollte sich einen Weg durch das Chaos bahnen und sie an ihren Schwur erinnern. Sie wusste nicht, was sie sagen sollte. Was sie denken sollte. Was das Klügste war oder das Beste für sie beide.

Aber sie wusste, was sie wollte ... wusste es klarer als jemals zuvor. Daher legte sie ihm die Hand an die unrasierte Rübezahlwange, küsste ihn zärtlich und sagte schließlich: »Scheiß drauf!«

DANKSAGUNG

Mein Dank gilt vor allem Ihnen, liebe unbekannte Leserin, lieber unbekannter Leser, dafür, dass Sie mir die Möglichkeit bieten, Sie in die Welt der Jägerin und ihrer Kollegen und Freunde entführen zu dürfen. Dass Ihnen diese Welt in Buchform vorliegt, verdanken wir gemeinsam vielen anderen tollen Menschen und deren Mühe und Arbeit, allen voran meinem wunderbaren Lektor Holger Kappel bei Random House – für sein Interesse, sein Vertrauen, sein scharfes Auge und sein Einfühlungsvermögen – und seinen Kolleginnen und Kollegen in der Programmleitung, der Redaktion, der Herstellung, in Vertrieb und Marketing. Besonderer Dank gilt natürlich auch meiner einzigartigen Agentin Andrea Wildgruber – für wertvollen Rat und eifrige Tat, für warmes Herz und klaren Verstand – und ihren fleißigen, zuverlässigen und engagierten Mitarbeiterinnen und Mitarbeitern in der Agence Hoffman.

Ganz privat möchte ich mich bei all den wundervollen Menschen in meinem Leben für ihren Zuspruch und ihre Unterstützung bedanken, für Inspiration und Kritik … am meisten jedoch für ihren Respekt, ihre Freundschaft und ihre Liebe: RP, TT, ST, IK, DK, UL, AL, JS, PB, BT, IE, NF, KS, SB, FM, PM, SH, MS, KN, MW, TG, CU, DS und, und, und … Ihr wisst, wer gemeint ist.

Und dir, liebe M., kann ich überhaupt nicht genug danken – für mehr, als ich jemals in Worte fassen könnte!

Richard Hagen, Berlin 2013